I0734757

TRANZLATY

Mae iaith i bawb

Language is for everyone

Straeon Gwerin Bengal

Folk Tales of Bengal

Rhan Un
Part One

1 / 2

Lal Behari Day

Cymraeg / English

Copyright © 2025 Tranzlaty

All rights reserved

Published by Tranzlaty

ISBN: 978-1-80572-946-4

Original text by Reverend Lal Behari Day

Folk Tales of Bengal

First published in 1912

www.tranzlaty.com

Straeon Gwerin Bengal
Folk Tales of Bengal

Cyfrinach Bywyd
Life's Secret
Phakir Chand
Phakir Chand
Y Brahman Digofus
The Indignant Brahman
Stori'r Rakshasas
The Story of the Rakshasas
Stori Swet a Bachanta
The Story of Swet and Bachanta
Llygad Drwg Sani
The Evil Eye of Sani
Y Bachgen a Faethwyd gan Saith Mam
The Boy whom Seven Mothers Suckled
Stori'r Tywysog Sobur
The Story of Prince Sobur
Tarddiad Opiwm
The Origins of Opium
Taro, ond Gwrandewch yn Gyntaf
Strike, but Listen First

Cyfrinach Bywyd
Life's Secret

Unwaith roedd brenin.
Once upon a time there was a king.
Roedd y Brenin hwn wedi priodi dwy Frenhines.
This King had married two Queens.
Duo a Suo oedd enwau'r ddwy frenhines.
The two queens were called Duo and Suo.
Roedd y ddwy frenhines yn ddi-blant.
Both of the queens were childless.
Un diwrnod daeth Faquir at giât y palas.
One day a Faquir came to the palace gate.
Roedd y Faquir wedi dod i ofyn am elusen.
The Faquir had come to ask for alms.
Aeth y Frenhines Suo at y drws.
Queen Suo went to the door.
A rhoddodd hi lond llaw o reis iddo.
And she gave him a handful of rice.
Gofynnodd y cardod gwestiwn iddi.
The mendicant asked her a question.
"Oes gennych chi unrhyw blant?"
"Do you have any children?"
Nid oedd gan y frenhines blant.
The queen had no children.
"Hoffwn i gael plant, ond does gen i ddim"
"I wish had children, but I have none"
Gwrthododd y dyn sanctaidd gymryd elusen ganddi.
The holy man refused to take alms from her.
Yn yr amseroedd hyn roedd traddodiadau gwahanol.
In these times there were different traditions.
Ac roedd y bobl yn credu llawer o bethau gwahanol.
And the people believed many different things.
Peidiwch â chymryd elusen o ddwylo menyw ddi-blant.
Don't take charity from the hands of a childless woman.
Roedd dwylo o'r fath yn aflan yn seremonïol.
Such hands were ceremonially unclean.

Cynigiodd y cardod feddyginiaeth iddi.
The mendicant offered her a medicine.
Roedd y feddyginiaeth hon i gael gwared ar ei diffrwythdra.
This medicine was to remove her barrenness.
Mynegodd ei pharodrwydd i gymryd y feddyginiaeth.
She expressed her willingness to take the medicine.
Dywedodd y cardod wrthi sut i gymryd y feddyginiaeth.
The mendicant told her how to take the medicine.
"Dyma'r ddiod y mae'n rhaid i chi ei llyncu"
"This is the potion you must swallow"
"Paratowch sudd blodyn pomgranad"
"Prepare the juice of a pomegranate flower"
"Llyncwch y feddyginiaeth gyda'r sudd"
"Swallow the medicine with the juice"
"Os gwnewch chi hyn, bydd gennych chi fab yn fuan"
"If you do this, you will soon have a son"
"Bydd eich mab yn hynod o hardd"
"Your son will be exceedingly handsome"
"Bydd ei groen yn brydferth"
"His complexion will be beautiful"
"Bydd ganddo liw blodau pomgranad"
"He will have the colour of pomegranate flowers"
"A chewch ei alw'n Dalim Kumar"
"And you shall call him Dalim Kumar"
"Ond bydd ganddo elynion hefyd"
"But he will also have enemies"
"Byddan nhw'n ceisio cymryd bywyd eich mab"
"They will try to take your son's life"
"Ond mae cyfrinach i'w fywyd"
"But there is a secret to his life"
"A byddaf yn dweud y gyfrinach hon wrthych"
"And I will tell you this secret"
"O flaen eich palas mae pwll"
"In front of your palace is a pond"
"Yn y pwll yna mae pysgodyn Boal mawr"
"In that pond there is a big Boal fish"

"Mae bywyd eich mab yn gysylltiedig â'r pysgodyn
hwnnw"
"Your son's life is connected to that fish"
"Yng nghanol y pysgodyn mae blwch bach"
"In the heart of the fish is a small box"
"Mae'r blwch bach yma wedi'i wneud o bren"
"This small box is made of wood"
"Mewn blwch pren mae mwclis o aur"
"In the box of wood is a necklace of gold"
"Y mwclis yna yw bywyd eich mab"
"That necklace is the life of your son"
Rhoddodd y cardod y feddyginiaeth iddi.
The mendicant gave her the medicine.
A dywedasant eu ffarweliau.
And they said their farewells.

Yn fuan sibrydodd pawb yn y palas am etifedd.
Soon all in the palace whispered of an heir.
Mawr oedd llawenydd y Brenin.
Great was the joy of the King.
Roedd ganddo weledigaethau o etifedd i'r orsedd.
He had visions of an heir to the throne.
Olyniaeth ddiddiwedd o frenhinoedd pwerus.
A never-ending succession of powerful monarchs.
Breuddwydiodd am sut y byddent yn parhau â'i frenhinlin.
He dreamt of how they perpetuated his dynasty.
Roedd y syniadau hyn yn arnofio o flaen ei feddwl.
These ideas floated before his mind.
Fe wnaeth hynny ef yr hapusaf yr oedd erioed wedi bod.
It made him the happiest he had ever been.
Cynhaliwyd llawer o seremonïau ar gyfer yr achlysur.
Many ceremonies were performed for the occasion.
Roedd pobl y deyrnas yn chwarae cerddoriaeth uchel.
The people of the kingdom played loud music.
Roedd genedigaeth tywysog yn ddigwyddiad gwirioneddol
arbennig.
The birth of a prince was a truly special event.

Yn fuan rhoddodd y frenhines Suo enedigaeth i fab.
Soon queen Suo gave birth to a son.
Roedd e'n fwy prydferth nag yr oedd unrhyw un wedi'i ddychmygu.
He was more beautiful than anyone had imagined.
Gwelodd y Brenin wyneb ei fab.
The King saw his son's face.
A neidiodd ei galon gan lawenydd.
And his heart leaped with joy.
Yn fuan bwytaodd y plentyn ei reis cyntaf.
Soon the child ate his first rice.
Dathlwyd Mukhe bhaat gyda llawenydd mawr.
Mukhe bhaat was celebrated with great joy.
A llanwyd yr holl deyrnas â llawenydd.
And the whole kingdom was filled with gladness.

Tyfodd Dalim Kumar i fyny i fod yn fachgen da.
Dalim Kumar grew up to be a fine boy.
Roedd un gweithgaredd yr oedd yn ei hoffi'n arbennig.
There was one activity he particularly liked.
Roedd wrth ei fodd yn chwarae gyda'r colomennod.
He loved playing with the pigeons.
Fodd bynnag, roedd y colomennod yn aml yn hedfan i'r Frenhines Ddeuawd.
However, the pigeons often flew to Queen Duo.
Does neb yn gwybod pam wnaethon nhw hyn.
Nobody knows why they did this.
Ac fe hedfanon nhw i mewn i'w fflat.
And they flew into her apartment.
Felly roedd Dalim Kumar yn cwrdd â'r Frenhines Duo yn aml.
So Dalim Kumar often met Queen Duo.
Ar y dechrau, rhoddodd y colomennod yn ôl yn hapus.
At first, she happily gave the pigeons back.
Ond yn ddiweddarach nid oedd hi mor barod i ddychwelyd y colomennod.
But later she wasn't as willing to return the pigeons.

Rhoddodd y gorau i'r colomennod gyda rhywfaint o amharodrwydd.

She gave the pigeons up with some reluctance.

Teimlai y gallai ddefnyddio hyn er ei mantais.

She felt she could use this to her advantage.

Roedd hi'n naturiol yn casáu'r plentyn.

She naturally hated the child.

Ers genedigaeth Dalim roedd y brenin wedi ei hesgeuluso.

Since Dalim's birth the king had neglected her.

Ac roedd y Brenin yn eilunaddoli mam Dalim.

And the King idolized the mother of Dalim.

Rywsut, roedd hi wedi clywed am y cardodwr.

Somehow, she had heard of the mendicant.

Clywodd ei fod wedi rhoi meddyginiaeth i'r frenhines Suo.

She heard he had given queen Suo a medicine.

Roedd hi hefyd wedi clywed am yr hyn a ddywedodd.

She had also heard about what he had said.

Roedd cyfrinach i fywyd y tywysog.

There was a secret to the prince's life.

Roedd hi wedi clywed bod ei fywyd wedi'i rwymo i rywbeth.

She had heard his life was bound to something.

Ond doedd hi ddim yn gwybod beth oedd ei fywyd yn mynd iddo.

But she did not know what his life was bound to.

Roedd hi'n benderfynol o gael y gyfrinach.

She was determined to get the secret.

Wrth gwrs, daeth y colomennod yn ôl ati.

Of course, the pigeons came back to her.

A hedfanodd y colomennod i mewn i'w hystafell eto.

And the pigeons flew into her room again.

Y tro hwn gwrthododd roi'r colomennod yn ôl.

This time she refused to give the pigeons back.

"Wna i ddim rhoi dy golomen yn ôl i ti"

"I won't just give you your pigeon back"

"Yn gyntaf, mae'n rhaid i chi ddweud rhywbeth wrtha i"

"First, you have to tell me something"
"Beth wyt ti eisiau, Modryb?" gofynnodd y bachgen.
"What do you want, aunty?" the boy asked.
"O, fy nghariad, paid â phoeni"
"Oh, my darling, do not worry"
"Dim ond peth bach rydw i eisiau ydy o"
"It's just a small thing I want"
"Rwyf am wybod ble mae eich bywyd wedi'i guddio"
"I want to know where your life is hidden"
Roedd y bachgen wedi drysu'n fawr gan hyn.
The boy was very confused by this.
"Beth yw hynny, Modryb?"
"What is that, aunty?"
"Ble all fy mywyd fod, heblaw ynof fi?"
"Where can my life be, except in me?"
"Na, blentyn, nid dyna oeddwn i'n ei olygu"
"No, child, that is not what I meant"
"Dywedodd cardodwr sanctaidd gyfrinach wrth eich mam"
"A holy mendicant told your mother a secret"
"Mae eich bywyd wedi'i glymu â rhywbeth"
"Your life is bound up with something"
"Hoffwn i wybod beth yw'r peth yna "
"I wish to know what that thing is"
Roedd y bachgen wedi drysu gan yr hyn a ddywedodd hi.
The boy was confused by what she said.
"Dwi erioed wedi clywed am unrhyw beth fel hyn"
"I never heard of any such thing"
Ond mynnodd y Frenhines Duo ei fod yn wir.
But Queen Duo insisted it was true.
"Addawa i gael gwybod gan dy fam"
"Promise to find out from your mother"
"Gofynnwch iddi ble mae eich bywyd wedi'i guddio"
"Ask her where your life is hidden"
"Yna byddaf yn gadael i chi gael y colomennod"
"Then I will let you have the pigeons"
"Fel arall, byddaf yn cadw'r colomennod"
"Otherwise, I will keep the pigeons"

Roedd y bachgen eisiau ei golomennod yn ôl.
The boy wanted his pigeons back.
Felly cytunodd i gael y wybodaeth.
So he agreed to get the information.
Ond yn gyntaf gwnaeth hi iddo addo.
But first she made him promise.
"Addawa i mi na wnei di ddweud wrth dy fam"
"Promise me you won't tell your mother"
Ac addawodd y bachgen na fyddai'n dweud wrthi.
And the boy promised not to tell her.
"Rwy'n addo na fyddaf yn dweud wrth fy mam"
"I promise I won't tell my mum"
Rhyddhaodd y Frenhines Duo golomennod y tywysog.
Queen Duo freed the prince's pigeons.
Roedd Dalim wrth ei fodd i gael ei adar eto.
Dalim was overjoyed to have his birds again.
Ac fe anghofiodd yr holl sgwrs.
And he forgot the entire conversation.

Y diwrnod canlynol roedd Dalim yn chwarae eto.
The next day Dalim was playing again.
Gallwch chi ddychmygu beth ddigwyddodd eto.
You can imagine what happened again.
Hedfanodd y colomennod i fflat y Frenhines Duo.
The pigeons flew to Queen Duo's apartment.
Ac fe hedfanon nhw i mewn i'w hystafell eto.
And they flew into her room again.
Aeth Dalim i mewn i fflat ei lysfam.
Dalim went in to his stepmother's apartment.
A gofynnodd iddi am y colomennod.
And he asked her for the pigeons.
Wrth gwrs, gofynnodd hi iddo am y wybodaeth.
Of course she asked him for the information.
Ni allai Dalim ddweud wrthi ble roedd ei fywyd wedi'i
guddio.
Dalim could not tell her where his life was hidden.
"Rwy'n addo y byddaf yn gofyn iddi heddiw"

"I promise I will ask her today"
"Ond os gwelwch yn dda, ga i gael fy ngholomennod"
"But please can I have my pigeons"
Wnaeth hi ddim rhoi'r colomennod yn ôl mor gyflym.
She didn't give the pigeons back so quickly.
Ond, yn y diwedd, cafodd ei golomennod eto.
But, in the end, he got his pigeons again.

Ar ôl chwarae, aeth Dalim at ei fam.
After playing, Dalim went to his mother.
"Mam, dywed wrthyf ble mae fy mywyd wedi'i guddio"
"Mamma, please tell me where my life is hidden"
"Beth wyt ti'n ei olygu, blentyn?" gofynnodd y fam.
"What do you mean, child?" asked the mother.
Roedd hi wedi synnu at y cwestiwn.
She was astonished at the question.
Pam y byddai ei phlentyn yn gofyn hyn iddi?
Why would her child ask her this?
"Ie, mam," atebodd y plentyn.
"Yes, mamma," replied the child.
"Rwyf wedi clywed am gardodwr sanctaidd"
"I have heard of a holy mendicant"
"Dywedodd rywbeth wrthych chi am fy mywyd"
"He told you something about my life"
"Dywedodd fod fy mywyd wedi'i guddio mewn rhywbeth"
"He said my life is hidden in something"
"Dywedwch wrthyf beth yw'r peth yna"
"Tell me what that thing is"
"Fy mhlentyn, fy anwylyd, fy nhrysor"
"My child, my darling, my treasure"
"Fy lleuad aur," plediodd ei fam.
"My golden moon," his mother pleaded.
"Peidiwch â gofyn cwestiwn o'r fath"
"Do not ask such a question"
"Gorchuddiwch enau fy ngelynion â lludw"
"Cover my enemies' mouths with ashes"
"Bydded i'm Dalim fyw am byth," erfyniodd.

"Let my Dalim live forever," she begged.
Ond mynnodd y plentyn wybod y gyfrinach.
But the child insisted on knowing the secret.
Gwrthododd fwyta na yfed nes iddo wybod.
He refused to eat or drink until he knew.
Nid oedd gan y Frenhines Suo ddewis ond dweud wrtho.
Queen Suo had no choice but to tell him.
Yn y diwedd, dywedodd wrtho gyfrinach ei fywyd.
Eventually she told him the secret of his life.

Y diwrnod canlynol roedd Dalim yn chwarae eto.
The next day Dalim was playing again.
Gallwch chi ddychmygu ble hedfanodd y colomennod.
You can imagine where the pigeons flew.
Aeth Dalim ar ôl yr adar i mewn i'r fflat.
Dalim chased after the birds into the apartment.
Dywedodd ei lysfam lawer o eiriau melys wrtho.
His stepmother told him many sweet words.
Ac yn olaf, cafodd hi ei gyfrinach ganddo.
And finally, she got his secret from him.
Ni wastraffodd amser i ddechrau ei chynllun drygionus.
She wasted no time to start her wicked plan.
A rhoddodd orchmynion i'w gweision.
And she gave orders to her servants.
"Cael rhywfaint o goesyn sych o'r planhigyn cywarch"
"Get some dried stalk from the hemp plant"
"Gwnewch yn siŵr bod y coesynnau'n frau iawn"
"Make sure the stalks are very brittle"
Mae coesynnau cywarch brau yn gwneud sŵn cracio.
Brittle hemp stalks make a cracking sound.
Mae'r sain yn debyg i gracio cymalau.
The sound is similar to the cracking of joints.
Ac mae'n swnio fel esgyrn hen bobl.
And it sounds like the bones of old people.
Rhoddodd y coesynnau cywarch brau o dan ei gwely.
She put the brittle hemp stalks under her bed.
Ac yna gorweddodd ar ei gwely.

And then she lied on her bed.
Roedd hi eisiau profi'r coesynnau cywarch.
She wanted to test the hemp stalks.
Craciodd y coesynnau cymaint ag yr oedd hi eisiau.
The stalks cracked just as much as she wanted.
Roedd hi'n fodlon â sut roedd ei chynllun yn mynd.
She was satisfied with how her plan was going.
Rhoddodd fwy o orchmynion i'w gweision.
She gave more orders to her servants.
"Dywedwch wrth y Brenin fy mod i'n sâl iawn"
"Tell the King I am very ill"
"Rhaid iddo ddod i'm gweld ar unwaith"
"He must come to see me immediately"
Nid oedd y brenin yn caru'r frenhines hon.
The king did not love this queen.
Ond roedd ganddo ddyletswydd o hyd i ofalu amdani.
But he still had a duty to care for her.
Os oedd hi'n sâl, roedd yn rhaid iddo ofalu amdani.
If she was ill, he had to look after her.
Daeth y Brenin i'w hystafell wely.
The King came to her bedroom.
Rholiodd ar y gwely mewn poen.
She rolled on the bed in pain.
Clywodd y Brenin sŵn cracio ei hesgyrn.
The King heard the cracking of her bones.
Gorchmynnodd i'w feddyg gorau ei mynychu.
He ordered his best physician to attend her.
Ond roedd y frenhines wedi meddwl am hyn.
But the queen had thought of this.
Roedd hi eisoes wedi siarad â'r meddyg.
She had already spoken with the physician.
"Dim ond un ateb sydd," meddai wrth y brenin.
"There is only one remedy," he told the king.
"Mae pwll o flaen y palas"
"There's a pond in front of the palace"
"Yn y pwll mae pysgodyn Boal mawr"
"In the pond there's a large Boal fish"

"Mae'r feddyginiaeth yn y pysgodyn hwnnw"
"The remedy is in that fish"
Felly gadawodd y brenin i'r meddyg ddal y pysgodyn.
So the king let the physician catch the fish.
Yn y cyfamser roedd Dalim yn brysur yn chwarae.
Meanwhile Dalim was busy playing.
Nid oedd yn gwybod dim am salwch ei fodryb.
He knew nothing of his aunt's illness.
Tynnwyd y pysgodyn allan o'r dŵr.
The fish was taken out the water.
Syrthiodd Dalim i'r llawr ar unwaith .
Dalim fell to the ground immediately.
Fe fflapiodd o gwmpas ar y llawr.
He flopped around on the floor.
Ac ni allai anadlu.
And he could not breathe.
Sylwodd y gwarchodwyr ar unwaith.
The guards immediately noticed.
Aethpwyd â Dalim i ystafell ei fam.
Dalim was taken to his mother's room.
A hysbyswyd y Brenin am ei fab.
And the King was informed of his son.
Ni allai gredu salwch ei fab.
He couldn't believe his son's illness.
Aethpwyd â'r pysgodyn i Queen Duo.
The fish was taken to Queen Duo.
Roedd y Frenhines Duo yn cael ei hachub.
Queen Duo was being saved.
Ar yr un pryd roedd Dalim yn marw.
At the same time Dalim was dying.
Cafodd y pysgodyn ei dorri ar agor.
The fish was cut open.
Ac fe ddaethon nhw o hyd i'r blwch pren.
And they found the wooden box.
Yn y blwch roedd mwclis o aur.
In the box lay a necklace of gold.
Gwisgodd y Frenhines Ddeuawd y mwclis.

Queen Duo put on the necklace.
A bu farw Dalim ar yr un foment.
And Dalim died at the very same moment.

Cyrhaeddodd newyddion am y drychineb y brenin.
News of the tragedy reached the king.
Cafodd ei blymio i gefnfor o alar.
He was plunged into an ocean of grief.
Ni helpodd newyddion am adferiad Queen Duo.
News of Queen Duo's recovery did not help.
Wylodd ddagrau poenus a chwerw.
He wept painful and bitter tears.
Doedd neb yn meddwl y byddai'n gwella.
No one thought he would recover.
Ni allai ddioddef claddu ei fab.
He could not bear to bury his son.
Ni chaniataodd ychwaith i'w gorff gael ei losgi.
Nor did he allow his body to be burned.
Ni allai dderbyn bod ei fab wedi marw.
He could not accept that his son had died.
Roedd ei farwolaeth mor sydyn a di-synnwyr.
His death was so sudden and senseless.
Symudodd y corff marw i dŷ gardd.
He had the dead body moved to a garden-houses.
Roedd y tŷ gardd hwn yn y maestrefi.
This garden-house was in the suburbs.
Yma y claddwyd ei fab mewn gwladwyddiaeth.
Here his son was laid in state.
Gosodwyd pob math o ddarpariaethau yno.
All sorts of provisions were put there.
Er bod pawb yn gwybod ei fod yn ddiangen.
Although everyone knew it was unnecessary.
Nid oedd angen bwyd ar y bachgen ifanc mwyach.
The young boy did not need food anymore.
Cadwyd y tŷ ar glo ddydd a nos.
The house was kept locked day and night.
Roedd gan Dalim un ffrind agos iawn.

Dalim had had one very close friend.
Dim ond y ffrind hwn oedd yn cael ymweld.
Only this friend was allowed to visit.
Roedd yn fab i'r prif weinidog.
He was the son of the prime minister.
Ymddiriedwyd allwedd y tŷ iddo.
He was entrusted with the key of the house.
Unwaith y dydd gallai ymweld â'i ffrind marw.
Once a day he could visit his dead friend.

Ymddeolodd y Frenhines Suo ar ôl colli ei mab.
Queen Suo retired after the loss of her son.
Nawr treuliodd y Brenin y nosweithiau gyda'r Frenhines Duo.
Now the King spent the nights with Queen Duo.
Roedd y Frenhines eisiau osgoi amheuaeth.
The Queen wanted to avoid suspicion.
Felly tynnodd y mwclis i ffwrdd yn y nos.
So she took the necklace off at night.
Ond roedd bywyd Dalim wedi'i glymu wrth y mwclis.
But Dalim's life was tied to the necklace.
Ac nid oedd ei farwolaeth mor syml.
And his death was not so simple.
Roedd e wedi marw pan wisgodd y frenhines y mwclis.
He was dead when the queen wore the necklace.
Ond pan dynnodd hi'r mwclis i ffwrdd, dychwelodd yn fyw.
But when she took the necklace off, he returned to life.
Ac felly dychwelodd yn fyw bob nos.
And so he returned to life every night.
Bob bore byddai hi'n gwisgo'r mwclis eto.
Every morning she put the necklace on again.
Ac felly, bu farw eto bob bore.
And so, he died again every morning.
Yn y nos byddai'n bwyta unrhyw fwyd yr oedd yn ei hoffi.
At night he ate whatever food he liked.
Oherwydd bod digon o fwyd iddo.
Because there was plenty of food for him.

Cerddodd o gwmpas yn yr adeilad.
He walked around in the premises.
Ac fe fyfyriodd ar ryfeddod ei fywyd.
And he meditated on the strangeness of his life.
Dim ond yn ystod y dydd y byddai ffrind Dalim yn ymweld ag ef.
Dalim's friend only visited him during the day.
Felly roedd bob amser yn ei weld fel corff difywyd.
So he always saw him as a lifeless corpse.
Ond nid oedd yn ymddangos bod ei gorff byth yn newid.
But his body never seemed to change.
Nid oedd unrhyw arwydd o bydredd.
There was no sign of putrefaction.
Roedd y corff yn ddifywyd ac yn welw.
The body was lifeless and pale.
Ond nid oedd unrhyw symptomau marwolaeth.
But there were no symptoms of death.
Roedd y cyfan yn ymddangos yn rhy rhyfedd iddo.
It all seemed too strange for him.
Felly penderfynodd wylio'r corff yn fwy manwl.
So he decided to watch the corpse more closely.
Ac ymwelodd â'i ffrind yn y nos.
And he visited his friend at night.
Roedd wedi synnu at yr hyn a welodd y noson honno.
He was astonished at what he saw that night.
Roedd ei ffrind marw yn cerdded o gwmpas yn yr ardd.
His dead friend was walking about in the garden.
Ar y dechrau, roedd yn meddwl y gallai Dalim fod yn ysbryd.
At first, he thought Dalim might be a ghost.
Felly aeth i weld a allai ei gyffwrdd.
So he went to see if he could touch him.
Ac yna gwelodd mai ffrind iddo ydoedd mewn gwirionedd.
And then he saw it was really his friend.
Dywedodd Dalim wrth ei ffrind bopeth a oedd wedi digwydd.
Dalim told his friend everything that had happened.

Dywedodd wrtho holl amgylchiadau ei farwolaeth.
He told him all the circumstances of his death.
Ac yn fuan fe wnaethon nhw ddatrys y dirgelwch.
And soon they solved the mystery.
Roedden nhw'n deall pam mai dim ond yn y nos y daeth yn fyw.
They understood why he revived only at night.
Bob nos deuai'r brenin i weld y Frenhines Duo.
Every night the king came to see Queen Duo.
Pan ymwelodd y Brenin, tynnodd ei mwclis i ffwrdd.
When the King visited, she took off her necklace.
Roedd bywyd y tywysog yn dibynnu ar y mwclis.
The life of the prince depended on the necklace.
Felly gweithiodd y ddau ffrind ar gynllun.
So the two friends worked on a plan.
Nos ar ôl nos buont yn ymgynghori â'i gilydd.
Night after night they consulted together.
Ond ni allent feddwl am unrhyw gynllun ymarferol.
But they could not think of any feasible scheme.

Yn y pen draw mae'n rhaid bod y Duwiau wedi trugarhau.
Eventually the Gods must have taken pity.
A phenderfynon nhw ryddhau Dalim.
And they decided to free Dalim.
Ond rhaid inni ddeall sut mae'r Duwiau'n gweithio.
But we must understand how the Gods work.
Mae'r pethau hyn wedi'u cynllunio ymhell ymlaen llaw.
These things are planned long before.
Roedd gan chwaer Bidhata-Purusha ferch.
The sister of Bidhata-Purusha had had a daughter.
Roedd Bidhata-Prusha yn storïwr ffortiwn gwych.
Bidhata-Purusha was a great fortune teller.
Roedd wedi ysgrifennu rhywbeth ar dalcen y plentyn.
He had written something on the child's forehead.
"Bydd y plentyn hwn yn priodi'r priodfab marw"
"This child will marry the dead bridegroom"
Roedd ei mam yn drist iawn gan hyn.

Her mother was very saddened by this.
Nid oedd hi eisiau'r tynged hon i'w merch.
She did not want this destiny for her daughter.
Ond ni allai hi ddadlau ag ef.
But she could not argue with him.
Ni newidiodd erioed yr hyn a ysgrifennodd.
He never changed what he had written.
Daeth y plentyn yn hynod o brydferth.
The child became exceedingly beautiful.
Ond ni allai'r fam gael unrhyw bleser yn hyn.
But the mother could not take any pleasure in this.
Oherwydd ei bod hi'n gwybod tynged ei phlentyn.
Because she knew the destiny of her child.
Yn y pen draw daeth y ferch i oedran priodi.
Eventually the girl came to marriageable age.
Roedd rhaid iddi ddod o hyd i ffordd i osgoi ei thynged.
She had to find a way to avoid her fate.
Felly ffodd y fam o'r wlad gyda'i phlentyn.
So the mother fled the country with her child.
Efallai y gallai osgoi ei thynged ofnadwy.
Perhaps she could avoid her dreadful destiny.
Ond yr hyn a ysgrifennwyd, ysgrifennwyd ef.
But what was written was written.
Ac ni ellir gorbwyso tynged fel hyn.
And fate cannot be overruled like this.
Gyda'i gilydd fe deithiasant trwy'r tir.
Together they journeyed through the land.
Gallwch chi ddychmygu sut roedd tynged yn gweithio.
You can imagine how fate was working.
Crwydron nhw heibio i fan gorffwys Dalim.
They wandered past Dalim's resting place.
Roedd cysgod y nos yn agosáu.
The shade of the evening was approaching.
"Mam, mae syched arna i," meddai ei phlentyn.
"Mother, I am thirsty," said her child.
"Eistedd wrth y giât hon," atebodd ei mam.
"Sit at this gate," replied her mother.

"Byddaf yn chwilio am ddŵr yn y pentref"
"I will search for water in the village"
Roedd y ferch yn chwilfrydig am yr ardd.
The girl was curious about the garden.
Ac yn yr ardd gwelodd dŷ rhyfedd.
And in the garden she saw strange house.
Gwthiodd y giât, a agorodd ei hun.
She pushed the gate, which opened itself.
Pan aeth i mewn, gwelodd balas hardd.
When she went in, she saw a beautiful palace.
Ond roedd ganddi deimlad anesmwyth am y palas.
But she had an uneasy feeling about the palace.
Fodd bynnag, roedd y drws wedi cau ei hun.
However, the door had shut itself.
Felly doedd ganddi ddim ffordd o ddianc.
So she had no way of getting out.

Pan ddaeth y nos, adfywiodd y tywysog.
When night came the prince revived.
Fel arfer, roedd yn cerdded o gwmpas yn yr ardd.
As usual, he walked around in the garden.
Ond y tro hwn gwelodd ffigur benywaidd.
But this time he saw a female figure.
Roedd y ffigur yn sefyll ger y giât.
The figure was standing near the gate.
Yn fuan gwelodd mai merch ydoedd.
Soon he saw that it was a girl.
A gwelodd ei bod hi o harddwch heb ei ail.
And he saw she was of unsurpassed beauty.
"Pwy wyt ti?" gofynnodd iddi.
"Who are you?" he asked her.
Dywedodd wrth Dalim bopeth a oedd wedi digwydd.
She told Dalim everything that had happened.
Holl fanylion ei hanes bach.
All the details of her little history.
"Fy ewythr yw'r Bidhata-Purusha dwyfol"
"My uncle is the divine Bidhata-Purusha"

"Ysgrifennodd ar fy nhalcen pan gafodd ei eni"
"He wrote on my forehead at birth"
"Bydd y plentyn hwn yn priodi'r priodfab marw"
"This child will marry the dead bridegroom"
"Doedd fy mam ddim eisiau'r bywyd yna i mi"
"My mother did not want that life for me"
"Felly fe wnaethon ni adael ein tŷ a'n dinas"
"So we left our house and city"
"A chrwydron ni drwy'r wlad"
"And we wandered through the country"
"Roedden ni wedi dod at giât eich palas"
"We had come to the gate of your palace"
"Ar ôl ein taith roeddwn i'n sychedig"
"After our journey I was thirsty"
"Felly aeth fy mam i chwilio am ddŵr"
"So my mother went to look for water"
"Ac yn awr rwy'n sefyll yma o'ch blaen"
"And now I am standing here before you"
Roedd Dalim Kumar yn gwybod ystyr y stori.
Dalim Kumar knew the meaning of the story.
"Fi yw'r priodfab marw," meddai wrth y ferch.
"I am the dead bridegroom," he told the girl.
"Fi fyddi di'n ei briodi"
"It is me who you will marry"
"Dewch gyda mi i'r tŷ," gofynnodd iddi.
"Come with me to the house," he asked of her.
Ond ni chafodd y ferch ei pherswadio mor hawdd.
But the girl wasn't so easily persuaded.
"Rydych chi'n sefyll ac yn siarad â mi"
"You are standing and speaking to me"
"Sut allwch chi fod y priodfab marw?"
"How can you be the dead bridegroom?"
Deallodd y tywysog ei gwrthwynebiad.
The prince understood her objection.
"Byddwch chi'n ei ddeall wedyn"
"You will understand it afterwards"
Dilynodd y ferch y tywysog i mewn i'r tŷ.

The girl followed the prince into the house.
Roedd hi wedi bod yn ymprydio drwy'r dydd.
She had been fasting the whole day.
Felly rhoddodd y tywysog fwyd rhyfeddol iddi.
So the prince gave her wonderful food.
Yn y cyfamser, roedd mam y ferch wedi dod yn ôl.
Meanwhile, the girl's mother had come back.
Roedd hi'n sefyll wrth byrth yr ardd.
She was standing at the gates of the garden.
Ond nid oedd ei merch yno mwyach.
But her daughter was not there anymore.
Gwaeddodd am ei merch.
She cried out for her daughter.
Ond ni chafodd hi ateb gan ei merch.
But she got no reply from her daughter.
Felly aeth hi i chwilio amdani yn y pentref.
So she went looking for her in the village.

Fel arfer, daeth ffrind Dalim y noson honno.
As usual, Dalim's friend came that night.
Roedd Dalim yn dal i ddiddanu ei westai.
Dalim was still entertaining his guest.
Nid oedd yn disgwyl gweld dieithryn.
He was not expecting to see a stranger.
Ac ailadroddodd y ferch ei stori iddo.
And the girl retold him her story.
Gallwch ddychmygu ei syndod pan ddywedodd hi wrtho.
You can imagine his surprise when she told him.
Llwyddodd i gadarnhau stori Dalim.
He was able to confirm Dalim's story.
Yn fuan roedden nhw i gyd wedi derbyn tynged.
Soon they had all accepted destiny.
Y noson honno fe gyflawnasant eu tyngedau.
That night they fulfilled their fates.
Penderfynon nhw uno'r cwpl mewn priodas.
They decided to unite the couple in matrimony.
Byddai'n amhosibl cael offeiriad.

It was going to be impossible to get a priest.
Felly perfformiodd ffrind Dalim y defodau hymeneal.
So Dalim's friend performed the hymeneal rites.
Gadawodd ffrind y priodfab y palas.
The friend of the bridegroom left the palace.
Roedd gan y priod newydd y palas i'w hunain.
The newly-weds had the palace to themselves.
Ni chafodd y cwpl hapus lawer o gysgu y noson honno.
The happy couple did not sleep much that night.
Felly roedd hi'n hir ar ôl codiad haul y deffrodd ydyn nhw.
So it was long after sunrise that they woke up.
Wrth gwrs, dim ond y wraig ifanc a ddeffrodd.
Of course it was only the young wife that woke up.
Roedd y tywysog wedi dod yn gorff oer eto.
The prince had become a cold corpse again.
Roedd y frenhines wedi gwisgo ei mwclis.
The queen had put on her necklace.
Ac roedd bywyd wedi gadael ef eto.
And life had departed from him again.
Gallwch chi ddychmygu sut roedd y wraig ifanc yn teimlo.
You can imagine how the young wife felt.
Ysgwydodd ei gŵr i geisio ei ddeffro.
She shook her husband to try and wake him.
Cusanodd ef ar ei wefusau oer.
She kissed him on his cold lips.
Ond bu ei holl ymdrechion yn ofer.
But all her efforts were in vain.
Roedd mor ddifywyd â cherflun marmor.
He was as lifeless as a marble statue.
Cafodd y wraig ifanc ei tharo gan arswyd.
The young wife was stricken with horror.
Tarodd ei bron â'i dwrn.
She smote her breast with her fists.
Tarodd ei thalcen â'i chledrau.
She struck her forehead with her palms.
A rhwygodd ei gwallt oddi ar ei phen.
And she tore her hair from her head.

Rhedodd drwy'r ardd fel menyw wallgof.
She ran through the garden like a mad woman.
Ni ddaeth ffrind Dalim yn ystod y dydd.
Dalim's friend did not come during the day.
Nid oedd am weld ei ffrind fel hyn.
He did not want to see his friend this way.
Doedd y ferch dlawd ddim yn gwybod beth i'w wneud.
The poor girl did not know what to do.
Ni allai amser fynd heibio'n ddigon cyflym.
Time could not pass quickly enough.
Roedd y diwrnod yn teimlo cyhyd â blwyddyn.
The day seemed as long as a year.
Ond mae diwedd ar y diwrnod hiraf hyd yn oed.
But the even longest day has its end.
Roedd cysgodion y nos yn disgyn.
The shades of evening were descending.
Deffrôdd ei gŵr marw i ymwybyddiaeth.
Her dead husband was awakened into consciousness.
Cododd o'i wely eto.
He rose up from his bed again.
Ac fe gofleidiodd ei wraig newydd.
And he embraced his new wife.
Bwytasant ac yfasant, a daethant yn llawen eto.
Again they ate, drank, and became merry.
Gwnaeth ei ffrind ei ymddangosiad arferol.
His friend made his usual appearance.
A threuliwyd y noson gyfan yn dathlu.
And the whole night was spent celebrating.

Treulion nhw'r saith mlynedd nesaf fel hyn.
They spent the next seven years this way.
Yn ystod y dydd roedd Dalim yn ddifywyd.
During the day Dalim was lifeless.
Ond yn y nos daeth yn fyw.
But at night he came to life.
Ac roedd eu bywyd yn eithaf arferol.
And their life was quite usual.

Rhoddodd y dywysoges ddau fachgen hyfryd i'w gŵr.
The princess gave her husband two lovely boys.
Roedden nhw'n union ddelwedd o'u tad.
They were the exact image of their father.
Wrth gwrs, doedd y brenin a'r Frenhinesau ddim yn gwybod.
Of course the king and Queens did not know.
Doedden nhw ddim yn gwybod eu bod nhw'n neiniau a theidiau.
They did not know they were grandparents.
Ac nid oeddent yn gwybod bod Dalim yn fyw.
And they did not know Dalim was alive.
I fod yn fanwl gywir, dylwn ddweud ei fod yn fyw yn y nos.
To be precise I should say he was alive at night.
Roedden nhw i gyd yn meddwl ei fod wedi bod yn farw ers talwm.
They all thought he had long been dead.
Roedden nhw'n tybio y byddai ei gorff wedi diflannu nawr.
They assumed his corpse would now be gone.
Ond roedd calon gwraig Dalim yn hiraethu.
But the heart of Dalim s wife was yearning.
Doedd hi eisiau dim mwy na'i mam-yng-nghyfraith.
She wanted nothing more than her mother-in-law.
Dros y blynyddoedd roedd hi wedi llunio cynllun.
Over the years she had come up with a plan.
Efallai y gallai hi weld ei mam-yng-nghyfraith.
Perhaps she could see her mother-in-law.
Efallai y gallen nhw gael gafael ar y mwclis.
Maybe they could get hold of the necklace.
Gofynnodd am ganiatâd ei gŵr.
She asked for the consent of her husband.
Ac fe ganiataodd iddi guddio ei hun.
And he allowed her to disguise herself.
Cymerodd ymddangosiad barbwr benywaidd.
She took on the appearance of a female barber.
Fel pob barbwr benywaidd, roedd angen offer arni.
Like every female barber, she needed equipment.

Cymerodd yr offer canlynol;
She took the following tools;
Offeryn haearn ar gyfer paratoi ewinedd bysedd.
An iron instrument for preparing finger nails.
Offeryn haearn arall ar gyfer crafu'r traed.
Another iron instrument for scraping the feet.
Darn o fricsen jhama wedi'i llosgi.
A piece of burnt jhama brick.
Am rwbio gwadnau'r traed.
For rubbing the soles of the feet.
A phaentio ar gyfer ymylon y traed.
And paint for the edges of the feet.
Cymerodd ei holl offer gyda hi.
She took all her tools with her.
A hi a safodd wrth borth palas y Brenin.
And she stood at the gate of the King's palace.
Anghofiais rywbeth arall a ddaeth â hi.
I forgot something else she brought.
Roedd hi wedi dod gyda'i dau fab.
She had come with her two sons.
Siaradodd hi â'r gwarchodwyr.
She spoke with the guards.
"Rwy'n gweithio fel barbwr"
"I work as a barber"
"Rwyf wedi dod i gynnig fy ngwasanaethau"
"I have come to offer my services"
"Rwy'n dymuno gweld y Frenhines Suo"
"I desire to see Queen Suo"
Rhoddodd y Frenhines Suo gyfweliad iddi yn gyflym.
Queen Suo quickly gave her an interview.
Roedd y frenhines yn eithaf hoff o'r ddau fachgen bach.
The queen was quite fond of the two little boys.
Roedden nhw'n ei hatgoffa'n rhyfedd o'i mab ei hun.
They strangely reminded her of her own son.
Ac fe gofiodd ei thrysor coll.
And she remembered her lost treasure.
Syrthiodd dagrau'n doreithiog o'i llygaid.

Tears fell profusely from her eyes.
Nid oedd ganddi'r syniad lleiaf pwy oedden nhw.
She had not the remotest idea who they were.
Wrth gwrs rydyn ni'n gwybod pwy ydyn nhw.
Of course we know who they are.
Y ddau fachgen bach yw ei hwyrion.
The two little boys are her grandsons.
Siaradodd hi â'r barbwr.
She spoke to the barber.
"Bu farw fy mab pan oedd yn ifanc"
"My son died when he was young"
"Rwyf wedi rhoi'r gorau i'r ofereddau hyn"
"I have given up these vanities"
"Stopiais gael fy nhraed wedi'u lliwio'n seremonïol"
"I stopped having my feet ceremoniously dyed"
"Ond byddwn i'n falch o weld eich dau fachgen da"
"But I would be glad to see your two fine boys"
Cytunodd y barbwr i adael i'r Frenhines Suo weld ei bechgyn.
The barber agreed to let Queen Suo see her boys.
Ond roedd ganddi un cwestiwn cyn iddi fynd.
But she had one question before she went.
"Oes yna ferched eraill yn y palas?
"Are there other ladies in the palace?
"Rhywun arall y gallwn ddarparu fy ngwasanaeth iddo"
"Someone else I could provide my service to"
Dywedwyd wrthi fod brenhines arall.
She was told there was another queen.
A chafodd hi ganiatâd i fynd at y frenhines honno hefyd.
And she was also allowed to go to that queen.
Caniataodd y Frenhines Duo iddi baratoi ei hewinedd.
Queen Duo allowed her to prepare her nails.
Ac roedd hi'n cael crafu ei thraed.
And she was allowed to scrape her feet.
Peintiodd ei thraed ag alakta.
She painted her feet with alakta.
Ac roedd y frenhines yn falch iawn o'i sgiliau.

And the queen was very pleased with her skill.
Mwynhaodd melyster ei hanian hefyd.
She also enjoyed the sweetness of her disposition.
Felly fe archebodd i gael mwy o'i gwasanaethau.
So she booked to have more of her services.
Roedd y barbwr benywaidd wedi dod am rywbeth arall.
The female barber had come for something else.
Ac fe sylwi ar y mwclis yn gyflym.
And she quickly noticed the necklace.
Roedd y mwclis o amgylch gwddf y Frenhines.
The necklace was around the Queen's neck.

Roedd diwrnod ei hail ymweliad wedi dod.
The day of her second visit had come.
Rhoddodd y cyfarwyddiadau i'w mab hynaf.
She gave her eldest son the instructions.
"Rydyn ni'n mynd i mewn i'r palas eto"
"We are going into the palace again"
"Pan fyddwch chi yn y palas mae'n rhaid i chi grio"
"When in the palace you have to cry"
"Dywedwch eich bod chi eisiau mwclis y frenhines"
"Say you would like the queen's necklace"
"Peidiwch â stopio crio nes i chi gael ei mwclis"
"Don't stop crying until you have her necklace"
Aeth y barbwr benywaidd i fflat y frenhines Duo.
The female barber went to queen Duo's apartment.
Yn fuan dechreuodd y bachgen hynaf grio.
Soon the elder boy started to cry.
Chwaraeodd y bachgen ei rôl yn dda.
The boy acted his role well.
Ni fyddai dim yn cysuro'r bachgen.
Nothing would console the boy.
"Beth sy'n bod ?" gofynnodd y Frenhines Duo.
"What is wrong?" Queen Duo asked.
Prin y gallai'r bachgen siarad.
They boy could hardly speak.
"Mae eich mwclis mor brydferth"

"Your necklace is so beautiful"
Ac fe barhaodd i wylo.
And he continued to sob.
"Ga i ddal y mwclis os gwelwch yn dda?"
"Can I please hold the necklace?"
Nid oedd y Frenhines Duo eisiau gadael iddo.
Queen Duo did not want to let him.
"Ni allaf wahanu â'm mwclis"
"I cannot part with my necklace"
"Dyma fy gem fwyaf gwerthfawr"
"It is my most valuable jewel"
Ond ni pheidiodd y bachgen â chrio.
But the boy did not stop crying.
Felly tynnodd y mwclis oddi ar ei gwddf.
So she took the necklace off her neck.
A rhoddodd y mwclis yn llaw'r bachgen.
And she put the necklace into the boy's hand.
Stopiodd y bachgen grio'n gyflym.
The boy quickly stopped crying.
Ac fe ddaliodd y mwclis yn ei law.
And he held the necklace in his hand.
Roedd y barbwr benywaidd wedi gorffen ei gwaith.
The female barber had finished her work.
Roedd hi'n pacio ei hoffer.
She was packing up her tools.
Ac roedd hi ar fin gadael y palas.
And she was about to leave the palace.
Felly roedd y frenhines eisiau'r mwclis yn ôl.
So the queen wanted the necklace back.
Ond ni fyddai'r bachgen yn gadael iddi gael y mwclis.
But the boy would not let her have the necklace.
Ceisiodd ei fam gipio'r mwclis oddi wrtho.
His mother attempted to snatch the necklace from him.
Ond fe wylodd yn chwerw pan geisiodd hi.
But he wept bitterly when she tried.
Ac fe wylo fel pe bai ei galon ar fin torri.
And he cried as if his heart would break.

Gofynnodd y barbwr benywaidd yn gwrtais i'r frenhines;
The female barber politely asked the queen;
"Gadewch i'r bachgen fynd â'r mwclis adref, os gwelwch yn dda"
"Please let the boy take the necklace home"
"Bydd yn cwympo i gysgu ar ôl yfed ei laeth"
"He will fall asleep after drinking his milk"
"Ac yna byddaf yn dod â'ch mwclis yn ôl"
"And then I will bring your necklace back"
Gallai weld nad oedd ganddi ddewis.
She could see she had no choice.
Ni fyddai'r bachgen yn caniatáu iddi gymryd y mwclis.
The boy would not allow her to take the necklace.
Felly cytunodd hi â'r cynnig.
So she agreed to the proposal.
"Rhaid bod Dalim wedi marw ers talwm bellach,"
meddyliodd hi.
"Dalim must now be long dead," she thought.
Ac nid oedd ganddi ddim i boeni amdano.
And she had nothing to worry about.

Roedd gan y dywysoges y mwclis gwerthfawr.
The princess had the prized necklace.
Y trysor sydd wedi'i rwymo i fywyd ei gŵr.
The treasure bound to her husband's life.
Brysiodd yn ôl i'r tŷ gardd.
She rushed back to the garden-house.
A rhoddodd y mwclis i Dalim.
And she gave the necklace to Dalim.
Roedd Dalim wedi bod yn fyw drwy'r bore.
Dalim had been alive all morning.
Dyna oedd y tro cyntaf iddo weld yr haul eto.
It was the first time he saw the sun again.
Nid oedd terfyn ar eu llawenydd yn ei fywyd.
Their joy of his life knew no bounds.
Cynghorodd eu ffrind iddynt fynd i'r palas.
Their friend advised them to go to the palace.

"Ewch i'r palas yfory"
"Go to the palace tomorrow"
"Cyflwynwch eich hunain i'r Brenin a'r Frenhines"
"Present yourselves to the King and Queen"
"Gadewch iddyn nhw wybod eich bod chi'n fyw ac yn iach"
"Let them know you're alive and well"
Derbyniodd y cwpl gyngor eu ffrind.
The couple accepted their friend's advice.
Ac fe wnaethon nhw baratoi popeth ar gyfer eu dyfodiad.
And they prepared everything for their arrival.
Daethpwyd ag eliffant i'r tywysog.
An elephant was brought for the prince.
Daethpwyd â phâr o merlod i'r bechgyn.
A pair of ponies were brought for the boys.
Ac roedd chaturdala mawreddog.
And there was a grand chaturdala.
Roedd wedi'i dodrefnu â llenni o les aur.
It was furnished with curtains of gold lace.
Anfonwyd gair at y brenin a'r Frenhines Suo.
Word was sent to the king and Queen Suo.
"Mae'r Tywysog Dalim Kumar yn fyw ac yn iach"
"Prince Dalim Kumar is alive and well"
"Ac mae e'n dod i ymweld â chi"
"And he is coming to visit you"
"Mae ganddo wraig a dau fab nawr "
"Now he has a wife and two sons"
Prin y gallai'r Brenin a'r Frenhines Suo ei gredu.
The King and Queen Suo could hardly believe it.
Ond cawsant eu sicrhau bod y cyfan yn wir.
But they were assured that it was all true.
Sylweddolodd y Frenhines Duo ei thrafferth yn gyflym.
Queen Duo quickly realized her predicament.
A daeth hi'n llethu gan alar.
And she became overwhelmed with grief.
Dilynodd band o gerddorion y tywysog.
A band of musicians followed the prince.
Nesáu'r Tywysog Dalim Kumar at giât y palas.

Prince Dalim Kumar approached the palace-gate.
Aeth y Brenin a'r Frenhines Suo at y pyrth.
The King and Queen Suo went to the gates.
Ac fe groesawon nhw eu mab coll ers amser maith.
And they welcomed their long-lost son.
Gallwch chi ddychmygu pa mor hapus oedden nhw.
You can imagine how happy they were.
Dywedodd Dalim wrth ei rieni am ei farwolaeth.
Dalim told his parents of his death.
Dywedodd wrthyn nhw am y pwll wrth y palas.
He told them of the pond by the palace.
Ac fe ddywedodd wrthyn nhw am y pysgod yn y pwll.
And he told them of the fish in the pond.
Dywedodd wrthyn nhw am y blwch pren yn y pysgodyn.
He told them of the wooden box in the fish.
Dywedodd wrthyn nhw am y mwclis yn y blwch pren.
He told them of the necklace in the wooden box.
Ac fe ddywedodd wrthyn nhw gyfrinach ei fywyd.
And he told them the secret of his life.
Dywedodd wrthyn nhw sut y bu farw bob nos.
He told them how he died each night.
Wrth gwrs, soniodd hefyd am ei wraig newydd.
Of course he also mentioned his new wife.
Roedd y brenin wedi cynddeiriogi gan gynddaredd wrth y newyddion.
The king was inflamed with rage at the news.
Gorchmynnodd i'r Frenhines Duo ddod i'w bresenoldeb.
He ordered Queen Duo into his presence.
Cloddiwyd twll mawr yn y ddaear.
A large hole was dug in the ground.
Roedd y twll mor ddwfn â thaldra dyn.
The hole was as deep as the height of a man.
Gorfodwyd i'r Frenhines Ddeuawd sefyll yn y twll.
Queen Duo was made to stand in the hole.
Roedd drain pigog wedi'u pentyrru o'i chwmpas.
Prickly thorns were heaped around her.
Aeth y drain i fyny at goron ei phen.

The thorns went up to the crown of her head.
Ac yn y modd hwn claddwyd hi'n fyw.
And in this manner she was buried alive.

<h1 style="text-align:center">Phakir Chand</h1>
Phakir Chand

Roedd yna frenin unwaith, a oedd â mab.
There was once a king, who had a son.
Roedd gan weinidog y brenin fab hefyd.
The king's minister also had a son.
Roedd y ddau fab yn caru ei gilydd yn fawr.
The two sons loved each other dearly.
Ac fe wnaethon nhw bopeth gyda'i gilydd.
And they did everything together.
Eisteddodd a safodd y ddau fab gyda'i gilydd.
The two sons sat and stood up together.
Cerddon nhw gyda'i gilydd i'r un lleoedd.
They walked together to the same places.
Bwytasant eu prydau bwyd gyda'i gilydd.
They ate their meals together.
Cysgasant a chodasant gyda'i gilydd.
They slept and got up together.
Treuliasant flynyddoedd yng nghwmni ei gilydd.
They spent years in each other's company.
Un diwrnod roedden nhw ill dau yn teimlo awydd newydd.
One day they both felt a new desire.
Roedden nhw eisiau gweld tiroedd tramor.
They wanted to see foreign lands.
Ac felly fe gychwynasant ar eu taith.
And so they set out on their journey.
Roedd un ohonyn nhw'n fab i frenin.
One of them was the son of a king.
Un ohonyn nhw oedd mab ei brif weinidog.
One of them was the son of his chief minister.
Felly wrth gwrs roedden nhw ill dau yn eithaf cyfoethog.
So of course they were both quite rich.
Ond ni chymerasant unrhyw weision gyda hwy.
But they did not take any servants with them.
Aethant ar eu pennau eu hunain, ar gefn ceffyl.
They went by themselves, on horseback.

Roedd y ceffylau'n brydferth i edrych arnyn nhw.
The horses were beautiful to look at.
Ceffylau Pakshirajes oedden nhw.
They were Pakshirajes horses.
Mae ceffylau o'r fath yn cael eu hadnabod fel brenhinoedd yr adar.
Such horses are known as the kings of birds.
Marchogodd y ddau fab gyda'i gilydd am lawer o ddyddiau.
The two sons rode together for many days.
Aethant trwy wastadeddau helaeth.
They passed through extensive plains.
Ac roedd y gwastadeddau wedi'u gorchuddio â phaddy.
And the plains were covered with paddy.
Ac aethant trwy ddinasoedd dieithr.
And they passed through strange cities.
Ac aethant trwy drefi a phentrefi.
And they passed through towns, and villages.
Aethant trwy anialwch di-goed.
They passed through treeless deserts.
Ac fe aethon nhw trwy goedwigoedd.
And they passed through forests.
Ac roedd y coedwigoedd yn drwchus o goed.
And the forests were dense with trees.
Y coedwigoedd hyn oedd cartref y teigr.
These forests were the abode of the tiger.
Ac roedd yr arth hefyd yn byw yn y coedwigoedd hyn.
And the bear also lived in these forests.
Un noson cawsant eu goddiweddyd gan y nos.
One evening they were overtaken by the night.
Nid oeddent wedi gweld unrhyw anheddau dynol.
They had not seen any human habitations.
Ond roedd yn mynd yn dywyllach ac yn dywyllach.
But it was getting darker and darker.
Felly fe ddisgynasant o dan goeden uchel.
So they dismounted beneath a lofty tree.
Fe wnaethon nhw glymu eu ceffylau wrth y goeden.
They tied their horses to the tree.

Ac yna fe ddringon nhw i fyny'r goeden.
And then they climbed up the tree.
Fe wnaethon nhw orchuddio'r canghennau â dail trwchus.
They covered the branches with thick foliage.
Fel y gallent eistedd ar y canghennau.
So that they could sit on the branches.
Roedd y goeden wedi tyfu ger corff mawr o ddŵr.
The tree had grown near a large body of water.
Roedd y dŵr mor glir â llygad brân.
The water was as clear as the eye of a crow.
Gwnaeth y ddau ffrind eu hunain yn gyfforddus.
The two friends made themselves comfortable.
Wrth gwrs, doedd e ddim yn gyfforddus iawn mewn coeden.
Of course it wasn't very comfortable in a tree.
Ond doedd e ddim yn anghyfforddus yn y goeden chwaith.
But it wasn't uncomfortable in the tree either.
Roedden nhw wedi penderfynu treulio'r noson yno.
They had decided to spend the night there.
Weithiau byddent yn sgwrsio gyda'i gilydd mewn sibrwd.
They sometimes chatted together in whispers.
Roedden nhw'n teimlo bod sibrwd yn well na siarad.
They felt whispering was better than talking.
Oherwydd roedd yr ardal yn ymddangos yn rhyfedd iawn iddyn nhw.
Because the region seemed very strange to them.
Ac yn fuan roedden nhw'n syrthio i gysgadrwydd.
And soon they were falling into a doze.
Ond cafodd eu sylw ei ysgytwol yn sydyn.
But their attention was suddenly jolted.
O'r dŵr clywsant sŵn.
From the water they heard a noise.
Roedd yn swnio fel sŵn dŵr yn rhuthro.
It sounded like the rushing of water.
O'u blaenau roedd golygfa ofnadwy!
In front of them was a terrible sight!
Daeth sarff enfawr o dan y dŵr.
A huge serpent came from under the water.

Nofiodd y neidr i'r lan a llithro o gwmpas.
The snake swam ashore and slithered around.
Ond rhywbeth arall a ddenodd eu sylw.
But something else attracted their attention.
Roedd cwfl cribog y sarff yn disgleirio.
The crested hood of the serpent was shining.
Roedd gan y neidr manikya disglair wedi'i fewnosod.
The snake had a brilliant manikya embedded.
Roedd y gem yn disgleirio fel mil o ddiamwntau.
The jewel shone like a thousand diamonds.
Goleuodd y grisial y dŵr yn y tanc.
The crystal lit up the water in the tank.
Cafodd yr argloddiau a'r coed eu harbelydru.
The embankments and trees were irradiated.
Tynnodd y sarff y gem oddi ar ei chrib.
The serpent doffed the jewel from its crest.
A thaflodd y sarff y gem ar y ddaear.
And the serpent threw the jewel on the ground.
Ac yna aeth y sarff i chwilio am fwyd.
And then the serpent went in search of food.
Doedden nhw ddim yn gallu credu'r hyn roedden nhw wedi'i weld.
They could not believe what they had seen.
Arhoson nhw yn niogelwch y goeden.
They stayed in the safety of the tree.
Ond roedden nhw'n edmygu'r gem yn fawr.
But they greatly admired the jewel.
Collodd y rwbi ddisgleirdeb anesboniadwy.
The ruby shed an ineffable luster.
Roedd gan bopeth lewyrch hudolus o'i gwmpas.
Everything had a magical glow around it.
Nid oeddent erioed wedi gweld unrhyw beth tebyg iddo.
They had never seen anything like it.
Er eu bod nhw wedi clywed am y trysor hwn.
Although, they had heard of this treasure.
Roedd y gem yn cyfateb i drysorau saith brenin.
The jewel equaled the treasures of seven kings.

Ond yn fuan newidiodd eu hedmygedd yn ofn.
But their admiration soon changed to fear.
Daeth y sarff at droed eu coeden.
The serpent came to the foot of their tree.
Roedd y sarff wedi dod o hyd i'w ceffylau!
The serpent had found their horses!
Roedd y ceffylau tlawd wedi cael eu clymu wrth y goeden.
The poor horses had been tied to the tree.
Doedd gan yr anifeiliaid ddim ffordd o ddianc.
The animals had no way of escaping.
Un wrth un, bwytaodd y sarff eu ceffylau.
One by one the serpent ate their horses.
Ond nid oedd archwaeth y sarff yn ymddangos yn fodlon.
But the serpent's appetite did not seem satisfied.
Roedden nhw'n ofni mai nhw fyddai'r dioddefwyr nesaf.
They feared they would be the next victims.
Ond buan y lleddfwyd eu hofnau.
But their fears were soon relieved.
Nid oedd y cobra enfawr wedi eu gweld.
The gigantic cobra had not seen them.
Ac yn y diwedd gadawodd y neidr eto.
And eventually the snake left again.
Gwelodd mab y gweinidog gyfle.
The minister's son saw an opportunity.
Dyma oedd ei gyfle i gipio'r gem.
This was his chance to take the gem.
Ond roedd un broblem ganddyn nhw.
But there was one problem they had.
Roedd y gem yn disgleirio'n anhygoel o llachar.
The jewel shone incredibly bright.
Byddai'r sarff yn gwybod beth oedd wedi digwydd.
The serpent would know what had happened.
Ond roedd ffordd i oresgyn y broblem hon.
But there was a way to overcome this problem.
Ac roedd mab y gweinidog yn gwybod yr ateb.
And the minister's son knew the solution.
Roedd rhaid iddo orchuddio'r garreg â thail ceffyl.

He had to cover the stone with horse-dung.
Ac roedd rhywfaint o dail ceffylau wrth y goeden.
And there was some horse-dung by the tree.
Daeth i lawr o'r goeden yn dawel.
He quietly came down from the tree.
Cododd y baw ceffyl oddi ar y llawr.
He picked up the horse-dung off the floor.
Ac fe daflodd y tail ar y garreg werthfawr.
And he threw the dung upon the precious stone.
Ac yna fe dringodd i fyny i'r goeden eto.
And then he climbed up into the tree again.
Sylwodd y sarff fod rhywbeth wedi digwydd.
The serpent noticed something had happened.
Roedd golau'r gem wedi diflannu.
The light of the jewel had vanished.
Rhuthrodd y sarff yn ôl gyda chynddaredd mawr.
The serpent rushed back with great fury.
Dychwelodd y sarff i'r man lle roedd wedi gadael y garreg.
The serpent returned to where it had left the stone.
Hisian ofnadwy a wnaeth y sarff yn y nos.
The serpent let out a frightful hiss at the night.
Roedd ochenaid a chrampiau'r neidr yn ofnadwy.
The snake's groans and convulsions were terrible.
Aeth y neidr o amgylch ac o amgylch y gem.
The snake went round and round the jewel.
Ond roedd y garreg wedi'i gorchuddio â thail ceffyloedd.
But the stone was covered with horse-dung.
Fel hyn ni allai'r sarff weld ei thrysor.
This way the serpent could not see its treasure.
O'r diwedd, anadlodd y sarff ei hanadl olaf.
Finally, the serpent breathed its last breath.

Ni chafodd y ddau ffrind lawer o gysgu y noson honno.
The two friends did not sleep much that night.
Yn y bore daethant i lawr o'r goeden.
In the morning they came down from the tree.
Aethant i'r lle roedd gem yr arfbais.

They went to where the crest-jewel was.
Roedd y sarff nerthol yn dal i orwedd yno.
The mighty serpent was still laying there.
Ond nawr roedd corff y neidr yn gwbl ddifywyd.
But now the snake's body was perfectly lifeless.
Camodd ffrind y tywysog dros y neidr farw.
The friend of the prince stepped over the dead snake.
Ac fe gododd y gem oedd wedi'i gorchuddio â thail.
And he picked up the dung covered jewel.
Aeth y ddau ohonyn nhw at lan y dŵr.
Both of them went to the bank of the water.
A golchasant y garreg werthfawr.
And they washed the precious stone.
O'r diwedd, roedd yr holl dail wedi'i olchi i ffwrdd.
Finally, all the dung had been washed off.
Ac roedd y gem yn disgleirio mor ddisglair ag o'r blaen.
And the jewel shone as brilliantly as before.
Goleuodd y gem wely cyfan y tanc dŵr.
The jewel lit up the entire bed of the tank of water.
Nawr roedden nhw'n gallu gweld y pysgod dirifedi.
Now they could see the innumerable fishes.
Ond datgelodd y golau rywbeth arall hefyd.
But the light also revealed something else.
Synnodd hyn hwy yn fwy na'r holl bysgod.
This astonished them more than all the fishes.
Yng ngwaelod y dŵr roedd rhywbeth.
In the bottom of the water there was something.
Gallent weld bod yna waliau uchel.
They could see there were lofty walls.
Roedd y muriau o balas godidog.
The walls were from a magnificent palace.
Roedd ffrind y tywysog yn teimlo'n fentrus.
The prince's friend was feeling venturesome.
Perswadiodd fab y brenin i'w ddilyn.
He convinced the king's son to follow him.
Ac yna roedden nhw eisiau nofio i'r palas isod.
And then they wanted to swim to the palace below.

Cymerodd ffrind y tywysog y gem yn ei law.
The prince's friend took the jewel in his hand.
A phlymiodd y ddau i'r dyfroedd.
And they both dived into the waters.
Yn fuan safasant wrth giât y palas.
Soon they stood at the gate of the palace.
Er eu syndod roedd y giât ar agor.
To their surprise the gate was open.
Ni welsant unrhyw fod, dynol nac goruwchddynol.
They saw no being, human or superhuman.
Felly fe benderfynon nhw fentro i mewn i'r giât.
So they decided to venture inside the gate.
Y tu mewn i'r muriau roedd gardd brydferth.
Inside the walls there was a beautiful garden.
Yng nghanol yr ardd roedd tŷ.
In the middle of the garden was a house.
Doedd neb erioed wedi gweld cymaint o flodau.
No one had ever seen so many flowers.
Roedd yna rosod o bob math y gellir ei ddychmygu.
There were roses of all imaginable varieties.
Roedd niferoedd diddiwedd o jesamin melyn.
There were endless numbers of yellow jessamine.
Ac roedd yna nifer o flodau clychau gwyn.
And there were numerous white bell flowers.
Y blodau hyn oedd brenin yr arogleuon.
These flowers were the king of smells.
Lili'r dyffryn mwyaf persawrus.
The most scented lily of the valley.
Roedd y blodau o goeden y champaka yno.
There were the flowers from the champaka tree.
A mil o flodau eraill ag arogl melys.
And a thousand other sweet-scented flowers.
Erwau wedi'u gorchuddio â'r jessamine blasus.
Acres covered with the delicious jessamine.
Roedd yr holl blanhigion wedi'u haddurno â blodau.
All the plants were gemmed with flowers.
Ac roedd yr holl flodau yn eu blodau llawn.

And all the flowers were in full bloom.
Felly roedd yr awyr yn llawn persawr cyfoethog.
So the air was loaded with rich perfume.
Anialwch o arogleuon melys ym mhobman.
A wilderness of sweet scents everywhere.
Aethant trwy'r baradwys persawr hwn.
They went through this paradise of perfumery.
Ac yn y diwedd fe gyrhaeddon nhw'r tŷ.
And eventually they reached the house.
Roedd y tŷ wedi'i amgylchynu gan goed uchel.
The house was surrounded by lofty trees.
Yn fuan safasant wrth ddrws y tŷ.
Soon they stood at the door of the house.
Nawr roedden nhw'n gallu gweld ei fod yn balas tylwyth teg.
Now they could see it was a fairy palace.
Roedd y waliau o aur wedi'i sgleinio.
The walls were of burnished gold.
Yma ac acw roedd diemwntau o liw disglair yn disgleirio.
Here and there shone diamonds of dazzling hue.
Ond ni welsant unrhyw fodau.
But they did not see any beings.
Felly aethant i mewn i'r palas.
So they went inside the palace.
Roedd y palas wedi'i ddodrefnu'n gyfoethog.
The palace was richly furnished.
Aethant o ystafell i ystafell.
They went from room to room.
Ond ni welsant neb.
But they did not see anyone.
Roedd yn ymddangos fel tŷ gwag.
It seemed to be a deserted house.
O'r diwedd, fodd bynnag, fe wnaethon nhw ddod o hyd i ystafell arbennig.
At last, however, they found a special room.
Yn yr ystafell hon roedd gwraig ifanc.
In this room there was a young lady.

Roedd hi'n cysgu ar wely aur.
She was sleeping on a golden bed.
Roedd y foneddiges ifanc o harddwch rhyfeddol.
The young lady was of exquisite beauty.
Roedd ei chroen yn gymysgedd o goch a gwyn.
Her complexion was a mixture of red and white.
Roedd hi'n ymddangos tua un ar bymtheg oed.
She seemed to be about sixteen years of age.
Syllodd y ddau ffrind arni.
The two friends gazed upon her.
Roedden nhw wedi'u swyno gan ei harddwch hi.
They were enchanted by her beauty.
Ond ni allent ei hedmygu am hir.
But they could not admire her for long.
Oherwydd bod y ferch ifanc wedi agor ei llygaid.
Because the young lady opened her eyes.
Roedd ei llygaid fel llygaid gasél.
Her eyes seemed like the eyes of a gazelle.
Wrth weld y dieithriaid dywedodd hi;
On seeing the strangers she said;
"Sut y daethoch chi yma, chwi ddynion anffodus?"
"How have you come here, ye unfortunate men?"
"Ewch, ewch! Rwy'n erfyn arnoch chi'ch dau"
"Be gone, be gone! I beg of you two"
"Dyma breswylfa sarff nerthol "
"This is the abode of a mighty serpent"
"Y sarff a ddifoddodd fy rhieni"
"The serpent which has devoured my parents"
"A'm brodyr, a'm holl berthnasau"
"And my brothers, and all my relatives"
"Fi yw'r unig un y mae wedi'i harbed"
"I am the only one that he has spared"
"Ffowch am eich bywydau tra gallwch chi o hyd"
"Flee for your lives while you still can"
"Neu fel arall bydd y sarff yn eich bwyta chi'r ddau"
"Or else the serpent will eat you both"
Dywedodd ffrind y tywysog wrthi beth oedd wedi digwydd.

The prince's friend told her what had happened.

"Mae'r sarff wedi anadlu ei anadl olaf"

"The serpent has breathed his last breath"

"Mae corff y neidr yn gorwedd yn ddifywyd ar y llawr"

"The snake's body lies lifeless on the floor"

"Cymeron ni ben-gem y sarff"

"We took the head-jewel of the serpent"

"Dangosodd golau'r emwaith y palas i ni.

"The jewel's light showed us to the palace.

Diolchodd i'r dieithriaid am eu dewrder.

She thanked the strangers for their bravery.

"Rhyddoch chi fi o'r sarff uffernol"

"You have freed me from the infernal serpent"

"Byw gyda mi yn fy mhalas, os gwelwch yn dda"

"Please live with me in my palace"

"Ond addawwch na fyddwch byth yn fy ngadael"

"But please promise never to desert me"

Fe wnaethon nhw dderbyn y gwahoddiad yn llawen.

They gladly accepted the invitation.

Roedd mab y brenin wedi ei garu gan y dywysoges.

The king's son was smitten with the princess.

Roedd wrth ei fodd â swynion y dywysoges ddigymar.

He adored the charms of the peerless princess.

Ac fe'i priododd ar ôl cyfnod byr.

And he married her after a short time.

Nid oedd offeiriad yn y palas.

There was no priest at the palace.

Felly clymwyd y cwlwm hymeneal trwy ddulliau eraill.

So the hymeneal knot was tied by other means.

Cyfnewid syml o garlantau o flodau.

A simple exchange of garlands of flowers.

Daeth mab y brenin yn hapus mewn modd anhraethadwy.

The king's son became inexpressibly happy.

Roedd wrth ei fodd yng nghwmni'r dywysoges.

He delighted in the company of the princess.

Roedd gan ffrind y tywysog wraig hefyd.

The prince's friend also had a wife.

Wrth gwrs, roedd hi'n byw yn y byd uchaf.
Of course she was living in the upper world.
Ond fe gymerodd ran yn hapusrwydd ei ffrind.
But he participated in his friend's happiness.
Aeth yr amser a dreuliasant gyda'i gilydd heibio'n llawen.
The time they spent together passed merrily.
Ond ni allent fyw yma am byth.
But they could not live here forever.
Roedd rhaid i'r tywysog ddychwelyd i'w deyrnas.
The prince had to return to his kingdom.
Ond roedd yn gwybod y byddai'r dychweliad yn gofyn am rywfaint o gynllunio.
But he knew the return would require some planning.
Byddai'r achlysur yn dod gyda llawer o rwysg.
The occasion would come with a lot of pomp.
Roedd yna lawer o seremonïau i fod.
There were going to be many ceremonies.
Oherwydd roedd llawer i'w ddathlu.
Because there was a lot to be celebrated.
Yn gyntaf roedd ffrind y tywysog yn mynd i fynd.
First the prince's friend was going to go.
Ac yna roedd yn mynd i ddychwelyd gyda'r gweision.
And then he was going to return with the attendants.
Ceffylau, ac eliffantod i'r pâr hapus.
Horses, and elephants for the happy pair.
Aeth y tywysog gyda'i ffrind.
The prince accompanied his friend.
Gyda'i gilydd aethant yn ôl i'r wyneb.
Together they went back to the surface.
A gwelsant y byd uchaf eto.
And they saw the upper world again.
Ffarweliodd y ddau ffrind â'i gilydd.
The two friends bid each other adieu.
Dychwelodd y tywysog at ei wraig hyfryd.
The prince returned to his lovely wife.
Cyn gadael roedd popeth wedi'i drefnu.
Before leaving everything had been organized.

Trefnodd ffrind y tywysog iddo ddychwelyd.
The prince's friend arranged his return.
Dywedodd pryd yr oedd yn mynd i fynd i'r arglawdd.
He said when he was going to go to the embankment.
Roedd e'n mynd i gael y ceffylau oedd eu hangen arnyn nhw.
He was going to have the horses that they needed.
Roedd eliffantod yn mynd i fod yno hefyd, a gweision.
Elephants were going to be there too, and attendants.
Roedden nhw'n mynd i aros am y tywysog a'r dywysoges.
They were going to wait upon the prince and princess.
Rhoddodd y gem neidr yr hawliau i hyn iddynt.
The snake-jewel gave them the rights to this.
Aeth ffrind y tywysog yn ôl i'w wlad.
The prince's friend went back to his country.
I baratoi ar gyfer dychweliad ei ffrind.
To prepare for the return of his friend.

Un diwrnod roedd y tywysog yn cysgu.
One day the prince was sleeping.
Roedd newydd gael ei bryd o fwyd canol dydd.
He had just had his midday meal.
Nid oedd y dywysoges erioed wedi gweld y rhanbarthau uchaf.
The princess had never seen the upper regions.
Teimlai'r awydd i weld y byd uchaf.
She felt the desire to see the upper world.
Ar gyfer hyn roedd hi angen y gem neidr.
For this she needed the snake-jewel.
Dim ond hyn allai ei helpu trwy'r dŵr.
Only this could help her through the water.
Roedd y gem yn disgleirio ei golau llachar yn yr ystafell.
The jewel was shining its bright light in the room.
Cymerodd y gem neidr yn ei llaw.
She took the snake-jewel into her hand.
Ac yna gadawodd y palas a'r ardd.
And then she left the palace and the garden.

Llwyddodd i nofio i'r byd uchaf.
She successfully swam to the upper world.
Nid oedd unrhyw farwol wedi ei gweld hi.
No mortal had caught sight of her.
Ar ymyl y dŵr roedd rhai grisiau.
At the edge of the water were some steps.
Roedd y grisiau er hwylustod i ymdrochwyr.
The steps were for the convenience of bathers.
A dyma lle roedd hi'n eistedd hefyd.
And this is also where she sat.
Sgwriodd ei chorff gyda'r tywod.
She scrubbed her body with the sand.
Golchodd ei gwallt gyda'r dŵr croyw.
She washed her hair with the fresh water.
Ac fe chwaraeodd hi gyda'r dŵr er mwyn hwyl.
And she played with the water for fun.
Cerddodd hi o gwmpas ar lan y dŵr.
She walked about on the water's edge.
Ac roedd hi'n edmygu'r holl olygfeydd o'i chwmpas.
And she admired all the scenery around.
Ond o'r diwedd dychwelodd yn ôl i'w phalas.
But finally she returned back to her palace.
Roedd ei gŵr yn dal i gwsg yn ddwfn.
Her husband was still deep in sleep.
Ond yn y diwedd roedd wedi cysgu digon.
But eventually he had slept enough.
Ni ddywedodd hi wrtho am ei hanturiaethau.
She did not tell him about her adventures.
Y diwrnod canlynol syrthiodd ei gŵr i gysgu eto.
The next day her husband fell asleep again.
Ac unwaith eto ymwelodd â'r byd uchaf.
And again she paid a visit to the upper world.
Ac arhosodd hi heb i ddyn marwol sylwi.
And she remained unnoticed by mortal man.
Roedd ei llwyddiant yn dechrau rhoi dewrder iddi.
Her success was starting to give her courage.
Felly ailadroddodd ei hantur am y drydedd dro.

So she repeated her adventure a third time.
Roedd mab y rajah allan yn hela y diwrnod hwnnw.
The rajah's son was out hunting that day.
Roedd ganddo ei babell heb fod ymhell o'r dŵr.
He had his tent not far from the water.
Roedd ei weision yn coginio ei bryd o fwyd.
His attendants were cooking his meal.
Felly, crwydrodd o gwmpas ar hyd y dŵr.
So, he wandered about along the water.
Gerllaw roedd hen wraig yn casglu briciau.
Nearby an old woman was gathering sticks.
Roedd hi'n casglu canghennau sych o goed.
She was collecting dried branches of trees.
Roedd hi angen y ffyn ar gyfer cynnau coed.
She needed the sticks for kindling wood.
Dyma pryd y daeth y dywysoges allan o'r dŵr.
This was when the princess came out the water.
Syllodd o gwmpas a gwelodd ddyn.
She gazed around and she saw a man.
Ac yna gwelodd fod yna fenyw hefyd.
And then she saw there was also a woman.
Roedd y dywysoges yn gwybod nad oedd hi eisiau cael ei gweld.
The princess knew she didn't want to be seen.
Felly aeth hi'n ôl i lawr i'w phalas.
So she went back down to her palace.
Ond roedd mab y rajah wedi cael cipolwg arni.
But the rajah's son had caught a glimpse of her.
A gwelodd yr hen wraig oedd yn casglu briciau hi hefyd.
And the old woman gathering sticks saw her too.
Safodd mab y rajah yn syllu ar y dyfroedd.
The rajah's son stood gazing on the waters.
Nid oedd erioed wedi gweld menyw mor brydferth.
He had never seen such a beautiful woman.
Roedd hi'n ymddangos iddo fel Duwies deva-kanyas.
She seemed to him to be a deva-kanyas Goddess.

Duwiesau nefol yr oedd wedi darllen amdanynt mewn hen lyfrau.
Heavenly goddesses he had read of in old books.
Dywedir eu bod yn ymweld â'r byd uchaf.
They are said to visit the upper world.
Ac mae'n anrhydedd i'r byd uchaf eu cael nhw.
And the upper world is honored to have them.
Ond dywedir ei fod yn digwydd yn anaml yn unig.
But it is said to happen only rarely.
Y ffordd y mae angylion yn ymweld yn anaml yn unig.
The way that angels only visit rarely.
Roedd wedi gweld harddwch rhyfeddol y dywysoges.
He had seen the princess' unearthly beauty.
Roedd hi wedi gwneud argraff ddofn ar ei galon.
She had made a deep impression on his heart.
Er mai dim ond am eiliad yr oedd wedi ei gweld hi.
Although he had seen her only for a moment.
Ond roedd ei phrydferthwch yn tynnu ei feddwl.
But her beauty distracted his mind.
Safodd yno fel cerflun, am oriau.
He stood there like a statue, for hours.
Y cyfan y gallai ei wneud oedd syllu i'r dyfroedd.
All he could do was gaze into the waters.
Yn y gobaith o weld y ffigur hyfryd eto.
In the hope of seeing the lovely figure again.
Ond treuliwyd ei holl amser yn ofer.
But all his time was spent in vain.
Ni ymddangosodd y dywysoges eto.
The princess did not appear again.
Aeth mab y rajah yn wallgof gan gariad.
The rajah's son became mad with love.
Daliodd ati i fwmian, "nawr yma, nawr wedi mynd!"
He kept muttering, "now here, now gone!"
Gwrthododd adael ymyl y dŵr.
He refused to leave the water's edge.
Bu'n rhaid i'w weision ei symud oddi yno'n rymus.
His attendants had to forcibly remove him.

Aethant ag ef i balas ei dad.
They took him to his father's palace.
Ond roedd mewn cyflwr o wallgofrwydd anobeithiol.
But he was in a state of hopeless insanity.
Ni ellid ei orfodi i siarad ag unrhyw un.
He couldn't be made to speak to anyone.
Ac fe dreuliodd ei ddyddiau yn wylo'n drwm.
And he spent his days sobbing heavily.
Ni ddaeth unrhyw eiriau eraill allan o'i geg.
No others words came out of his mouth.
"Nawr yma, nawr wedi mynd!"
"Now here, now gone!"
"Nawr yma, nawr wedi mynd!"
"Now here, now gone!"
Gallwch ddychmygu galar y rajah.
You can imagine the rajah's grief.
"Beth allai fod wedi drysu meddwl fy mab?"
"What could have deranged my son's mind?"
"'Nawr yma, nawr wedi mynd,' beth mae'n ei olygu?"
"'Now here, now gone,' what does it mean?"
Ni allai ddatrys ystyr y geiriau.
He could not unravel the words' meaning.
Ni allai ei weision ddehongli'r geiriau chwaith.
His attendants couldn't decipher the words either.
Ymgynghorwyd â meddygon gorau'r wlad.
The land's best physicians were consulted.
Ond ni chafodd eu hymgynghoriad unrhyw effaith.
But their consultation had no effect.
Nid oedd meibion Asculapius yn gallu helpu.
The sons of æsculapius were not able to help.
Ni allai neb ganfod achos y gwallgofrwydd.
No one could ascertain the cause of the madness.
Heb wybod yr achos nid oedd iachâd.
Without knowing the cause there was no cure.
Ceisiodd y meddygon ofyn i'r tywysog.
The physicians tried to ask the prince.

Ond y cyfan a ddywedodd oedd, "nawr yma, nawr wedi mynd!"
But all he said was, "now here, now gone!"
Roedd y rajah wedi'i dynnu sylw gan alar.
The rajah was distracted with grief.
Ddydd a nos roedd yn poeni am ei fab.
Day and night he worried for his son.
Roedd yn dymuno i ddeallusrwydd ei fab ddychwelyd.
He wished for his son's intellects to return.
Gwnaed cyhoeddiad yn y brifddinas.
A proclamation was made in the capital.
Anfonwyd crïwyr tref i'r ddinas.
Town criers were sent into the city.
Ac fe wnaethon nhw guro eu drymiau am sylw.
And they beat their drums for attention.
"Mae mab y rajah wedi colli ei alluoedd meddyliol"
"The rajah's son has lost his mental faculties"
"Mae'r rajah yn ceisio iachâd i'w fab"
"The rajah seeks a cure for his son"
"Cynigir gwobr am yr iachâd"
"A reward is offered for the cure"
"Llaw merch y rajah"
"The hand of the rajah's daughter"
"Mae ei llaw hi'n dod gyda hanner ei deyrnas"
"Her hand comes with half his kingdom"
Curwyd y drwm o amgylch y ddinas.
The drum was beaten around the city.
Ond ni theimlai neb y gallent gyffwrdd â'r drwm.
But no one felt they could touch the drum.
Ni wyddai neb achos ei wallgofrwydd.
No one knew the cause of his madness.
O'r diwedd daeth hen wraig ymlaen.
At last an old woman came forward.
A chamodd hi i fyny i gyffwrdd â'r drwm.
And she stepped up to touch the drum.
"Byddaf yn darganfod achos ei wallgofrwydd"
"I will discover the cause of his madness"

"A byddaf yn ei iacháu o'i glefyd"
"And I will cure him from his disease"
Roedd hi wedi gweld beth ddigwyddodd i'r bachgen.
She had seen what happened to the boy.
Roedd hi ar lan y dŵr y diwrnod hwnnw.
She was at the water's edge that day.
Hi oedd yn casglu briciau.
It was her who was gathering up sticks.
Roedd gan y ddynes hon fab â ymennydd crac.
This woman had a crack-brained son.
Enwyd ei mab yn Phakir-Chand.
Her son was named of Phakir-Chand.
Felly galwyd hi'n fam Phakir.
So she was called Phakir's mother.
Dygwyd y ddynes gerbron y rajah.
The woman was brought before the rajah.
A digwyddodd y sgwrs ganlynol.
And the following conversation took place.
"Ti yw'r fenyw a gyffyrddodd â'r drwm"
"You are the woman that touched the drum"
"Ydych chi'n gwybod achos gwallgofrwydd fy mab?"
"You know the cause of my son's madness?"
"Ie, o ymgnawdoliad cyfiawnder!"
"Yes, oh incarnation of justice!"
"Rwy'n gwybod achos gwallgofrwydd eich mab"
"I know the cause of your son's madness"
"Ond wna i ddim dweud achos ei wallgofrwydd"
"But I will not say the cause of his madness"
"Yn gyntaf byddaf yn gwella eich mab o'i wallgofrwydd"
"First I will cure your son of his madness"
"Sut alla i gredu eich bod chi'n gallu?"
"How can I believe you are able to?"
"Mae meddygon gorau'r wlad wedi methu"
"The best physicians of the land have failed"
"Nid oes rhaid i chi gredu nawr, fy frenin"
"You need not now believe, my king"
"Arhoswch nes i mi gyflawni'r iachâd"

"Wait till I have performed the cure"
"Mae llawer hen wraig yn gwybod llawer o gyfrinachau"
"Many an old woman knows many secrets"
"Cyfrinachau nad yw dynion doeth yn gyfarwydd â nhw"
"Secrets wise men are unacquainted with"
"Iawn iawn, gadewch i mi weld beth allwch chi ei wneud"
"Very well, let me see what you can do"
"O fewn pa amser fyddwch chi'n cyflawni'r iachâd?"
"In what time will you perform the cure?"
"Mae'n amhosibl trwsio'r amser"
"It is impossible to fix the time"
"Wrth gwrs, byddaf yn dechrau gweithio ar unwaith"
"Ff course I will begin work immediately"
"Ond mae angen cymorth eich arglwyddiaeth arnaf"
"But I need your lordship's assistance"
"Pa gymorth sydd ei angen arnoch chi gen i?"
"What help do you require from me?"
"A fydd eich arglwyddiaeth yn archebu cwt os gwelwch yn dda"
"Your lordship will please order a hut"
"Codi'r cwt ar lan y dŵr"
"Have the hut raised on the embankment of the water"
"Lle cafodd eich mab y clefyd gyntaf"
"Where your son first caught the disease"
"Rwy'n bwriadu byw yn y cwt hwnnw am ychydig ddyddiau"
"I mean to live in that hut for a few days"
"A gorchmynnwch rai o'ch gweision os gwelwch yn dda"
"And please order some of your servants"
"Rhaid iddyn nhw fod yn bresennol o bell"
"They have to be in attendance at a distance"
"Dywedwch wrthyn nhw am fod tua chant llath i ffwrdd"
"Tell them to be about a hundred yards away"
"Felly gallaf eu galw draw pan fydd eu hangen arnom"
"That way I can call them over when we need them"
Roedd y brenin wedi gwrando'n astud.
The king had listened attentively.

"Byddaf yn gorchymyn i hynny gael ei wneud ar unwaith"
"I will order that to be immediately done"
"Ydych chi eisiau unrhyw beth arall?"
"Do you want anything else?"
"Dyna'r holl baratoadau sydd eu hangen arnaf"
"Those are all the preparations I need"
"Ond gadewch i mi eich atgoffa o'r cytundeb"
"But let me remind you of the agreement"
"Addawaist law dy ferch"
"You promised the hand of your daughter"
"Ac addawaist ti hanner dy deyrnas"
"And you promised half your kingdom"
"Ond alla i ddim priodi dy ferch"
"But I can't marry your daughter"
"Oherwydd bod yn rhaid i'ch merch briodi dyn"
"Because your daughter has to marry a man"
"Ond mae gen i fab o oedran priodi hefyd"
"But I also have a son of marriageable age"
"Gadewch i'm mab briodi eich merch"
"Allow my son to marry your daughter"
"Gadewch iddo gael hanner eich teyrnas"
"Allow him to have half of your kingdom"
Cytunodd y brenin â'r telerau.
The king was agreed with the terms.
"Os dewch o hyd i iachâd, bydd yn priodi fy merch"
"If you find a cure, he marries my daughter"
"A hanner fy nheyrnas fydd yn eiddo iddo"
"And half of my kingdom shall be his"
Codwyd cwt dros dro yn gyflym.
A temporary hut was quickly erected.
Adeiladwyd y cwt ar lan y dŵr.
The hut was built on the embankment of the water.
A chymerodd mam Phakir ei phreswylfa.
And Phakir's mother took up her abode.
Codwyd allbost hefyd o bellter.
An outpost was also erected at some distance.

Oherwydd y gallai fod angen rhywfaint o bresenoldeb ar y fenyw.
Because the woman might require some attendance.
Rhoddwyd gorchmynion llym gan fam Phakir.
Strict orders were given by Phakir's mother.
Ni chaniatawyd i neb fynd yn agos at y dŵr.
No one was allowed to go near the water.
Dim ond hi oedd yn cael aros wrth y dŵr.
Only she was allowed to stay by the water.

Ond gadewch inni adael mam Phakir wrth y dŵr.
But let us leave Phakir's mother at the water.
Gadewch inni frysio i lawr y palas tanddaearol.
Let us hasten down the subterranean palace.
I weld beth mae'r tywysog a'r dywysoges yn ei wneud.
To see what the prince and the princess are doing.
Roedd y dywysoges eisiau mynd i fyny eto.
The princess did want to go up again.
Ond roedd hi bellach yn gwybod y byddai'n beryglus.
But she now knew that it would be dangerous.
Ac roedd hi wedi rhoi'r gorau i'r syniad o gael pedwerydd ymweliad.
And she had given up the idea of a fourth visit.
Ond mae gan fenywod fwy o chwilfrydedd yn gyffredinol.
But women generally have greater curiosity.
Ac nid oedd y dywysoges yn eithriad i'r rheol.
And the princess was no exception to the rule.
Un diwrnod roedd ei gŵr yn cysgu.
One day her husband was asleep.
Roedd bob amser yn cysgu ar ôl ei bryd bwyd ganol dydd.
He always slept after his noonday meal.
Cymerodd y gem neidr yn ei llaw.
She took the snake-jewel in her hand.
A rhuthrodd allan o'r palas.
And she rushed out of the palace.
A daeth hi i fyny i'r byd uchaf.
And she came up to the upper world.

Bu cynnwrf yn y dyfroedd.
There was an upheaval in the waters.
Ac roedd mam Phakir ar ei orau.
And Phakir's mother was on high alert.
Roedd hi'n cuddio yn y cwt.
She was hiding in the hut.
Ac roedd hi'n edrych trwy'r agennau.
And she was looking through the chinks.
Ni welodd y dywysoges unrhyw fod dynol gerllaw.
The princess saw no human being nearby.
Felly daeth hi at lan y dŵr.
So she came to the bank of the water.
Dangosodd mam Phakir ei hun y tu allan i'r cwt.
Phakir's mother showed herself outside the hut.
Ac fe anerchodd y dywysoges yn gwrtais.
And she addressed the princess politely.
"Tyrd, fy mhlentyn, ti frenhines harddwch"
"Come, my child, thou queen of beauty"
"Tyrd ataf fi, a byddaf yn dy helpu i ymolchi"
"Come to me, and I will help you to bathe"
Gan ddweud hynny, aeth at y dywysoges.
So saying, she approached the princess.
Gwelodd y dywysoges mai dim ond hen wraig oedd hi.
The princess saw she was just an old woman.
Felly ni wnaeth hi unrhyw wrthwynebiad i'w chynnig.
So she made no resistance to her offer.
Roedd yr hen wraig yn golchi gwallt y dywysoges.
The old woman was washing the princess' hair.
A sylwi ar y gem ddisglair yn ei llaw.
And she noticed the bright jewel in her hand.
"Allan o'r gem yma nes i chi gael eich bathu"
"Out the jewel here till you are bathed"
Nawr roedd y gem yn nwylo mam Phakir.
Now the jewel was in the hands of Phakir's mother.
Lapiodd y gem mewn lliain.
She wrapped the jewel up in a cloth.
A hi a lapio'r lliain o amgylch ei chanol.

And she wrapped the cloth around her waist.
Nawr nid oedd y dywysoges yn gallu dianc.
Now the princess was unable to escape.
A rhoddodd mam Phakir yr arwydd.
And Phakir's mother gave the signal.
Rhuthrodd y gweision at y dŵr.
The attendants rushed to the water.
A chymerasant y dywysoges yn gaeth.
And they took the princess captive.
Cyrhaeddodd y newyddion y ddinas yn fuan.
The news soon reached the city.
"Roedd mam Phakir wedi dal nymff dŵr"
"Phakir's mother had captured a water-nymph"
A llawenhaodd y bobl wrth y newyddion.
And the people rejoiced at the news.
Daeth pawb i weld "merch yr anfarwolion"
All came to see the "daughter of the immortals"
Cafodd ei chludo i'r palas.
She was brought to the palace.
A daethpwyd â hi at fab y rajah.
And she was brought to the rajah's son.
Roedd mab y rajah yn dal i fod â deallusrwydd gwael.
The rajah's son was still of impaired intellect.
Ond diflannodd y cwmwl hwnnw ar ei ymennydd yn fuan.
But that cloud on his brain soon dissipated.
"Dw i wedi dod o hyd i ti! Dw i wedi dod o hyd i ti!"
"I have found you! I have found you!"
Roedd ei lygaid wedi bod yn wag ac yn ddi-sglein.
His eyes had been vacant and lusterless.
Ond nawr roedd tân deallusrwydd yn ei lygaid.
But now his eyes had the fire of intelligence.
Roedd bron wedi colli defnydd ei dafod.
He had almost lost the use of his tongue.
**"Nawr yma, nawr wedi mynd!" oedd yr oll yr oedd wedi
gallu ei ddweud.**
"Now here, now gone!" was all he had been able to say.
Ond adferwyd y synnwyr hwn hefyd.

But this sense too was restored.
Nid oedd terfyn ar lawenydd y rajah.
The joy of the rajah knew no bounds.
Roedd hwyl fawr yn y ddinas.
There was great festivity in the city.
Canmolodd y bobl fam Phakir-Chand.
The people praised Phakir-Chand's mother.
Ac yn fuan roedd pawb yn disgwyl y briodas.
And everyone soon expected the marriage.
Roedd mab y rajah i briodi'r nymff dŵr.
The rajah's son was to wed the water-nymph.
Fodd bynnag, roedd y dywysoges wedi gwneud addewid.
The princess, however, had made a promise.
Dywedodd wrth fam Phakir am ei haddewid.
She told Phakir's mother of her promise.
"Wna i ddim edrych ar ddyn arall cymaint â hynny"
"I won't as much as look at another man"
"Am flwyddyn bydd fy addunedau yn para"
"For one year my vows shall last"
"Ni all y briodas ddigwydd yn yr amser hwnnw"
"The marriage cannot happen in that time"
Roedd mab y rajah braidd yn siomedig.
The rajah's son was somewhat disappointed.
Ond cytunodd yn rhwydd i'r oedi.
But he readily agreed to the delay.
"Mae oedi yn gwella melyster y pleser"
"Delay enhances the sweetness of the pleasure"
Wrth gwrs, treuliodd y dywysoges ei hamser mewn galar.
Of course the princess spent her time in sorrow.
Treuliodd ei dyddiau a'i nosweithiau yn ochain.
She spent her days and nights sighing.
Ac roedd hi'n galaru am ei chwilfrydedd segur.
And she lamented her idle curiosity.
Y chwilfrydedd a'i harweiniodd i'r byd uchaf.
The curiosity that led her to the upper world.
Y chwilfrydedd a'i gwahanodd hi oddi wrth ei gŵr.
The curiosity that separated her from her husband.

Meddyliodd am ei gŵr anffodus.
She thought of her unfortunate husband.
Roedd hi wedi ei adael ar ei ben ei hun o dan y dyfroedd.
She had left him all alone below the waters.
Ac roedd hi'n wylo dagrau chwerw bob dydd.
And she wept bitter tears each day.
Roedd hi'n dymuno y gallai redeg i ffwrdd.
She wished that she could run away.
Ond byddai hynny wedi bod yn amhosibl.
But that would have been impossible.
Oherwydd ei bod hi wedi'i chludo o fewn muriau.
Because she was immured within walls.
Ac roedd muriau o fewn y muriau.
And there were walls within the walls.
A beth oedd pwynt mynd allan o'r palas?
And what use was getting out the palace?
Doedd hi ddim yn gallu cyrraedd ei gŵr beth bynnag.
She couldn't get to her husband anyway.
Doedd ganddi ddim y gem sarff.
She didn't have the serpent jewel.
Ceisiodd menywod y palas ei chysuro.
The ladies of the palace tried to comfort her.
A cheisiodd mam Phakir wyro ei meddwl.
And Phakir's mother tried to divert her mind.
Ond roedd eu hymdrechion yn ofer.
But their efforts were in vain.
Ni chafodd hi bleser mewn dim.
She took pleasure in nothing.
Prin y siaradodd hi ag unrhyw un.
She hardly spoke to anyone.
Roedd hi'n wylo drwy gydol y dydd.
She wept throughout the day.
Ac wylodd hi drwy'r nos.
And she wept through the night.

Roedd blwyddyn ei hadduned yn dod i ben.
The year of her vow was drawing to a close.

Ond roedd hi'n dal yn ddigalon.
But she was still disconsolate.
Roedd yn rhaid dathlu'r briodas, fodd bynnag.
The marriage, however, had to be celebrated.
Ymgynghorodd y rajah â'r astrolegwyr.
The rajah consulted the astrologers.
Roedd y diwrnod a'r awr wedi'u penderfynu.
The day and the hour had been decided.
Roedd y cwlwm priodasol i gael ei glymu.
The nuptial knot was to be tied.
Gwnaed paratoadau gwych.
Great preparations were made.
Roedd y melysion yn brysur ddydd a nos.
The confectioners were busy day and night.
Fe wnaethon nhw baratoi pob math o fwyd melys.
They prepared all sorts of sweetmeats.
Roedd llaethwyr yn cyflenwi tanciau o gawled i'r palas.
Milkmen supplied the palace with tanks of curds.
Cynhyrchwyd symiau mawr o bowdwr gwn.
Great quantities of gunpowder were manufactured.
Roedd tân gwyllt mawreddog yn mynd i fod.
There were going to be grand fireworks.
Codwyd llwyfannau ym mhobman.
Stages were erected everywhere.
A dewiswyd cerddorion i chwarae cerddoriaeth.
And musicians were selected to play music.
Cymerodd yr holl ddinas awyrgylch o hwyl.
All the city assumed an air of mirth.
Roedd pawb yn edrych ymlaen at yr ŵyl.
All looked forward to the festivities.

Rhaid inni droi ein sylw yn ôl at fab y gweinidog.
We must return our attention to the minister's son.
Roedd wedi gadael ei ffrind yn y palas tanddaearol.
He had left his friend in the subterranean palace.
Ac roedd wedi mynd i'w wlad.
And he had gone to his country.

Roedd yn dod â cheffylau ac eliffantod.
He was bringing horses and elephants.
Ac yr oedd ganddo lawer o weision gydag ef.
And he had with him many attendants.
Am ddychweliad mab y brenin.
For the return of the king's son.
Ac am ddychweliad ei dywysoges hyfryd.
And for the return of his lovely princess.
Fel bod y seremoni wedi cael y rhodfa briodol.
So that the ceremony had due pomp.
Cymerodd y paratoadau fisoedd lawer iddo.
The preparations took him many months.
Ond yn y pen draw roedd popeth wedi'i baratoi.
But eventually all was prepared.
A dechreuodd mab y gweinidog ar ei daith.
And the minister's son started on his journey.
Roedd trên hir o eliffantod gydag ef.
He was accompanied by a long train of elephants.
Ac y tu ôl i'r eliffantod roedd ceffylau.
And behind the elephants were horses.
Ac roedd gan yr holl geffylau eu gweision eu hunain.
And all the horses had their own attendants.
Cyrhaeddodd y dŵr yn gynt na'r disgwyl.
He reached the water ahead of schedule.
Felly roedd ganddo ddau neu dri diwrnod i'w sbario.
So he had two or three days to spare.
Codwyd pebyll yn llethrau'r mango.
Tents were pitched in the mango slopes.
Felly roedd gan y dynion a'r gwartheg lety.
So the men and cattle had accommodation.
Cadwodd mab y gweinidog ei lygaid ar y dŵr.
The minister's son kept his eyes on the water.
Suddodd haul y diwrnod penodedig islaw'r gorwel.
The sun of the appointed day sank below the horizon.
Ond nid oedd arwydd o'r tywysog.
But there was no sign of the prince.
Ni ddaeth y dywysoges i'r wyneb chwaith.

Nor did the princess come to the surface.
Arhosodd ddau neu dri diwrnod yn hirach.
He waited two or three days longer.
Eto i gyd, ni wnaeth y tywysog ei ymddangosiad.
Still the prince did not make his appearance.
Beth allai fod wedi digwydd i'w ffrind?
What could have happened to his friend?
A ble roedd ei wraig hardd?
And where was his beautiful wife?
A oedd sarff arall wedi eu curo i farwolaeth?
Had another serpent beaten them to death?
O bosib cymar yr un a fu farw.
Possibly the mate of the one that had died.
A oedden nhw wedi colli'r em sarff rywsut?
Had they somehow lost the serpent-jewel?
Neu efallai eu bod nhw wedi ymweld â'r byd uchaf?
Or had they perhaps visited the upper world?
Ac a oeddent wedi cael eu dal yn y byd uchaf?
And had they been captured in the upper world?
Dyna oedd myfyrdodau ffrind y tywysog.
Such were the reflections of the prince's friend.
Roedd ffrind y tywysog wedi'i lethu gan alar.
The prince's friend was overwhelmed with grief.
Roedd y dyfroedd yn eithaf agos at y ddinas.
The waters were quite close to the city.
Ac yn aml gellid clywed sŵn cerddoriaeth.
And often the sound of music could be heard.
Gofynnodd i bobl oedd yn mynd heibio beth oedd ystyr y gerddoriaeth honno.
He asked passers-by what that music meant.
Dywedwyd wrtho am fab y rajah.
He was told about the rajah's son.
A dywedwyd wrtho am ferch ifanc ryfeddol.
And he was told of a wonderful young lady.
A dywedwyd wrtho eu bod nhw'n mynd i briodi.
And he was told they were going to marry.
A dywedwyd mwy wrtho am y ddynes ryfeddol.

And he was told more about the wonderful lady.
Roedd hi wedi dod allan o'r dyfroedd yr oedd yn aros wrthynt.
She had come out of the waters he was waiting by.
Roedd y seremoni briodas ymhen dau ddiwrnod.
The marriage ceremony was in two days.
Mab y gweinidog wnaeth y cysylltiad.
The minister's son made the connection.
Gwraig ei ffrind oedd y ddynes ifanc ryfeddol.
The wonderful young lady was the wife of his friend.
Felly, penderfynodd fynd i'r ddinas.
He resolved, therefore, to go into the city.
Ac roedd e'n mynd i ddarganfod popeth oedd yn bosib iddo.
And he was going to find out all he could.
Pe bai'n gallu, byddai'n achub y dywysoges.
If he could, he would rescue the princess.
Dywedodd wrth y gweision am fynd adref.
He told the attendants to go home.
A dywedodd wrthyn nhw am gymryd yr eliffantod.
And he told them to take the elephants.
A dywedodd wrthyn nhw am gymryd y ceffylau.
And he told them to take the horses.
Ac aeth ef ei hun i'r ddinas.
And he himself went to the city.
Ac fe ymsefydlodd yn nhŷ Brahman.
And he took up his abode in the house of a Brahman.
Yn gyntaf, gorffwysodd o'i daith.
First, he rested from his journey.
Yna cafodd ffrind y tywysog ei ginio.
Then the prince's friend had his dinner.
Ac yna siaradodd â'r Brahman.
And then he spoke to the Brahman.
"Ledled y ddinas mae cerddorion a bandiau"
"Throughout the city there are musicians and bands"
"Beth yw achos yr holl ddathliadau?
"What is the cause of all the celebrations?
Roedd y Brahman braidd yn synnu.

The Brahman was rather surprised.
"O ba ran o'r byd ydych chi wedi dod?"
"From what part of the world have you come?"
"Pa graig ydych chi wedi bod yn byw oddi tani?"
"What rock have you been living under?"
"Onid ydych chi wedi clywed y newyddion gwych?"
"Have you not heard the wonderful news?"
"Menyw ifanc o harddwch nefol"
"A young lady of heavenly beauty"
"Cododd hi allan o'r dyfroedd"
"She rose out of the waters"
"Ac mae hi'n mynd at fab ein rajah"
"And she is going to the son of our rajah"
Roedd ffrind y tywysog eisiau gwybod mwy.
The prince's friend wanted to know more.
Gallai'r wybodaeth fod yn ddefnyddiol.
The information could be useful.
"Dydw i ddim wedi clywed am y newyddion yma"
"I have not heard of this news"
"Dw i wedi dod o wlad bell"
"I have come from a distant country"
"Nid yw'r stori wedi cyrraedd ni eto"
"The story has not reached us yet"
"A wnewch chi ddweud y manylion wrthyf yn garedig?"
"Will you kindly tell me the particulars?"
Roedd y Brahman yn hapus i adrodd yr hanes.
The Brahman was happy to relay the story.
"Aeth mab y rajah allan i hela"
"The rajah's son went out hunting"
"Rhaid ei fod wedi bod tua'r adeg hon y llynedd"
"It must have been about this time last year"
"Gosodasant eu pebyll wrth y dyfroedd yn y maestrefi"
"They pitched their tents by the waters in the suburbs"
"Un diwrnod, roedd mab y rajah yn cerdded ger y dŵr"
"One day, the rajah's son was walking near the water"
"Ar y diwrnod hwn, gwelodd fenyw ifanc"
"On this day, he saw a young woman"

"Rhaid i mi sôn ei bod hi o harddwch anghyffredin"
"I have to mention she was of uncommon beauty"
"Roedd hi wedi codi o ddyfnder y dyfroedd"
"She had risen from the depth of the waters"
"Syllodd o gwmpas am funud neu ddau"
"She gazed about for a minute or two"
"Ac yna diflannodd y ddynes brydferth"
"And then the beautiful lady disappeared"
"Fodd bynnag, roedd mab y rajah wedi ei gweld hi"
"The rajah's son, however, had seen her"
"Roedd wedi cael ei daro gan ei phrydferthwch nefol"
"He had been struck by her heavenly beauty"
"Ac felly daeth yn hynod o garedig â hi"
"And so he became desperately enamored by her"
"Yn wir, roedd hi wedi effeithio'n fawr arno"
"Indeed, she had affected him greatly"
"A rhoddodd ei gyfadrannau meddyliol ffordd i angerdd"
"And his mental faculties gave way to passion"
"Cafodd ei gario adref fel dyn gwallgof"
"He was carried home as a mad man"
"Ni ddywedodd unrhyw eiriau ac eithrio ychydig"
"He spoke no words except a few"
"'nawr yma, nawr wedi mynd!' oedd yr oll a ddywedodd"
"'now here, now gone!' was all he said"
"Anfonodd y rajah am yr holl feddygon gorau"
"The rajah sent for all the best physicians"
"Fe geisiasant adfer ei fab i reswm"
"They tried to restore his son to reason"
"Ond roedd y meddygon yn ddi-rym"
"But the physicians were powerless"
"O'r diwedd gwnaeth y rajah gyhoeddiad"
"At last the rajah made a proclamation"
"Ac roedd ganddo'r drwm yn curo o amgylch y deyrnas"
"And he had the drum beat around the kingdom"
"Roedd gwobr i unrhyw un a iachai ei fab"
"There was a reward for anyone who cured his son"
"Byddent yn dod yn fab-yng-nghyfraith i'r rajah"

"They would become the rajah's son-in-law"
" A byddent yn cael hanner y deyrnas"
"And they would get half the kingdom"
"Atebodd hen wraig alwad y drwm"
"An old woman answered the call of the drum"
"Roedd pawb yn ei hadnabod hi fel mam Phakir"
"All knew her as Phakir's mother"
"Dywedodd y gallai hi wella mab y rajah"
"She said she could cure the rajah's son"
"Cafodd hi gwt wedi'i adeiladu y tu allan i'r dref"
"She had a hut built outside the town"
"Yn y maestrefi, wrth ymyl y dyfroedd"
"In the suburbs, next to the waters"
"Ac yn y cwt y cymerodd ei phreswylfa"
"An in the hut she took her abode"
"Codwyd rhai cytiau gerllaw hefyd"
"She also had some huts erected close by"
"Ac yn y cytiau hynny roedd gweision yn aros"
"And in those huts attendants waited"
"Rhag ofn y gallai fod angen eu cymorth arni"
"In case she might need their help"
"Mae'n ymddangos bod y dduwies wedi codi o'r dyfroedd"
"It seems the goddess rose from the waters"
"Cipiodd mam Phakir a'r gweision hi"
"Phakir's mother and the attendants seized her"
"Ac fe'i cludasant mewn palki i'r palas"
"And they carried her in a palki to the palace"
"Gwelodd mab y rajah y nymff dŵr"
"The rajah's son saw the water-nymph"
"Ac yn fuan cafodd ei adfer i'w synhwyrau"
"And he was soon restored to his senses"
"Bydden nhw wedi priodi yno ac yna"
"They would have married there and then"
"Ond roedd duwies y dŵr wedi gwneud adduned"
"But the water goddess had made a vow"
"Fyddai hi ddim yn edrych ar ddyn am flwyddyn"
"She wouldn't look at a man for one year"

"Mae blwyddyn yr adduned bellach drosodd"
"The year of the vow is now over"
"Mae'r gerddoriaeth o balas y rajah"
"The music is from the rajah's palace"
"Dyma'r stori, yn gryno"
"This, in brief, is the story"
Gallai ffrind y tywysog roi'r stori at ei gilydd.
The prince's friend could put the story together.
"stori wirioneddol wych!"
"a truly wonderful story!"
"Felly ble mae mam Phakir?"
"So where is Phakir's mother?"
"A ble mae Phakir-Chand ei hun?"
"And where is Phakir-Chand himself?"
"A yw wedi derbyn llaw merch y rajah?"
"Has he received the hand of the rajah's daughter?"
"Ac a yw wedi derbyn hanner y deyrnas?"
"And has he received half the kingdom?"
Gallai'r Brahman ateb y cwestiynau hyn hefyd.
The Brahman could also answer these questions.
"Na, dydyn nhw ddim wedi priodi eto"
"No, they have not married yet"
"Ac nid oes ganddo hanner y deyrnas eto"
"And he doesn't yet have half the kingdom"
"Ac, dylwn i ddweud, mae'n fachgen di-sgil"
"And, I should say, he is a dimwitted lad"
"Mewn gwirionedd, does neb yn gwybod ble mae'r bachgen"
"In fact, no one knows where the lad is"
"Mae wedi bod i ffwrdd o adref am fwy na blwyddyn"
"He has been away from home for more than a year"
"Dyna yw ei ddull," eglurodd.
"That is his manner," he explained.
"Mae'n aros i ffwrdd am amser hir"
"He stays away for a long time"
"Ac yna'n sydyn mae'n dod adref"
"And then suddenly he comes home"

"Ac yna'n sydyn mae'n gadael eto"

"And then suddenly he leaves again"

"Rwy'n credu bod ei fam yn disgwyl iddo ddod yn fuan"

"I believe his mother expects him to come soon"

Roedd hon yn wybodaeth ddefnyddiol iawn.

This was very useful information.

"Sut fath o berson ydy o?" gofynnodd.

"What is he like?" he asked.

"A beth mae e'n ei wneud pan mae e'n dychwelyd adref?"

"And what does he do when he returns home?"

Gallai'r Brahman ateb y cwestiynau hyn hefyd.

These questions the Brahman could also answer.

"Wel, mae o tua'ch taldra chi"

"Well, he is about your height"

"Er ei fod ychydig yn iau na chi"

"Though he is somewhat younger than you"

"Mae'n gwisgo darn bach o frethyn o amgylch ei ganol"

"He wears a small piece of cloth round his waist"

"Ac mae'n rhwbio ei gorff â lludw"

"And he rubs his body with ashes"

"Mae'n cario cangen coeden yn ei law"

"He carries the branch of a tree in his hand"

"Ac mae yna alaw y mae'n dawnsio iddi"

"And there is a tune to which he dances"

"Mae'n dod at ddrws cwt ei fam"

"He comes to the door of the hut of his mother"

"Ac mae'n canu 'dhoop! dhoop! dhoop!'"

"And he sings 'dhoop! dhoop! dhoop!'"

"Mae ei ynganiad yn aneglur iawn"

"His articulation is very indistinct"

"' Tyrd, aros gyda dy fam,' meddai hi"

"'Come, stay with your mother,' she says"

"Ac mae bob amser yn rhoi'r un ateb"

"And he always gives the same answer"

"'Na, wna i ddim aros,' meddai'n annealladwy"

"'No, I won't remain,' he says unintelligibly"

"Dylech chi ei glywed pan mae eisiau dweud ie"

"You should hear him when he wants to say yes"
"I ateb yn gadarnhaol mae'n dweud 'hoom'"
"To answer in the affirmative he says 'hoom'"
Daeth llif o olau i mewn i ffrind y tywysog.
A flood of light entered the prince's friend.
Gwelodd yn dda iawn nawr sut yr oedd pethau'n sefyll.
He now saw very well how matters stood.
Rhaid bod y dywysoges wedi cymryd y gem neidr.
The princess must have taken the snake-jewel.
Ac mae'n rhaid ei bod hi wedi gadael y palas ar ei phen ei hun.
And she must have left the palace alone.
A chafodd hi ei dal heb fab y brenin.
And she was captured without the king's son.
Rhaid bod gan fam Phakir y gem neidr.
Phakir's mother must have the snake-jewel.
Roedd ei ffrind yn dal o dan y dŵr.
His friend was still below the water.
Nid oedd gan y tywysog unrhyw ffordd i ddianc.
The prince had no means of escape.
Gallai ddychmygu cyflwr diffaith ei ffrindiau.
He could imagine his friends desolate state.
Ac roedd yn gallu dychmygu pa mor anobeithiol y byddai'n rhaid iddo fod.
And he could imagine how hopeless he must be.
Roedd ffrind y tywysog yn llawn galar.
The prince's friend was filled with grief.
Ond nid oedd hynny'n achos i roi'r gorau i obeithio.
But that was not cause to give up hope.
Efallai y gallai achub ei ffrind.
Perhaps he could rescue his friend.
"Rhaid i mi gael y gem gan yr hen wraig"
"I must get the jewel from the old woman"
"Alla i ddim gwneud hynny drwy chwarae rhan Phakir-Chand?"
"Can I not do it by personating Phakir-Chand?"
"Mae ei fam yn ei ddisgwyl yn fuan"

"His mother is expecting him soon"
"Efallai y gallaf achub y dywysoges yn yr un ffordd"
"Maybe I can rescue the princess the same way"

Penderfynodd actio rôl Phakir-Chand.
He resolved to act the role of Phakir-Chand.
Yn y bore gadawodd dŷ'r Brahman.
In the morning he left the Brahman's house.
Ac aeth i gyrion y ddinas.
And he went to the outskirts of the city.
Tynnodd ei ddillad arferol oddi wrtho.
He divested himself of his usual clothing.
O amgylch ei ganol rhoddodd ddarn cul o frethyn.
Around his waist he put a narrow piece of cloth.
Prin y cyrhaeddodd y lliain ei ben-gliniau.
The cloth scarcely reached his knees.
Ac fe rwbiodd ei gorff yn dda â lludw.
And he rubbed his body well with ashes.
Ac yn olaf torrodd rai canghennau oddi ar goeden.
And finally he broke some twigs off a tree.
Ac felly roedd yn barod i chwarae ei rôl.
And thus he was ready to play his role.
Aeth at ddrws cwt mam Phakir.
He went to the door of the hut of Phakir's mother.
Ac fe gychwynnodd y llawdriniaeth trwy ddawnsio.
And he commenced the operation by dancing.
Dawnsiodd mewn modd mwyaf treisgar.
He danced in a most violent manner.
A chanodd ar y dôn "dhoop! dhoop! dhoop!"
And he sung to the tune of "dhoop! dhoop! dhoop!"
Denodd y dawnsio sylw'r hen wraig.
The dancing attracted the notice of the old woman.
Roedd yr eiliad dyngedfennol wedi dod.
The critical moment had come.
Edrychodd yr hen wraig at ei drws.
The old woman looked to her door.
"Phakir-Chand, fy mab, wyt ti wedi dod?"

"Phakir-Chand, my son, have you come?"
"Fy anwylyd; mae'r duwiau wedi dod yn garedig i ni"
"My darling; the gods have become propitious to us"
Dywedodd ei mab tybiedig y sillaf unsill, "hoom"
Her supposed son uttered the monosyllable, "hoom"
Ac fe ddawnsiodd yn fwy treisgar nag o'r blaen.
And he danced more violently than before.
Ac fe chwifiodd y frigyn yn ei law.
And he waved the twig in his hand.
"Y tro hwn rhaid i chi beidio â mynd i ffwrdd"
"This time you must not go away"
"Rhaid i chi aros gyda mi"
"You must remain with me"
"Na, wna i ddim aros," meddai ffrind y tywysog.
"No, I won't remain," said the prince's friend.
"Arhoswch gyda mi," ceisiodd y fam eto.
"Remain with me," the mother tried again.
"Fe'ch priodaf â merch y rajah"
"I'll get you married to the rajah's daughter"
"Wnei di briodi, Phakir-Chand?"
"Will you marry, Phakir-Chand?"
Atebodd mab y gweinidog—"hwm, hwm"
The minister's son replied—"hoom, hoom"
Ac fe ddawnsiodd hyd yn oed yn fwy fel dyn wallgof.
And he danced even more like a madman.
"A ddewch chi gyda mi i dŷ'r rajah?"
"Will you come with me to the rajah's house?"
"Dangosaf i ti dywysoges o harddwch anghyffredin"
"I'll show you a princess of uncommon beauty"
"Cododd hi o'r dyfroedd"
"She rose from the waters"
"Hwm, hwm," oedd yr ateb o'i wefusau.
"Hoom, hoom," was the answer from his lips.
A stampiodd ei draed yn dreisgar i "dhoop! dhoop!"
And his feet stomped violently to "dhoop! dhoop!"
"Ydych chi eisiau gweld gem, Phakir?"
"Do you wish to see a jewel, Phakir?"

"Gem arfbais y sarff"
"The crest jewel of the serpent"
"Trysor saith brenin"
"The treasure of seven kings"
"Hwm, hwm," oedd yr ateb.
"Hoom, hoom," was the reply.
Aeth yr hen wraig yn ôl i'r cwt.
The old woman went back into the hut.
A daeth hi â gem y neidr allan.
And she brought out the snake-jewel.
Rhoddodd y gem yn llaw ei mab tybiedig.
She put the jewel into the hand of her supposed son.
Cymerodd mab y gweinidog y gem neidr.
The minister's son took the snake-jewel.
Lapiodd y gem yn y darn o frethyn.
He wrapped the jewel up in the piece of cloth.
Ac fe lapiodd y lliain o amgylch ei ganol.
And he wrapped the cloth around his waist.
Roedd mam Phakir wrth ei bodd yn fawr iawn.
Phakir's mother was delighted beyond measure.
Roedd ei mab wedi dod ar yr union amser iawn.
Her son had come at just the right time.
Aeth hi i dŷ'r rajah.
She went to the rajah's house.
Cyhoeddodd y newyddion am ymddangosiad Phakir.
She announced the news of Phakir's appearance.
A hefyd er mwyn dangos y dywysoges i Phakir.
And also in order to show Phakir the princess.
Rhoddwyd mynediad iddynt i balas y rajah.
They were given access to the rajah's palace.
Ac roedd pob rhan o'r palas ar agor iddyn nhw.
And all parts of the palace were open to them.
Roedd yr hen wraig wedi achub mab y rajah.
The old woman had saved the rajah's son.
Felly hi oedd y person pwysicaf yn y deyrnas.
So she was the most important person in the kingdom.
Aeth â'i mab tybiedig o amgylch y palas.

She took her supposed son around the palace.
A hi a'i cymerodd i ystafell y dywysoges.
And she took him to the princess' room.
Cyflwynodd mam Phakir ei mab i'r dywysoges.
Phakir's mother introduced her son to the princess.
Gallwch chi ddychmygu nad oedd y dywysoges wedi ei hargraffu'n fawr.
You can imagine the princess was not best impressed.
Nid oedd hi'n gwerthfawrogi cwmni dyn wallgof.
She did not appreciate the company of a madman.
Dyn gwallgof, hanner noeth, ac wedi'i orchuddio â lludw.
A madman, half naked, and covered in ash.
Ac fe barhaodd i ddawnsio mewn modd gwyllt.
And he kept dancing in a wild manner.

Treuliodd y tri y diwrnod gyda'i gilydd.
The three had spent the day together.
Roedd hi'n mynd i fod yn machlud haul yn fuan.
It was soon going to be sunset.
Gofynnodd y ddynes i'w mab ddod gyda hi.
The woman asked her son to come with her.
Ond gwrthododd y Phakir-Chand honedig gydymffurfio.
But the supposed Phakir-Chand refused to comply.
Dywedodd y byddai'n aros yno'r noson honno.
He said he would stay there that night.
Ceisiodd ei fam ei berswadio i ddod gyda hi.
His mother tried to persuade him to come with her.
Ond parhaodd yn ei benderfyniad.
But he persisted in his determination.
Dywedodd y byddai'n aros gyda'r dywysoges.
He said he would remain with the princess.
Aeth mam Phakir adref hebddo.
Phakir's mother went home without him.
A dywedodd wrth y gwarchodwyr am ofalu am ei mab.
And she told the guards to look after her son.
Yn y diwedd ymddeolodd yr holl balas i orffwys.
Eventually all the palace retired to rest.

Siaradodd y Phakir tybiedig â'r dywysoges eto.
The supposed Phakir spoke to the princess again.
Ond y tro hwn siaradodd yn ei lais ei hun.
But this time he spoke in his own voice.
"Tywysoges! onid wyt ti'n fy adnabod i?"
"Princess! do you not recognize me?"
"Fi yw ffrind y tywysog"
"I am the prince's friend"
"Fi yw ffrind eich gŵr tywysogaidd"
"I am the friend of your princely husband"
Roedd y dywysoges wedi synnu am eiliad.
The princess was astonished for a moment.
"Pwy? ffrind y tywysog?"
"Who? the prince's friend?"
" O, ffrind gorau fy ngŵr"
"Oh, my husband's best friend"
**"Achubwch fi o'r caethiwed ofnadwy hwn, os gwelwch yn
dda"**
"Please rescue me from this terrible captivity"
"Mae hyn yn waeth na marwolaeth"
"This is worse than death"
"Fy mai i fy hun yw hyn i gyd"
"All of this is my own fault"
"Achub fi, O os gwelwch yn dda, ti ffrind gorau!"
"Rescue me, oh please, thou best of friends!"
Yna fe dorrodd i ddagrau.
She then burst into tears.
Siaradodd ffrind y tywysog eto.
The prince's friend spoke again.
"Peidiwch â digalonni"
"Do not be disconsolate"
"Gwnaf fy ngorau i'ch achub chi"
"I will try my best to rescue you"
"Byddaf yn ceisio eich cael chi allan o'r fan hon heno"
"I will try to have you out of here tonight"
"Ond rhaid i chi wneud beth bynnag a ddywedaf wrthych"
"But you must do whatever I tell you"

Roedd y dywysoges yn ymddiried yn ffrind y tywysog.
The princess trusted the prince's friend.
"Gwnaf unrhyw beth a ddywedwch wrthyf"
"I will do anything you tell me"
Ar ôl hyn gadawodd y Phakir honedig yr ystafell.
After this the supposed Phakir left the room.
Aeth trwy gyntedd y palas.
He passed through the courtyard of the palace.
Heriodd rhai o'r gwarchodwyr ef.
Some of the guards challenged him.
"Hwm hwm!" atebodd ef.
"Hoom hoom!" he replied.
"Dw i jyst yn mynd allan am funud"
"I'm just going out for a minute"
"Ac yna byddaf yn dod yn ôl eto"
"And then I will come back again"
Fe ddeallon nhw mai'r Phakir gwallgof ydoedd.
They understood that it was the madcap Phakir.
Yn wir i'w air fe ddaeth yn ôl yn fuan.
True to his word he did come back shortly.
Ac eto aeth at y dywysoges.
And again he went to the princess.
Awr yn ddiweddarach aeth allan eto.
An hour afterwards he again went out.
Ac eto cafodd ei herio gan y gwarchodwyr.
And again he was challenged by the guards.
Rhoddodd yr un ateb ag y tro cyntaf.
He made the same reply as at the first time.
Dechreuodd y gwarchodwyr siarad rhyngddynt eu hunain.
The guards began to talk among themselves.
"Does dim synnwyr gan y Phakir hwn yn sicr"
"This Phakir surely has no sense"
"Bydd yn mynd allan ac yn dod i mewn drwy'r nos"
"He will go out and come in all night"
"Gadewch i ni ei adael i wneud beth bynnag y mae'n ei hoffi"
"Let us leave him to do what he likes"

"Does dim pwynt ei warchod drwy'r nos"
"There's no use guarding him all night"
Roedd mab y gweinidog wedi blino'r gwarchodwyr.
The minister's son had worn down the guards.
Ac roedd yn chwilio am ffordd i ddianc.
And he was looking for a way to escape.
Daliodd ati i fynd i mewn ac allan tan dri o'r gloch y nos.
He kept going in and out until three at night.
Y tro hwn nid oedd unrhyw warchodwyr yno.
This time there were no guards there.
Oherwydd bod yr holl warchodwyr wedi syrthio i gysgu.
Because all the guards had fallen asleep.
Roedd wrth ei fodd yn yr amgylchiad ffafriol.
He was overjoyed at the auspicious circumstance.
Yna aeth yn ôl at y dywysoges.
Then he went back to the princess.
"Nawr, dywysoges, yw'r amser i ddianc"
"Now, princess, is the time for escape"
"Mae'r gwarchodwyr i gyd yn cysgu"
"The guards are all asleep"
"Rhaid i ti ddringo ar fy nghefn"
"You must mount on my back"
"Rhwymwch gloeon eich gwallt o amgylch fy ngwddf"
"Tie the locks of your hair round my neck"
"A daliwch ati'n dynn"
"And keep tight hold of me"
Gwnaeth y dywysoges yr hyn a ofynnwyd iddi.
The princess did what she was asked of.
Pasiodd drwy'r cyntedd heb ei herio.
He passed unchallenged through the courtyard.
Ac roedd ganddo faich hyfryd ar ei gefn.
And he had a lovely burden on his back.
Yn y diwedd cyrhaeddodd giât y palas.
Eventually he got to the gate of the palace.
Ac aeth drwodd heb gael ei herio.
And he went through without being challenged.
Yna aethant i gyrion y ddinas.

Then they went to the outskirts of the city.

Yn y pen draw cyrhaeddodd y maestrefi allanol.

Eventually he reached the outer suburbs.

Cyrhaeddon nhw'r dŵr yr oedd y dywysoges wedi codi ohono.

They reached the water from which the princess had risen.

Llawenhaodd y dywysoges wrth iddi ddianc.

The princess rejoiced at her escape.

Ond roedd hi'n dal i grynu gan ofn.

But she was still trembling with fear.

Datododd ffrind y tywysog y gem neidr.

The prince's friend untied the snake-jewel.

A gyda'i gilydd esgynasant i'r dŵr.

And together they ascended into the water.

Ac yn fuan fe ddaethon nhw o hyd i'r palas tanddaearol yn ôl.

And soon they found back to the subterranean palace.

Gallwch chi ddychmygu pa mor hapus oedd y tywysog.

You can imagine how happy the prince was.

Roedd bron â marw o alar.

He had nearly died of grief.

A gallwch chi ddychmygu hapusrwydd y dywysoges hefyd.

And you can imagine the princess' happiness too.

Roedd y tri ohonyn nhw'n wallgof o lawenydd.

All the three of them were mad with joy.

Am dri diwrnod arhoson nhw yn y palas.

For three days they remained in the palace.

Ac fe wnaethon nhw ailadrodd yr holl stori i'r tywysog.

And they retold the prince the whole story.

Dywedon nhw am sut y cafodd y dywysoges ei chipio.

They told of how the princess was seized.

Dywedasant wrtho am ei chaethiwed yn y palas.

They told him of her captivity in the palace.

Fe wnaethon nhw ddisgrifio'r briodas a gynlluniwyd.

They described the marriage that was planned.

Dywedasant wrtho am yr hen wraig.

They told him of the old woman.

A dywedon nhw bopeth wrtho am ei Phakir-Chand.
And they told him all about her Phakir-Chand.
Dywedon nhw wrtho sut yr oedd wedi ei ddynwared.
They told him how he had impersonated him.
A dywedon nhw wrtho sut y rhyddhaodd y dywysoges.
And they told him how he freed the princess.
**Does dim angen i mi ddweud wrthych chi pa mor
ddiolchgar oedden nhw.**
I don't need to tell you how grateful they were.
Roedd ffrind y tywysog yn ffrind da mewn gwirionedd.
The prince's friend truly was a good friend.
Diolchasant iddo yn y termau mwyaf cynnes.
They thanked him in the warmest terms.
Ac fe wnaethon nhw addo dilyn ei gyngor bob amser.
And they vowed to always follow his counsel.

Roedden nhw i gyd wedi penderfynu dychwelyd adref.
They were all resolved to return home.
Roedden nhw eisiau dychwelyd i'w gwlad enedigol.
They wanted to return to their native country.
Mab y brenin, mab y gweinidog, a'r dywysoges.
The king's son, the minister's son, and the princess.
Gadawsant y palas tanddaearol gyda'i gilydd.
They left the subterranean palace together.
Goleuasant y cyntedd â'r em neidr.
They lighted the passage with the snake-jewel.
Ac fe wnaethon nhw eu ffordd i'r byd uchaf.
And they made their way to the upper world.
**Nid oedd ganddyn nhw nac eliffantod na cheffylau yn aros
amdanyn nhw.**
They had neither elephants nor horses waiting for them.
Felly nid oedd ganddyn nhw ddewis ond teithio ar droed.
So they had no choice but to travel on foot.
**Roedd y ddau ffrind wedi cael eu magu yng nghol
moethusrwydd.**
The two friends had been bred in the lap of luxury.
Roedd cerdded yn anodd i'r ddau ohonyn nhw.

Both of them found walking troublesome.
Ond roedd y dywysoges yn ei chael hi'n llawer mwy trafferthus.
But the princess found it infinitely more troublesome.
Roedd hi wedi arfer â thriniaeth hyd yn oed yn well.
She was used to even finer treatment.
Roedd cerrig y ffordd yn rhy arw iddi.
The stones of the road were too rough for her.
A'r clwyfodd y cerrig garw ei thraed tyner.
And the rough stones wounded her tender feet.
Yn y pen draw, daeth ei thraed yn ddolurus iawn.
Eventually her feet became very sore.
Ar adegau byddai mab y brenin yn ei chario hi ar ei ysgwyddau.
At times the king's son carried her on his shoulders.
Roedd y baich yr oedd yn ei gario yn hyfryd wrth gwrs.
The load he was carrying was of course lovely.
Ond er ei bod hi'n hyfryd, roedd hi'n drwm i'w chario.
But although lovely, she was heavy to carry.
Ac ni ellid ei chario hi bellter mawr.
And she could not be carried a great distance.
Ac felly roedd yn rhaid iddi hi hefyd gerdded yn aml.
And therefore she too had to walk often.
Un noson fe gyrhaeddon nhw o dan goeden.
One evening they arrived beneath a tree.
Nid oedd unrhyw arwyddion gweladwy o anheddau dynol.
There were no visible signs of human habitations.
Felly fe benderfynon nhw wneud y goeden yn lle cysgu iddyn nhw.
So they decided to make the tree their sleeping place.
Cynigiodd ffrind y tywysog gadw gwarchodaeth.
The prince's friend offered to keep guard.
"Gall y ddau ohonoch chi fynd i gysgu"
"Both of you can go to sleep"
"Byddaf yn cadw llygad ar y ddau ohonoch heno"
"I will keep watch over you both tonight"
"Er mwyn atal unrhyw berygl"

"In order to prevent any danger"

Cysgodd y cwpl brenhinol yn fuan.

The royal couple soon dozed off.

Ac roedden nhw wedi'u cloi ym mreichiau cwsg.

And they were locked in the arms of sleep.

Ni chysgodd ffrind ffyddlon y tywysog.

The faithful friend of the prince did not sleep.

Arhosodd yn effro ac yn gwylio am berygl.

He stayed awake and watched for danger.

Digwyddodd felly eu bod nhw wedi gwersylla o dan goeden arbennig.

It so happened they camped under a special tree.

Yn y goeden siglodd nyth dau aderyn.

In the tree swung the nest of two birds.

Yr adar anfarwol Bihangama a Bihangami.

The immortal birds Bihangama and Bihangami.

Roedd yr adar hyn wedi'u cynhesu â lleferydd dynol.

These birds were endowed with human speech.

Ac roedden nhw hefyd yn gallu gweld i'r dyfodol.

And they could also see into the future.

Gwrandawodd mab y gweinidog ar sgwrs yr aderyn.

The minister's son listened to the bird's conversation.

Roedd wedi synnu'n fawr at yr hyn a glywodd!

He was more than a little astonished at what he heard!

Bihangama: "Risgiodd ffrind y tywysog ei fywyd ei hun"

Bihangama: "The prince's friend risked his own life"

"Gwnaeth bopeth er diogelwch ei ffrind"

"He did everything for the safety of his friend"

"Ond bydd mwy o beryglon yn dod i fab y brenin"

"But more dangers will befall the king's son"

"A bydd yn anodd iddo achub y tywysog"

"And he will find it difficult to save the prince"

Bihangami: "Pam felly?"

Bihangami: "Why is that?"

Bihangama: "Mae llawer o beryglon yn aros am fab y brenin"

Bihangama: "Many dangers await the king's son"

"Bydd tad y tywysog yn clywed am ddyfodiad ei fab"
"The prince's father will hear of his son's approach"
"Bydd yn anfon eliffant a rhai ceffylau amdano"
"He will send for him an elephant and some horses"
"A bydd yn trefnu gweision i'w gyfarfod"
"And he will arrange attendants to meet him"
"Bydd mab y brenin yn marchogaeth yr eliffant"
"The king's son will ride the elephant"
"Ond bydd yn cwympo o gefn yr eliffant"
"But he will fall from the back of the elephant"
"A bydd yn marw o'i gwymp o'r eliffant"
"And he will die from his fall from the elephant"
Bihangami: "Ond beth os bydd rhywun wedi atal hyn?"
Bihangami: "But suppose someone prevented this?"
"Tybiwch nad yw mab y brenin yn mynd i reidio ar yr eliffant"
"Suppose the king's son is not going to ride on the elephant"
"Beth allai ddigwydd pe bai'n marchogaeth ar geffyl yn lle?"
"What might happen if he rides on a horse instead?"
"Oni fydd ef yn cael ei achub yn yr achos hwnnw?"
"Will he not in that case be saved?"
Bihangama: "Ie, yn yr achos hwnnw byddai'n dianc rhag y dynged honno"
Bihangama: "Yes, in that case he would escape that fate"
"Ond yna byddai perygl newydd yn ei ddisgwyl"
"But then a fresh danger would await him"
"Pan fydd mab y brenin yng ngolwg palas ei dad"
"When the king's son is in sight of his father's palace"
"Pan fydd yn y weithred o fynd trwy borth y llew"
"When he is in the act of passing through the lion-gate"
"Yn y foment honno bydd porth y llew yn syrthio arno"
"In that moment the lion-gate will fall upon him"
"A bydd y cerrig yn ei falu i farwolaeth"
"And the stones will crush him to death"
Bihangami: "Ond tybiwch fod rhywun yn cyrraedd yno gyntaf"

Bihangami: "But suppose someone gets there first"

"Tybiwch fod rhywun yn dinistrio Porth y Llew"

"Suppose someone destroys the lion-gate"

"Os bydd hynny'n digwydd ni allai mab y brenin fynd trwy borth y llew"

"If that happens the king's son couldn't go through the lion-gate"

"Oni fydd mab y brenin yn cael ei achub yn yr achos hwnnw?"

"Will not the king's son in that case be saved?"

Bihangama: "Ie, yn yr achos hwnnw byddai'n dianc rhag ei dynged"

Bihangama: "Yes, in that case he would escape his fate"

"Ond yna byddai perygl newydd yn ei ddisgwyl"

"But then a fresh danger would await him"

"Pan fydd mab y brenin yn cyrraedd y palas"

"When the king's son reaches the palace"

"Pan fydd yn eistedd mewn gwledd a baratowyd ar ei gyfer"

"When he sits at a feast prepared for him"

"Bydd pen pysgodyn yn cael ei goginio iddo"

"The head of a fish will be cooked for him"

"Bydd yn rhoi pen y pysgodyn yn ei geg"

"He will put into his mouth the head of the fish"

"Ond bydd pen y pysgodyn yn glynu yn ei wddf"

"But the head of the fish will stick in his throat"

"A bydd yn tagu i farwolaeth ar ben y pysgodyn"

"And he will choke to death on the head of the fish"

Bihangami: "Ond beth os bydd rhywun yn cipio'r pysgodyn"

Bihangami: "But suppose someone snatches the fish"

"Tybiwch fod rhywun yn tynnu pen y pysgodyn oddi ar ei blât"

"Suppose someone takes the head of the fish from his plate"

"Tybiwch na all roi pen y pysgodyn yn ei geg"

"Suppose he can't put the fish's head in his mouth"

"Oni fydd mab y brenin yn cael ei achub yn yr achos hwnnw?"

"Will not the king's son in that case be saved?"
Bihangama: "Ie, yn yr achos hwnnw bydd yn dianc rhag ei dynged"
Bihangama: "Yes, in that case he will escape his fate"
"Ond byddai perygl newydd yn ei ddisgwyl"
"But a fresh danger would await him"
"Pan fydd y tywysog a'r dywysoges yn ymddeol ar ôl cinio"
"When the prince and princess retire after dinner"
"Pan maen nhw'n mynd i mewn i'w fflat cysgu"
"When they go into their sleeping apartment"
"Byddan nhw'n gorwedd gyda'i gilydd yn y gwely "
"They will lie together in bed"
"Bydd cobra ofnadwy yn dod i mewn i'r ystafell"
"A terrible cobra will come into the room"
"A bydd y cobra yn brathu mab y brenin i farwolaeth"
"And the cobra will bite the king's son to death"
Bihangami: "Ond tybiwch fod rhywun yn yr ystafell"
Bihangami: "But suppose someone was in the room"
"Tybiwch fod y person hwn yn aros am y neidr"
"Suppose this person was waiting for the snake"
"A thybiwch fod y person hwn yn torri'r neidr yn ddarnau"
"And suppose that this person cuts the snake into pieces"
"Oni fydd mab y brenin yn cael ei achub yn yr achos hwnnw?"
"Will not the king's son in that case be saved?"
Bihangama: "Ie, yn yr achos hwnnw bydd yn dianc rhag ei dynged"
Bihangama: "Yes, in that case he will escape his fate"
"Yn yr achos hwnnw bydd bywyd mab y brenin yn cael ei achub"
"In that case the life of the king's son will be saved"
"Ond ni all yr hwn sy'n ei achub ailadrodd y geiriau hyn"
"But he who saves him can't repeat these words"
"Os bydd yn dweud ei gyfrinach, bydd yn cael ei droi'n farmor"
"If he tells his secret he will be turned into marble"
Bihangami: "A ellir dychwelyd y cerflun yn fyw?"

Bihangami: "Can the statue be returned to life?"
Bihangama: "Ie, gellir adfer y cerflun marmor yn fyw"
Bihangama: "Yes, the marble statue can be restored to life"
"Bydd y dywysoges yn rhoi genedigaeth i blentyn"
"The princess will give birth to a child"
"Rhaid iddyn nhw olchi'r cerflun â gwaed y baban"
"They must wash the statue with the blood of the infant"
Roedd yr adar proffwydol wedi siarad hyd at y pwynt hwnnw.
The prophetical birds had spoken until that point.
Ond yna cawsant eu torri ar draws gan sŵn brain.
But then they were interrupted by the craw of crows.
Roedd yr awyr ddwyreiniol yn lliw cochlyd.
The eastern sky tinted in a reddish hue.
A chyffroodd y teithwyr o dan y goeden.
And the travelers beneath the tree bestirred themselves.
Daeth y sgwrs broffwydol i ben.
The prophetic conversation came to an end.
Ond roedd ffrind y tywysog wedi clywed popeth.
But the prince's friend had heard everything.

Y bore wedyn fe barhaon nhw â'u taith.
The next morning they continued their journey.
Y tywysog, y dywysoges, a ffrind y tywysog.
The prince, the princess, and the prince's friend.
Yn fuan fe wnaethon nhw gyfarfod â gorymdaith y brenin.
Soon they met the king's procession.
Roedd yna eliffant, ceffyl, a phalki.
There was an elephant, a horse, and a palki.
Ac roedd nifer fawr o weision.
And there was a large number of attendants.
Roedd yr anifeiliaid a'r dynion hyn wedi cael eu hanfon gan y brenin.
These animals and men had been sent by the king.
Clywodd y brenin fod ei fab gyda'i ffrind.
The king heard his son was with his friend.
Ac roedd wedi clywed bod ei fab wedi priodi.

And he had heard that his son had married.
A chlywodd nad oeddent ymhell o'r brifddinas.
And he heard they were not far from the capital.
Roedd yr eliffant wedi'i gyfarparu'n gyfoethog.
The elephant had been richly caparisoned.
Roedd yr eliffant wedi'i fwriadu ar gyfer y tywysog.
The elephant was intended for the prince.
Roedd fframwaith y palki o arian.
The framework of the palki was of silver.
Roedd y palki wedi'i fwriadu ar gyfer y dywysoges.
The palki was meant for the princess.
Ac roedd y ceffyl ar gyfer ffrind y tywysog .
And the horse was for the prince's friend.
Roedd y tywysog ar fin mynd ar gefn yr eliffant.
The prince was about to mount on the elephant.
Ond yna siaradodd ei ffrind ag ef.
But then his friend spoke to him.
"Gadewch i mi reidio ar yr eliffant, os gwelwch yn dda"
"Allow me to ride on the elephant, please"
"A gallwch chi reidio'n ôl ar gefn ceffyl"
"And you can ride back on horseback"
Nid oedd y tywysog yn synnu ychydig.
The prince was not a little surprised.
Roedd y cynnig wedi'i wneud mewn modd oer iawn.
The proposal had been made in a very cold manner.
Efallai bod ei ffrind yn teimlo ychydig yn rhy gymwys.
Maybe his friend felt a little too entitled.
Ac roedd mab y brenin braidd yn flin.
And the king's son was slightly annoyed.
Ond cofiodd yr hyn a wnaeth ei ffrind drosto.
But he remembered what his friend had done for him.
Ac fe gofiodd sut y gwnaeth achub y dywysoges.
And he remembered how he saved the princess.
Felly fe aeth ar gefn y ceffyl heb wrthwynebu.
So he mounted the horse without objecting.
Ond daeth ei feddwl braidd yn ymddieithriedig oddi wrtho.
But his mind became somewhat alienated from him.

Dechreuodd yr orymdaith tuag at y brifddinas eto.
The procession towards the capital started again.
Ar ôl peth amser daethant i olwg y palas.
After some time they came in sight of the palace.
Roedd porth y llew wedi'i addurno'n llawen.
The lion-gate had been gaily adorned.
Cafwyd derbyniad mawreddog i'r tywysog.
There was a grand reception for the prince.
Ac roedd disgwyliad cyfartal ar y dywysoges.
And the princess was equally anticipated.
Ond roedd yn ymddangos bod gan ffrind y tywysog wrthwynebiad.
But the prince's friend seemed to have an objection.
"Rwyf am i'r Porth Llew gael ei dorri i lawr"
"I want the lion-gate to be broken down"
Roedd y tywysog wedi synnu at y cynnig.
The prince was astounded at the proposal.
Roedd y cais yn anghyffredin iawn.
The request was very out of the ordinary.
Ac nid oedd wedi rhoi unrhyw reswm dros ei ofyniad.
And he had given no reason for his demand.
Ond cofiodd bopeth a wnaeth ei ffrind drosto.
But he remembered all his friend had done for him.
Ac fe gofiodd sut y gwnaeth achub y dywysoges.
And he remembered how he saved the princess.
Felly cydymffurfiodd â dymuniad ei ffrind.
So he complied with the wish of his friend.
A rhwygwyd i lawr y porth llew hardd.
And the beautiful lion-gate was torn down.
Ond daeth ei feddwl hyd yn oed yn fwy dieithr oddi wrtho.
But his mind became even more estranged from him.
Aeth yr orymdaith i mewn i'r palas nawr.
The procession now went into the palace.
Rhoddodd y brenin groeso cynnes i'w fab.
The king gave a warm reception to his son.
Croesawodd ei ferch-yng-nghyfraith yr un mor gynnes.
He welcomed his daughter-in-law equally warmly.

Ac roedd yn falch iawn o weld ffrind y tywysog.
And he was very pleased to see the prince's friend.
Roedd hanes eu hanturiaethau yn gysylltiedig.
The story of their adventures was related.
Mynegodd y brenin syndod mawr at y stori.
The king expressed great astonishment at the tale.
Ac roedd ei lyswyr yr un mor falch.
And his courtiers were equally impressed.
Canmolodd pawb ymroddiad mab y gweinidog.
All praised the minister's son's devotion.
A chanmolodd menywod y palas y dywysoges.
And the ladies of the palace praised the princess.
Canmolodd arbenigwyr harddwch y dywysoges.
The connoisseurs of beauty praised the princess.
Roedd ei chroen yn gymysgedd o laeth a fermilion.
Her complexion was a mixture of milk and vermilion.
Roedd ei gwddf fel gwddf alarch.
Her neck was like that of a swan.
Roedd ei llygaid fel llygaid gasél.
Her eyes were like those of a gazelle.
Roedd ei gwefusau mor goch â'r bimba aeron.
Her lips were as red as the berry bimba.
Roedd ei bochau mor hyfryd ag y gallent fod.
Her cheeks were as lovely as they could be.
Ac roedd ei thrwyn yn syth ac yn uchel.
And her nose was straight and high.
Cyrhaeddodd ei gwallt i lawr at ei fferau.
Her hair reached down to her ankles.
Roedd ei cherdded mor rasol â cherdded eliffant ifanc.
Her walk was as graceful as that of a young elephant.
Y dywysoges yr oedd tynged wedi ei dwyn atynt.
The princess whom destiny had brought to them.
**Fe wnaethon nhw eistedd o'i chwmpas yn awyddus i wybod
popeth.**
They sat around her wanting to know everything.
Ac fe ofynnasant fil o gwestiynau iddi.
And they put to her a thousand questions.

Gofynnon nhw iddi am ei rhieni.
They asked her about her parents.
Gofynasant iddi am y palas tanddaearol.
They asked her about the subterranean palace.
A gofynasant iddi bopeth am y sarff.
And they asked her all about the serpent.
Y sarff a laddodd ei holl berthnasau.
The serpent which had killed all her relatives.
Cyn bo hir roedd hi'n amser i'r newydd-ddyfodiaid giniawa.
Soon it was time for the new arrivals to dine.
Gweinwyd y cinio mewn dysglau aur.
The dinner was served up in dishes of gold.
Roedd pob math o ddanteithion ar y bwrdd.
All sorts of delicacies were on the table.
Y ddysgl fwyaf amlwg oedd pen pysgodyn rohita.
The most conspicuous dish was the head of a rohita fish.
Gosodwyd pen y pysgodyn mawr mewn cwpan aur.
The large fish's head was placed in a golden cup.
A gosodwyd y cwpan ger plât y tywysog.
And the cup was placed near the prince's plate.
Roedd pawb yn bwyta ac yn ail-adrodd yr antur.
All were eating and retelling the adventure.
Ac yn sydyn cipiodd ffrind y tywysog y pen.
And suddenly the prince's friend snatched the head.
Cymerodd ben y pysgodyn oddi ar blât y tywysog.
He took the fish's head from the prince's plate.
"Gad i mi, dywysog, fwyta pen y rohita hon"
"Let me, prince, eat this rohita's head"
Roedd mab y brenin yn eithaf ddig.
The king's son was quite indignant.
Ond cofiai bopeth a wnaeth ei ffrind drosto.
But he remembered all his friend had done for him.
Ac fe gofiodd sut y gwnaeth achub y dywysoges.
And he remembered how he saved the princess.
Ac felly ni wnaeth unrhyw wrthwynebiad i'r cais.
And so he made no objection to the request.
Ond ni allai guddio ei gynddaredd ofnadwy.

But he could not hide his terrible rage.
Wrth gwrs, sylwodd ffrind y tywysog ar hyn.
Of course the prince's friend noticed this.
Ond nid oedd dim byd arall y gallai fod wedi'i wneud.
But there was nothing else he could have done.
Roedd ei ymddygiad, er mor rhyfedd oedd e, yn angenrheidiol.
His conduct, however strange, was necessary.
Roedd er diogelwch bywyd ei ffrind.
It was for the safety of his friend's life.
Ni allai ddweud y rheswm wrth ei ffrind ychwaith.
Nor could he tell his friend the reason.
Fel arall byddai'n cael ei drawsnewid yn gerflun marmor.
Else he would be transformed into a marble statue.
Cyn bo hir byddai'r cinio drosodd.
Soon the dinner was going to be over.
Roedd gan ffrind y tywysog un cais arall.
The prince's friend had one more request.
Roedd y ddau ffrind wedi treulio pob nos gyda'i gilydd.
The two friends had spent every night together.
Ond heno roedd eisiau mynd i'w dŷ ei hun.
But tonight he wanted to go to his own house.
Cafodd y tywysog ei syfrdanu hefyd gan ei ymddygiad rhyfedd.
The prince was also shocked at his strange conduct.
Ond cofiodd bopeth a wnaeth ei ffrind drosto.
But he remembered all his friend had done for him.
Ac fe gofiodd sut y gwnaeth achub y dywysoges.
And he remembered how he saved the princess.
Ac fe gytunodd hefyd â'r cais hwn gan ei ffrind.
And he also agreed to this request of his friend.
Roedd gan ffrind y tywysog gynlluniau eraill, fodd bynnag.
The prince's friend, however, had other plans.
Nid oedd ganddo unrhyw fwriad i fynd i'w dŷ ei hun.
He had no intentions of going to his own house.
Roedd yn benderfynol o osgoi'r perygl olaf.
He was resolved to avert the last peril.

Y peth olaf i fygwth bywyd ei ffrind.
The last thing to threaten the life of his friend.
Yn unol â hynny, cymerodd gleddyf yn ei law.
Accordingly, he took a sword into his hand.
Ac aeth i mewn i'r ystafell frenhinol yn ddirgel.
And he stealthily entered the royal room.
Ystafell y tywysog a'r dywysoges.
The room of the prince and the princess.
Ymguddiodd ei hun o dan y gwely.
He ensconced himself under the bedstead.
Roedd y gwely wedi'i dodrefnu â matresi o plu.
The bed was furnished with mattresses of down.
Roedd y llenni mosgito o'r sidan cyfoethocaf.
The mosquito curtains were of the richest silk.
Ac roedd yr holl ddillad gwely wedi'u haddurno ag aur.
And all the bedding was laced with gold.
Yn fuan daeth y tywysog a'r dywysoges i mewn i'r ystafell
wely.
Soon the prince and princess came into the bedroom.
Fe wnaethon nhw ddadwisgo eu hunain ac aethon nhw i'r
gwely.
They undressed themselves and went to bed.
Ac yn fuan roedd y cwpl brenhinol yn cysgu.
And soon the royal couple were asleep.
Am hanner nos clywodd sŵn neidr yn llithro.
At midnight he heard the slithering of a snake.
Roedd y sain yn dod o ddarn dŵr.
The sound was coming from a water passage.
Daeth neidr o faint enfawr i mewn i'r ystafell.
A snake of gigantic size entered the room.
Dringodd y sarff i fyny ffrâm y gwely.
The serpent climbed up the frame of the bed.
Rhuthrodd mab y gweinidog allan gyda'r cleddyf.
The minister's son rushed out with the sword.
Ac fe laddodd y sarff ag un ergyd.
And he killed the serpent with one blow.
Ac yna fe dorrodd y neidr yn ddarnau llai.

And then he cut the snake into smaller pieces.
Rhoddodd y darnau yn y ddysgl i ddal dail betel.
He put the pieces in the dish for holding betel-leaves.
Ond wrth iddo wneud hyn, tywalltodd ddiferyn o waed.
But as he did this, he spilled a drop of blood.
Syrthiodd y diferyn o waed ar fron y dywysoges.
The drop of blood fell on the breast of the princess.
Oherwydd nad oedd y llenni mosgito wedi cael eu gollwng.
Because the mosquito curtains had not been let down.
Roedd yn poeni am iechyd y dywysoges.
He worried for the health of the princess.
Efallai bod y gwaed o ryw fath o wenwyn.
The blood might be of some sort of poison.
Felly penderfynodd lyfu'r gwaed.
So he resolved to lick up the blood.
Ond ni allai edrych ar y dywysoges noeth.
But he could not look at the naked princess.
Byddai wedi bod yn bechod mawr.
It would have been a great sin.
Felly rhoddodd frethyn saithplyg am ei lygaid.
So he blindfolded himself with seven-fold cloth.
Ac fe llyfuodd y diferyn o waed.
And he licked off the drop of blood.
Ond ar yr adeg hon deffrodd y dywysoges.
But just at this time the princess awoke.
Deffrôdd ei sgrech ei gŵr o'i gwsg.
Her scream roused her husband from his sleep.
Ac ni allai gredu'r hyn yr oedd yn ei weld.
And he could not believe what he was seeing.
Syrthiodd y tywysog i gynddaredd mawr.
The prince fell into a great rage.
Ac roedd yn barod i ladd ei ffrind.
And he was prepared to kill his friend.
Ond rhoddodd gyfle i'w ffrind siarad.
But he gave his friend a chance to speak.
"Os gwelwch yn dda, fy ffrind, ataliwch eich dicter"
"Please, my friend, restrain your anger"

"Dim ond i achub dy fywyd y gwnes i hyn"
"I have done this only to save your life"
Roedd y tywysog yn fwy dryslyd nag o'r blaen.
The prince was more confused than before.
"Dydw i ddim yn deall beth rydych chi'n ei olygu"
"I do not understand what you mean"
"O'r amser y daethom allan o'r palas tanddaearol"
"From the time we came out of the subterranean palace"
**"Rydych chi wedi bod yn ymddwyn mewn ffordd hynod o
ryfeddol"**
"You have been behaving in a most extraordinary way"
"Yn gyntaf, fe wnaethoch chi fynnu marchogaeth fy eliffant"
"First, you insisted on riding my elephant"
"Yr eliffant anfonodd fy nhad amdanaf"
"The elephant my father had sent for me"
"Roeddwn i'n meddwl ei bod hi'n ofer gennych chi ofyn"
"I thought it was vain of you to ask"
"Ond cofiais yr hyn a wnaethoch i mi"
"But I remembered what you had done for me"
"A phenderfynais adael i'r mater fynd heibio"
"And I decided to let the matter pass"
"Ac yn lle hynny, fe wnes i farchogaeth yn ôl ar gefn ceffyl"
"And instead I rode back on horseback"
"Yn ail, fe wnaethoch chi fynnu dinistrio Porth y Llew"
"Secondly, you insisted on destroying the lion-gate"
"Y porth llew a addurnodd fy nhad i mi"
"The lion-gate my father had adorned for me"
**"Roeddwn i'n meddwl ei bod hi'n rhyfedd gennych chi
ofyn"**
"I thought it was strange of you to ask"
"Ond cofiais yr hyn a wnaethoch i mi"
"But I remembered what you had done for me"
"A phenderfynais adael i'r mater fynd heibio"
"And I decided to let the matter pass"
"A chefais i Borth y Llew wedi'i ddinistrio"
"And I had the lion-gate destroyed"

"Yn drydydd, yn ystod cinio fe wnaethoch chi ymddwyn yn gywilyddus iawn"
"Thirdly, at dinner you behaved most shamefully"
"Fe wnaethoch chi gipio pen y rohita oddi ar fy mhlât"
"You snatched the rohita's head from my plate"
"Ac fe wnaethoch chi fynnu bwyta pen y pysgodyn"
"And you insisted on eating the fish head"
"Roeddwn i'n meddwl eich bod chi'n teimlo'n rhy gymwys"
"I thought you felt too entitled"
"Ond cofiais yr hyn a wnaethoch i mi"
"But I remembered what you had done for me"
"Felly penderfynais adael i'r mater fynd heibio"
"So I decided to let the matter pass"
"Yna fe wnaethoch chi esgus eich bod chi'n mynd adref"
"You then pretended that you were going home"
"Ac roeddwn i'n falch iawn eich bod chi'n mynd adref"
"And I was very glad you were going home"
"Oherwydd eich bod wedi gwneud eich hun yn annymunol iawn"
"Because you had made yourself very disagreeable"
"A nawr rydych chi mewn gwirionedd yn fy ystafell wely"
"And now you are actually in my bedroom"
"Rwyt ti'n plygu dros fron noeth fy ngwraig"
"You are bending over the naked bosom of my wife"
"Rhaid bod gennych chi ryw gynllun drwg"
"You must have had some evil plan"
"A nawr rydych chi'n esgus eich bod chi'n achub fy mywyd"
"And now you pretend you are saving my life"
"Ond dydw i ddim yn credu eich bod chi eisiau achub fy mywyd"
"But I don't believe you want to save my life"
"Rwy'n credu eich bod chi eisiau dinistrio diweirdeb fy ngwraig"
"I believe you want to destroy my wife's chastity"
Roedd ffrind y tywysog yn gwybod sut olwg oedd ar bethau.
The prince's friend knew how things looked.
"O, peidiwch â chadw meddyliau o'r fath yn eich meddwl"

"Oh, do not harbor such thoughts in your mind"
"Peidiwch â meddwl yn ddrwg yn fy erbyn, os gwelwch yn dda"
"Please do not think badly against me"
"Mae'r duwiau'n gwybod beth rydw i wedi'i wneud"
"The gods know what I have done"
"Maen nhw'n gwybod i mi ei wneud i achub eich bywyd"
"They know I did it to save your life"
"Byddech chi'n gweld rhesymoldeb fy ymddygiad"
"You would see the reasonableness of my conduct"
"Ond does gen i ddim rhyddid i ddatgan fy rhesymau"
"But I don't have liberty to state my reasons"
Gofynnodd y tywysog iddo egluro ei hun.
The prince asked him to explain himself.
"A pham nad ydych chi'n rhydd?"
"And why are you not at liberty?"
"Pwy sydd wedi rhoi sêl ar dy enau?"
"Who has put a seal upon your mouth?"
Ac atebodd ffrind y tywysog.
And the prince's friend answered.
"Mae tynged wedi rhoi sêl ar fy ngheg"
"Destiny has put a seal upon my mouth"
"Pe bawn i'n dweud wrthych chi, byddwn i'n cael fy nhrawsnewid yn farmor"
"If I told you, I would be transformed into marble"
Daeth y tywysog yn fwyfwy blin gyda'i ffrind.
The prince grew angrier with his friend.
"Dylech chi gael eich trawsnewid yn gerflun marmor!"
"You should be transformed into a marble statue!"
"Rhaid i chi gymryd fy mod i'n ddyn syml"
"You must take me to be a simpleton"
"Allwch chi ddim disgwyl i mi gredu'r nonsens yma "
"You can't expect me to believe this nonsense"
Gwnaeth mab y gweinidog un cais olaf.
The minister's son made one last request.
"Ydych chi eisiau i mi ddweud wrthych chi felly, ffrind?
"Do you wish me then, friend, for me to tell you?

"Fyddech chi'n gwneud i'ch ffrind droi'n garreg?"
"You would make your friend turn into stone?"
Roedd y tywysog eisiau clywed y rheswm.
The prince wanted to hear the reason.
Nid oedd yn poeni am y canlyniadau.
He did not care about the consequences.
"Dywedwch wrthyf, neu fel arall byddwch yn ddyn marw"
"Tell me, or else you are a dead man"
Roedd ffrind y tywysog eisiau clirio ei enw.
The prince's friend wanted to clear his name.
Nid oedd am i unrhyw gyhuddiadau ffiaidd gael eu dwyn
yn ei erbyn.
He wanted no foul accusations brought against him.
Ac fe ystyriodd mai ei ddyletswydd oedd datgelu'r
gyfrinach.
And he deemed it his duty to reveal the secret.
Hyd yn oed pe bai hyn yn peryglu ei fywyd.
Even if this would put his life at risk.
Rhybuddiodd y tywysog eto i beidio â gofyn iddo.
He again warned the prince not to ask him.
Ond arhosodd y tywysog yn anochel.
But the prince remained inexorable.
Yna dywedodd ffrind y tywysog ei gyfrinach wrtho.
The prince's friend then told him his secret.
"Wrth gysgu o dan goeden uchel un noson"
"While sleeping under a lofty tree one night"
"Clywais sgwrs rhwng dau aderyn.
"I overheard a conversation between two birds.
"Yr adar proffwydol Bihangama a Bihangami"
"The prophesizing birds Bihangama and Bihangami"
"Rhagwelodd Bihangama yr holl beryglon yn eich bywyd"
"Bihangama predicted all the dangers in your life"
"Yn gyntaf, rhagfynegodd yr aderyn y byddai eich tad yn
anfon eliffant"
"First the bird predicted your father would send an elephant"
"Dywedodd yr aderyn y byddech chi'n cwympo oddi ar yr
eliffant"

"The bird said you would fall from the elephant"
"A dywedodd yr aderyn y byddech chi'n marw o'r cwymp"
"And the bird said you would die from the fall"
Ar y pwynt hwn trodd coesau mab y gweinidog yn garreg.
At this point the minister's son's legs turned to stone.
"Welwch chi? mae fy nghoesau eisoes wedi troi'n garreg"
"See? my legs have already turned to stone"
"Ewch ymlaen â'ch stori," meddai'r tywysog.
"Go on with your story," said the prince.
A pharhaodd ffrind y tywysog â'r stori.
And the prince's friend continued the story.
**"Dywedodd yr aderyn y byddai porth y llew wedi'i
addurno'n llawcn"**
"The bird said the lion-gate would be gaily decorated"
**"A dywedodd yr aderyn y byddai porth y llew yn cwympo
arnoch chi"**
"And the bird said the lion-gate would collapse on you"
**"Pe bai Porth y Llew wedi syrthio arnoch chi, byddech chi
wedi marw"**
"If the lion-gate had fallen on you, you would have died"
Ar y pwynt hwn trodd torso mab y gweinidog yn garreg.
At this point the minister's son's torso turned to stone.
Ond mynnodd y tywysog fod mab y gweinidog yn parhau.
But the prince insisted the minister's son continues.
"Ewch ymlaen â'ch stori," meddai'r tywysog.
"Go on with your story," said the prince.
"Dywedodd yr aderyn y byddai pen pysgodyn yno"
"The bird said there would be the head of a fish"
**"A rhagwelodd yr aderyn y byddech chi'n tagu ar y
pysgodyn"**
"And the bird predicted you would choke on the fish"
Nawr ei ben oedd yr unig beth nad oedd o garreg.
Now his head was the only thing not of stone.
"Welwch chi? mae fy nghorff cyfan wedi troi'n garreg"
"See? my whole body has turned to stone"
"Os byddaf yn parhau, byddaf yn ddyn o garreg"
"If I continue, I will become a man of stone"

"Ydych chi eisiau i mi ddweud y gweddill"
"Do you wish me to tell the rest"
"Ewch ymlaen â'ch stori," meddai'r tywysog.
"Go on with your story," said the prince.
"Iawn iawn, af ymlaen i'r diwedd"
"Very well, I will go on to the end"
"Ond efallai y byddwch yn edifarhau ar ôl i mi ddweud wrthych"
"But you may repent after I tell you"
"Ac efallai y byddwch chi eisiau fy adfer i fywyd"
"And you may wish to restore me to life"
"Dywedaf wrthych chi sut i wrthdroi'r swyn"
"I will tell you how to reverse the spell"
"Ymhen ychydig fisoedd bydd y dywysoges yn esgor ar blentyn"
"In a few months the princess will bear a child"
"Arhoswch am enedigaeth y plentyn"
"Wait for the birth of the child"
"Rhowch waed y baban ar fy ngherflun"
"Besmear my statue with the infant's blood"
"Dim ond wedyn y byddaf yn cael fy adfer yn ôl i fywyd"
"Only then will I be restored back to life"
Gadawodd y gair olaf ei wefusau, a throdd yn garreg.
The last word left his lips, and he turned to stone.
Neidiodd y dywysoges allan o'r gwely.
The princess jumped out of bed.
Agorodd y llestr am ddail betel a sbeisys.
She opened the vessel for betel-leaves and spices.
A gwelodd hi ddarnau sarff.
And she saw the pieces of a serpent.
Roedd y tywysog a'r dywysoges bellach wedi'u hargyhoeddi.
The prince and the princess were now convinced.
Gwelsant ffydd dda eu ffrind ymadawedig.
They saw the good faith of their departed friend.
Gwelsant haelioni ei weithredoedd.
They saw the benevolence of his actions.

Aethant at y cerflun marmor.

They went to the marble statue.

Ond roedd cerflun eu ffrind yn ddifywyd.

But the statue of their friend was lifeless.

Fe wnaethon nhw adael crio uchel o alaru.

They let out a loud cry of lamentation.

Ond nid oedd diben i'w crio.

But their cries were to no purpose.

Oherwydd nad oedd y cerflun yn cael ei symud gan ddagrau.

Because the statue was not moved by tears.

Roedd y tywysog a'r dywysoges yn gwybod beth oedd yn rhaid iddyn nhw ei wneud.

The prince and princess knew what they had to do.

Fe wnaethon nhw guddio'r ffigur marmor mewn lle diogel.

They concealed the marble figure in a safe place.

Ac fe wnaethon nhw aros am enedigaeth eu plentyn.

And they waited for the birth of their child.

Ym mhen amser daeth yr awr.

In process of time the hour came.

Roedd esgor y dywysoges wedi cyrraedd.

The princess's travail had arrived.

Ganwyd gan y dywysoges fachgen hardd.

The princess bore a beautiful boy.

Roedd y plentyn yn ddelwedd berffaith o'i fam.

The child was the perfect image of his mother.

Roedd harddwch eu plentyn yn drawiadol.

The beauty of their child was striking.

Ac roedden nhw mewn parch ohono.

And they were in awe of him.

Byddent wedi arbed ei fywyd.

They would have spared his life.

Ond roedden nhw'n cofio eu ffrind gorau.

But they remembered their best friend.

Roedden nhw'n cofio popeth roedd e wedi'i wneud drostyn nhw.

They remembered all he had done for them.

Ond nawr roedd yn garreg ddifywyd.
But now he was a lifeless stone.
Ac fe gofiasant yr addunedau a wnaethant.
And they remembered the vows they had made.
A thorrasant y plentyn yn ddau.
And they cut the child into two.
Fe wnaethon nhw orchuddio'r cerflun â gwaed y plentyn.
They besmeared the statue with the child's blood.
A daeth eu ffrind yn fyw eto.
And their friend became animated back to life.
Roedden nhw'n falch o'i weld yn fyw eto.
They were glad to see him alive again.
Ond roedd ffrind y tywysog wedi'i lethu gan alar.
But the prince's friend was overwhelmed with grief.
Oherwydd ei fod yn gweld y newydd-anedig mewn pwll o waed.
Because he saw the new-born in a pool of blood.
Felly cododd y baban marw.
So he picked up the dead infant.
Lapiodd y plentyn yn ofalus mewn tywel.
He carefully wrapped the child in a towel.
Ac fe benderfynodd adfer y plentyn yn fyw.
And he resolved to get the child restored to life.
Ymgynghorodd â holl feddygon y wlad.
He consulted all the physicians of the country.
Dywedon nhw i gyd yr un peth wrtho.
They all told him the same thing.
Gellir dod o hyd i iachâd ar gyfer unrhyw salwch.
A cure can be found for any illness.
Ond mae bywyd angen gwreichionen bywyd.
But life requires the spark of life.
Pan fydd y wreichionen wedi diflannu, mae y tu hwnt i'w hawdurdodaeth.
When the spark is gone, it is beyond their jurisdiction.
Ac felly roedd yn rhaid iddyn nhw fynd ymlaen â'u bywydau.
And so they had to go on with their lives.

Yn y diwedd dychwelodd ffrind y tywysog at ei wraig.
Eventually the prince's friend returned to his wife.
Roedd hi'n addoli ymroddedig o'r dduwies Kali.
She was a devoted worshipper of the goddess kali.
Hi oedd yr unig un a allai ddychwelyd bywyd.
She was the only one who could return life.
Roedd ei wraig yn byw mewn tref bell.
His wife was living in a distant town.
Felly cychwynnodd ar daith i'r dref.
So he set out on a journey to the town.
Roedd ci wraig yn dal i fyw yn nhŷ ei thad.
His wife still lived in her father's house.
Wrth ymyl y tŷ roedd gardd.
Adjoining the house there was a garden.
Ac yn yr ardd roedd coeden.
And in the garden there was a tree.
Roedd y plentyn wedi cael ei storio yn y goeden honno.
The child had been stored in that tree.
Roedd ei wraig wrth ei bodd yn gweld ei gŵr.
His wife was overjoyed to see her husband.
Nid oedd hi wedi ei weld ers amser maith.
She had not seen him for a long time.
Ond cafodd hi syndod pan welodd hi ef.
But she was surprised when she saw him.
Roedd ei gŵr yn drist iawn y diwrnod hwnnw.
Her husband was very melancholy that day.
Ychydig iawn a siaradodd â'i wraig.
He spoke very little to his wife.
Ac roedd ei wraig yn gwybod nad oedd e'n ei hun.
And his wife knew that he was not himself.
Roedd yn myfyrio ar rywbeth yn ei feddwl.
He was brooding over something in his mind.
Gofynnodd beth oedd rheswm ei dristwch.
She asked the reason for his melancholy.
Ond cadwodd yn dawel, ac ni ddywedodd wrthi.
But he kept quiet, and wouldn't tell her.

Un noson roedden nhw'n gorwedd gyda'i gilydd yn y gwely.
One night they were lying together in bed.
Cododd y wraig a gadawodd y gwely priodasol.
The wife got up and left the marital bed.
Agorodd hi'r drws ac aeth i'r ardd.
She opened the door and went into the garden.
Nid oedd ei gŵr wedi gallu cysgu'n dda.
Her husband had not been able to sleep well.
Felly deffrodd o symudiad ei wraig.
Therefore he awoke from the movement of his wife.
Clywodd hi'n gadael yng nghanol y nos.
He heard her leave in the dead of the night.
Ac roedd yn benderfynol o'i dilyn hi.
And he was determined to follow her.
Ond roedd hefyd yn benderfynol o beidio â chael ei sylwi.
But he was also determined not to be noticed.
Aeth i deml y dduwies Kali.
She went to a temple of the goddess kali.
Nid oedd y deml yn bell iawn o'i thŷ.
The temple was at no great distance from her house.
Roedd hi'n addoli'r dduwies gyda blodau.
She worshipped the goddess with flowers.
**Ac roedd hi'n addoli'r dduwies â phersawr pren
sandalwydd.**
And she worshiped the goddess with sandal-wood perfume.
"O fam Kali! trugarha wrthyf"
"Oh mother kali! have mercy upon me"
"Gwareda fi o'm holl drafferthion"
"Deliver me out of all my troubles"
Atebodd y dduwies y ddynes.
The goddess replied to the woman.
"Pam, pa gŵyn arall sydd gennych chi?"
"Why, what further grievance have you?
**"Roeddech chi wedi gweddïo ers tro byd am ddychweliad
eich gŵr"**
"You long prayed for the return of your husband"
"Ac mae eich gweddïau wedi cael eu hateb"

"And your prayers have been answered"
"Mae eich gŵr wedi dychwelyd atoch chi"
"Your husband has returned to you"
"Felly, beth sy'n bod arnat ti nawr?"
"So then, what ails thee now?"
Atebodd y ddynes y dduwies.
The woman answered the goddess.
"Gwir, o fam, mae fy ngŵr wedi dod ataf"
"True, oh mother, my husband has come to me"
"Ond mae wedi dod ataf mewn hwyliau trist"
"But he has come to me in a melancholy mood"
"Prin y mae'n siarad â mi pan fyddaf yn siarad ag ef"
"He hardly speaks to me when I speak to him"
"Nid yw'n ymhyfrydu ynof pan fydd gyda mi"
"He takes no delight in me when he is with me"
"Y cyfan mae'n ei wneud yw eistedd yn drist mewn cornel"
"All he does is sit melancholy in a corner"
Atebodd y dduwies ei hymroddwr.
The goddess replied to her devotee.
"Gofynnwch i'ch gŵr pam ei fod yn teimlo'n drist"
"Ask your husband why he feels melancholy"
"Pan fydd e'n dweud wrthych chi, gadewch i mi wybod y rheswm"
"When he tells you, let me know the reason"
Clywodd mab y gweinidog y sgwrs.
The minister's son overheard the conversation.
Ond arhosodd heb i'r dduwies sylwi arno.
But he stayed unnoticed by the goddess.
Ac ni sylwodd ei wraig arno chwaith.
And his wife did not notice him either.
Llithrodd i ffwrdd yn dawel o flaen ei wraig.
He quietly slunk away before his wife.
Ac fe ddychwelodd yn ôl i'r gwely o'i blaen hi.
And he returned back to bed before her.
Y diwrnod canlynol gofynnodd y wraig i'w gŵr.
The following day the wife asked her husband.
"Fy ngŵr annwyl, pam wyt ti mewn hwyliau trist?"

"My dear husband, why are you in a melancholy mood?"
Ailadroddodd ei gŵr yr hanes cyfan.
Her husband retold the whole story.
Dywedodd wrthi am y sarff gemwaith.
He told her about the jewel serpent.
Dywedodd wrthi am y palas tanddaearol.
He told her about the subterranean palace.
Dywedodd wrthi am y dywysoges yn cael ei chipio.
He told her about the princess being captured.
Dywedodd wrthi sut y rhyddhaodd y dywysoges.
He told her how he freed the princess.
Ac fe ddywedodd wrthi am Bihangama a Bihangami.
And he told her about Bihangama and Bihangami.
Dywedodd wrthi sut yr oedd wedi troi'n garreg.
He told her how he had turned to stone.
Ac fe ddywedodd wrthi sut y cafodd ei ddychwelyd yn fyw.
And he told her how he was returned back to life.
Felly dywedodd wrthi hefyd am ladd y plentyn.
So he told her also about the killing of the child.
Y noson honno gadawodd ei wraig y gwely eto.
That night his wife left the bed again.
A dychwelodd i deml y dduwies Kali.
And she returned to the goddess kali's temple.
A dywedodd wrth y dduwies am dristwch ei gŵr.
And she told the goddess of her husband's melancholy.
Gwrandawodd y dduwies yn astud ar yr hyn a ddywedwyd.
The goddess listened intently to what was said.
"Dewch â'r plentyn yma a byddaf yn ei adfer yn fyw"
"Bring the child here and I will restore it to life"
Y noson ganlynol gadawodd y gwely priodasol eto.
The next night she left the marital bed again.
Aeth hi at y goeden yn yr ardd.
She went to the tree in the garden.
A chymerodd hi'r plentyn oddi ar y goeden.
And she took the child from the tree.
A chymerodd hi'r plentyn at y dduwies Kali.
And she took the child to the goddess kali.

A dychwelodd y dduwies Kali y plentyn yn ôl yn fyw.
And the goddess kali returned the child back to life.
Roedd ffrind y tywysog wedi'i swyno gan lawenydd.
The prince's friend was entranced with joy.
Cododd y plentyn wedi'i adfywio.
He picked up the reanimated child.
Ac fe redodd mor gyflym ag y gallai at ei ffrind.
And he ran as fast as he could to his friend.
A rhoddodd ei blentyn iddo, yn fyw ac yn iach.
And he gave him his child, alive and well.
Llawenhaodd pawb â llawenydd mawr dros ben.
They all rejoiced with exceedingly great joy.
Ac fe wnaethant fyw gyda'i gilydd yn hapus hyd ddydd eu marwolaeth.
And they lived together happily till the day of their death.

Y Brahman Digofus
The Indignant Brahman

Roedd yna Brahman tlawd unwaith.
There was once a poor Brahman.
Roedd gan y Brahman tlawd hwn wraig.
This poor Brahman had a wife.
Ac roedd ganddo bedwar o blant hefyd.
And he also had four children.
Roedd yn ddyn tlawd iawn.
He was a very poor man.
Ac nid oedd ganddo unrhyw adnoddau yn y byd.
And he had no resources in the world.
Roedd yn byw o elusen eraill.
He lived from the charity of others.
Yn ystod priodasau enillodd yn dda.
During marriages he earned well.
Ac enillodd yn dda yn ystod angladdau.
And he earned well during funerals.
Ond nid oedd ei blwyfolion yn priodi bob dydd.
But his parishioners did not marry daily.
Ac nid oeddent yn marw bob dydd chwaith.
And they did not die every day either.
Roedd hi'n anodd cael y ddau ben i gwrdd.
It was difficult to make the two ends meet.
Byddai ei wraig yn ei geryddu'n aml.
His wife often rebuked him.
"Pam na allwch chi fy nghefnogi?"
"Why can you not support me?"
"Mae ein plant yn rhedeg o gwmpas yn noeth"
"Our children run around naked"
"Ac maen nhw'n dioddef o newyn"
"And they suffer from hunger"
Er ei fod yn dlawd, roedd yn ddyn da.
Though poor, he was a good man.
Ac yr oedd yn ddiwyd yn ei ymroddiadau.
And he was diligent in his devotions.

Bob dydd dywedodd ei weddïau.
Every day he said his prayers.
Gweddïodd ar yr un pryd bob dydd.
He prayed at the same time each day.
Ei dduwies diwtor oedd y Dduwies Durga.
His tutelary deity was the Goddess Durga.
Hi yw cymar Shiva.
She is the consort of Shiva.
Hi yw egni creadigol y bydysawd.
She is the creative energy of the universe.
Bob dydd ysgrifennodd enw Durga.
Every day he wrote the name of Durga.
Ysgrifennodd yr enw mewn inc coch.
He wrote the name in red ink.
O leiaf cant ac wyth o weithiau.
At least one hundred and eight times.
Ni yfodd na bwytaodd nes iddo wneud hyn.
He did not drink or eat till he did this.
drwy gydol y dydd roedd yn llefaru gweddïau.
throughout the day he uttered prayers.
"O Durga! trugarha wrthyf"
"O Durga! have mercy upon me"
Roedd yn gweddïo pryd bynnag y byddai'n teimlo'n bryderus.
He prayed whenever he felt anxious.
Ac roedd yn aml yn teimlo'n bryderus.
And he often felt anxious.
Oherwydd ei fod yn byw mewn tlodi.
Because he lived in poverty.
Gweddïodd pan oedd ei bryderon yn ormod.
He prayed when his worries were too much.
Ac roedd yna lawer o bethau yr oedd yn poeni amdanynt.
And there were many things he worried about.
Roedd yn poeni am ei wraig a'i blant.
He worried about his wife and children.
Ac roedd yn poeni am eu cefnogi.
And he worried about supporting them.

Un diwrnod roedd yn drist iawn.
One day he was very sad.
Ar y diwrnod hwn aeth i goedwig.
On this day he went to a forest.
Roedd y goedwig ymhell y tu allan i'r pentref.
The forest was far outside the village.
Gollyngodd ei holl alar allan.
He let out all his grief.
Ac fe wylodd ddagrau chwerw.
And he wept bitter tears.
"O Durga! O Fam Bhagavati!"
"O Durga! O Mother Bhagavati!"
"Rhowch ddiwedd ar fy mhoeni, os gwelwch yn dda?"
"Please put an end to my misery?"
"Byddwn i'n dymuno fy mod i ar fy mhen fy hun yn y byd"
"I wish I were alone in the world"
"Yna ni fyddai fy nhlodi yn fy mhoeni"
"Then my poverty wouldn't worry me"
"Ond ti a roddaist wraig i mi"
"But thou hast given me a wife"
"Ac mae fy ngwraig wedi rhoi plant i mi"
"And my wife has given me children"
"O Fam, rwy'n erfyn arnat ti"
"O Mother, I beg of you"
"Rhowch y modd i mi eu cefnogi"
"Give me the means to support them"
Digwyddodd bod Shiva a'i wraig Durga yno.
Shiva and his wife Durga happened to be there.
Roedden nhw'n mynd am dro boreol.
They were taking their morning walk.
Gwelodd y Dduwies Durga y Brahman o bell.
The Goddess Durga saw the Brahman at a distance.
"O Arglwydd Kailas, a welwch chi'r Brahman hwnnw?"
"O Lord of Kailas, do you see that Brahman?"
"Mae e wastad yn cymryd fy enw ar ei wefusau"
"He is always taking my name on his lips"

"Mae'n gweddïo y byddaf yn ei achub o'i drafferthion"
"He prays I deliver him from his troubles"
"Onid allwn ni wneud rhywbeth dros y Brahman tlawd?"
"Can we not do something for the poor Brahman?"
"Mae'n cael ei orthrymu gan lawer o ofal"
"He is oppressed with many cares"
"Ac mae'n gofalu'n fawr am ei deulu sy'n tyfu"
"And he deeply cares for his growing family"
"Dylen ni wneud ei fywyd yn fwy cyfforddus"
"We should make his life more comfortable"
"Oherwydd nad oes gan y dyn tlawd byth ddigon i'w fwyta"
"Because the poor man never has enough to eat"
"A does gan ei deulu ddim digon i'w fwyta chwaith"
"And his family doesn't have enough to eat either"
"Gadewch i ni roi pot iddo"
"Let us give him a pot"
"Pot gyda chyflenwad diddiwedd o murukku"
"A pot with an infinite supply of murukku"
Roedd y gymar dwyfol yn iawn.
The divine consort was right.
Cytunodd Arglwydd Kailas â'r cynnig.
The Lord of Kailas agreed to the proposal.
Ar y fan a'r lle creodd bot hudolus.
On the spot he created a magical pot.
Aeth Durga at y Brahman tlawd.
Durga went to the poor Brahman.
"O Brahman! Fy ymroddwr ffyddlon"
"O Brahman! My loyal devotee"
"Rwyf wedi meddwl yn aml am eich achos truenus"
"I have often thought of your pitiable case"
"Mae eich gweddïau dro ar ôl tro wedi symud fy nhrugaredd"
"Your repeated prayers have moved my compassion"
"Dyma bot i ti"
"Here is a pot for you"
"Rhaid i chi droi'r pot wyneb i waered"
"You must turn the pot upside down"

"Ac yna rhaid i chi ysgwyd y pot"
"And then you must shake the pot"
"Bydd y murukku gorau yn tywallt allan"
"The finest murukku will pour out"
"Bydd y murukku yn parhau i dywallt allan am byth"
"The murukku will keep pouring out forever"
"Nes i chi roi'r pot yn unionsyth eto"
"Until you put the pot upright again"
"Gallwch chi fwyta cymaint o murukku ag y dymunwch"
"You can eat as much murukku as you like"
"Ni fydd eich gwraig a'ch plant yn newynu mwyach"
"Your wife and children will hunger no more"
"A gallwch chi werthu'r murukku os hoffech chi"
"And you can sell the murukku if you like"
Roedd y Brahman wrth ei fodd dros ben.
The Brahman was delighted beyond measure.
Roedd wedi derbyn trysor gwirioneddol werthfawr.
He had received a truly valuable treasure.
Gwnaeth ei ufudd-dod dwysaf i'r dduwies.
He made his deepest obeisance to the goddess.
Ac fe fynegodd ei ddiolchgarwch tragwyddol.
And he expressed his eternal gratefulness.

Roedd y Brahman wedi dechrau cerdded adref.
The Brahman had started walking home.
Ond yn gyntaf roedd yn rhaid iddo brofi ei bot hudolus.
But first he had to test his magical pot.
Roedd eisiau gweld a oedd y pot yn gweithio mewn
gwirionedd.
He wanted to see if the pot really worked.
Trodd y pot wyneb i waered.
He turned the pot upside down.
Ac ysgwydodd y pot, fel y cyfarwyddwyd.
And he shook the pot, as instructed.
Wel, wel! Gweithiodd y pot yn wirioneddol.
Lo and behold! The pot really did work.
Syrthiodd y murukku gorau i'r llawr.

The finest murukku fell to the ground.
Clymodd y melysion yn ei ddalen.
He tied the sweetmeat in his sheet.
Ac fe cherddodd ymlaen, tuag at ei bentref.
And he walked on, towards his village.
Erbyn hanner dydd roedd y Brahman wedi mynd yn llwglyd.
By noon the Brahman had gotten hungry.
Ond ni allai fwyta heb ei olchiad.
But he could not eat without his ablutions.
Yn gyntaf, roedd yn rhaid iddo ddweud ei weddïau.
First, he had to say his prayers.
Roedd tafarn ar ei ffordd.
There was an inn on his way.
Yn agos at y dafarn roedd tanc dŵr.
Close to the inn there was a water tank.
Felly, roedd yn bwriadu stopio yno.
So, he intended to halt there.
Er mwyn ymolchi a dweud ei weddïau.
In order to bathe and say his prayers.
Ar ôl hyn gallai fwyta'r holl murukku.
After this he could eat all the murukku.
Eisteddodd y Brahman yn siop y tafarnwr.
The Brahman sat at the innkeeper's shop.
Roedd y siopwr yn ysmygu tybaco.
The shopkeeper was smoking tobacco.
Gosododd y pot ger y siopwr.
He put the pot near the shopkeeper.
A gofynnodd iddo ofalu am y pot.
And he asked him to look after the pot.
"Cymerwch ofal arbennig o'r pot hwn os gwelwch yn dda"
"Please take special care of this pot"
"Rhaid i mi ymolchi a dweud fy ngweddïau"
"I must bathe and say my prayers"
"Gofalwch am y pot hwn i mi os gwelwch yn dda"
"Please look after this pot for me"
"Gwnewch yn siŵr nad oes dim yn digwydd i'r pot hwn"

"Make sure nothing happens to this pot"
Roedd o'n meddwl ei fod yn gais rhyfedd.
He thought it was a strange request.
Ond cytunodd i ofalu am y pot.
But he agreed to look after the pot.
A rhoddodd y Brahman y pot iddo.
And the Brahman gave him the pot.
Rhoi olew mwstard ar ei gorff.
He besmeared his body with mustard oil.
Ac aeth i wneud ei olchiad.
And he went to do his ablutions.
Dechreuodd y tafarnwr chwilfrydig am y pot.
The innkeeper grew curious about the pot.
"Rhaid bod rhywbeth gwerthfawr yn y pot hwn"
"This pot must have something valuable in it"
"Pam arall y byddai mor ofalus?"
"Why else would he be so careful?"
Roedd ei chwilfrydedd wedi'i gyffroi.
His curiosity had been excited.
Felly, agorodd y pot.
So, he opened the pot.
Er ei syndod roedd y pot yn wag.
To his surprise the pot was empty.
"Beth all fod ystyr hyn?"
"What can be the meaning of this?"
"Pam mae e'n malio cymaint am bot gwag?"
"Why does he care so much for an empty pot?"
Dechreuodd archwilio'r pot yn fwy gofalus.
He began to examine the pot more carefully.
Yn ystod ei archwiliad trodd y pot wyneb i waered.
During his inspection he turned the pot upside down.
Ac yna syrthiodd y murukku gorau allan o'r pot.
And then the finest murukku fell out from the pot.
Ac ni pheidiodd y murukku â chwympo allan.
And the murukku didn't stop falling out.
Galwodd y tafarnwr ei wraig a'i blant.
The innkeeper called his wife and children.

Roedd eisiau iddyn nhw weld yr hyn oedd wedi digwydd.
He wanted them to witness what had happened.
Strôc annisgwyl o lwc dda!
An unexpected stroke of good fortune!
Rhoddodd y pot gawodydd toreithiog o padi siwgr.
The pot gave copious showers of sugared paddy.
Llenwodd ei holl botiau a jariau.
He filled all his pots and jars.
Roedd yn gwybod bod yn rhaid iddo gael y pot hwn.
He knew he had to have this pot.
Felly, fe wnaeth roi un arall yn lle'r pot.
So, he replaced the pot with another one.
Roedd ganddo bot o'r un maint a lliw.
He had a pot of the same size and color.

Roedd y Brahman wedi gorffen ei olchiad.
The Brahman had finished his ablutions.
Roedd wedi cyflawni ei holl ymroddiadau.
He had performed all of his devotions.
Daeth yn ôl i'r siop mewn dillad gwlyb.
He came back to the shop in wet clothes.
Roedd yn dal i adrodd testunau sanctaidd y Vedas.
He was still reciting holy texts of the Vedas.
Gwisgodd ei ddillad sych yn ôl amdano.
He put back on his dry clothes.
Mewn inc coch ysgrifennodd enw Durga.
In red ink he wrote the name of Durga.
Ysgrifennodd ei henw gant ac wyth o weithiau.
He wrote her name one hundred and eight times.
Ar ôl gwneud hyn torrodd ei ympryd.
After doing this he broke his fast.
Ac fe fwytaodd y murukku oedd ganddo yn ei ddalen.
And he ate the murukku he had in his sheet.
Roedd wedi adfywio ar ôl y pryd bwyd.
He was refreshed from the meal.
Nawr gallai ailddechrau ei daith adref.
Now he could resume his journey home.

Felly galwodd ar y tafarnwr.
So he called to the innkeeper.
"A gaf i gael fy mhot yn ôl, os gwelwch yn dda?"
"Please could I get my pot back"
Rhoddodd y tafarnwr ei bot yn ôl iddo.
The innkeeper gave him back his pot.
"Dyna, syr, dyma eich pot"
"There, sir, here is your pot"
"Mae'r pot yn union lle roeddech chi wedi'i roi"
"The pot is exactly where you had put it"
"Mae eich pot yn union fel y gwnaethoch chi ei adael"
"Your pot is just as you left it"
"Gwneuthum yn siŵr nad oes neb wedi cyffwrdd â'ch pot"
"I made sure no one has touched your pot"
Nid oedd y Brahman yn amau dim.
The Brahman didn't suspect a thing.
Cododd y pot.
He picked up the pot.
Ac aeth ymlaen ar ei daith adref.
And he proceeded on his journey home.

Ar ei daith roedd yn rhaid iddo feddwl.
On his journey he had to think.
Llongyfarchodd ei lwc dda.
He congratulated his good fortune.
"Bydd fy ngwraig yn cael syndod dymunol iawn!"
"My wife will be most pleasantly surprised!"
"Bydd y plant yn difa'r murukku!"
"The children will devour the murukku!"
"Byddaf yn gyfoethog yn fuan"
"I shall soon become rich"
"Byddaf yn gallu codi fy mhen yn uchel"
"I will be able to lift my head up high"
Roedd poenau teithio wedi lleihau.
The pains of travelling had been reduced.
Nawr roedd ei broblemau'n llawer mwy dymunol.
Now his problems were much more pleasant.

Dim ond rhagweld a wnaeth y daith yn anodd.
Only anticipation made the journey difficult.
Cyrhaeddodd ei gartref eto o'r diwedd.
He finally reached his home again.
Galwodd ar ei wraig a'i blant.
He called to his wife and children.
"Edrychwch ar yr hyn rydw i wedi'i ddwyn"
"Look at what I have brought"
"Mae'r pot hwn yn ffynhonnell gyfoeth ddi-ffael".
"This pot is an unfailing source of wealth".
"Ni fydd yn rhaid i ni frwydro eto byth"
"We will never have to struggle again"
"Byddaf yn troi'r pot wyneb i waered"
"I will turn the pot upside down"
"Ac yna fe welwch chi rywbeth.
"And then you will see something.
"Rhywbeth nad ydych erioed wedi'i weld o'r blaen"
"Something you've never seen before"
"Bydd nant o'r murukku gorau yn llifo"
"A stream of the finest murukku will flow"
Gallwch chi ddychmygu beth oedd ei wraig yn ei feddwl.
You can imagine what his wife was thinking.
"Mae fy ngŵr wedi mynd yn wallgof," meddyliodd hi.
"My husband has gone mad," she thought.
Cadarnhawyd ei barn yn fuan.
She was soon confirmed in her opinion.
Ni syrthiodd dim o'r pot, fel yr addawyd.
Nothing fell from the pot, as promised.
Trodd y pot wyneb i waered dro ar ôl tro.
He turned the pot upside down again and again.
Roedd y Brahman wedi'i lethu gan alar.
The Brahman was overwhelmed with grief.
Sylweddolodd ei fod wedi cael ei dwyllo.
He realized that he had been tricked.
Rhaid bod y tafarnwr wedi cyfnewid y pot.
The innkeeper must have swapped the pot.
Rhaid ei fod wedi dwyn pot Durga.

He must have stolen Durga's pot.
Ac mae'n rhaid ei fod wedi disodli'r pot gydag un arferol.
And he must have replaced the pot with a normal one.
Aeth yn ôl at y tafarnwr y diwrnod canlynol.
He went back to the innkeeper the next day.
Ac fe'i cyhuddwyd o fod wedi newid ei bot.
And he accused him of having changed his pot.
Ar y dechrau, ymddwynodd y tafarnwr yn syn.
At first the innkeeper acted surprised.
Yna fe esgusodd ei fod yn flin oherwydd y cyhuddiad.
Then he pretended to be angry at the accusation.
Yn olaf, fe'i gyrrodd allan o'i siop.
Finally, he chased him out of his shop.

Doedd ganddo ddim ffordd o gael y pot yn ôl.
He had no way of getting the pot back.
Roedd y Brahman yn gwybod beth oedd yn rhaid iddo ei wneud.
The Brahman knew what he had to do.
Aeth i weld y dduwies Durga eto.
He went to see the goddess Durga again.
Anrhydeddodd Siva a Durga ef gyda'u presenoldeb.
Siva and Durga honored him with their presence.
Siaradodd Durga â'r Brahman tlawd.
Durga spoke to the poor Brahman.
"Felly, rydych chi wedi colli'r pot a roddais i chi"
"So, you have lost the pot I gave you"
"Rwy'n teimlo trugaredd dros eich sefyllfa"
"I take pity on your situation"
"Dyma bot hudolus arall"
"Here is another magical pot"
"Cymerwch y pot hwn, a gwnewch ddefnydd da ohono"
"Take this pot, and make good use of it"
Roedd y Brahman wrth ei fodd.
The Brahman was elated with joy.
Gwnaeth urddas i'r cwpl dwyfol.
He made obeisance to the divine couple.

Ac fe gymerodd y pot gydag ef.
And he took the pot with him.
Unwaith eto roedd yn rhaid iddo weld a oedd y pot yn gweithio.
Again he had to see if the pot worked.
Trodd y pot wyneb i waered.
He turned the pot upside down.
Ac ysgwydodd y pot fel o'r blaen.
And he shook the pot as before.
Ac arosodd i'r murukku syrthio allan.
And he waited for the murukku to fall out.
Ond na, arswyd o arswydau!
But no, horror of horrors!
Ni syrthiodd Murukku o'r pot.
Murukku did not fall from the pot.
Yn lle murukku, neidiodd cythreuliaid allan.
Instead of murukku, demons jumped out.
Dechreuon nhw guro'r Brahman synedig.
They began to beat the astonished Brahman.
Derbyniodd y Brahman dyrnod a chiciau.
The Brahman received punches and kicks.
Ond cadwodd ei bresenoldeb meddwl.
But he kept his presence of mind.
Trodd y pot y ffordd iawn i fyny.
He turned the pot the right way up.
Ac fe orchuddiodd y pot eto.
And he covered the pot up again.
Yn ffodus, gweithiodd ei feddwl cyflym.
Fortunately his quick thinking worked.
Diflannodd y cythreuliaid cyn gynted ag y gwnaeth hyn.
The demons disappeared as soon as he did this.
Ceisiodd y Brahman ddeall beth oedd hyn yn ei olygu.
The Brahman tried to understand what this meant.
Rhaid ei fod i gosbi'r tafarnwr!
It must be to punish the innkeeper!
Felly aeth at y tafarnwr eto.
So he went to the innkeeper again.

Rhoddodd y pot newydd iddo.
He gave him the new pot.
Erfyniodd arno i ofalu am y pot.
He begged of him to look after the pot.
Yn union fel yr oedd wedi gwneud o'r blaen.
Just like he had done before.
Aeth am ei olchiad a'i weddïau.
He went for his ablutions and prayers.
Roedd y tafarnwr wrth ei fodd.
The innkeeper was delighted.
Roedd wedi cael ail anrheg duw.
He had been given a second godsend.
Cytunodd i gymryd y gofal mwyaf o'r pot.
He agreed to take the greatest care of the pot.
Arhosodd i'r Brahman fynd.
He waited for the Brahman to go.
Ac fe alwodd ar ei wraig a'i blant.
And he called his wife and children.
"Dyma bot arall gan y Brahman"
"This is another pot from the Brahman"
"Y tro hwn rwy'n gobeithio nad murukku ydyw"
"This time I hope it is not murukku"
"Gobeithio bod y pot yma'n llawn tywod"
"I hope this pot is full of sandesa"
"Dewch, byddwch yn barod gyda'r basgedi"
"Come, be ready with the baskets"
"Byddaf yn troi'r pot wyneb i waered"
"I will turn the pot upside down"
"Ac yna byddaf yn ysgwyd y pot"
"And then I will shake the pot"
Ac fe wnaeth yr hyn a ddywedodd y byddai'n ei wneud.
And he did what he said he would do.
Ond ni lenwid yr ystafell â bwyd.
But the room did not fill with food.
Y tro hwn llenwodd yr ystafell â chythreuliaid.
This time the room filled with demons.
Daliodd y cythreuliaid afael ar y tafarnwr.

The demons caught hold of the innkeeper.
A daliodd y cythreuliaid ei deulu hefyd.
And the demons also caught his family.
A'r cythreuliaid a'u curodd yn ddidrugaredd.
And the demons beat them mercilessly.
Byddent wedi dinistrio'r siop yn llwyr.
They would have completely destroyed the shop.
Ond rhedodd y dioddefwyr at y Brahman.
But the victims ran to the Brahman.
Roedd y Brahman wedi dychwelyd o'i olchiad.
The Brahman had returned from his ablutions.
Dangosodd y Brahman drugaredd iddynt.
The Brahman showed mercy to them.
Ac fe dderbyniodd eu cais.
And he accepted their request.
Ond roedd un amod i'w gynorthwyo.
But there was one condition to his help.
"Dim ond os caf fy mhot yn ôl y byddaf yn helpu"
"I will only help if I get my pot back"
Nid oedd gan y tafarnwr lawer o ddewis.
The innkeeper didn't have much choice.
Roedd yn rhaid iddo dderbyn amodau'r Brahman.
He had to accept the Brahman's conditions.
Gosododd y Brahman y pot yn unionsyth eto.
The Brahman put the pot upright again.
Ac fe roddodd y caead ar y pot.
And he put the lid on the pot.
Cymerodd ei bot yn ôl gan y tafarnwr.
He took his pot back from the innkeeper.
Ac fe ddychwelodd yn ôl i'w bentref.
And he returned back to his village.
Nawr roedd gan y Brahman ddau bot hudolus.
Now the Brahman had two magical pots.
Caeodd y Brahman ddrws ei dŷ.
The Brahman shut the door of his house.
Ac fe ffoniodd ei deulu eto.
And he called his family again.

Trodd y pot murukku wyneb i waered.
He turned the murukku-pot upside down.
Ac ysgwydodd y pot murukku fel o'r blaen.
And he shook the murukku-pot as before.
Y tro hwn gweithiodd y pot hud.
This time the magic pot worked.
Nant diddiwedd o'r murukku gorau.
An endless stream of the finest murukku.
Llyncodd y teulu'r melysion.
The family devoured the sweetmeat.
Bwytasant hyd fodlon eu calon.
They ate to their hearts' content.
Roedd yr holl botiau a sosbenni wedi'u llenwi.
All the pots and pans were filled.

Y diwrnod canlynol daeth y Brahman yn melysion.
The next day the Brahman became confectioner.
Agorodd siop yn ei dŷ.
He opened a shop in his house.
Ac fe werthodd y murukku gorau.
And he sold the best murukku.
Daeth y pentref cyfan i dŷ'r Brahman.
The whole village came to the Brahman's house.
Roedden nhw i gyd eisiau prynu'r murukku rhyfeddol.
They all wanted to buy the wonderful murukku.
Nid oeddent erioed wedi gweld murukku o'r fath yn eu bywyd.
They had never seen such murukku in their life.
Hwn oedd y murukku mwyaf blasus a gawsant erioed.
It was the most delicious murukku they ever had.
Doedd neb erioed wedi gwneud unrhyw beth tebyg i'r pwdin hwn.
No one had ever made anything like this dessert.
Lledaenodd enw da murukku y Brahman.
The reputation of the Brahman's murukku spread.
Yn fuan daeth pobl o'r tu allan i'r ddinas.
Soon people from outside the city came.

Gwerthwyd llwythi trol o'r cig melys bob dydd.
Cartloads of the sweetmeat were sold every day.
Daeth y Brahman yn gyfoethog iawn yn gyflym.
The Brahman quickly became very rich.
Adeiladodd dŷ brics mawr.
He built a large brick house.
Ac roedd yn byw fel uchelwr y wlad.
And he lived like a nobleman of the land.
Unwaith, fodd bynnag, bu bron i'w lwc newid.
Once, however, his luck almost changed.
Roedd ei blant wedi cymryd y pot anghywir.
His children had taken the wrong pot.
Daeth nifer fawr o gythreuliaid allan.
A large number of demons came out.
A gafaelasant yng ngwraig y Brahman.
And they caught hold of the Brahman's wife.
A daliasant ei blant hefyd.
And they also caught his children.
Roeddent yn eu taro'n ddidrugaredd.
They were striking them mercilessly.
Yn ffodus daeth y Brahman yn ôl i'r tŷ.
Fortunately the Brahman came back into the house.
Trodd y pot yn ôl i'w safle priodol.
He turned the pot back to its proper position.
Roedd am atal trychineb tebyg.
He wanted to prevent a similar catastrophe.
Felly cafodd y Brahman ystafell breifat ei hadeiladu.
So the Brahman had a private room built.
Ac fe osododd y pot mewn lle cyfrinachol.
And he put the pot in a secret place.
Fodd bynnag, nid oes gan farwolion lwc y Duwiau.
Mortals, however, do not have the luck of Gods.
Nid ffyniant di-dor yw eu ffortiwn.
Uninterrupted prosperity is not their fortune.
Roedd y pot-cythraul wedi'i roi o'r neilltu.
The demon-pot had been put out of the way.
Ond pam na allai damwain ddigwydd i'r pot murukku?

But why might accident not befall the murukku pot?
Un diwrnod roedd y Brahman a'i wraig yn absennol.
One day the Brahman and his wife were absent.
Penderfynodd y plant ysgwyd y pot.
The children decided to shake the pot.
Roedd pob un ohonyn nhw eisiau gwneud yr anrhydeddau.
Each of them wanted to do the honors.
Felly bu ymladd i gael y pot.
So there was a fight to get the pot.
Yn yr ymladd syrthiodd y pot i'r llawr.
In the struggle the pot fell to the ground.
Fel unrhyw bot pridd arall, fe dorrodd.
Like any other earthen pot, it broke.
Yn y diwedd daeth y Braham yn ôl adref eto.
Eventually the Braham came back home again.
Gallwch ddychmygu sut y gwnaeth y newyddion ei dristáu.
You can imagine how the news grieved him.
Wrth gwrs cafodd y plant eu cwtsio'n dda.
Of course the children were well cudgeled.
Ond ni allai dicter gymryd lle'r pot.
But anger could not replace the pot.
Ar ôl rhai dyddiau aeth i'r goedwig eto.
After some days he went to the forest again.
Offrymodd lawer o weddïau am ffafr Durga.
He offered many a prayer for Durga's favor.
O'r diwedd ymddangosodd Siva a Durga iddo.
At last Siva and Durga appeared to him.
Gwrandawon nhw ar sut roedd y pot wedi cael ei dorri.
They listened to how the pot had been broken.
Penderfynodd Durga roi pot arall iddo.
Durga decided to give him another pot.
Ond roedd rhybudd yn cyd-fynd â'r pot hwn.
But this pot was accompanied with a caution.
"Brahman, gofala am y pot hwn"
"Brahman, take care of this pot"
"Peidiwch â thorri na cholli'r pot hwn eto"
"Do not break or lose this pot again"

"Y tro nesaf wna i ddim rhoi pot arall i chi"
"Next time I will not give you another pot"
Ymostyngodd y Brahman i'r Duwiau.
The Brahman made obeisance to the Gods.
Ac aeth yn syth yn ôl i'w dŷ.
And he went straight back to his house.
Y tro hwn ni stopiodd wrth y tafarnwr.
This time he did not halt at the innkeeper's.
Caeodd ddrws ei dŷ.
He shut the door of his house.
Galwodd ei deulu ato.
He called his family to him.
Ac fe drodd y pot wyneb i waered.
And he turned the pot upside down.
Ac yna dechreuodd ysgwyd y pot.
And then he began to shake the pot.
Dim ond murukku oedden nhw'n ei ddisgwyl.
They were only expecting murukku.
Ond y tro hwn nid murukku ydoedd.
But this time it was not murukku.
Tywalltodd nant o dywodfaen hardd allan.
A stream of beautiful sandesa poured out.
Hwn oedd y sandesa gorau y gallwch chi ei ddychmygu.
It was the finest sandesa you can imagine.
Bwyd y Duwiau ydoedd go iawn.
It truly was the food of Gods.
Sefydlodd y Brahman siop arall.
The Brahman set up another shop.
Nawr roedd e'n gwerthu sandesa.
Now he was selling sandesa.
Denodd enwogrwydd ei siop dyrfaoedd mawr yn fuan.
The fame of his shop soon drew large crowds.
Daeth pobl o bob cwr o'r wlad.
People came from all over the country.
Ym mhob gŵyl a gwledd briodas.
At all festivals and marriage feasts.
Ac ym mhob dathliad angladd yn yr ardal.

And at all funeral celebrations in the area.
Ni phrynodd neb unrhyw sandesa arall.
No one bought any other sandesa.
Drwy'r dydd roedd y pot yn cynhyrchu sandesa.
All day long the pot produced sandesa.
Llenwyd jariau enfawr â melysion.
Gigantic jars were filled with sweet.
Ac anfonwyd y jariau ledled y wlad.
And the jars were sent all over the country.

Gwnaeth cyfoeth y Brahman y Zemindar yn genfigennus.
The Brahman's wealth made the Zemindar jealous.
Yn y dyddiau hyn roedd gan bob pentref Zemindar.
In these days all villages had a Zemindar.
Roedd wedi clywed pethau rhyfedd am y sandesa.
He had heard strange things about the sandesa.
Clywodd fod y pwdin yn dod o bot hud.
He heard the dessert came from a magic pot.
Felly fe ddyfeisiodd gynllun i gael y pot hwn.
So he devised a plan to get this pot.
Roedd ei fab yn mynd i briodi.
His son was going to get married.
I ddathlu roedd gwledd fawr.
To celebrate there was a great feast.
Gwahoddwyd cannoedd lawer o bobl.
Many hundreds of people were invited.
Roedd angen llwythi mynyddoedd o sandesa.
Mountain-loads of sandesa were required.
Gwnaeth y Zemindar gynnig i'r Brahman.
The Zemindar made a proposal to the Brahman.
"Dewch â'r pot hudolus i'm tŷ"
"Bring the magical pot to my house"
Ar y dechrau gwrthododd y Brahman ddod â'r pot.
At first the Brahman refused to bring the pot.
Ond mynnodd y Zemindar.
But the Zemindar insisted.
"Bydd gen i gannoedd o westeion"

"I will have hundreds of guests"
"Bydd angen mynyddoedd o dywodfaen arnaf"
"I will need mountains of sandesa"
"Mwy o sandesa nag y gallwch chi ei gario"
"More sandesa than you can carry"
"Dewch â'r llestr i'm tŷ"
"Bring the vessel to my house"
"Bydd yn haws i chi a fi"
"It will be easier for you and me"
Yn y pen draw cytunodd y Brahman.
Eventually the Brahman agreed.
Cafodd mynyddoedd Himalaya o sandesa eu hysgwyd allan.
Himalayas of sandesa were shaken out.
Ond cafodd y Zemindar afael ar y pot.
But the Zemindar got hold of the pot.
Sarhaodd y Zemindar y Brahman.
The Zemindar insulted the Brahman.
Ac fe'i gyrrodd allan o'i dŷ.
And he chased him out of his house.
Ni roddodd y Brahman fynegiant i'w ddicter.
The Brahman didn't give vent to anger.
Yn lle hynny, aeth yn ôl i'w dŷ yn dawel.
Instead, he quietly went back to his house.
Aeth i'r ystafell breifat.
He went to the private room.
A chymerodd allan y pot cythraul.
And he took out the demon-pot.
Daeth yn ôl i dŷ'r Zemindar.
He came back to the Zemindar's house.
Ac aeth at ddrws y Zemindar.
And he went to the door of the Zemindar.
Trodd y pot wyneb i waered.
He turned the pot upside down.
Ac yna ysgwydodd y pot hudolus.
And then shook the magical pot.
Syrthiodd cant o gythreuliaid allan o'r pot.
A hundred demons fell out of the pot.

Roedd yr anhrefn yn amhosibl ei ddisgrifio.

The chaos was impossible to describe.

Llifodd yr ymwelwyr annaearol y parti.

The unearthly visitors flooded the party.

Fe wnaethon nhw ddal cannoedd o'r gwesteion.

They caught hundreds of the guests.

A'r cythreuliaid a'u curodd yn ddidrugaredd.

And the demons beat them mercilessly.

Llusgwyd y menywod wrth eu gwallt.

The women were dragged by their hair.

Cafodd y Zemindar ei erlid o ystafell i ystafell.

The Zemindar was chased from room to room.

Roedd drygioni'r cythreuliaid yn mynd allan o reolaeth.

The demons' mischief was getting out of hand.

Roedd rhaid i rywun roi terfyn ar eu drygioni.

Someone had to put an end to their mischief.

Fel arall byddai'r holl ddynion wedi cael eu lladd.

Else all the men would have been killed.

A byddai'r tŷ wedi cael ei rhwygo i'r llawr.

And the house would have been torn to the ground.

Syrthiodd y Zemindar wrth draed y Brahman.

The Zemindar fell at the feet of the Brahman.

Ac fe erfyniodd am gael trugaredd.

And he begged to be shown mercy.

Dangosodd y Brahman drugaredd fawr iddo.

The Brahman showed him great mercy.

Ac fe roddodd y cythreuliaid yn ôl yn y pot.

And he put the demons back in the pot.

Ni wnaeth y Zemindar aflonyddu ar y Brahman byth eto.

The Zemindar never disturbed the Brahman again.

Ni chafodd ei aflonyddu gan neb arall chwaith.

Nor was he disturbed by anyone else.

Ac fe fu fyw am lawer o flynyddoedd hapus.

And he lived for many happy years.

Stori'r Rakshasas
The Story of the Rakshasas

Roedd yna Brahman tlawd, di-glem unwaith.
There was once a poor dimwitted Brahman.
Roedd gan y dyn di-sail hwn wraig, ond dim plant.
This dimwitted man had a wife, but no children.
Ond mae'n debyg mai peidio â chael plant oedd yr orau iddo.
But him not having children was probably for the best.
Oherwydd prin ei fod yn gallu diwallu ei anghenion ei hun.
Because he was barely able to meet his own needs.
Ac prin y gallai gyflenwi digon i'w wraig.
And he could hardly supply enough for his wife.
Ond nid ei wanwch oedd ei broblem fwyaf hyd yn oed.
But his dimwittedness was not even his biggest problem.
Roedd y dyn di-sgil hwn hefyd yn ddyn braidd yn ddiog!
This dimwitted man was also a rather lazy man!
Roedd yn wrthwynebus i wneud unrhyw deithiau hir.
He was averse to making any long journeys.
Pe bai wedi teithio ymhellach efallai y byddai wedi cael digon.
Had he travelled further he might have had enough.
Gallai fod wedi cael anrhegion gan ddynion cyfoethog.
He could have got presents from rich men.
Byddai hyn wedi eu galluogi i fyw'n gyfforddus.
This would have enabled them to live comfortably.
Roedd brenin mawr mewn gwlad gyfagos.
There was a great king in a neighbouring country.
Roedd mam y brenin mawr newydd farw.
The mother of the great king had just died.
Felly roedd y brenin hwn yn dathlu'r seremoni angladd.
So this king was celebrating the funeral obsequies.
A dathlwyd yr angladd gyda mawredd.
And the funeral was celebrated with great pomp.
Roedd Brahmaniaid a chardotwyr yn dod o wledydd pell.
Brahmans and beggars were coming from faraway lands.

Daethant i gyd gan ddisgwyl derbyn anrhegion cyfoethog.
They all came expecting to receive rich presents.
Gofynnodd gwraig y Brahman iddo fynd hefyd.
The Brahman's wife requested him to also go.
"Manteisiwch ar y cyfle hwn a chael ychydig o arian i ni"
"Seize this opportunity and get us a little money"
Ond roedd ei ddiogi cyfansoddiadol yn ei rwystro.
But his constitutional indolence stood in the way.
Fodd bynnag, ni roddodd y wraig unrhyw orffwys i'w gŵr.
The woman, however, gave her husband no rest.
Yn y diwedd hi a orfododd yr addewid oddi arno.
Finally she extorted from him the promise.
Addawodd i'w wraig y byddai'n mynd.
He promised his wife that he would go.
Felly, torrodd y ddynes dda goeden llyriad i lawr.
The good woman, accordingly, cut down a plantain tree.
A llosgodd hi'r goeden llyriad yn lludw.
And she burnt the plantain tree to ashes.
Gyda'r lludw glanhaodd ddillad ei gŵr.
With the ashes she cleaned the clothes of her husband.
A gwnaeth hi ei ddillad mor wyn ag y gallai unrhyw
lanhawr.
And she made his clothes as white as any cleaner could.
Roedd ei gŵr yn mynd i balas brenin mawr.
Her husband was going to the palace of a great king.
Ni allai dynion mewn carpiau nesáu at y brenin.
The king could not be approached by men in rags.
Heblaw, mae Brahman yn sicr o ymddangos yn daclus ac yn
lân.
Besides, Brahman are bound to appear neat and clean.
O'r diwedd, un bore gadawodd y Brahman ei dŷ.
At last, one morning the Brahman left his house.
Ac fe wnaeth ei ffordd i balas y brenin mawr.
And he made his way to the palace of the great king.
Rydw i eisoes wedi sôn ei fod yn ddyn di-sail.
I have already mentioned he was a dimwitted man.
Ni ofynnodd pa ffordd y dylai ei chymryd.

He did not inquire which road he should take.
Yn lle hynny, cerddodd ymlaen ac ymlaen heb gyfarwyddiadau.
Instead, he walked on and on without directions.
Ac fe ddilynodd ble bynnag yr oedd ei drwyn yn ei bwyntio.
And he followed wherever his nose pointed him.
Nid oes angen i mi ddweud nad oedd ar y ffordd iawn.
I don't need to say he was not on the right road.
Daeth y rhanbarthau y crwydrodd ynddynt yn llai a llai poblog.
The regions he wandered became less and less inhabited.
Yn fuan ni chyfarfu â bod dynol am filltiroedd lawer.
Soon he met no human being for many miles.
Ond roedd llawer o bethau eraill a welodd yno.
But there were many other things he saw there.
Pethau nad oedd erioed wedi'u gweld yn ei fywyd cyfan.
Things he had never seen in all his life.
Gwelodd dwmpathau o gowrïau ar ochr y ffordd.
He saw hillocks of cowries on the roadside.
Cregyn a ddefnyddid fel arian yn y cyfnod hwnnw oedd cowries.
Cowries were shells used as money in those times.
Parhaodd i fynd a gwelodd dwmpathau o emwaith.
He kept going and saw hillocks of jewels.
Nesaf, gwelodd dwmpathau o ddarnau pedair-anna.
Next, he saw hillocks of four-anna pieces.
Ymhellach ymlaen roedd twmpathau o ddarnau wyth-anna.
Further along were hillocks of eight-anna pieces.
Ac ymhellach eto roedd twmpathau o rupees.
And further yet were hillocks of rupees.
Ond ni ddaeth syndod y Brahman i ben yno.
But the Brahman's surprise did not end there.
Nesaf roedd bryn o mohurs aur wedi'u caboli.
Next there was a hill of burnished gold-mohurs.
Roedd y mohurs aur caboledig yn disgleirio'n llachar.
The burnished gold-mohurs were shining brightly.
Oherwydd bod y mohurs aur wedi cael eu bathu'n ffres.

Because the gold-mohurs had been freshly minted.
Yn agos at fryn y mohuriaid aur roedd tŷ mawr.
Close to the hill of gold-mohurs was a large house.
Roedd y tŷ yn edrych fel palas brenin pwerus.
The house looked like the palace of a powerful king.
Wrth y drws safai gwraig o harddwch coeth.
At the door stood a lady of exquisite beauty.
Dywedodd y foneddiges, wrth weld y Brahman;
The lady, seeing the Brahman, said;
"Tyrd ataf fi, fy ngŵr annwyl"
"Come to me, my beloved husband"
"Fe wnaethoch chi briodi fi pan oeddwn i'n ifanc"
"You married me when I was young"
"Ond ni ddaethoch chi byth yn ôl ar ôl ein priodas"
"But you never came back after our marriage"
"Er fy mod i wedi bod yn dy ddisgwyl di bob dydd"
"Though I have been daily expecting you"
"Bendigedig fyddo'r diwrnod hwn," meddai'r wraig.
"Blessed be this day," said the lady.
"Ar y diwrnod hwn rwy'n gweld wyneb fy ngŵr"
"On this day I see the face of my husband"
"Tyrd, fy nghariad, tyrd i mewn," gofynnodd hi iddo.
"Come, my sweet, come in," she asked of him.
"Rhaid eich bod wedi blino ar ôl eich taith hir"
"You must be fatigued from your long journey"
"Golchwch eich traed a gorffwyswch, a bwytewch ac yfwch"
"Wash your feet and rest, and eat and drink"
"Ac wedi hynny byddwn yn gwneud ein hunain yn llawen"
"And after that we shall make ourselves merry"
Roedd y Brahman wedi synnu'n ddirfawr.
The Brahman was astonished beyond measure.
Nid oedd ganddo unrhyw atgof o briodi ddwywaith.
He had no recollection marrying twice.
Roedd yn cofio priodi'r wraig a adawodd gartref.
He remembered marrying the wife he left at home.
Ond nid oedd yn cofio priodi'r ddynes hon.
But he did not remember marrying this lady.

Ond cofiodd ei fod yn Brahman Kulin.
But he remembered that he was a Kulin Brahman.
Efallai mai ei dad a'i priododd pan oedd yn blentyn.
Perhaps his father got him married as a child.
Ond nid oedd yr hyn a oedd yn ei feddwl yn bwysig iawn.
But what he thought did not matter much.
Roedd y ddynes yn siŵr mai ef oedd ei gŵr.
The woman was certain he was her husband.
Ac nid oedd ganddo unrhyw reswm i ddweud nad ef oedd ei gŵr.
And he had no reason to say he was not her husband.
Oherwydd bod ei phrydferthwch yn fwy nag y gallai ei ddychmygu.
Because her beauty was more than he could fathom.
Mor brydferth â Duwiesau nefoedd Indra.
As beautiful as the Goddesses of Indra's heaven.
Ac roedd yn siŵr ei bod hi'n gyfoethog hefyd.
And he was sure that she was wealthy too.
Aeth y meddyliau hyn trwy feddwl y Brahman.
These thoughts went through the Brahman's mind.
Ond torrodd y ddynes ar draws llif ei feddwl.
But the lady interrupted his flow of thought.
"Ydych chi'n amau a ydw i'n wraig i chi?"
"Are you doubting whether I am your wife?"
"Ydych chi wedi colli pob atgof o'r digwyddiad hapus hwnnw?
"Have you lost all memories of that happy event?
"Holl rwysg ac amgylchiadau ein priodas"
"All the pomp and circumstance of our nuptials"
"Dewch i mewn, annwyl; dyma eich tŷ chi"
"Come in, beloved; this is your house"
"Oherwydd beth bynnag sy'n eiddo i mi, dyna'r eiddot ti hefyd"
"Because whatever is mine is thine also"
Perswadiodd y foneddiges deg y Brahman yn hawdd.
The fair lady easily persuaded the Brahman.
Ac ildiodd i'w deisyfiadau cariadus.

And he succumbed to her loving entreaties.
Ac aeth i mewn i dŷ'r arglwyddes.
And he went into the house of the lady.
Nid oedd y tŷ yn un cyffredin.
The house was not an ordinary one.
Roedd y tŷ mewn gwirionedd yn balas godidog.
The house was in fact a magnificent palace.
Roedd yr holl fflatiau'n fawr ac yn uchel.
All the apartments were large and lofty.
Roedd pob ystafell yn y palas wedi'i dodrefnu'n gyfoethog.
Every room in the palace was richly furnished.
Ond synnodd un peth y Brahman yn fawr iawn.
But one thing surprised the Brahman very much.
Nid oedd unrhyw berson arall yn yr holl dŷ.
There was no other person in all the house.
Yr unig un yno oedd y ddynes ei hun.
The only one there was the lady herself.
Ni allai ef roi cyfrif am y ffenomen ryfedd.
He could not account for the strange phenomenon.
Maen nhw'n cwrdd ag unrhyw un ar eu teithiau cerdded chwaith.
They meet anyone on their walks either.
Y gwir amdani oedd nad oedd y ddynes yn fod dynol.
The fact was that the lady was not a human being.
Rakshasi oedd y ddynes mewn gwirionedd.
What the lady really was was a Rakshasi.
Roedd hi wedi bwyta'r brenin a'r frenhines.
She had eaten up the king and queen.
Ac roedd hi wedi bwyta holl aelodau'r teulu brenhinol.
And she had eaten all the members of the royal family.
Ac yn raddol roedd hi wedi bwyta eu gweision hefyd.
And gradually she had eaten their servants too.
Dyma pam nad oedd bodau dynol ymhell ac agos.
This was why there were no humans far and wide.
Roedd y Rakshasi a'r Brahman bellach yn byw gyda'i gilydd.
The Rakshasi and the Brahman now lived together.
Ar ôl wythnos dywedodd y cyntaf wrth yr olaf;

After a week the former said to the latter;
"Rwy'n awyddus iawn i weld fy chwaer"
"I am very anxious to see my sister"
"Fel y gwyddoch, fy chwaer yw eich gwraig arall "
"As you know, my sister is your other wife"
"Rhaid i ti fynd i nôl fy chwaer; dy wraig arall"
"You must go and fetch my sister; your other wife"
"Yna byddwn ni i gyd yn byw gyda'n gilydd yn hapus"
"Then we shall all live together happily"
"Rhaid i ti fynd i'w nôl hi'n gynnar yfory"
"You must go to get her early tomorrow"
"Rhoddaf ddillad a gemwaith i ti iddi"
"I will give you clothes and jewels for her"
Y bore wedyn cychwynnodd y Brahman am ei adref.
Next morning the Brahman set out for his home.
Roedd wedi'i ddodrefnu â dillad cain.
He was furnished with fine clothes.
Ac roedd yn gwisgo addurniadau costus o amgylch ei arddyrnau.
And he wore around his wrists costly ornaments.

Roedd y ddynes dlawd mewn gofid mawr.
The poor woman was in great distress.
Roedd seremoni angladd mam y brenin drosodd.
The funeral ceremony of the king's mother was over.
Roedd yr holl Brahmaniaid a'r Panditiaid wedi dychwelyd.
All the Brahmans and Pandits had returned.
Ac roedden nhw wedi'u llwytho â rhoddion.
And they were loaded with donations.
Ond nid oedd ei gŵr wedi dychwelyd.
But her husband had not returned.
Ni allai neb roi unrhyw newyddion amdano.
No one could give any news of him.
Oherwydd nad oedd neb wedi ei weld yno.
Because no one had seen him there.
Felly dim ond i un casgliad y gallai'r fenyw ddod.
The woman therefore could only come to one conclusion.

Rhaid ei fod wedi cael ei llofruddio ar y ffordd gan ladron ffordd.
He must have been murdered on the road by highwaymen.
Roedd hi yn y cyffro ofnadwy hwn.
She was in this terrible suspense.
Ond yna un diwrnod clywodd rai sibrydion.
But then one day she heard some rumors.
Roedd pobl yn ei phentref yn siarad am ei gŵr.
People in her village were talking about her husband.
Dywedon nhw eu bod nhw wedi ei weld yn dod yn ôl.
They said they saw him coming back.
A dywedasant ei fod wedi'i wisgo mewn dillad crand.
And they said he was dressed in fine clothes.
A dywedon nhw fod ganddo emwaith cain i'w wraig.
And they said he had fine jewels for his wife.
Ac yn sicr ymddangosodd y Brahman yn fuan.
And sure enough the Brahman soon appeared.
Ac roedd yn cario gemwaith cain i'w wraig.
And he was carrying fine jewels for his wife.
Wrth weld ei wraig, fe wnaeth y Brahman ei chyfarch fel hyn;
On seeing his wife the Brahman thus accosted her;
"Tyrd gyda mi, fy ngwraig annwyl"
"Come with me, my dearest wife"
"Dw i wedi dod o hyd i fy ngwraig gyntaf"
"I have found my first wife"
"Mae hi'n byw mewn palas mawreddog"
"She lives in a stately palace"
"Ger ei phalas mae twmpathau o rupees"
"Near her palace are hillocks of rupees"
"Ac mae bryn mawr o aur-mohurs"
"And there is a large hill of gold-mohurs"
"Pam y dylech chi wingo mewn trueni?"
"Why should you pine away in wretchedness?"
"Pam fyddech chi'n aros yn y lle ofnadwy hwn?"
"Why would you stay in this horrible place?"
"Dewch gyda mi i dŷ fy ngwraig gyntaf"

"Come with me to the house of my first wife"
"Yno byddwn ni i gyd yn byw gyda'n gilydd yn hapus"
"There we shall all live together happily"
Ar y dechrau, roedd hi'n meddwl bod ei dyn hanner-gwybod wedi mynd yn wallgof.
At first, she thought her half-witted man had gone mad.
Ni allai hi ddychmygu'r twmpathau o rupees.
She could not imagine the hillocks of rupees.
Ac ni allai hi ddychmygu bryn o aur-mohurs.
And she could not imagine a hill of gold-mohurs.
Ond yna gwelodd hi pa mor brydferth oedd e wedi'i wisgo.
But then she saw how he was beautifully dressed.
Dillad hardd o sidanau a satinau coeth.
Beautiful clothes of exquisite silks and satins.
Addurniadau wedi'u gosod â diemwntau a cherrig gwerthfawr.
Ornaments set with diamonds and precious stones.
Dillad addas i frenhines y wlad.
Clothes fit for the queen of the land.
Dillad yr oedd tywysogesau yn unig yn arfer eu gwisgo.
Clothes only princesses were in the habit of putting on.
Daeth i'r casgliad yn ei meddwl fod rhywbeth o'i le:
She concluded in her mind that something was amiss:
Rhaid bod ei gŵr twp wedi cael ei dwyllo.
Her stupid husband must have been tricked.
Rhaid ei fod wedi syrthio i rwydau Rakshasi.
He must have fallen into the meshes of a Rakshasi.
Fodd bynnag, mynnodd y Brahman fod ei wraig yn mynd gydag ef.
The Brahman, however, insisted his wife went with him.
"Mae croeso i chi aros yma a gwywo mewn tlodi"
"Feel free to stay here and pine away in poverty"
"O ran fi, byddaf yn dychwelyd i balas fy ngwraig gyntaf"
"As for me, I will return to the palace of my first wife"
Gwnaeth y ddynes dda ei gorau i atal ei gŵr.
The good woman did her best to stop her husband.
Ond yn y diwedd penderfynodd fynd gydag ef.

But in the end she resolved to go with him.
Efallai y gallai hi farnu'r mater yn well yn y palas.
Perhaps she could judge the matter better at the palace.

Fe gychwynnon nhw yn unol â hynny y bore wedyn.
They set out accordingly the next morning.
Aethant yr un ffordd yr oedd y Brahman wedi teithio.
They went the same road the Brahman had travelled.
Nid oedd y ddynes ychydig yn synnu gan yr hyn a welodd.
The woman was not a little surprised by what she saw.
Gwelodd y twmpathau o gowrïau a gemwaith.
She saw the hillocks of cowries and of jewels.
A gwelodd hi dwmpathau o ddarnau wyth-anna.
And she saw hillocks of eight-anna pieces.
A gwelodd hi'r twmpathau o rupees hefyd.
And she saw the hillocks of rupees too.
Ac yn olaf oll gwelodd fryn uchel o aur-mohurs.
And last of all she saw a lofty hill of gold-mohurs.
Gwelodd hefyd wraig hynod o brydferth.
She saw also an exceedingly beautiful lady.
Roedd arglwyddes y palas yn brysio tuag ati.
The lady of the palace was hastening towards her.
Syrthiodd y ddynes ar wddf y fenyw Brahman.
The lady fell on the neck of the Brahman woman.
Ac wylodd ddagrau llawenydd, a dywedodd:
And she wept tears of joy, and said:
"Croeso, chwaer annwyl!"
"Welcome, beloved sister!"
"Dyma ddiwrnod hapusaf fy mywyd!"
"This is the happiest day of my life!"
"Rwy'n gweld wyneb fy chwaer annwyl eto!"
"I see the face of my dearest sister again!"
Aeth y gŵr a'i ddwy wraig i mewn i'r palas.
The husband and his two wives entered the palace.
Nawr roedd wedi'i letya mewn plasty urddasol.
Now he was lodged in a stately mansion.
Ymddangosodd y bwyd mwyaf blasus, fel pe bai trwy swyn.

The most delectable food appeared, as if by enchantment.
Cafodd ei fwytho a'i annwylu gan ei ddwy wraig.
He was caressed and endeared by his two wives.
Gwnaeth y ddwy wraig eu gorau i'w wneud yn hapus.
Both wives did their best to make him happy.
Gwnaeth y ddwy wraig eu gorau i'w wneud yn gyfforddus.
Both wives did their best to make him comfortable.
Roedd ei ddwy wraig yn cystadlu am ei gariad.
His two wives were competing for his love.
Cafodd y Brahman amser llawen ohono.
The Brahman had a jolly time of it.
Roedd wedi ei drwytho mewn cefnfor o fwynhad.
He was steeped in an ocean of enjoyment.
Roedd y Brahman yn byw yn y cyflwr hwn o bleser Elysiaidd.
The Brahman lived in this state of Elysian pleasure.
Treuliodd ryw bymtheg neu un mlynedd ar bymtheg fel hyn.
Some fifteen or sixteen years he spent this way.
Yn ystod y cyfnod hwn rhoddodd ei ddwy wraig ddau fab iddo.
During this time his two wives presented him with two sons.
Mab y Rakshasi oedd yr hynaf.
The Rakshasi's son was the elder.
Roedd yn edrych yn fwy fel duw nag fel bod dynol.
He looked more like a god than a human being.
Cafodd ei enwi'n Sahasra-Dal.
He was named Sahasra-Dal.
Ystyr ei enw oedd y mil-canghennau.
His name meant the thousand-branched.
Roedd mab y fenyw Brahman flwyddyn yn iau.
The son of the Brahman woman was a year younger.
Cafodd ei enwi'n Champa-Dal
He was named Champa-Dal
Ystyr ei enw oedd cangen coeden champaka.
His name meant the branch of a champaka tree.
Roedd y ddau frawd yn caru ei gilydd yn fawr iawn.

The two brothers loved each other dearly.
Anfonwyd y ddau i'r un ysgol.
They were both sent to the same school.
Roedd yr ysgol sawl milltir i ffwrdd o'r palas.
The school was several miles distant from the palace.
Bob dydd roedden nhw'n marchogaeth eu dau geffyl bach i'r ysgol.
Every day they rode their two little ponies to school.
Roedd y fenyw Brahman wedi bod yn amheus erioed.
The Brahman woman had always been suspicious.
Rhoddodd mil o amgylchiadau bach gliwiau iddi.
A thousand little circumstances gave her clues.
Roedd hi'n gwybod nad oedd ei chwaer-yng-nghyfraith yn fod dynol.
She knew her sister-in-law was not a human being.
Roedd hi'n siŵr bod ei chwaer-yng-nghyfraith yn Rakshasi.
She was sure her sister-in-law was a Rakshasi.
Ond nid oedd ei hamheuaeth wedi aeddfedu'n sicrwydd eto.
But her suspicion had not yet ripened into certainty.
Oherwydd bod y Rakshasi wedi ymarfer hunanreolaeth fawr.
Because the Rakshasi exercised great self-restraint.
Ni wnaeth hi erioed ddim byd nad oedd bodau dynol yn ei wneud.
She never did anything which human beings did not do.
Ond ni allai hi guddio ei natur gythreulig am byth.
But she couldn't hide her demonic nature forever.
Roedd ei natur gythreulig yn mynd i ddatgelu ei hun yn y pen draw.
Her demonic nature was eventually going to reveal itself.

Ychydig oedd gan y Brahman i'w gadw'n brysur.
The Brahman had little to keep him busy.
Er mwyn treulio ei amser aeth i hela.
In order to pass his time he went hunting.
Y diwrnod cyntaf dychwelodd gydag antelop.
The first day he returned with an antelope.

Gosodwyd yr antilop yng nghyntedd y palas.
The antelope was laid in the courtyard of the palace.
Gwelodd y Rakshasi yr antilop gyda diddordeb mawr.
The Rakshasi saw the antelope with great interest.
Wrth weld y cig amrwd dechreuodd ei cheg ddyfrio.
At the sight of the raw meat her mouth began to water.
Ni chafodd yr antilop ei gymryd i'r gegin erioed.
The antelope was never taken to the kitchen.
Yn lle hynny, aeth y Rakshasi â'r antilop i ystafell arall.
Instead, the Rakshasi took the antelope to another room.
Yn yr ystafell hon dechreuodd ddifa'r antilop.
In this room she began devouring the antelope.
Gwelodd y fenyw Brahman bopeth o ystafell gyfrinachol.
The Brahman woman saw everything from a secret room.
Rhwygodd ei chwaer Rakshasi goes oddi ar yr antilop.
Her Rakshasi sister tore a leg off the antelope.
Gwelodd sut yr agorodd ei gên aruthrol.
She saw how she opened her tremendous jaw.
Ac mewn un ceg llyncodd y goes.
And in one mouthful she swallowed up the leg.
Llyncwyd yr aelodau eraill yn yr un modd.
The other limbs were devoured in the same manner.
A chan agor ei genau ymhellach fyth, llyncodd y corff.
And opening her jaw even further, she swallowed the body.
Dim ond ychydig bach o'r cig a gadwyd ar gyfer y gegin.
Only a little bit of the meat was kept for the kitchen.
Ar yr ail ddiwrnod daliodd y Brahman antelop arall.
On the second day the Brahman caught another antelope.
Ar y trydydd diwrnod daliodd y Brahman antilop arall.
On the third day the Brahman caught another antelope.
Nid oedd y Rakshasi yn gallu atal ei harchwaeth.
The Rakshasi was unable to restrain her appetite.
Daeth y cnawd amrwd â'i natur gythreulig allan.
The raw flesh brought out her demonic nature.
Ac fe ddifoddodd bob antilop fel yr olaf.
And she devoured each antelope like the last.
Ar y trydydd dydd mynegodd y fenyw Brahman ei syndod.

On the third day the Brahman woman expressed her surprise.
"Mae bron i dri antilop cyfan wedi diflannu"
"Nearly three whole antelopes have disappeared"
"Y cyfan sydd ar ôl yw ychydig bach o gig"
"All that is left is a little bit of meat"
Nid oedd y Rakshasi yn gwerthfawrogi'r cyhuddiad.
The Rakshasi did not appreciate the accusation.
"Ydw i'n bwyta cig amrwd?" gofynnodd hi'n ffyrnig.
"Do I eat raw flesh?" she asked fiercely.
"Efallai eich bod chi'n bwyta cig amrwd," atebodd y fenyw Brahman.
"Perhaps you do eat raw flesh," replied the Brahman woman.
"Does gen i ddim byd i brofi'r gwrthwyneb"
"I have nothing to prove the contrary"
Roedd y Rakshasi yn gwybod ei bod hi wedi cael ei darganfod.
The Rakshasi knew she had been discovered.
Daeth ei llygaid hyd yn oed yn ffyrnig nag o'r blaen.
Her eyes became even fiercer than before.
Ac addawodd gael dial.
And she vowed to get her revenge.
Daeth y fenyw Brahman i'r casgliad bod ei thynged wedi'i selio.
The Brahman woman concluded her fate was sealed.
Roedd hi'n meddwl y byddai ei gŵr yn cwrdd â'r un dynged.
She thought her husband would meet the same fate.
Nid oedd hi'n disgwyl i'w mab gael ei arbed chwaith.
She did not expect her son to be spared either.
Y noson honno prin y cysgodd o gwbl.
That night she hardly slept at all.
Roedd y Rakshasi wedi ei hatal rhag gweld ei gŵr.
The Rakshasi had prevented her from seeing her husband.
Yn gynnar y bore wedyn aeth Champa-Dal i'r ysgol.
Early next morning Champa-Dal went to school.
Cyn iddo fynd i'r ysgol rhoddodd botel aur i'w mab.
Before he went to school she gave her son a golden bottle.
Yn y botel aur roedd ei llaeth y fron ei hun.

In the golden bottle was her own breast milk.
"Gwyliwch liw'r llaeth yn ofalus"
"Carefully watch the colour of the milk"
"Os yw'r llaeth yn troi'n goch, mae eich tad wedi cael ei ladd"
"If the milk turns red, your father has been killed"
"Os bydd y llaeth yn troi'n gochach, yna rydw i wedi cael fy lladd"
"If the milk turns redder, then I have been killed"
"Os yw'r llaeth yn troi'n goch rhaid i chi galopio i ffwrdd"
"If the milk turns red you must gallop away"
"Galopiwch mor gyflym ag y gall eich ceffyl eich cario"
"Gallop as fast as your horse can carry you"
"Os na fyddwch chi'n rhedeg i ffwrdd, byddwch chi'n cael eich difa"
"If you do not run away, you will be devoured"
Y bore hwnnw gwnaeth y Rakshasi awgrym i'w gŵr.
That morning the Rakshasi made a suggestion to her husband.
"Gadewch i ni ymdrochi yn yr afon y bore yma"
"Let us bathe in the river this morning"
Ni fyddai hi'n derbyn na fel ateb.
She would not take no for an answer.
Roedd yr afon beth pellter o'r palas.
The river was some distance from the palace.
Dilynodd y Brahman hi mor ostyngedig ag oen.
The Brahman followed her as meekly as a lamb.
Gwelodd y fenyw Brahman fod ei thynged yn agosáu.
The Brahman woman saw that her doom was near.
Ond roedd y tu hwnt i'w gallu i osgoi'r trychineb.
But it was beyond her power to avert the catastrophe.
Cyrhaeddodd y Brahman a'r Rakshasi yr afon yn wir.
The Brahman and the Rakshasi did indeed reach the river.
Yn fuan wedi hynny newidiodd y Rakshasi i'w dimensiynau go iawn.
Soon after the Rakshasi changed into her real dimensions.
Rhwygodd hi aelod y Brahman oddi wrth aelod.
She tore the Brahman limb from limb.

Fe'i llyncodd fel yr oedd wedi llyncu'r antelop.
She devoured him like she had devoured the antelope.
Yna rhedodd yn ôl i'w phalas.
Then she ran back to her palace.
Yr un oedd tynged y wraig â thynged y Brahman.
The wife's fate was the same as the Brahman's.

**Roedd y Champ Dal ifanc wedi gwneud fel y cyfarwyddodd
ei fam.**
Young Champ Dal had done as his mother instructed.
Roedd yn arsylwi'n ddiwyd ar y botel aur.
He was diligently observing the golden bottle.
Rhoddodd sylw arbennig i liw'r llaeth.
He paid special attention to the colour of the milk.
**Cafodd ei syfrdanu'n arswydus wrth weld bod y llaeth wedi
cochni ychydig.**
He was horror-struck to find the milk redden a little.
"Mae fy nhad wedi cael ei ladd," gwaeddodd.
"My father has been killed," he cried.
Yn fuan wedi hynny, cochnodd y llaeth yn llwyr.
Soon after the milk completely reddened.
"Nawr mae fy mam wedi cael ei ladd hefyd," gwaeddodd.
"Now my mother has been killed too," he cried.
Yn gyflym rhuthrodd i farchogaeth ei geffyl.
Quickly he rushed to mount his pony.
Cafodd ei hanner brawd, Sahasra-Dal, syndod.
His half-brother, Sahasra-Dal, was surprised.
"I ble wyt ti'n mynd, Champa?"
"Where are you going, Champa?"
"Pam wyt ti'n crio, frawd?"
"Why are you crying, brother?"
"Gadewch i mi fynd gyda chi i ble bynnag yr ewch chi"
"Let me accompany you to wherever you are going"
Ond roedd Champa-Dal bellach yn ofni ei frawd.
But Champa-Dal now feared his brother.
"O! paid â dod ataf fi," gwrthwynebodd.
"Oh! do not come to me," he objected.

"Mae eich mam wedi difa fy nhad a'm mam"
"Your mother has devoured my father and mother"
"Peidiwch â dod a'm difa"
"Don't you come and devour me"
"Wna i ddim dy ddifa di," addawodd i'w frawd.
"I will not devour you," he promised his brother.
"Fe'th achubaf di," addawodd i'w frawd.
"I'll save you," he promised his brother.
Ac fe galopiodd ar ôl ei frawd, Champa-Dal.
And he galloped after his brother, Champa-Dal.
Yn fuan ymddangosodd ei fam, y Rakshasi, o bell.
Soon his mother, the Rakshasi, appeared at a distance.
Gofynnodd i Champa-Dal ddod ati.
She demanded Champa-Dal to come to her.
Ond roedd Champa-Dal yn gwybod yn well na mynd i'r
Rakshasi.
But Champa-Dal knew better than to go to the Rakshasi.
"Ni fydd Champa-Dal yn dod atoch chi, ond byddaf fi"
"Champa-Dal will not come to you, but I will"
Ac yn lle hynny, aeth Sahasra-Dal at ei fam.
And instead, Sahasra-Dal went to his mother.
Byddai'r tywysog ifanc bob amser yn cario cleddyf gydag ef.
The young prince always carried a sword with him.
Gyda'i gleddyf torrodd ben ei fam i ffwrdd.
With his sword he cut off his mother's head.
Nid oedd Champa-Dal wedi aros i weld hyn.
Champa-Dal had not stayed to witness this.
Roedd wedi galopio i ffwrdd cyn belled ag y gallai ei ferlen
ei gario.
He had galloped off as far as his pony could carry him.
Oherwydd ei fod yn rhedeg am ei fywyd.
Because he was running for his life.
Ond yn fuan iawn, daliodd Sahasra-Dal i fyny â'i frawd.
But Sahasra-Dal soon caught up with his brother.
A dywedodd wrtho nad oedd ei fam mwyach.
And he told him that his mother was no more.
Cysur bach oedd hyn i Champa-Dal.

This was small consolation to Champa-Dal.
Roedd y Rakshasi eisoes wedi difa ei ddau riant.
The Rakshasi had already devoured both his parents.
Ond ni allai ymddiried yng nghyfeillgarwch Sahasra-Dal o hyd.
But he could still not trust Sahasra-Dal's friendship.
Marchogodd y ddau mor gyflym ag y gallai eu ceffylau eu cario.
They both rode as fast as their horses could carry them.
Ac roedd eu ceffylau'n gallu eu cario'n bell iawn.
And their horses could carry them very far.
Oherwydd mai ceffylau Pakshirajes oedd eu ceffylau.
Because their horses were Pakshirajes horses.
Ceffylau Pakshirajes yw brenhinoedd yr adar.
Pakshirajes horses are the kings of birds.
Ar eu ceffylau teithion nhw dros gannoedd o filltiroedd.
On their horses they travelled over hundreds of miles.
Awr neu ddwy cyn machlud haul fe gyrhaeddon nhw bentref.
An hour or two before sundown they reached a village.
Yma daethant yn westeion teulu parchus.
Here they became the guests of a respectable family.
Ond gwelodd y ddau frawd fod y teulu mewn tywyllwch.
But the two brothers saw the family was in gloom.
Roedd rhywbeth yn cynhyrfu'r teulu'n fawr iawn.
Something was agitating the family very much.
Cynhaliodd rhai o'r teulu ymgynghoriadau preifat.
Some of the family held private consultations.
Ac roedd eraill yn y teulu yn wylo.
And others in the family were weeping.
Y fam oedd yr hynaf yn y tŷ.
The mother was the eldest lady in the house.
"Fe af i, gan mai fi yw'r hynaf," meddai hi.
"I will go, as I am the eldest," she said.
"Rydw i wedi byw'n ddigon hir"
"I have lived long enough"

"Ar y mwyaf byddai fy mywyd yn cael ei fyrhau am flwyddyn neu ddwy"

"At most my life would be cut short by a year or two"

Merch fach oedd aelod ieuengaf y tŷ.

The youngest member of the house was a little girl.

"Fe af i, gan fy mod i'n ifanc," meddai hi.

"I will go, as I am young," she said.

"Rwy'n ddiwerth i'r teulu"

"I am useless to the family"

"Os byddaf yn marw, ni fydd colled ar fy ôl"

"If I die, I shall not be missed"

Mab yr hen wraig oedd pen y tŷ.

The head of the house was the son of the old lady.

"Fi yw cynrychiolydd y teulu," meddai.

"I am the representative of the family," he said.

"Mae'n rhesymol fy mod i'n rhoi'r gorau i'm bywyd"

"It is but reasonable that I should give up my life"

Roedd ganddo frawd iau hefyd.

He also had a younger brother.

"Chi yw colofn y teulu," meddai.

"You are the pillar of the family," he said.

"Os ewch chi mae'r teulu cyfan wedi'i ddifetha"

"If you go the whole family is ruined"

"Nid yw'n rhesymol i chi fynd"

"It is not reasonable that you should go"

"Byddaf yn mynd, gan na fydd colled fawr ar fy ôl"

"I will go, as I shall not be much missed"

Gwrandawodd y ddau ddieithryn ar yr holl sgwrs hon.

The two strangers listened to all this conversation.

Gallwch ddychmygu nad oedd eu chwilfrydedd yn fach.

You can imagine their curiosity was not little.

Roedden nhw'n meddwl tybed beth allai'r drafodaeth fod amdano.

They wondered what the discussion could be about.

Cymerodd Sahasra-Dal y risg o gael ei ystyried yn ymyrraethus.

Sahasra-Dal took the risk of being thought meddlesome.

"Beth yw pwnc eich ymgynghoriadau?"
"What is the subject of your consultations?"
"Beth yw achos eich trueni dwfn?"
"What is the reason for your deep miserable?"
"Pam mae dy eiriau'n llawn wynebau?"
"Why are your words full of countenances?"
Rhoddodd pennaeth y tŷ yr ateb canlynol.
The head of the house gave the following answer.
"Mae rhywbeth y mae'n rhaid i chi ei wybod, fi, westeion teilwng"
"There is something you must know, me worthy guests"
"Mae'r tiroedd hyn wedi'u heintio gan Rakshasi ofnadwy"
"These lands are infested by a terrible Rakshasi"
"Mae'r Rakshasi hwn wedi dadboblogi'r holl ranbarthau yma"
"This Rakshasi has depopulated all the regions here"
"Byddai'r dref hon, hefyd, wedi cael ei dadboblogi"
"This town, too, would have been depopulated"
"Ond bod ein brenin wedi dod yn erfyniol i'r Rakshasi"
"But that our king became suppliant to the Rakshasi"
"Fe erfyniodd arni i ddangos trugaredd i ni, ei bobl"
"He begged her to show mercy to us his people"
Atebodd y Rakshasi y brenin.
The Rakshasi replied to the king.
"Cydsyniaf i ddangos trugaredd i'ch deiliaid"
"I will consent to show mercy to your subjects"
"Ond mae un amod ar gyfer fy nhrugaredd"
"But there is one condition for my mercy"
"Bob nos rwy'n mynnu un bod dynol"
"Every night I demand one human being"
"Does dim ots gen i os yw'n wryw neu'n fenyw"
"I don't mind if it is a male or a female"
"Rhowch y bod dynol mewn teml i mi wledda"
"Put the human being in a temple for me to feast"
"Os caf fod dynol bob nos, byddaf yn gorffwys yn fodlon"
"If I get a human being every night, I will rest satisfied"

"Addawwch hyn i mi ac ni fyddaf yn cyflawni unrhyw
ysglyfaeth pellach"
"Promise me this and I will commit no further depredations"
"Bydd eich deiliaid yn cael eu harbed rhag fy newyn
rheibus"
"Your subjects will be spared from my ravenous hunger"
"Nid oedd gan ein brenin ddewis arall ond cytuno"
"Our king had no other alternative than to agree"
"Pa fod dynol all byth obeithio ymladd yn erbyn Rakshasi?"
"What human can ever hope to contend against a Rakshasi?"
"O'r diwrnod hwnnw ymlaen gwnaeth y brenin gyfraith
newydd"
"From that day the king made a new law"
"Mae'n rhaid i bob teulu anfon un aelod i'r deml"
"Every family has to send one member to the temple"
"I dawelu digofaint y Rakshasi ofnadwy"
"To appease the wrath of the terrible Rakshasi"
"I fodloni newyn diddiwedd y Rakshasi"
"To satisfy the endless hunger of the Rakshasi"
"Mae pob teulu yn y gymdogaeth hon wedi cael eu tro"
"All the families in this neighbourhood have had their turn"
"Tro ein teulu ni yw hi heno"
"This night it is the turn of our family"
"Mae un ohonom i ymroi i ddinistr"
"One of us is to devote ourself to destruction"
"Felly rydym yn trafod pwy ddylai fynd i'r Rakshasi"
"We are therefore discussing who should go to the Rakshasi"
"Gallwch nawr ganfod achos ein gofid"
"You can now perceive the cause of our distress"
Ymgynghorodd y ddau ffrind â'i gilydd am ychydig
funudau.
The two friends consulted together for a few minutes.
Ar ôl yr amser hwn fe wnaethant gwblhau eu
hymgynghoriad.
After this time they concluded their consultation.
Sahasra-Dal oedd llefarydd y brodyr.
Sahasra-Dal was the spokesman for the brothers.

"Y gwesteiwr mwyaf teilwng, peidiwch â bod yn drist mwyach"
"Most worthy host, do not any longer be sad"
"Rydych chi wedi bod yn garedig iawn wrthym ni"
"You have been very kind to us"
"Rydym wedi penderfynu talu'n ôl am eich lletygarwch"
"We have resolved to requite your hospitality"
"Byddwn ni'n mynd i'r deml yn eich lle chi"
"We will go to the temple instead of you"
"Byddwn yn mynd fel eich cynrychiolwyr"
"We shall go as your representatives"
"Byddwn yn dod yn fwyd i'r Rakshasi"
"We will become the food of the Rakshasi"
Protestiodd y teulu cyfan yn erbyn y cynnig.
The whole family protested against the proposal.
Fe wnaethon nhw ddatgan bod gwesteion fel duwiau.
They declared that guests were like gods.
"Rhaid i'r gwesteiwr sicrhau cysur y gwesteion"
"The host must ensure the comfort of the guests"
"Rhaid i'r gwesteion beidio â dioddef dros y gwesteiwr"
"The guests must not suffer for the host"
Ond ni ellid perswadio'r ddau ddieithryn.
But the two strangers could not be persuaded.
"Byddwn yn sefyll fel dirprwyon dros eich teulu"
"We will stand as proxies for your family"
Roedd llawer iawn o wrthwynebiad i'r cynnig.
There was a great deal of objection to the proposal.
Ond yn y pen draw perswadiodd y gwesteion eu gwesteiwyr.
But eventually the guests persuaded their hosts.
Yn y diwedd cytunodd y gwesteiwyr i'r trefniant.
Finally the hosts consented to the arrangement.

Marchogodd Sahasra-Dal a Champa-Dal i ffwrdd ar eu ceffylau.
Sahasra-Dal and Champa-Dal rode off on their horses.
Yn syth ar ôl goleuni cannwyll cyrhaeddon nhw'r deml.

Immediately after candle light they reached the temple.

Aethant i mewn i'r deml, a chau'r drws.

They went into the temple, and shut the door.

Dywedodd Sahasra wrth ei frawd am fynd i gysgu.

Sahasra told his brother to go to sleep.

"Byddaf yn gwarchod eich cwsg"

"I will guard over your sleep"

"Byddaf yn gwylio am y Rakshasi ofnadwy"

"I will watch out for the terrible Rakshasi"

Cyn bo hir roedd Champa mewn cwsg da.

Champa was soon in a fine sleep.

Gorweddodd Sahasra yn effro, yn aros am y Rakshasi.

Sahasra lay awake, waiting for the Rakshasi.

Ni ddigwyddodd dim yn ystod oriau mân y nos.

Nothing happened during the early hours of the night.

Ond yna clywais gong cloch y brenin.

But then the gong of the king's bell sounded.

Roedd hi'n hanner nos, awr farw'r nos.

It was midnight, the dead hour of the night.

Clywodd Sahasra sŵn fel storm yn rhuthro.

Sahasra heard the sound as of a rushing tempest.

Defnyddiodd y wybodaeth oedd ganddo am Rakshasas.

He used the knowledge he had of Rakshasas.

Daeth i'r casgliad bod y Rakshasi yn agos.

He concluded the Rakshasi was nigh.

Clywyd cnoc taranllyd ar y drws.

A thundering knock was heard at the door.

Daeth y geiriau canlynol gyda'r cnoc ar y drws:

The following words accompanied the knock at the door:

"Sut, torri, how! Bod dynol rwy'n ei arogli"

"How, mow, khow! A human being I smell"

"Pwy sy'n cadw gwarchodaeth y tu mewn i'r deml hon?"

"Who keeps guard inside this temple?"

I'r cwestiwn hwn, rhoddodd Sahasra-Dal yr ateb canlynol:

To this question Sahasra-Dal made the following reply:

"Mae Sahasra-Dal yn cadw gwarchodaeth y tu mewn i'r deml hon"

"Sahasra-Dal keeps guard inside this temple"
"Mae Champa-Dal yn cadw gwarchodaeth y tu mewn i'r deml hon"
"Champa-Dal keeps guard inside this temple"
"Mae dau geffyl asgellog yn gwarchod y tu mewn i'r deml hon"
"Two winged horses keep guard inside this temple"
Llifodd gwaed Rakshasa trwy wythiennau Sahasra-Dal.
Rakshasa blood flowed through Sahasra-Dal's veins.
Roedd y Rakshasi yn gwybod nad oedd Sahasra-Dal yn ddynol.
The Rakshasi knew Sahasra-Dal was not human.
Ac felly trodd y Rakshasi i ffwrdd gydag ochenaid.
And so the Rakshasi turned away with a groan.
Ar ôl awr dychwelodd y Rakshasi i'r deml.
After an hour the Rakshasi returned to the temple.
Taranodd y Rakshasi wrth y drws eto.
The Rakshasi thundered at the door again.
"Sut, torri, how! Bod dynol rwy'n ei arogli"
"How, mow, khow! A human being I smell"
"Pwy sy'n cadw gwarchodaeth y tu mewn i'r deml hon?"
"Who keeps guard inside this temple?"
I'r cwestiwn hwn atebodd Sahasra-Dal eto:
To this question Sahasra-Dal again replied:
"Mae Sahasra-Dal yn cadw gwarchodaeth y tu mewn i'r deml hon"
"Sahasra-Dal keeps guard inside this temple"
"Mae Champa-Dal yn cadw gwarchodaeth y tu mewn i'r deml hon"
"Champa-Dal keeps guard inside this temple"
"Mae dau geffyl asgellog yn gwarchod y tu mewn i'r deml hon "
"Two winged horses keep guard inside this temple"
Ochenaidodd y Rakshasi eto ac aeth i ffwrdd.
The Rakshasi again groaned and went away.
Am ddau o'r gloch ymddangosodd y Rakshasi unwaith eto.
At two o'clock the Rakshasi appeared once more.

Ac am dair o'r gloch daeth y Rakshasi eto.
And at three o'clock the Rakshasi came again.
Bob tro roedd y Rakshasi yn gwneud yr un ymholiad.
Each time the Rakshasi made the same inquiry.
A phob tro gadawodd y Rakshasi gyda ochenaid.
And each time the Rakshasi left with a groan.
Ar ôl tri o'r gloch, fodd bynnag, roedd Sahasra-Dal yn
teimlo'n gysglyd iawn.
After three o'clock, however, Sahasra-Dal felt very sleepy.
Ni allai gadw'n effro mwyach.
He could not any longer keep awake.
Felly deffroodd Champa.
He therefore roused Champa.
A dywedodd wrtho am gadw gwarchodaeth dros y deml.
And he told him to keep guard over the temple.
"Bydd y Rakshasi yn dod eto mewn awr"
"The Rakshasi will come again in an hour"
"Bydd y Rakshasi yn gofyn pwy sy'n cadw gwarchodaeth
yma"
"The Rakshasi will ask who keeps guard here"
"Rhaid i chi sôn am enw Sahasra yn gyntaf"
"You must mention Sahasra's name first"
Ar ôl rhoi'r cyfarwyddiadau hyn aeth i gysgu.
Having given these instructions he went to sleep.
Am bedwar o'r gloch ymddangosodd y Rakshasi eto.
At four o'clock the Rakshasi again made her appearance.
Taranodd y Rakshasi wrth y drws, a dywedodd:
The Rakshasi thundered at the door, and said:
"Sut, torri, how! Bod dynol rwy'n ei arogli"
"How, mow, khow! A human being I smell"
"Pwy sy'n cadw gwarchodaeth y tu mewn i'r deml hon?"
"Who keeps guard inside this temple?"
Roedd Champa-Dal mewn dychryn ofnadwy.
Champa-Dal was in a terrible fright.
Roedd wedi anghofio cyfarwyddiadau ei frawd.
He had forgotten the instructions of his brother.

"Mae Champa-Dal yn cadw gwarchodaeth y tu mewn i'r
deml hon"
"Champa-Dal keeps guard inside this temple"
"Mae Sahasra-Dal yn cadw gwarchodaeth y tu mewn i'r
deml hon"
"Sahasra-Dal keeps guard inside this temple"
"Mae dau geffyl asgellog yn gwarchod y tu mewn i'r deml
hon"
"Two winged horses keep guard inside this temple"
Llefarodd y Rakshasi waedd o orfoledd.
The Rakshasi uttered a shout of exultation.
A chwarddodd y Rakshasi fel mai dim ond cythreuliaid all
chwerthin.
And the Rakshasi laughed how only demons can laugh.
Gyda sŵn ofnadwy torrodd y drws ar agor.
With a dreadful noise the door broke open.
Deffrôdd y sŵn Sahasra o'i gwsg.
The noise roused Sahasra from his sleep.
O fewn eiliad neidiodd ar ei draed.
Within a moment he sprung to his feet.
Nid yn ystod y dydd yn unig yr oedd ei gleddyf gydag ef.
He had his sword with him not only by day.
Roedd ganddo ei gleddyf gydag ef yn y nos hefyd.
He had his sword with him by night too.
Roedd ei gleddyf mor hyblyg â dail palmwydd.
His sword was as supple as a palm-leaf.
Ac fe dorrodd ben y Rakshasi i ffwrdd.
And he cut off the head of the Rakshasi.
Syrthiodd y corff, y mynydd enfawr, i'r llawr.
The huge mountain of a body fell to the ground.
Gwnaeth y corff sŵn mawr pan syrthiodd.
The body made a great noise when it fell.
Ac roedd y corff yn gorchuddio llawer o erwau cyfagos.
And the body covered many surrounding acres.
Cadwodd Sahasra-Dal ben torri'r Rakshasi.
Sahasra-Dal kept the severed head of the Rakshasi.
Ac fe gysgodd eto gyda'r pen yn ei ymyl.

And he slept again with the head near him.

Yn gynnar yn y bore daeth rhai torwyr coed.
Early in the morning some wood-cutters came.
Roedd y torwyr coed yn mynd heibio gerllaw'r deml.
The wood-cutters were passing near the temple.
Gwelodd y torwyr coed y corff enfawr ar y ddaear.
The wood-cutters saw the huge body on the ground.
Felly cerddasant tuag at y deml.
So they walked towards the temple.
Yn fuan gwelsant mai carcas ydoedd.
Soon they saw that it was a carcass.
Carcas y Rakshasi ofnadwy.
The carcass of the terrible Rakshasi.
Y Rakshasi a oedd bron â dadboblogi'r tir.
The Rakshasi that had nearly depopulated the land.
Roedd gwobr wedi bod am y Rakshasi hwn.
There had been a bounty for this Rakshasi.
Cynigiodd y brenin law ei ferch.
The king offered the hand of his daughter.
Ac roedd y brenin wedi cynnig hanner y deyrnas.
And the king had offered half the kingdom.
Byddai'n cyfnewid y cyfan am ben y Rakshasi.
He would trade it all for the head of the Rakshasi.
Ni welodd y torwyr coed unrhyw hawlydd wrth law.
The wood-cutters saw no claimant at hand.
Felly aethon nhw i gael y wobr.
So they went to get the reward.
Torrodd pob torrwr coed gangen o'r Rakshasi.
Each wood-cutter cut off a limb from the Rakshasi.
Ac aeth pob torrwr coed at y brenin.
And each wood-cutter went to the king.
A cheisiodd pob torrwr coed hawlio'r wobr.
And each wood-cutter tried to claim the reward.
"Myfi yw dinistriwr y bwytawr dynion mawr"
"I am the destroyer of the great man eater"
"Rwyf wedi dod i hawlio fy ngwobr"

"I have come to claim my reward"
Roedd y brenin yn gwybod mai dim ond un arwr allai fod.
The king knew there could only be one hero.
Felly gwnaeth ymholiad gyda'i weinidog.
So he made an inquiry with his minister.
"Tro pa deulu oedd hi neithiwr?"
"What family's turn was it last night?"
"A phwy yw pennaeth y teulu hwnnw?"
"And who is the head of that family?"
Aeth gweinidog y brenin allan i ddod o hyd i'r teulu.
The king's minister set out to find the family.
Daeth â phennaeth y teulu at y brenin.
He brought the head of the family to the king.
A dywedodd pen y teulu am ei westeion.
And the head of the family told of his guests.
"Neithiwr daeth dau deithiwr ifanc ataf"
"Last night two youthful travelers came to me"
"Fe gynigion ni fod yn westeiwyr iddyn nhw am y noson"
"We offered to be their hosts for the night"
"Yn fuan fe wnaethon nhw ddarganfod y broblem oedd gennym ni"
"Soon they discovered the problem we had"
"Ac fe wnaethon nhw wirfoddoli i gymryd ein lle ni"
"And they volunteered to take our place"
"Aethant i'r deml, yn lle un ohonom ni"
"They went to the temple, instead of one of us"
Aeth y brenin â'i ddynion i'r deml.
The king took his men to the temple.
Torrwyd drws y deml ar agor.
The door of the temple was broken open.
Fe wnaethon nhw ddod o hyd i'r ddau frawd yn cysgu.
They found the two brothers sleeping.
Ac roedd y ceffylau'n ddiogel yn y deml hefyd.
And the horses were safe in the temple too.
Ac roedd pennaeth y Rakshasi yno hefyd.
And the head of the Rakshasi was there too.

Doedd dim amheuaeth ynglŷn â phwy oedd wedi lladd yr anghenfil.
There was no doubt about who had killed the monster.
Roedd yr arwr go iawn wedi cael ei ddarganfod.
The real hero had been discovered.
A chadwodd y brenin at ei air.
And the king kept true to his word.
Rhoddodd law ei ferch i Sahasra-Dal.
He gave the hand of his daughter to Sahasra-Dal.
A rhoddodd iddo hanner ei deyrnas hefyd.
And he gave him half his kingdom too.
Arhosodd Champa-Dal gyda'i ffrind.
Champa-Dal remained with his friend.
Ac fe lawenhaodd yn ffyniant Sahasra-Dal.
And he rejoiced in Sahasra-Dal's prosperity.
Ac fe wnaethon nhw fyw gyda'i gilydd yn hapus am beth amser.
And they lived together happily for some time.

Ond un diwrnod cododd camddealltwriaeth rhyngddynt.
But one day a misunderstanding arose between them.
Roedd gan y fam-frenhines forwyn benodol.
The queen-mother had a certain maid-servant.
Y forwyn hon oedd y forwyn fwyaf defnyddiol.
This maid-servant was the most useful domestic.
Gallai droi ei llaw at unrhyw dasg.
She could turn her hand to any task.
Ac roedd ganddi gryfder anghyffredin am fenyw.
And she had uncommon strength for a woman.
Nid oedd ei deallusrwydd yn brin chwaith.
Her intelligence was not lacking either.
Ac roedd ganddi faint rhyfeddol o egni.
And she had a remarkable amount of energy.
Byddai wedi cael ei cholli'n gyflym yn y palas.
She would have been quickly missed in the palace.
Roedd y zenana yn gwbl ddibynnol arni.
The zenana was completely dependent on her.

**Felly roedd ei gwasanaethau'n cael eu gwerthfawrogi'n
fawr.**
Hence her services were highly valued.
Roedd y fam-frenhines yn ei gwerthfawrogi'n fawr iawn.
The queen-mother appreciated her very much.
Ac roedd menywod y palas yn ei gwerthfawrogi hi hefyd.
And the ladies of the palace valued her too.
Ond nid oedd y fenyw werthfawr hon yn fenyw.
But this valuable woman was not a woman.
Rakshasi oedd y fenyw hon.
What this woman was was a Rakshasi.
Roedd hi wedi gwisgo golwg menyw.
She had put on the appearance of a woman.
**Roedd ganddi ei rhesymau drygionus ei hun dros wneud
hyn.**
She had her own nefarious reasons for doing this.
Ac yna cymerodd wasanaeth yn y tŷ brenhinol.
And then she took service in the royal household.
**Yn y nos byddai hi'n arfer cymryd ei ffurf wirioneddol ei
hun.**
At night she used to assume her own real form.
Pan oedd pawb yn y palas yn cysgu.
When everyone in the palace was asleep.
Ac yna aeth hi o gwmpas i chwilio am fwyd.
And then she went about in search of food.
Oherwydd nad oedd ei newyn wedi'i fodloni yn y palas.
Because her hunger was not satisfied at the palace.
**Mae angen llawer mwy o fwyd ar Rakshasi na dyn neu
fenyw.**
A Rakshasi needs much more food than a man or woman.
Ar yr adeg hon nid oedd gan Champa-Dal wraig.
At this time Champa-Dal had no wife.
Felly roedd yn aml yn cysgu y tu allan i'r zenana.
So he often slept outside the zenana.
Nid oedd ymhell o giât allanol y palas.
He was not far from the outer gate of the palace.
Ac o'r fan honno gallai ei harsylwi.

And from there he could observe her.
Gwelodd hi'n difa amrywiol eifr a defaid.
He saw her devouring sundry goats and sheep.
Ac fe'i gwelodd hi'n difa ceffylau ac eliffantod.
And he saw her devouring horses and elephants.
Wrth gwrs, nid oedd hyn yn dda i'r forwyn.
This of course was not good for the maid-servant.
Roedd Champa-Dal yn ffordd ei swper.
Champa-Dal was in the way of her supper.
Felly roedd hi'n benderfynol o gael gwared ag ef.
So she was determined to get rid of him.
Un diwrnod aeth at y fam-frenhines.
One day she went to the queen-mother.
"Frenhines-fam," meddai wrthi.
"Queen-mother," she said to her.
"Ni allaf weithio yn y palas mwyach"
"I can no longer work in the palace"
"Pam?" gofynnodd y fam-frenhines.
"Why?" asked the queen-mother.
"Beth sy'n bod, Dasi," roedd hi eisiau gwybod.
"What is the matter, Dasi" she wanted to know.
"Sut alla i fynd ymlaen heboch chi?"
"How can I go on without you?"
"Dywedwch wrthyf eich rhesymau dros adael"
"Tell me your reasons for leaving"
Esboniodd y forwyn ei sefyllfa.
The maid-servant explained her situation.
"Dim ond menyw dlawd ydw i yn y palas hwn"
"I am but a poor woman in this palace"
"Ni all menyw fel fi gadw ei hanrhydedd yma"
"A woman like me can't preserve her honor here"
"Mae gan eich mab-yng-nghyfraith ffrind, Champa-Dal"
"Your son-in-law has a friend, Champa-Dal"
"Mae e wastad yn gwneud jôcs anweddus gyda fi"
"He always cracks indecent jokes with me"
"Byddai'n well gen i erfyn am fy reis na cholli fy anrhydedd"

"I would rather beg for my rice than to lose my honor"
"Os yw Champa-Dal yn aros yn y palas rhaid i mi fynd i ffwrdd"
"If Champa-Dal remains in the palace I must go away"
Roedd y forwyn yn anaddas yn y palas.
The maid-servant was irreplicable in the palace.
Roedd y fam-frenhines yn gwybod pa aberth i'w wneud.
The queen-mother knew what sacrifice to make.
Roedd yn rhaid i Champa-Dal adael y palas.
Champa-Dal was going to have to leave the palace.
A dywedodd wrth Sahasra-Dal ei holl resymau.
And she told Sahasra-Dal all her reasons.
"Mae Champa-Dal yn ddyn drwg"
"Champa-Dal is a bad man"
"Mae ei gymeriad a'i foesoldeb yn rhydd"
"His character and morals are loose"
"Rhaid iddo adael y palas hwn ar unwaith"
"He must leave this palace at once"
Gwnaeth Sahasra-Dal ei orau i'w pherswadio fel arall.
Sahasra-Dal did his best to persuade her otherwise.
Plediodd yn daer ar ran ei ffrind.
He earnestly pleaded on behalf of his friend.
Ond bu ei ymdrechion yn ofer.
But his efforts were in vain.
Roedd y fam-frenhines wedi penderfynu.
The queen-mother had made up her mind.
Bu'n rhaid ei yrru allan o'r palas.
He had to be driven out of the palace.
Nid oedd gan Sahasra-Dal y dewrder i ddweud wrth ei ffrind.
Sahasra-Dal had not the courage to tell his friend.
Felly ysgrifennodd lythyr ato.
He therefore wrote a letter to him.
Yn y llythyr roedd yn amwys ynglŷn â'r rheswm.
In the letter he was vague about the reason.
Ond beth bynnag, roedd yn rhaid iddo adael.
But either way, he was going to have to leave.

Aeth Champa-Dal i gael bath.
Champa-Dal went to have a bath.
A rhoddwyd y llythyr yn ei ystafell.
And the letter was put in his room.
Roedd Champa-Dal wedi galaru wrth ddarllen y llythyr.
Champa-Dal was grieved upon reading the letter.
Aeth ar ei fflyd o geffylau.
He mounted his fleet of horses.
Ac ar ei geffylau, gadawodd y palas.
And on his horses, he left the palace.

Roedd ceffylau Champa yn anarferol o gyflym.
Champa's horses were uncommonly fleet.
Yn fuan roedd wedi teithio miloedd o filltiroedd.
Soon he had traversed thousands of miles.
Ac yn y pen draw cyrhaeddodd ddinas newydd.
And eventually he reached a new city.
Safodd wrth borth palas godidog.
He stood at the gateway of a magnificent palace.
Disgynnodd oddi ar ei geffyl.
He dismounted from his horse.
Ac aeth i mewn i'r palas.
And he entered the palace.
Ond yn y palas ni chyfarfu ag unrhyw greadur.
But in the palace he met not a single creature.
Aeth o fflat i fflat.
He went from apartment to apartment.
Roedd yr holl ystafelloedd wedi'u dodrefnu'n gyfoethog.
All the rooms were richly furnished.
Ond nid oedd neb yn byw yn yr un o'r ystafelloedd.
But none of the rooms were lived in.
Ond yn y diwedd daeth i ystafell wahanol.
But in the end he came to a different room.
Yn yr ystafell hon roedd gwraig ifanc.
In this room there was a young lady.
Roedd y foneddiges ifanc o harddwch nefol.
The young lady was of heavenly beauty.

Ac roedd hi'n gorwedd ar wely gwych.
And she was lying down on a splendid bedstead.
Roedd y ddynes ifanc hardd yn cysgu.
The beautiful young lady was asleep.
Edrychodd Champa-Dal ar y harddwch cwsg.
Champa-Dal looked upon the sleeping beauty.
Cafodd ei swyno gan yr hyn yr oedd yn ei weld.
He was captivated by what he was seeing.
Nid oedd wedi gweld unrhyw fenyw mor brydferth.
He had not seen any woman so beautiful.
Ar y gwely roedd dau ffon.
Upon the bed there were two sticks.
Roedd y ddwy ffon yn agos at ben y ddynes.
The two sticks were near the woman's head.
Roedd un o'r ffyn wedi'i wneud o arian.
One of the sticks was made of silver.
Ac roedd y ffon arall wedi'i gwneud o aur.
And the other stick was made of gold.
Cymerodd Champa y ffon arian yn ei law.
Champa took the silver stick into his hand.
A chyda'r ffon cyffyrddodd â chorff y foneddiges.
And with the stick he touched the body of the lady.
Ond ni welwyd unrhyw newid yn ei chwsg.
But no change was perceptible to her sleep.
Yna cododd y ffon aur.
He then took up the gold stick.
A chyda'r ffon cyffyrddodd â chorff y foneddiges.
And with the stick he touched the body of the lady.
Y tro hwn deffrodd y ddynes ifanc.
This time the young lady did awake.
Gan edrych ar y dieithryn, gofynnodd pwy ydoedd.
Eyeing the stranger, she inquired who he was.
"Champa-Dal ydw i," meddai wrthi.
"I am Champa-Dal," he told her.
"Roedd Brahman tlawd, di-sgil unwaith"
"There was once a poor dimwitted Brahman"
"Roedd gan y dyn di-sgil hwn wraig, ond dim plant"

"This dimwitted man had a wife, but no children"
"Ond mae'n debyg mai peidio â chael plant oedd yr orau iddo"
"But him not having children was probably for the best"
"Oherwydd prin ei fod yn gallu diwallu ei anghenion ei hun"
"Because he was barely able to meet his own needs"
"Ac prin y gallai gyflenwi digon i'w wraig"
"And he could hardly supply enough for his wife"
"Ond nid ei wan-syniad oedd ei broblem fwyaf hyd yn oed"
"But his dimwittedness was not even his biggest problem"
Ac fe barhaodd â'r stori fel yr ydym ni wedi'i dilyn.
And he continued the story as we have followed it.
"Daeth fy mam i'r casgliad bod ei thynged wedi'i selio"
"My mother concluded her fate was sealed"
"Ac roedd hi'n meddwl y byddai fy nhad yn cwrdd â'r un dynged"
"And she thought my father would meet the same fate"
"Ac nid oedd hi'n disgwyl i mi gael fy arbed chwaith"
"And she did not expect me to be spared either"
"Y noson honno prin y cysgodd o gwbl"
"That night she hardly slept at all"
"Roedd y Rakshasi wedi ei hatal rhag gweld fy nhad"
"The Rakshasi had prevented her from seeing my father"
"Yn gynnar y bore wedyn es i'r ysgol"
"Early next morning I went to school"
"Cyn i mi fynd i'r ysgol rhoddodd hi botel aur i mi"
"Before I went to school she gave me a golden bottle"
"Yn y botel aur roedd ei llaeth ei hun"
"In the golden bottle was her own breast milk"
"Dywedwyd wrthyf am wylio lliw'r llaeth yn ofalus"
"I was told to carefully watch the colour of the milk"
Ac fe barhaodd â'r stori fel yr ydym ni wedi'i dilyn.
And he continued the story as we have followed it.
"Byddwn yn sefyll fel dirprwyon dros eich teulu"
"We will stand as proxies for your family"
"Roedd llawer iawn o wrthwynebiad i'n cynnig"

"There was a great deal of objection to our proposal"
"Ond yn y pen draw fe wnaethon ni berswadio ein gwesteiwyr"
"But eventually we persuaded our hosts"
"Yn olaf cytunodd y gwesteiwyr i'r trefniant"
"Finally the hosts consented to the arrangement"
Ac fe barhaodd â'r stori fel yr ydym ni wedi'i dilyn.
And he continued the story as we have followed it.
"Felly roeddwn i'n aml yn cysgu y tu allan i'r zenana"
"So I often slept outside the zenana"
"Doeddwn i ddim ymhell o giât allanol y palas"
"I was not far from the outer gate of the palace"
"Ac o'r fan honno roeddwn i'n gallu ei harsylwi hi"
"And from there I could observe her"
"Gwelais hi'n difa amryw o eifr a defaid "
"I saw her devouring sundry goats and sheep"
"A gwelais hi'n difa ceffylau ac eliffantod"
"And I saw her devouring horses and elephants"
Ac fe barhaodd â'r stori fel yr ydym ni wedi'i dilyn.
And he continued the story as we have followed it.
"Un diwrnod rhoddwyd llythyr yn fy ystafell"
"One day a letter was put in my room"
"Roeddwn i'n drist wrth ddarllen y llythyr"
"I was grieved upon reading the letter"
"Fe wnes i farchogaeth ar fy fflyd o geffylau"
"I mounted my fleet of horses"
"Ac ar fy ngheffylau gadawodd y palas"
"And on my horses he left the palace"
"Mae fy ngheffyl yn anghyffredin o gyflym"
"My horse are uncommonly fleet"
"Cyn bo hir roeddwn i wedi teithio miloedd o filltiroedd"
"Soon I had traversed thousands of miles"
"Ac yn y pen draw cyrhaeddais ddinas newydd"
"And eventually I reached a new city"
Ac fe barhaodd â'r stori fel yr ydym ni wedi'i dilyn.
And he continued the story as we have followed it.
"Cymerais y ffon arian yn ei law"

"I took the silver stick into his hand"
"A chyda'r ffon cyffyrddais â'ch corff"
"And with the stick I touched your body"
"Ond ni welwyd unrhyw newid i'w weld yn eich cwsg"
"But no change was perceptible to your sleep"
"Yna cymerais y ffon aur"
"I then took up the gold stick"
A chyda'r ffon fe gyffyrddodd â'ch corff.
And with the stick he touched your body.
"Y tro hwn fe ddeffraist o'th gwsg"
"This time you did awake from your sleep"
Roedd y ddynes ifanc wedi gwrando ar stori Champa-Dal.
The young lady had listened to Champa-Dal's story.
Roedd y ddynes ifanc yn dywysoges mewn gwirionedd.
The young lady was in fact a princess.
"Dyn anhapus! pam wyt ti wedi dod yma?"
"Unhappy man! why have you come here?"
"Dyma wlad y Rakshasas"
"This is the country of Rakshasas"
"Mae dim llai na saith cant o Rakshasas yn byw yma"
"No less than seven hundred Rakshasas live here"
"Bob bore mae'r Rakshasas yn gadael"
"Every morning the Rakshasas leave"
"Maen nhw'n mynd i ochr arall y cefnfor"
"They go to the other side of the ocean"
"Ac maen nhw'n chwilio am ddarpariaethau yno"
"And they search for provisions there"
"A chyn cyfnos maen nhw'n dychwelyd eto"
"And before dusk they return again"
"Roedd fy nhad yn frenin yn yr ardaloedd hyn"
"My father was king in these regions"
"Roedd gan ei deyrnas filiynau o ddinasyddion"
"His kingdom had millions of subjects"
"Roedden nhw'n byw mewn trefi a dinasoedd llewyrchus"
"They lived in flourishing towns and cities"
"Ond rai blynyddoedd yn ôl fe wnaeth y Rakshasas ymosod"

"But some years ago the Rakshasas invaded"
"Ac fe wnaethant ddifa holl ddinasyddion y deyrnas"
"And they devoured all the subjects of the kingdom"
"Fe wnaeth y Rakshasas ddifa fy nhad a fy mam"
"The Rakshasas devoured my father and my mother"
"Fe wnaeth y Rakshasas ddifa fy mrodyr a fy chwiorydd"
"The Rakshasas devoured my brothers and sisters"
"A difaasant holl anifeiliaid y wlad"
"And they devoured all the cattle of the country"
"Nid oes bod dynol byw yn y rhanbarthau hyn"
"There is no living human being in these regions"
"Fi yw'r bod dynol olaf sy'n fyw ar ôl"
"I am the last human living left"
"Byddwn i hefyd wedi cael fy llarpio amser maith yn ôl"
"I too would have been devoured long ago"
"Ond daeth hen Rakshasi i'n hoff o mi"
"But an old Rakshasi took a liking to me"
"Mae hi'n atal y Rakshasas eraill rhag fy mwyta i"
"She prevents the other Rakshasas from eating me"
"Wyt ti'n gweld y ffyn arian ac aur yna?"
"Do you see those sticks of silver and gold?"
"Bob bore mae hi'n fy lladd â'r ffon arian"
"Every morning she kills me with the silver stick"
"Bob nos mae hi'n fy ail-fywiogi gyda'r ffon aur"
"Every evening she re-animates me with the gold stick"
"Dydw i ddim yn gwybod sut i'ch cynghori chi"
"I do not know how to advise you"
"Os yw'r Rakshasas yn eich gweld chi, rydych chi'n ddyn marw"
"If the Rakshasas see you, you are a dead man"
Yna fe siaradon nhw mewn modd cariadus iawn.
Then they talked in a very affectionate manner.
A gosodasant eu pennau at ei gilydd.
And they laid their heads together.
A meddyliasant ddyfeisio ffordd o ddianc.
And they thought to devise a means of escape.
Rhyw ffordd i ddianc o ddwylo'r Rakshasas.

Some way to get out of the hands of the Rakshasas.

Roedd awr dychweliad y Rakshasas yn dod.
The hour of the return of the Rakshasas was coming.
Roedd y saith cant o fwytawyr cig yn dychwelyd yn fuan.
The seven hundred flesh-eaters were soon returning.
Galwodd Keshavati ar Champa-Dal.
Keshavati called out to Champa-Dal.
(Oherwydd dyna oedd enw'r dywysoges)
(Because that was the name of the princess)
"Cuddiwch eich hun yng nghymylau'r dail melyn cysegredig"
"Hide yourself in the heaps of the sacred trefoil"
Ond yn gyntaf cododd Champ Dal y ffon arian.
But first Champ Dal picked up the silver stick.
Cyffyrddodd â Keshavati gyda'r ffon arian.
He touched Keshavati with the silver stick.
A chyn gynted ag y cyffyrddodd â hi, bu farw.
And as soon as he touched her, she died.
Yna aeth i ganol teml Siva.
Then he went to the center of the temple of Siva.
Ac fe guddiodd o dan y tomenni o dridalen sanctaidd.
And he hid beneath the heaps of sacred trefoil.
O'i guddfan clywodd sŵn y gwynt yn rhuthro.
From his hiding place he heard the sound of wind rushing.
Yna clywodd synau ofnadwy yn y palas.
Then he heard terrible noises in the palace.
Roedd y Rakshasas wedi dod adref o'u helfa.
The Rakshasas had come home from their hunt.
Roedden nhw wedi llenwi eu stumogau â chig.
They had filled their stomachs with meat.
Amrywiol geifr, defaid, buchod, ceffylau, byfflo.
Sundry goats, sheep, cows, horses, buffaloes.
Ac roedden nhw wedi difa eliffantod hefyd.
And they had devoured elephants too.
Dychwelodd yr hen Rakshasi i'r palas hefyd.
The old Rakshasi returned to the palace too.

Aeth hi i ystafell y dywysoges oedd yn cysgu.
She went to the room of the sleeping princess.
A hi a'i deffroodd hi gyda'r ffon a wnaed o aur.
And she woke her with the stick made of gold.
"Hei, mye, khye! Dw i'n arogli bod dynol"
"Hye, mye, khye! A human being I smell"
"Fi yw'r unig fod dynol yma," meddai'r dywysoges.
"I am the only human being here," said the princess.
"Bwytewch fi os mynnwch," ychwanegodd Keshavati.
"Eat me if you like," added Keshavati.
I hyn atebodd y Rakshasi:
To this the Rakshasi replied:
"Gad i mi fwyta dy elynion"
"Let me eat up your enemies"
"Pam ddylwn i dy fwyta di?" gofynnodd i'r dywysoges.
"Why should I eat you?" she asked the princess.
Gorweddodd hi ei hun ar y ddaear.
She laid herself down on the ground.
Roedd hi mor hir ac uchel â Bryniau Vindhya.
She was as long and high as the Vindhya Hills.
Ac yn y safle hwn syrthiodd i gysgu.
And in this position she fell asleep.
Cyn bo hir, syrthiodd y Rakshasas a'r Rakshasis eraill i gysgu hefyd.
The other Rakshasas and Rakshasis soon fell asleep too.
Oherwydd eu bod wedi blino o'u llafur anferth.
Because they were tired from their gigantic labor.
Daeth Keshavati i gysgu hefyd.
Keshavati also composed herself to sleep.
Ond ni feiddiodd Champa ddod allan o dan y dail.
But Champa did not dare to come out from under the leaves.
Ac fe wnaeth ei orau i weddïo ar dduw'r gorffwys.
And he tried his best to pray to the god of repose.

Ar wawr y wawr cododd pob un o'r saith cant o Rakshasas eto.
At daybreak all seven hundred Rakshasas got up again.

Aethant ar eu taith ysglyfaethus arferol.
They went on their usual predatory excursion.
Ac ynghyd â nhw aeth yr hen Rakshasi.
And along with them went the old Rakshasi.
Ond yn gyntaf cododd yr hen Rakshasi y ffon arian.
But first the old Rakshasi picked up the silver stick.
A chyffyrddodd â Keshavati â'r ffon arian.
And she touched Keshavati with the silver stick.
Yn fuan roedd yr arfordir yn glir ar gyfer Champa-Dal.
Soon the coast was clear for Champa-Dal.
Ac fe feiddiodd ddod allan o dan y pentwr o ddail.
And he dared to come out from under the pile of leaves.
Cerddodd yn ôl i mewn i ystafell y dywysoges.
He walked back into the room of the princess.
Ac fe gyffyrddodd â hi â'r ffon aur.
And he touched her with the golden stick.
Ac adfywiodd y dywysoges o'i marwolaeth eto.
And the princess revived from her death again.
Crwydron nhw o gwmpas yn y gerddi.
They sauntered about in the gardens.
Fe wnaethon nhw fwynhau awel oer y bore.
They enjoyed the cool breeze of the morning.
Ymolchasant mewn pwll dŵr clir.
They bathed in a lucid pool of water.
A bwytasant ac yfasant fwyd yn y palas.
And they ate and drank food in the palace.
Ac fe dreuliasant y diwrnod mewn sgwrs felys.
And they spent the day in sweet converse.
Ac fe lunion nhw gynllun ar gyfer eu gwaredigaeth.
And they concocted a plan for their deliverance.
Roedd Keshavaity yn mynd i siarad â'r hen Rakshasi.
Keshavaity was going to speak to the old Rakshasi.
Roedd hi'n mynd i ofyn ar beth roedd bywyd Rakshasa yn dibynnu.
She was going to ask on what a Rakshasa's life depended.
A chyda'r gyfrinach honno roedden nhw'n mynd i weithredu yn unol â hynny.

And with that secret they were going to act accordingly.

Roedd awr dychweliad y Rakshasas yn dod eto.
The hour of the return of the Rakshasas was coming again.
A datblygodd y digwyddiadau fel y gwnaethon nhw'r noson cynt.
And events unfolded as they had the evening before.
Roedd y saith cant o fwytawyr cig yn dychwelyd i'r palas.
The seven hundred flesh-eaters were returning to the palace.
Cyffyrddodd Champ Dal â Keshavati gyda'r ffon arian.
Champ Dal touched Keshavati with the silver stick.
Bu farw fel yr oedd wedi marw'r noson cynt.
She died like the had died the night before.
Aeth Champa-Dal i ganol teml Siva.
Champa-Dal went to the center of the temple of Siva.
Cuddiodd o dan y tomenni o dridalen sanctaidd eto.
He hid beneath the heaps of sacred trefoil again.
Clywodd sŵn y gwynt yn rhuthro.
He heard the sound of wind rushing.
Ac fe glywodd synau ofnadwy yn y palas.
And he heard terrible noises in the palace.
Roedd y Rakshasas wedi dod adref o'u helfa.
The Rakshasas had come home from their hunt.
Roedden nhw wedi llenwi eu stumogau â chig.
They had filled their stomachs with meat.
Amrywiol geifr, defaid, buchod, ceffylau, byfflo.
Sundry goats, sheep, cows, horses, buffaloes.
Ac roedden nhw wedi difa eliffantod hefyd.
And they had devoured elephants too.
Dychwelodd yr hen Rakshasi i'r palas hefyd.
The old Rakshasi returned to the palace too.
Aeth hi i ystafell y dywysoges oedd yn cysgu.
She went to the room of the sleeping princess.
A hi a'i deffroodd hi gyda'r ffon a wnaed o aur.
And she woke her with the stick made of gold.
"Hei, mye, khye! Dw i'n arogli bod dynol"
"Hye, mye, khye! A human being I smell"

"Fi yw'r unig fod dynol yma," meddai'r dywysoges.
"I am the only human being here," said the princess.
"Bwytewch fi os mynnwch," ychwanegodd Keshavati.
"Eat me if you like," added Keshavati.
I hyn atebodd y Rakshasi:
To this the Rakshasi replied:
"Gad i mi fwyta dy elynion"
"Let me eat up your enemies"
"Pam ddylwn i dy fwyta di?" gofynnodd i'r dywysoges.
"Why should I eat you?" she asked the princess.
Gorweddodd hi ei hun ar y ddaear.
She laid herself down on the ground.
Ac roedd hi'n edrych fel rhan o fynyddoedd yr Himalaya.
And she looked like a part of the Himalaya mountains.
Roedd gan Keshavati ffiol o olew mwstard wedi'i gynhesu.
Keshavati had a phial of heated mustard oil.
A daeth hi at droed y Rakshasi.
And she approached the foot of the Rakshasi.
"Mam, mae dy draed yn ddolurus o gerdded"
"Mother, your feet are sore from walking"
"Gad i mi rwbio eich traed dolurus ag olew"
"Let me rub your sore feet with oil"
A dechreuodd rwbio traed y Rakshasi ag olew.
And she began to rub with oil the Rakshasi's feet.
Yna syrthiodd ychydig o ddagrau o lygaid y dywysoges.
Then a few tear-drops fell from the eyes of the princess.
A glaniodd y dagrau ar goesau'r anghenfil.
And the tear-drops landed on the monster's legs.
Blasodd y Rakshasi y dagrau â'i gwefusau.
The Rakshasi tasted the tear-drops with her lips.
A chanfu fod blas hallt ar y dagrau.
And she found the tear-drops tasted briny.
"Pam wyt ti'n wylo, cariad?" gofynnodd y Rakshasi.
"Why are you weeping, darling?" asked the Rakshasi.
"Beth sy'n bod arnat ti?" roedd hi eisiau gwybod.
"What aileth thee?" she wanted to know.
Ceisiodd y dywysoges atal ei hun rhag crio.

The princess tried to stop herself from crying.

"Mam, rwy'n wylo oherwydd dy fod ti'n hen"

"Mother, I am weeping because you are old"

"Pan fyddwch chi'n marw bydd un o'r Rakshasas yn fy llyncu"

"When you die one of the Rakshasas will devour me"

"Pan fydda i'n marw?! Paid â bod yn ffôl, ferch"

"When I die?! Don't be foolish, girl"

"Onid ydych chi'n gwybod nad yw Rakshasas byth yn marw?"

"Don't you know that Rakshasas never die?"

"Dydyn ni ddim yn anfarwol yn naturiol"

"We are not naturally immortal"

"Mae cyfrinach i'n cryfder"

"There is a secret to our strength"

"Ond ni all unrhyw ddyn ddatgelu'r gyfrinach hon"

"But no human can unravel this secret"

"Ond gadewch i mi ddweud y gyfrinach wrthych chi"

"But let me tell you the secret"

"Fel eich bod chi'n cael eich cysuro ychydig"

"So that you are comforted a little"

"Wyt ti'n gweld y pwll dŵr yn y palas?"

"Do you see the pool of water in the palace?"

"Yn y pwll dŵr hwnnw mae Sphatikasthamba"

"In that pool of water is a Sphatikasthamba"

"Mae'r Sphatikasthamba yn ddwfn yn y dŵr"

"The Sphatikasthamba is deep in the water"

"Ac ar y Sphatikasthamba mae dwy wenynen"

"And on the Sphatikasthamba are two bees"

"Byddai'n rhaid i fod dynol blymio i'r dŵr"

"A human being would have to dive into the water"

"Byddai'n rhaid i'r bod dynol ddod â'r gwenyn i dir sych "

"The human being would have to bring the bees onto dry land"

"Yna byddai'n rhaid i'r bod dynol ladd y ddwy wenynen"

"Then the human being would have to kill the two bees"

"Ond ni ddylai diferyn o'u gwaed gyffwrdd â'r llawr"

"But not a drop of their blood must touch the ground"
"Dim ond wedyn y gall bod dynol ladd Rakshasa"
"Only then can a human kill a Rakshasa"
"Ond os bydd y gwaed yn cyffwrdd â'r llawr, bydd mil o Rakshasas yn codi"
"But if the blood touches the ground, a thousand Rakshasas will rise"
"Ond pa fod dynol fydd yn darganfod y gyfrinach hon?"
"But what human will find out this secret?"
"A pha fod dynol all gyflawni'r gamp hon?"
"And what human can achieve this feat?"
"Nid oes unrhyw fod dynol yn gwybod cyfrinach bywyd Rakshasa"
"No human knows the secret to the life of a Rakshasa"
"Ac ni all unrhyw ddyn gyflawni camp o'r fath"
"And no human can achieve such a feat"
"Felly does dim rheswm i fod yn drist, fy nghariad"
"So there is no reason to be sad, my darling"
"Rwy'n bron yn anfarwol," cadarnhaodd hi.
"I am practically immortal," she confirmed.
Trysorodd Keshavati y gyfrinach yn ei chof.
Keshavati treasured the secret in her memory.
Ac yna aeth hi'n ôl i gysgu.
And then she went back to sleep.

Y bore wedyn, aeth y Rakshasas i ffwrdd, fel arfer.
Next morning the Rakshasas, as usual, went away.
Daeth Champa allan o'i guddfan.
Champa came out of his hiding-place.
Ac fe ddeffrôdd Keshavati o'i chwsg.
And he roused Keshavati from her sleep.
Dywedodd y dywysoges wrtho y gyfrinach yr oedd hi wedi'i dysgu.
The princess told him the secret she had learnt.
Dechreuodd Champa-Dal baratoi ei hun ar unwaith.
Champa-Dal immediately started to prepare himself.
Daeth â chyllell i'r pwll.

He brought to the pool a knife.
Ac fe ddaeth â swm o ludw.
And he brought a quantity of ashes.
Tynnodd ei ddillad trwm i ffwrdd.
He took off his heavy clothes.
Rhoddodd ddiferyn neu ddau o olew mwstard ym mhob clust.
He put a drop or two of mustard oil into each ear.
Er mwyn atal dŵr rhag mynd i mewn i'w glustiau.
To prevent water from entering into his ears.
Nofiodd allan i ganol y dŵr.
He swam out into the middle of the water.
Ac oddi yno plymiodd i lawr i'r pwll.
And from there he dove down into the pool.
Yn fuan cyrhaeddodd ben y golofn grisial.
Soon he reached the top of the crystal pillar.
Ac ar Sphatikasthamba roedd y ddwy wenynen.
And on Sphatikasthamba were the two bees.
Gafaelodd yn y ddwy wenynen a ddaeth o hyd iddi yno.
He caught hold of the two bees he found there.
Ac fe nofiodd i fyny eto mewn un anadl.
And he swam up again in a singular breath.
Cymerodd y gyllell a adawodd ar lan y dŵr.
He took the knife he had left at the edge of the water.
A thros y lludw torrodd y gwenyn i fyny.
And over the ashes he cut up the bees.
Syrthiodd diferyn neu ddau o waed oddi ar y gwenyn.
A drop or two of the blood fell from the bees.
Ond ni chyffyrddodd eu gwaed â'r llawr.
But their blood did not touch the ground.
Yn lle hynny, glaniodd eu gwaed ar y lludw.
Instead, their blood landed on the ashes.
Clywyd sgrech ofnadwy o bell.
A terrible scream was heard at a distance.
Y sgrech oedd udo'r Rakshasas.
The scream was the wailing of the Rakshasas.

Roedden nhw i gyd yn rhedeg adref mor gyflym ag y gallen nhw.
They were all running home as fast as they could.
Roedden nhw eisiau atal y gwenyn rhag cael eu lladd.
They wanted to prevent the bees from being killed.
Ond ni allent gyrraedd y palas mewn pryd.
But they could not reach the palace in time.
Oherwydd bod y gwenyn eisoes wedi marw.
Because the bees had already perished.
Y foment y lladdwyd y gwenyn, bu farw'r holl Rakshasas.
The moment the bees were killed, all the Rakshasas died.
Syrthiodd eu cyrff ar yr union fan lle roedden nhw'n sefyll.
Their carcasses fell on the very spot they were standing.
Roedd eu cyrff bellach yn rhwystro porth y palas.
Their carcasses now blocked the gateway of the palace.
Yn y modd hwn dinistriwyd y saith cant o Rakshasas.
In this manner the seven hundred Rakshasas were destroyed.

Wedi hynny, priododd Champa-Dal a Keshavati.
Afterwards Champa-Dal and Keshavati got married.
Gwnaethon nhw'r cyfnewidiad traddodiadol o garlantau o flodau.
They made the traditional exchange of garlands of flowers.
Nid oedd y dywysoges erioed wedi bod allan o'r tŷ.
The princess had never been out of the house.
Felly mynegodd awydd yn naturiol i weld y byd y tu allan.
So she naturally expressed a desire to see the outer world.
Bob bore a gyda'r nos byddent yn mynd am droeon hir.
Every morning and evening they went on long walks.
Roedd afon fawr yr oedd Keshavati yn dymuno ymdrochi ynddi.
There was a large river Keshavati wished to bathe in.
Wrth iddi ymolchi daeth un o wallt Keshavati i ffwrdd.
As she bathed one of Keshavati's hairs came off.
Roedd arfer arbennig yn yr amseroedd hynny.
There was a special custom in those times.
Ni thaflodd menyw wallt i ffwrdd ar ei phen ei hun erioed.

A woman never threw away a hair away by itself.
Roedd cragen fôr yn arnofio yn y dŵr.
A sea-shell was floating in the water.
Felly clymodd Keshavati y llinyn o wallt wrth y gragen fôr.
So Keshavati tied the strand of hair to the sea-shell.
Ac yna dychwelodd y cwpl i'r palas.
And then the couple returned to the palace.
Yn y cyfamser, arnofiodd y gragen fôr i lawr y nant.
Meanwhile the sea-shell floated down the stream.
Ac ymhen amser cyrhaeddodd y gragen fôr fan ymdrochi arall.
And in due time the sea-shell reached another bathing spot.
Dyma'r man ymdrochi yr aeth Sahasra-Dal iddo.
This was the bathing spot Sahasra-Dal went to.
Yma y perfformiodd brawd Champa-Dal ei olchiad.
Here Champa-Dal's brother performed his ablutions.
Ar y diwrnod hwn roedd Sahasra-Dal yn y dŵr.
On this day Sahasra-Dal was in the water.
Roedd yn ymolchi ac yn nofio gyda'i ffrindiau.
He was bathing and swimming with his friends.
Ac felly arnofiodd y gragen fôr heibio i'r dynion.
And so the sea-shell floated past the men.
Roedd y dynion mewn hwyliau chwareus y diwrnod hwnnw.
The men were in a playful mood that day.
"Pwy bynnag sy'n cyrraedd y gragen fôr gyntaf sy'n ennill"
"Whoever gets to the sea-shell first wins"
Ac felly nofion nhw i gyd tuag at y gragen fôr.
And so they all swam towards the sea-shell.
Sahasra-Dal oedd y nofiwr cryfaf ymhlith ei ffrindiau.
Sahasra-Dal was the strongest swimmer among his friends.
Ac felly ef oedd y cyntaf i gyrraedd y gragen fôr.
And so he was the first the reach the sea-shell.
Wrth archwilio'r gragen fôr, canfu wallt wedi'i glymu wrthi.
Examining the seashell, he found a hair tied to it.
Ond roedd yn wallt o hyd anghyffredin.
But it was a hair of extraordinary length.

Nid oedd erioed wedi gweld gwallt mor hir.
He had never seen such a long hair.
Roedd y llinyn o wallt yn union saith cufydd o hyd.
The strand of hair was exactly seven cubits long.
"Rhaid bod y llinyn gwallt hwn yn perthyn i fenyw"
"This strand of hair must belong to a woman"
"A rhaid bod y fenyw hon yn nodedig iawn"
"And this woman must be very remarkable"
"Rhaid i mi weld pwy yw'r fenyw ryfeddol hon"
"I must see who this remarkable woman is"
Roedd Sahasra-Dal yn benderfynol o ddod o hyd i'r fenyw nodedig.
Sahasra-Dal was determined to find the remarkable woman.
Aeth adref o'r afon mewn hwyliau myfyriol.
He went home from the river in a pensive mood.
Ac nid aeth ymlaen i'r zenana i gael brecwast.
And he did not proceed to the zenana for breakfast.
Yn hytrach arhosodd yn rhan allanol y palas.
Instead he remained in the outer part of the palace.
Clywodd y fam-frenhines am dristwch Sahasra-Dal.
The queen-mother heard about Sahasra-Dal's melancholy.
A chlywodd hi nad oedd wedi dod i frecwast.
And she heard he had not come to breakfast.
Felly aeth hi ato a gofyn y rheswm.
So she went to him and asked the reason.
Dangosodd iddi'r llinyn o wallt yr oedd wedi dod o hyd iddo.
He showed her the strand of hair he had found.
"Rhaid i mi weld y fenyw sydd â'r llinyn gwallt hwn wedi'i addurno ar ei phen"
"I must see the woman who's head this strand of hair adorned"
Roedd y fam-frenhines yn hapus i helpu ei mab-yng-nghyfraith.
The queen-mother was happy to help her son-in-law.
"Da iawn," meddai hi wrtho.
"Very well," she said to him.

"Bydd y foneddiges honno yn y palas yn fuan gennych"
"You shall soon have that lady in the palace"
"Rwy'n addo i chi ddod â hi yma"
"I promise you to bring her here"
Roedd gan y fam frenhines gynllun eisoes.
The queen mother already had a plan.
Byddai ei hoff forwyn yn dda yn y swydd.
Her favourite maid-servant would be good at the job.
Oherwydd bod y forwyn hon yn ddyfeisgar iawn.
Because this maid-servant was very resourceful.
Wrth gwrs, nid oedd y fam-frenhines yn adnabod ei morwyn mewn gwirionedd.
Of course the queen-mother did not really know her maid.
Doedd hi ddim yn gwybod mai Rakshasi oedd ei hoff forwyn.
She did not know her favourite maid was a Rakshasi.
"Dewch o hyd i berchennog y llinyn gwallt hwn, os gwelwch yn dda," gofynnodd hi.
"Please find the owner of this strand of hair," she asked.
Ac fe gytunodd ei morwyn yn fwy na chwrtais.
And her maid-servant more than politely agreed.
"Byddai'n bleser gen i ddod o hyd i'r fenyw hon"
"It would my pleasure to find this woman"
"Byddaf yn ei dwyn i'r palas yn fuan"
"I will soon bring her to the palace"
"Bydd angen i mi adeiladu cwch o bren Hajol"
"I will need a boat build from Hajol wood"
"Rhaid gwneud rhwyfau'r cwch o bren Mon-Paban"
"The oars of the boat must be made from Mon-Paban wood"
Cyn bo hir gwnaeth y gwneuthurwyr cychod y cwch.
The boat makers soon made the boat.
A lansiwyd y cwch ar y nant.
And the boat was launched on the stream.
Aeth y forwyn ar fwrdd y cwch.
The maid-servant went on board of the boat.
Gyda hi cymerodd rai basgedi o wiail.
With her she took some baskets of wicker.

Roedd y basgedi o wiail o grefftwaith rhyfedd.

The baskets of wicker were of curious workmanship.

Cymerodd rai melysion gyda hi hefyd.

She also took with her some sweetmeats.

Roedd rhywfaint o wenwyn wedi'i gymysgu i'r melysion.

Into the sweetmeats some poison had been mixed.

Cliciodd ei bysedd dair gwaith.

She snapped her fingers thrice.

Ac yna fe ddywedodd y swyn canlynol:

And then she uttered the following charm:

"Cwch Hajol! rhwyfau Mon Paban!"

"Boat of Hajol! Oars of Mon Paban!"

"Ewch â fi i'r Ghat,"

"Take me to the Ghat,"

"Y Ghat lle mae Keshavati yn ymdrochi"

"The Ghat in which Keshavati bathes"

Gwrandawodd y cwch ar ei gorchymyn.

The boat heeded to her command.

A hedfanodd y cwch fel mellten dros y dyfroedd.

And the boat flew like lightning over the waters.

A gadawodd y cwch lawer o drefi a dinasoedd ar ôl.

And the boat left many towns and cities behind.

O'r diwedd, stopiodd y cwch mewn man ymdrochi.

At last the boat stopped at a bathing-place.

Roedd y forwyn Rakshasi wedi cyrraedd ei nod.

The Rakshasi maid-servant had reached her goal.

Daeth i'r casgliad mai ghat ymdrochi Keshavati ydoedd.

She concluded it was the bathing ghat of Keshavati.

Glaniodd gyda'r melysion yn ei llaw.

She landed with the sweetmeats in her hand.

Aeth at giât y palas, a gwaeddodd yn uchel:

She went to the gate of the palace, and cried aloud:

"O Keshavati! Keshavati! Fi yw dy fodryb"

"Oh Keshavati! Keshavati! I am your aunt"

"O Keshavati, chwaer dy fam ydw i"

"Oh Keshavati, I am your mother's sister"

"Dw i wedi dod i'th weld di, fy anwylyd"

"I have come to see you, my darling"
"Rydw i wedi dod ar ôl cymaint o flynyddoedd"
"I have come after so many years"
"Ydych chi adref, Keshavati?" gofynnodd hi.
"Are you home, Keshavati?" she asked.
Clywodd y dywysoges eiriau'r fodryb ffug.
The princess heard the words of the false-aunt.
Daeth allan o'i hystafell ac at fynedfa'r palas.
She came out of her room and to the entrance of the palace.
Nid oedd ganddi unrhyw amheuaeth mai ei modryb ydoedd mewn gwirionedd.
She had no doubt that it was really her aunt.
A chofleidiodd a chusanodd ei modryb.
And she embraced and kissed her aunt.
Wylon nhw ill dau afonydd o lawenydd.
They both wept rivers of joy.
Er y dylech chi wybod bod y Rakshasi wedi wylodd yn gyntaf.
Although you should know the Rakshasi wept first.
Wylodd Keshavati gyda hi allan o empathi.
Keshavati wept with her out of empathy.
Roedd Champa-Dal hefyd yn credu mai ei modryb oedd y Rakshasi.
Champa-Dal also believed the Rakshasi to be her aunt.
Bwytasant ac yfasant i gyd a mwynhau'r achlysur hapus.
They all ate and drank and enjoyed the happy occasion.
Ac yna fe wnaethon nhw orffwys yng nghanol y dydd.
And then they took rest in the middle of the day.
Ac fe wnaethon nhw ddathlu eto gyda'r nos.
And they celebrated again in the evening.

Y diwrnod canlynol parhaodd y dathliadau amser brecwast.
The next day the celebrations continued at breakfast.
Roedd gan Champa-Dal arfer o gysgu ar ôl brecwast.
Champa-Dal had a habit of sleeping after breakfast.
Tua'r prynhawn, dywedodd y fodryb honedig wrth Keshavati:

Towards afternoon, the supposed aunt said to Keshavati:
"Gadewch i ni'r ddau fynd at yr afon a golchi ein hunain:
"Let us both go to the river and wash ourselves:
Atebodd Keshavati, "Sut allwn ni fynd nawr?"
Keshavati replied, "How can we go now?"
"Mae fy ngŵr yn cysgu," eglurodd hi.
"My husband is sleeping," she explained.
"Peidiwch â phoeni am gwsg eich gŵr," meddai'r fodryb.
"Do not worry about your husband's sleep," said the aunt.
"Gadewch iddo gysgu cymaint ag y mae'n hoffi"
"Let him sleep as much as he likes"
"Gadewch i mi roi'r melysion hyn wrth ochr ei wely"
"Let me put these sweetmeats near his bedside"
"Felly, pan fydd yn deffro, bydd ganddo rywbeth i'w fwyta"
"That way, when he awakes, he has something to eat"
Yna wedyn aethant i lan yr afon.
Then they then went to the river-side.
Aethant yn agos at y fan lle'r oedd y cwch.
They went close to the spot where the boat was.
O bellter gwelodd Keshavati y basgedi o waith gwiail.
From a distance Keshavati saw the baskets of wicker-work.
"Modryb, am bethau prydferth yw'r rheini!"
"Aunt, what beautiful things are those!"
"Byddwn i'n dymuno y gallwn i gael rhai o'r basgedi gwiail hynny"
"I wish I could get some of those wicker baskets"
Fe wnaeth ei modryb fodloni hi'n hapus.
Her aunt happily obliged her.
"Tyrd, fy mhlentyn, ac edrych ar y basgedi gwiail"
"Come, my child, and look at the wicker baskets"
"Gallwch chi gael cymaint o fasgedi ag y dymunwch"
"You can have as many baskets as you like"
Gwrthododd Keshavati fynd i mewn i'r cwch i ddechrau.
Keshavati at first refused to go into the boat.
Ond roedd ei modryb yn berswadiol iawn.
But her aunt was very persuasive.
Ac o'r diwedd aeth hi ar y cwch.

And finally she went onto the boat.

Ond unwaith ar y cwch gwnaeth ei modryb beth rhyfedd.

But once on the boat her aunt did a strange thing.

Cnipiodd y fodryb ei bysedd dair gwaith a dywedodd:

The aunt snapped her fingers thrice and said:

"Cwch Hajol! rhwyfau Mon-Paban!"

"Boat of Hajol! Oars of Mon-Paban!"

"Ewch â fi i'r Ghat,"

"Take me to the Ghat,"

"Y Ghat lle mae Sahasra-Dal yn ymdrochi"

"The Ghat in which Sahasra-Dal bathes"

A wrandawodd y cwch ar ei gorchymyn.

And the boat heeded to her command.

A hedfanodd y cwch fel saeth dros y dyfroedd.

And the boat flew like an arrow over the waters.

Roedd Keshavati wedi dychryn a dechrau crio.

Keshavati was frightened and began to cry.

Ond aeth y cwch ymlaen er gwaethaf ei chrio.

But the boat went on despite her crying.

A gadawodd y cwch lawer o drefi a dinasoedd ar ei ôl.

And the boat left behind many towns and cities.

Mewn amrantiad cyrhaeddodd y cwch ei gyrchfan.

In a trice the boat reached its destination.

Y ghat lle'r oedd Sahasra-Dal yn arfer ymolchi.

The ghat where Sahasra-Dal was in the habit of bathing.

Aethpwyd â Keshavati i'r palas.

Keshavati was taken to the palace.

Roedd Sahasra-Dal yn edmygu ei phrydferthwch a hyd ei gwallt.

Sahasra-Dal admired her beauty and the length of her hair.

A cheisiodd menywod y palas eu gorau i'w chysuro.

And the ladies of the palace tried their best to comfort her.

Ond cododd hi waedd uchel o brotest.

But she set up a loud cry of protest.

Ac roedd hi eisiau cael ei chymryd yn ôl at ei gŵr.

And she wanted to be taken back to her husband.

O'r diwedd gwelodd ei bod wedi cael ei chymryd yn gaeth.

Finally she saw that she had been taken captive.
Felly siaradodd hi â merched y palas.
So she spoke to the ladies of the palace.
"Ar ôl priodi, gwnes adduned i'm gŵr"
"Upon marriage I made a vow to my husband"
"Addewais na fyddwn yn edrych ar wyneb unrhyw ddyn arall"
"I promised not to look upon the face of any other man"
"Addewais gynnal yr adduned hon am chwe mis"
"I promised to uphold this vow for six months"
Yna cafodd ei lletya i ffwrdd o'r lleill yn y palas.
She was then lodged away from the others in the palace.
A rhoddwyd tŷ bach iddi i fyw ynddo.
And she was given a small house to live in.
Roedd ffenestr y tŷ yn edrych dros y ffordd.
The window of the house overlooked the road.
Yno y treuliodd hi'r diwrnod hir o fyw.
There she spent the livelong day.
Ac yno y treuliodd hi'r noson hir gyd.
And there she spent the livelong night.
Oherwydd ei bod hi wedi cael ychydig iawn o gwsg.
Because she had very little sleep.
Oherwydd treuliodd ei hamser mewn ochain a wylo.
Because her time was spent in sighing and weeping.

Yn y cyfamser deffrodd Champa-Dal o'i gwsg.
In the meantime Champa-Dal awoke from his sleep.
Roedd wedi'i dynnu sylw gan alar peidio â dod o hyd i'w wraig.
He was distracted with the grief of not finding his wife.
Trodd ei amheuon at fodryb Keshavati.
His suspicions turned to the aunt of Keshavati.
Roedd yn gwybod ei bod hi'n dwyllwr ac yn ffugiwr.
He knew she was a cheat and an impostor.
Rhaid mai hi a gludodd Keshavati i ffwrdd.
It must have been her who carried away Keshavati.
Ni fwytaodd y melysion a adawyd iddo.

He did not eat the sweetmeats left for him.
Oherwydd ei fod yn amau bod y melysion wedi cael eu gwenwyno.
Because he suspected the sweets to have been poisoned.
Taflodd un o'r melysion at frân.
He threw one of the sweets to a crow.
Y funud y bwytaodd y frân y melysion, syrthiodd i lawr yn farw.
The moment the crow ate the sweet, it dropped down dead.
Cadarnhaodd hyn ei amheuaeth o'r fodryb ffug.
This confirmed his suspicion of the pretend aunt.
Yn wallgof gan alar, rhuthrodd allan o'r tŷ.
Maddened with grief, he rushed out of the house.
Roedd yn benderfynol o fynd lle bynnag y byddai ei draed yn ei arwain.
He was determined to go wherever his feet took him.
Fel dyn wallgof fe blethodd, "O Keshavati! O Keshavati!"
Like a madman he blubbered, "Oh Keshavati! Oh Keshavati!"
Teithiodd ar droed ddydd ar ôl dydd.
He travelled on foot day after day.
Ac fe ddilynodd beth bynnag y byddai ei draed yn ei arwain.
And he followed whatever way his feet took him.
Treuliodd chwe mis yn teithio yn y modd blinedig hwn.
Six months he spent travelling in this wearisome manner.
Ar ôl chwe mis cyrhaeddodd brifddinas Sahasra-Dal.
After six month he reached the capital of Sahasra-Dal.
Aeth heibio i giât y palas.
He passed by the gate of the palace.
Ac o'r ffordd gallai weld tŷ bach.
And from the road he could see a small house.
Ac o'r tŷ gallai glywed ochneidio.
And from in the house he could hear sighs.
Adnabu Champa-Dal ei wraig ar unwaith.
Champa-Dal instantly recognized his wife.
Ac fe adnabu Keshavita ei gŵr ar unwaith.
And Keshavita instantly recognized her husband.

Dywedodd Keshavita wrth ei gŵr bopeth a oedd wedi digwydd.

Keshavita told her husband everything that had happened.

"Gofynnodd y ddynes am gael mynd i ymolchi ar ôl brecwast"

"The woman asked to go bathing after breakfast"

"Wrth yr afon roedd cwch"

"At the river there was a boat"

"Y ddynes a'm perswadiodd i fynd ar y cwch"

"The woman persuaded me onto the boat"

"Ac yna aeth y cwch â ni i'r lle hwn"

"And then the boat took us to this place"

"Sylweddolais fy mod wedi cael fy nghaethgludo"

"I realized that I had been made captive"

"Felly dywedais wrthyn nhw am fy addunedau i chi"

"So I told them of my vows to you"

"Ond yfory fydd diwedd chwe mis"

"But tomorrow will be the end of six month"

Roedd arfer yn y dyddiau hynny.

There was a custom in those days.

Roedd cyflawniad addunedau yn cael eu hadrodd yn gyhoeddus.

The fulfilments of vows were publicly recited.

Fel arfer, byddai hyn yn cael ei gyflawni gan Brahman dysgedig.

This was normally fulfilled by a learned Brahman.

Fe wnaethon nhw gynllunio i Champa-Dal ymgymryd â'r rôl hon.

They planned for Champa-Dal to take on this role.

Ac felly'r noson honno curwyd drwm y palas.

And so that evening the palace drum was beat.

Roedd y brenin eisiau i Brahman dysgedig wneud adrodd.

The king wanted a learned Brahman to make a recitation.

Stori Keshavati ar gyflawni ei hadduned.

The story of Keshavati on the fulfilment of her vow.

Cyffyrddodd Champa-Dal â'r drwm a gwirfoddolodd.

Champa-Dal touched the drum and volunteered.

"Byddaf yn adrodd addunedau Keshavita"
"I will make the recitation of Keshavita's vows"
Y bore wedyn ymgasglodd pawb yn y cyntedd.
The next morning all assembled in the courtyard.
Yr hen frenin a'r fam frenhines.
The old king and the queen mother.
Roedd Sahasra-Dal a'i wraig yno.
Sahasra-Dal and his wife were there.
Holl lyswyr a Brahmaniaid dysgedig y wlad.
All the courtiers and the learned Brahmans of the country.
Roedd yr holl frenhiniaeth o dan ganopi enfawr o sidan.
All royalty was under a huge canopy of silk.
Roedd Keshavati yno hefyd, ond y tu ôl i orchudd.
Keshavati was also there, but behind a veil.
Fel na fyddai hi'n agored i syllu anghwrtais pobl.
So that she wouldn't be exposed to the rude gaze of people.
Eisteddodd Champa-Dal, yr adroddwr, ar lwyfan.
Champa-Dal, the reciter, sat on a dais.
A dechreuodd adrodd stori Keshavati.
And he began to tell the story of Keshavati.
"Roedd Brahman tlawd, di-sgil unwaith"
"There was once a poor dimwitted Brahman"
"Roedd gan y dyn di-sgil hwn wraig, ond dim plant"
"This dimwitted man had a wife, but no children"
"Ond mae'n debyg mai peidio â chael plant oedd yr orau
iddo"
"But him not having children was probably for the best"
"Oherwydd prin ei fod yn gallu diwallu ei anghenion ei
hun"
"Because he was barely able to meet his own needs"
"Ac prin y gallai gyflenwi digon i'w wraig"
"And he could hardly supply enough for his wife"
"Ond nid ei wan-syniad oedd ei broblem fwyaf hyd yn oed"
"But his dimwittedness was not even his biggest problem"
Ac fe barhaodd â'r stori fel yr ydym ni wedi'i dilyn.
And he continued the story as we have followed it.
Ac weithiau byddai'n troi o gwmpas at Keshavati.

And sometimes he turned around to Keshavati.

A gofynnodd iddi a oedd yn adrodd y stori'n gywir.

And he asked her if he was telling the story correctly.

A dywedodd hi wrtho ei fod yn adrodd y stori'n gywir.

And she told him he was telling the story correctly.

"Daeth y fenyw Brahman i'r casgliad bod ei thynged wedi'i selio"

"The Brahman woman concluded her fate was sealed"

"Ac roedd hi'n meddwl y byddai ei gŵr yn cwrdd â'r un dynged"

"And she thought her husband would meet the same fate"

"Ac nid oedd hi'n disgwyl i'w mab gael ei arbed chwaith"

"And she did not expect her son to be spared either"

"Y noson honno prin y cysgodd o gwbl"

"That night she hardly slept at all"

"Roedd y Rakshasi wedi ei hatal rhag gweld ei gŵr"

"The Rakshasi had prevented her from seeing her husband"

"Yn gynnar y bore wedyn aeth Champa-Dal i'r ysgol"

"Early next morning Champa-Dal went to school"

"Cyn iddo fynd i'r ysgol, rhoddodd botel aur i'w mab"

"Before he went to school, she gave her son a golden bottle"

"Yn y botel aur roedd ei llaeth ei hun"

"In the golden bottle was her own breast milk"

"Gwyliwch liw'r llaeth yn ofalus "

"Carefully watch the colour of the milk"

Yn ystod yr adrodd, daeth morwyn y Rakshasi yn welw.

During the recitation the Rakshasi maid-servant grew pale.

Roedd hi'n sylweddoli y byddai ei chymeriad gwirioneddol yn cael ei ddarganfod.

She perceived that her real character was going to be discovered.

Ac roedd Sahasra-Dal wedi synnu at wybodaeth yr adroddwr.

And Sahasra-Dal was astonished at the knowledge of the reciter.

Adroddodd yr adroddwr hanes bywyd y tywysog yn glir.

The reciter clearly told the history of the prince's life.

"Syrthiodd diferyn neu ddau o waed o'r gwenyn"
"A drop or two of the blood fell from the bees"
"Ond ni chyffyrddodd eu gwaed â'r llawr"
"But their blood did not touch the ground"
"Yn lle hynny, glaniodd eu gwaed ar y lludw"
"Instead, their blood landed on the ashes"
"Clywwyd sgrech ofnadwy o bell"
"A terrible scream was heard at a distance"
"Y sgrech oedd wylofain y Rakshasas"
"The scream was the wailing of the Rakshasas"
"Roedden nhw i gyd yn rhedeg adref mor gyflym ag y gallen nhw"
"They were all running home as fast as they could"
"Roedden nhw eisiau atal y gwenyn rhag cael eu lladd"
"They wanted to prevent the bees from being killed"
"Ond ni allent gyrraedd y palas mewn pryd"
"But they could not reach the palace in time"
"Oherwydd bod y gwenyn eisoes wedi cael eu lladd"
"Because the bees had already been killed"
"Y funud y lladdwyd y gwenyn, bu farw'r holl Rakshasas"
"The moment the bees were killed, all the Rakshasas died"
"Syrthiodd eu cyrff ar yr union fan lle roedden nhw'n sefyll"
"Their carcasses fell on the very spot they were standing"
"Roedd eu cyrff bellach yn rhwystro porth y palas"
"Their carcasses now blocked the gateway of the palace"
"Yn y modd hwn dinistriwyd y saith cant o Rakshasas"
"In this manner the seven hundred Rakshasas were destroyed"
Roedd pawb wedi'u swyno gan stori'r Rakshasas.
All where enthralled by the story of the Rakshasas.
Oherwydd bod y stori'n cael ei hadrodd gan storiwr go iawn.
Because the story was being told by a true storyteller.
Mwynhaodd pawb y stori ac eithrio'r forwyn.
All enjoyed the story except for the maid-servant.
Oherwydd roedd ei chymeriad go iawn yn sicr o gael ei ddarganfod.

Because her real character was bound to be discovered.

"Cyffwrddodd Champa-Dal â'r drwm a gwirfoddolodd.

"Champa-Dal touched the drum and volunteered.

"Byddaf yn adrodd addunedau Keshavita"

"I will make the recitation of Keshavita's vows"

"Y bore wedyn ymgasglodd pawb yn y cyntedd"

"The next morning all assembled in the courtyard"

"Yr hen frenin a'r fam frenhines"

"The old king and the queen mother"

"Roedd Sahasra-Dal a'i wraig yno"

"Sahasra-Dal and his wife were there"

"Holl lyswyr a Brahmaniald dysgedig y wlad"

"All the courtiers and the learned Brahmans of the country"

"Roedd yr holl frenhiniaeth o dan ganopi enfawr o sidan"

"All royalty was under a huge canopy of silk"

"Roedd Keshavati yno hefyd, ond y tu ôl i orchudd"

"Keshavati was also there, but behind a veil"

"Fel na fyddai hi'n agored i syllu anghwrtais pobl"

"So that she wouldn't be exposed to the rude gaze of people"

"Eisteddodd Champa-Dal, yr adroddwr, ar lwyfan"

"Champa-Dal, the reciter, sat on a dais"

"A dechreuodd adrodd stori Keshavati"

"And he began to tell the story of Keshavati"

Neidiodd Sahasra-Dal i fyny o'i sedd.

Sahasra-Dal jumped up from his seat.

Ac fe gofleidiodd adroddwr y stori.

And he embraced the reciter of the story.

"Ni allwch fod yn neb llai na fy mrawd Champa-Dal"

"You can be none other than my brother Champa-Dal"

Yna llosgodd y tywysog gan gynddaredd.

Then the prince was inflamed with rage.

Gorchmynnodd i'r forwyn ddod i'w bresenoldeb.

He ordered the maid-servant to come into his presence.

Cloddiwyd twll uchder dyn yn y ddaear.

A hole the height of a man was dug in the ground.

A rhoddwyd y forwyn yn y twll, yn sefyll.

And the maid-servant was put into the hole, standing.

Roedd drain pigog wedi'u pentyrru o'i chwmpas.
Prickly thorns were heaped around her.
Hyd at goron ei phen roedd hi wedi'i gorchuddio â drain.
Up to the crown of her head she was covered in thorns.
Fel hyn claddwyd y forwyn yn fyw.
In this way the maid-servant was buried alive.
Ar ôl hyn buont i gyd yn byw'n hapus gyda'i gilydd am flynyddoedd lawer.
After this all lived happily together for many years.
Sahasra-Dal a'i dywysoges, a Champa-Dal a Keshavati.
Sahasra-Dal and his princess, and Champa-Dal and Keshavati.

Stori Swet a Bachanta
The Story of Swet and Bachanta

Ar un adeg roedd masnachwr cyfoethog.
There was once upon a time a rich merchant.
Dim ond un mab oedd gan y masnachwr cyfoethog hwn.
This rich merchant had only one son.
Ac roedd yn caru ei unig fab yn fawr iawn.
And he loved his only son very much.
Rhoddodd i'w fab beth bynnag a fynnai.
He gave to his son whatever he wanted.
Wrth gwrs roedd ei fab eisiau tŷ hardd.
Of course his son wanted a beautiful house.
Ac roedd hefyd eisiau cael gardd fawr.
And he also wanted to have a large garden.
Felly adeiladwyd tŷ hardd iddo.
So a beautiful house was built for him.
A gwnaed gardd hardd iddo hefyd.
And a fine garden was made for him too.
Roedd mab y masnachwr yn falch o'r ardd.
The merchant's son was pleased with the garden.
Ac roedd yn mwynhau cerdded yn yr ardd.
And he enjoyed walking in the garden.
Un diwrnod denodd nyth aderyn ei sylw.
One day a bird's nest caught his attention.
Mae'n digwydd bod enw'r aderyn hwn yn Toontooni.
This bird happens to be called Toontooni.
Rhoddodd ei law yn nyth yr aderyn bach.
He put his hand into the small bird's nest.
Ac yn y nyth daeth o hyd i wy.
And in the nest he found an egg.
Tynnodd yr wy allan o'i nyth.
He took the egg out of its nest.
Roedd almirah yn wal ei dŷ.
There was an almirah in the wall of his house.
Felly rhoddodd yr wy yn yr almirah.
So he put the egg in the almirah.

Caeodd ddrws yr almirah.
He closed the door of the almirah.
Ac yna ni feddyliodd mwyach am yr wy.
And then he thought no more of the egg.
Roedd gan fab y masnachwr dŷ ei hun.
The merchant's son had a house of his own.
Ond roedd ganddo dŷ heb aelwyd.
But he had a house without a household.
Felly nid oedd cogydd yn ei dŷ.
So in his house there was no cook.
Ond nid oedd angen ei gogydd ei hun arno.
But he had no need for his own cook.
Oherwydd bod ei fam yn anfon bwyd ato'n rheolaidd.
Because his mother regularly sent him food.
Yn y bore anfonodd frecwast iddo.
In the morning she sent him breakfast.
A phob dydd byddai hi'n cael cinio wedi'i anfon ato.
And every day she had dinner sent to him.
Un diwrnod ffrwydrodd yr wy yn yr almirah.
One day the egg in the almirah burst.
Ond nid aderyn a ddaeth allan o'r wy oedd o.
But it was not a bird that came out of the egg.
Allan o'r wy daeth baban hardd.
Out of the egg came a beautiful infant.
Nid aderyn oedd y baban, ond merch ddynol.
The infant was not a bird, but a human girl.
Ond ni wyddai mab y masnachwr ddim am y digwyddiad.
But the merchant's son knew nothing of the event.
Roedd wedi anghofio popeth am yr wy.
He had forgotten everything about the egg.
Roedd drws y wal-almirah wedi'i gadw ar gau.
The door of the wall-almirah had been kept closed.
Fodd bynnag, ni chloodd mab y masnachwr y drws.
However, the merchant's son did not lock the door.
Tyfodd y plentyn i fyny o fewn y wal-almirah.
The child grew up within the wall-almirah.
Nid oedd ganddi unrhyw wybodaeth am fab y masnachwr.

She had no knowledge of the merchant's son.
Nid oedd hi'n gwybod am neb arall chwaith.
Nor did she know of anyone else.
Pan allai'r plentyn gerdded, tyfodd yn chwilfrydig.
When the child could walk it grew curious.
Ac allan o chwilfrydedd agorodd y drws.
And out of curiosity she opened the door.
Y diwrnod hwnnw hefyd, roedd y fam wedi anfon brecwast.
That day, too, the mother had sent breakfast.
Ac roedd y brecwast wedi cael ei roi ar y llawr.
And the breakfast had been put on the floor.
Gwelodd y plentyn y bwyd oedd ar y llawr.
The child saw the food that was on the floor.
Wrth gwrs, bwytaodd y plentyn o'r bwyd.
Of course the child ate from the food.
Ac yna dychwelodd y plentyn i'r wal.
And then the child returned into the wall.
Roedd mam y masnachwr bob amser yn gwneud llawer o fwyd.
The merchant's mother always made a lot of food.
Roedd yn fwy o fwyd nag y gallai ei fwyta.
It was more food than he could possibly eat.
Felly ni sylwodd fod unrhyw fwyd ar goll.
So he didn't notice that any food was missing.
Byddai merch y wal-almirah yn dod allan bob dydd.
The girl of the wall-almirah came out every day.
A phob dydd roedd hi'n bwyta rhan o'r bwyd.
And every day she ate a part of the food.
Ar ôl bwyta'r bwyd dychwelodd i'r almirah.
After eating the food she returned to the almirah.
Ond gydag amser aeth y ferch yn hŷn ac yn hŷn.
But with time the girl got older and older.
A gydag oedran aeth hi'n fwy ac yn fwy.
And with age she got bigger and bigger.
A pho fwyaf yr aeth hi, y mwyaf newynog aeth hi.
And the bigger she got the hungrier she got.
A dechreuodd hi fwyta mwy o'r bwyd bob dydd.

And she began to eat more of the food each day.
Yn y diwedd sylwodd mab y masnachwr ar y bwyd coll.
Eventually the merchant's son noticed the missing food.
Ond doedd ganddo ddim ffordd o wybod i ble roedd y bwyd yn mynd.
But he had no way of knowing where the food went.
Y peth olaf yr oedd yn ei amau oedd merch o fewn yr almirah.
The last thing he suspected was a girl from inside the almirah.
Ac felly daeth i gasgliad gwahanol iawn.
And so he came to a very different conclusion.
"Pam mae mam yn anfon mor fach o fwyd?".
"Why is mother sending such a small quantity of food?".
Ac roedd ganddo neges wedi'i hanfon at ei fam.
And he had a message sent to his mother.
"Pam nad oes digon o fwyd yn cael ei anfon ataf?"
"Why am I being sent insufficient food?".
"A pham mae'r ddysgl yn cael ei gweini mor flêr?".
"And why is the dish served so slovenly?".
Wrth gwrs, rydyn ni'n gwybod pam nad oedd y bwyd yn ddigonol.
Of course we know why the food was insufficient.
Ac rydyn ni'n gwybod pam y cyflwynwyd y bwyd yn flêr.
And we know why the food was presented slovenly.
Bwytaodd y ferch o'r wal o'i fwyd.
The girl from in the wall ate from his food.
Ac wrth iddi fwyta, fe wnaeth hi gyffwrdd â'r reis a'r cyri.
And as she ate she fingered the rice and curry.
Ac roedd hi bob amser yn brysio yn ôl i'w chell yn y wal.
And she always hurried back into her cell in the wall.
Fel na fyddai neb yn ei gweld hi.
So that she would not be seen by anyone.
Doedd ganddi ddim amser i roi'r reis yn y drefn iawn.
She had no time to put the rice in proper order.
Roedd y fam wedi synnu at gŵyn ei mab.
The mother was astonished at her son's complaint.
Rhoddodd hi fwy iddo nag y gallai ei fwyta.

She gave him more than he could eat.
Gweinwyd y bwyd ar blât arian.
The food was served up on a silver plate.
Ac fe drefnodd y bwyd yn daclus ei hun.
And she neatly arranged the food herself.
Ond ailadroddodd ei mab yr un gŵyn eto.
But her son repeated the same complaint again.
Ddydd ar ôl dydd cwynodd am y dognau bach.
Day after day he complained of the small portions.
Ddydd ar ôl dydd cwynodd am y bwyd blêr.
Day after day he complained of the messy food.
Ac felly dechreuodd ei fam amau chwarae budr.
And so his mother began to suspect foul play.
Dywedodd wrth ei mab am gadw llygad ar y bwyd.
She told her son to watch over the food.
"Gweler a oes unrhyw un yn bwyta eich bwyd".
"See if anyone is eating your food".
Y diwrnod wedyn daeth gwas â'r bwyd.
The next day a servant brought the food.
Gosododd y gwas y bwyd mewn lle glân.
The servant laid the food in a clean place.
Fel arfer byddai mab y masnachwr yn cymryd bath.
Normally the merchant's son took a bath.
Ond y diwrnod hwn ni aeth am faddon.
But this day he did not go for a bath.
Yn lle hynny, ar y diwrnod hwn cuddiodd ei hun gerllaw.
Instead, on this day he hid himself nearby.
O'i guddfan gallai weld y bwyd.
From his hiding place he could see the food.
Ni bu'n rhaid i fab y masnachwr aros yn hir.
The merchant's son did not have to wait for long.
Yn fuan gwelodd y wal-almirah ar agor.
Soon he saw the wall-almirah open.
Ac fe welodd forwyn hardd yn camu allan.
And he saw a beautiful damsel step out.
Ni allai hi fod wedi bod yn hŷn nag un ar bymtheg oed.
She could not have been more than sixteen.

Eisteddodd ar y carped wrth y brecwast.

She sat on the carpet by the breakfast.

A dechreuodd hi fwyta o'r bwyd oedd wedi'i adael ar y llawr.

And she began to eat from the food left on the floor.

Daeth mab y masnachwr allan o'i guddfan.

The merchant's son came out of his hiding-place.

Ac ni allai'r forwyn ddianc oddi wrtho.

And the damsel could not escape from him.

"Pwy wyt ti, greadur prydferth?"

"Who are you, beautiful creature?".

"Nid yw'n ymddangos eich bod wedi eich geni ar y ddaear".

"You do not seem to be earth-born".

"Ydych chi'n un o ferched y duwiau?"

"Are you one of the daughters of the gods?".

Atebodd y ferch, "Dydw i ddim yn gwybod pwy ydw i".

The girl replied, "I do not know who I am".

"Ond mae un peth rwy'n ei wybod," parhaodd y ferch.

"But there is one thing I do know," the girl continued.

"Un diwrnod cefais fy hun yn yr almirah yn y wal".

"One day I found myself in the almirah in the wall".

"Ac ers hynny rydw i wedi bod yn byw yn y wal".

"And since then I have been living in the wall".

Roedd mab y masnachwr yn meddwl bod ei stori yn rhyfedd.

The merchant's son thought her story was strange.

Ond yna meddyliodd ychydig mwy am y stori.

But then he thought a bit more about the story.

Ac roedd yn cofio'r hyn a ddigwyddodd un mlynedd ar bymtheg yn ôl.

And he remembered what happened sixteen years ago.

Cofiai nyth yr aderyn toonoori.

He remembered the nest of the toontoori bird.

Ac roedd yn cofio dod o hyd i wy yn y nyth.

And he remembered finding an egg in the nest.

Ac roedd yn cofio rhoi'r wy yn yr almirah.

And he remembered putting the egg in the almirah.

Roedd y ferch o wal-almirah o harddwch anghyffredin.
The wall-almirah girl was of uncommon beauty.
A chafodd mab y masnachwr ei syfrdanu gan ei phrydferthwch.
And the merchant's son was struck by her beauty.
Gwnaeth ei phrydferthwch argraff ddofn ar ei feddwl.
Her beauty made a deep impression on his mind.
Ac fe benderfynodd yn ei feddwl ei phriodi.
And he resolved in his mind to marry her.
O hynny ymlaen ni arhosodd y ferch yn yr almirah.
From then on the girl didn't stay in the almirah.
Cafodd ystafell yn nhŷ mab y masnachwr.
She was given a room in the merchant's son's house.
Y diwrnod canlynol ysgrifennodd mab y masnachwr neges.
The next day the merchant's son wrote a message.
Ac fe anfonwyd y neges at ei fam.
And he had the message sent to his mother.
Gallwch chi ddyfalu thema gyffredinol y neges.
You can guess the general theme of the message.
Dywedodd mab y masnachwr ei fod am briodi.
The merchant's son said he would like to get married.
Ceryddodd mam mab y masnachwr ei hun.
The mother of the merchant's son reproached herself.
Nid oedd hi wedi ceisio dod o hyd i wraig i'w fab.
She had not tried to find a wife for his son.
Teimlai y dylai fod wedi meddwl am ei briodas.
She felt she should have thought of his marriage.
Ac felly atebodd neges ei mab ar unwaith.
And so she promptly replied to her son's message.
Roedd hi a'i thad yn mynd i anfon ghataks allan.
She and her father were going to send out ghataks.
Roedd y ghataks yn mynd i fynd i wahanol wledydd.
The ghataks were going to go to different countries.
Yno roedden nhw'n mynd i chwilio am briodferched addas.
There they were going to look for suitable brides.
Ond dywedodd mab y masnachwr na fyddai angen.
But the merchant's son said there would be no need.

Roedd wedi sicrhau merch ifanc hyfryd iddo'i hun.
He had secured himself a lovely young lady.
Os nad oedd ganddyn nhw wrthwynebiad, byddai'n ei chyflwyno hi iddyn nhw.
If they had no objection, he would introduce her to them.
Ac felly aethpwyd â'r wraig ifanc i dŷ'r masnachwr.
And so the young lady was taken to the merchant's house.
Croesawodd y masnachwr a'i wraig y dieithryn.
The merchant and his wife welcomed the stranger.
Ac fe'u trawyd hefyd gan ei harddwch digymar.
And they were also struck by her unmatched beauty.
Roedd y ferch o harddwch a graslonrwydd perffaith.
The girl was of perfect loveliness and grace.
Ni wnaeth y rhieni unrhyw gwestiynau ynglŷn â'i genedigaeth.
The parents made no questions to her birth.
A dathlwyd y briodas yno ac yna.
And the nuptials were celebrated there and then.

Ymhen amser cafodd mab y masnachwr ddau fab.
In the course of time the merchant's son had two sons.
Yr hynaf o'r meibion a enwodd yn Swet.
The elder of the sons he named Swet.
A'r mab ieuengaf a enwodd yn Basanta.
And the younger son he named Basanta.
Ar ôl i fwy o amser fynd heibio bu farw'r hen fasnachwr.
After the passing of more time the old merchant died.
Felly daeth mab y masnachwr yn fasnachwr nawr.
So the merchant's son now became the merchant.
Ac ar ôl peth amser bu farw ei fam hefyd.
And after some time his mother died too.
Tyfodd Swet a Basanta i fyny i fod yn fechgyn da.
Swet and Basanta grew up to be fine lads.
A phriododd y mab hynaf ymhen amser.
And the elder son was in due time married.
Rywbryd ar ôl priodas Swet bu farw ei fam hefyd.
Sometime after Swet's marriage his mother also died.

Nid oedd y ferch o'r wal mwyach.
The girl from in the wall was no more.
Ni wastraffodd y gweddw unrhyw amser cyn priodi eto.
The widower lost no time in marrying again.
Ac roedd ganddo wraig newydd ifanc a hardd.
And he had a new young and beautiful wife.
Roedd gwraig Swet yn hŷn na'i lysfam.
Swet's wife was older than his stepmother.
Felly daeth ei wraig yn feistres y tŷ.
So his wife became the mistress of the house.
Roedd y llysfam fel pob llysfam.
The stepmother was like all stepmothers are.
Roedd hi'n casáu Swet a Basanta â chasineb perffaith.
She hated Swet and Basanta with a perfect hatred.
Ac ni allai'r ddwy fenyw ddioddef ei gilydd chwaith.
And the two ladies also couldn't stand each other.
Digwyddodd un diwrnod i bysgotwr ddod.
It so happened one day that a fisherman came.
Daeth y pysgotwr â physgodyn at y masnachwr.
The fisherman brought to the merchant a fish.
Roedd y pysgodyn hwn o harddwch unigryw a rhyfeddol.
This fish was of singular and remarkable beauty.
Roedd yn wahanol i unrhyw bysgodyn arall a welwyd.
It was unlike any other fish that had been seen.
Ac roedd gan y pysgod rinweddau eraill hefyd.
And the fish had other qualities too.
Esboniodd y pysgotwr ryfeddodau'r pysgod.
The fisherman explained the wonders of the fish.
"Bydd dau beth yn digwydd os byddwch chi'n bwyta'r pysgodyn hwn".
"Two things will happen if you eat this fish".
"Pan fyddwch chi'n chwerthin bydd maniks yn disgyn o'ch ceg".
"When you laugh maniks will drop from your mouth".
"A phan fyddwch chi'n wylo bydd perlau'n disgyn o'ch llygaid".
"And when you weep pearls will drop from your eyes".

Roedd y masnachwr wedi synnu gan yr hyn a glywodd.
The merchant was astounded by what he had heard.
Ac roedd eisiau priodweddau rhyfeddol y pysgod.
And he wanted the wonderful properties of the fish.
Ac felly prynodd y pysgod am fil o rupees.
And so he bought the fish at one thousand rupees.
A rhoddodd y pysgodyn yn nwylo gwraig Swet.
And he put the fish into the hands of Swet's wife.
Oherwydd mai gwraig Swet oedd meistres y tŷ.
Because Swet's wife was the mistress of the house.
Cyfarwyddodd hi'n llym i goginio'r pysgodyn yn dda.
He strictly instructed her to cook the fish well.
**A dywedodd wrthi am roi'r pysgodyn iddo ef ar ei ben ei
hun i'w fwyta.**
And he told her to give the fish to him alone to eat.
**Fodd bynnag, roedd mam y tŷ yn gwybod cyfrinach y
pysgodyn.**
The house-mother however knew the fish's secret.
Roedd hi wedi clywed yr hyn a ddywedodd y pysgotwr.
She had overheard what the fisherman had said.
Yn gyfrinachol gwnaeth gynllun gwahanol yn ei meddwl.
Secretly she made a different plan in her mind.
Roedd hi'n mynd i goginio'r pysgod i'w gŵr.
She was going to cook the fish for her husband.
Ac roedd hi'n mynd i rannu'r pysgodyn gyda'i frawd.
And she was going to share the fish with his brother.
I'w thad-yng-nghyfraith roedd hi'n mynd i baratoi broga.
For her father-in-law she was going to prepare a frog.
**Cyn bo hir roedd hi wedi gorffen coginio'r pysgodyn
rhyfeddol.**
Soon she had finished cooking the marvelous fish.
Ac roedd hi wedi gorffen coginio broga hefyd.
And she had finished cooking a frog too.
Ond o'r gegin clywodd ffrae.
But from the kitchen she could hear a squabble.
Gallai glywed pwy oedd yn dadlau.
She could hear who it was that was arguing.

Ei llysfam-yng-nghyfraith a brawd ei gŵr.
Her stepmother-in-law and her husband's brother.
Ac roedd hi'n deall achos y ddadl.
And she understood the cause of the argument.
Dim ond bachgen ifanc oedd Basanta o hyd.
Basanta was still but a young lad.
Ond roedd yn angerddol hoff o'i golomennod.
But he was passionately fond of his pigeons.
Ac fe ddofiodd ei golomennod yn dda iawn.
And he tamed his pigeons very well.
Serch hynny, roedd un o'i golomennod wedi dianc.
Nonetheless, one of his pigeons had escaped.
A hedfanodd y golomen i mewn i ystafell ei lysfam.
And the pigeon flew into his stepmother's room.
Cuddiodd ei lysfam y golomen yn ei dillad.
His stepmother hid the pigeon in her clothes.
Rhuthrodd Basanta ar ôl y golomen i mewn i'r ystafell.
Basanta rushed after the pigeon into the room.
Ac fe fynnodd yn uchel gael y golomen yn ôl.
And he loudly demanded to have the pigeon back.
Gwadodd ei lysfam fod y golomen yn meddu arni.
His stepmother denied having the pigeon.
**Roedd Swet, fodd bynnag, yn gwybod bod y golomen
ganddi.**
Swet, however, did know she had the pigeon.
A chymerodd y brawd hŷn yr aderyn yn rymus.
And the older brother forcibly took the bird.
Ac fe ryddhaodd y golomen o'i dillad.
And he freed the pigeon from her clothes.
A rhoddodd y golomen yn ôl i'w frawd.
And he gave the pigeon back to his brother.
Melltithiodd a thynguodd y llysfam, ac ychwanegodd;
The stepmother cursed and swore, and added;
"Arhoswch nes i bennaeth y tŷ ddod adref".
"Wait until the head of the house comes home".
"Ni chaiff ddŵr nes iddo dywallt eich gwaed."
"He will get no water till he sheds your blood".

Galwodd gwraig Swet ei gŵr a dywedodd wrtho;
Swet's wife called her husband and said to him;
"Fy arglwydd anwylaf, mae'r fenyw honno'n fenyw ddrwg iawn".
"My dearest lord, that woman is a most wicked woman".
"Ac mae ganddi ddylanwad diderfyn dros fy nhad-yng-nghyfraith".
"And she has boundless influence over my father-in-law".
"Bydd hi'n ei orfodi i wneud yr hyn y mae hi wedi'i fygwth".
"She will make him do what she has threatened".
"Mae ein bywydau i gyd mewn perygl uniongyrchol".
"All our lives are in imminent danger".
"Ond gadewch i ni fwyta ychydig yn gyntaf," ychwanegodd hi.
"But let us first eat a little," she added.
"Ac yna gadewch i ni'r tri redeg i ffwrdd o'r lle hwn".
"And then let us all three run away from this place".
Galwodd Swet Basanta ato ar unwaith.
Swet forthwith called Basanta to him.
Ac fe ddywedodd wrtho yr hyn a glywodd gan ei wraig.
And he told him what he had heard from his wife.
Penderfynon nhw redeg i ffwrdd cyn machlud haul.
They resolved to run away before nightfall.
Gosododd y wraig y pysgodyn o flaen ei gŵr.
The woman placed before her husband the fish.
A bwytaodd ei brawd-yng-nghyfraith o'r pysgod hefyd.
And her brother-in-law ate of the fish too.
A bwytasant o'r pysgod yn galonnog.
And they ate of the fish heartily.
Paciodd y ddynes ei holl emwaith mewn blwch.
The woman packed up all her jewels in a box.
Dim ond un ceffyl oedd yn y stablau.
There was only one horse in the stables.
Ond roedd y ceffyl o gyflymder anghyffredin.
But the horse was of uncommon fleetness.
Gallen nhw i gyd eistedd ar y ceffyl gyda'i gilydd.

They could all sit on the horse together.
Daliodd Swet awenau'r ceffyl.
Swet held the reins of the horse.
Eisteddodd y ddynes yng nghanol y ceffyl.
The woman sat in the middle of the horse.
Ac roedd ganddi'r blwch gemwaith yn ei glin.
And she had the jewel-box in her lap.
Ac eisteddodd Basanta ar gefn y ceffyl.
And Basanta sat on the rear of the horse.
Galopiodd y ceffyl gyda'r cyflymder mwyaf.
The horse galloped with the utmost swiftness.
Aethant trwy lawer tref wastad a nodedig.
They passed through many a plain and noted town.
Ar ôl hanner nos fe wnaethon nhw ddod o hyd iddyn nhw eu hunain mewn coedwig.
After midnight they found themselves in a forest.
Ac nid oeddent ymhell o lannau afon.
And they were not far from the banks of a river.
Yma y digwyddodd y digwyddiad mwyaf annisgwyl.
Here the most untoward event took place.
Dechreuodd gwraig Swet deimlo poenau genedigaeth.
Swet's wife began to feel the pains of child-birth.
Disgynasant oddi ar y ceffyl heb oedi.
They dismounted from the horse without delay.
Ac o fewn awr rhoddodd gwraig Swet enedigaeth i fab.
And within an hour Swet's wife gave birth to a son.
Beth oedd y ddau frawd i'w wneud yn y goedwig hon?
What were the two brothers to do in this forest?
Roedden nhw'n gwybod bod rhaid cynnau tân.
They knew that a fire had to be kindled.
Roedd angen cynhesrwydd ar y fam a'r baban newydd-anedig.
The mother and the new-born baby needed warmth.
Ond o ble roedd tân i'w gael?
But from where was there fire to be gotten?
Nid oedd unrhyw anheddau dynol i'w weld.
There were no human habitations visible.

Serch hynny, roedd rhaid caffael tân.
Nonetheless, a fire had to be procured.
Ac roedd hi'n fis gaeaf, sef Rhagfyr.
And it was the winter month of December.
Byddai'r fam a'r baban yn sicr o farw.
The mother and the baby would certainly perish.
Dywedodd Swet wrth Basanta am eistedd wrth ymyl ei wraig.
Swet told Basanta to sit beside his wife.
Ac efe a gychwynnodd yn nhywyllwch y nos.
And he set out in the darkness of the night.
Ac aeth i chwilio am goed i gynnau tân.
And he went in search of wood to make a fire.
Cerddodd Swet lawer milltir drwy'r tywyllwch.
Swet walked many a mile through the darkness.
Ond er gwaethaf y pellter ni welodd unrhyw anheddau dynol.
But despite the distance he saw no human habitations.
Ond yn y pen draw cafodd ei lygaid rywfaint o gymorth.
But eventually his eyes were given some help.
Goleuodd goleuni hynaws Sukra ei lwybr rywfaint.
The genial light of Sukra somewhat illumined his path.
Ac fe welodd o bell rywbeth a oedd yn ymddangos fel dinas fawr.
And he saw at a distance what seemed a large city.
Roedd yn llongyfarch ei hun ar ddiwedd ei daith.
He was congratulating himself on his journey's end.
Ac fe longyfarchodd ei hun am ddod o hyd i dân.
And he congratulated himself for finding fire.
Y tân oedd yn mynd i fod o fudd i'w wraig dlawd.
The fire that was going to benefit his poor wife.
Ei wraig a oedd yn gorwedd yn oer yn y goedwig.
His wife that was lying cold in the forest.
Y tân oedd yn mynd i achub ei blentyn newydd-anedig.
The fire that was going to save his new-born child.
Y baban newydd-anedig wedi'i eni i'r oerfel.
The new-born baby born into the coldness.

Yn sydyn saethodd eliffant ar draws ei lwybr.
Suddenly an elephant shot across his path.
Roedd yr eliffant wedi'i gopïo'n hyfryd.
The elephant was gorgeously caparisoned.
A chododd yr eliffant ef yn ysgafn â'i drwnc.
And the elephant gently picked him with his trunk.
Gosododd ef ar yr howdah cyfoethog ar ei gefn.
He placed him on the rich howdah on its back.
Yna cerddodd yr eliffant yn gyflym tuag at y ddinas.
The elephant then walked rapidly towards the city.
Cafodd Swet ei synnu'n fawr gan y digwyddiadau.
Swet was quite taken aback by the events.
Doedd e ddim yn deall gweithredoedd yr eliffant.
He did not understand the elephant's actions.
Ac roedd yn meddwl tybed beth oedd o'i flaen.
And he wondered what was in store for him.
Coron yw'r hyn oedd ar y gweill iddo.
A crown is that which was in store for him.
Roedd yn cael ei gludo i brif ddinas teyrnas.
He was being taken to the chief city of a kingdom.
Yn y deyrnas hon bob bore etholwyd brenin.
In this kingdom every morning a king was elected.
Oherwydd na pharhaodd brenhinoedd y ddinas hon ond
diwrnod.
Because the kings of this city lasted but a day.
Bob nos byddai'r brenin newydd yn ymuno â'r frenhines yn
ei hystafell.
Every night the new king joined the queen in her room.
A phob bore byddai'r brenin blaenorol yn cael ei
ddarganfod yn farw.
And every morning the previous king was found dead.
Doedd neb yn gwybod beth achosodd farwolaeth y
brenhinoedd.
No one knew what caused the deaths of the kings.
Nid oedd hyd yn oed y frenhines yn gwybod beth achosodd
eu marwolaeth.
Not even the queen knew what caused their death.

Felly roedd gan y deyrnas hon ei gwneuthurwr brenin ei hun.

So this kingdom had its own king-maker.

Yr eliffant a afaelodd yn sydyn yn Swet.

The elephant who suddenly took hold of Swet.

Yn gynnar yn y bore roedd yr eliffant yn crwydro o gwmpas.

Early in the morning the elephant roamed about.

Weithiau byddai'r eliffant yn mynd i leoedd pell.

Sometimes the elephant went to distant places.

A phob nos byddai'r eliffant yn dychwelyd gyda dyn.

And every evening the elephant returned with a man.

Daeth y dyn ar yr eliffant yn frenin arnyn nhw.

The man on the elephant's became their king.

Gorymdeithiodd yr eliffant yn fawreddog drwy'r strydoedd.

The elephant majestically marched through the streets.

Croesawodd tyrfa o bobl eu brenin newydd.

A crowd of people welcomed their new king.

Ond nid oedd Swet eto'n deall eu bloedd.

But Swet did not yet understand their cheers.

Aeth yr eliffant i mewn i balas y deyrnas.

The elephant entered the kingdom's palace.

A gosododd yr eliffant Swet ar yr orsedd.

And the elephant placed Swet on the throne.

Yng nghanol llawer o lawenydd cafodd ei gyhoeddi'n frenin.

Amid much rejoicing he was proclaimed king.

Ond roedd galar yn y dorf hefyd.

But there were lamentations in the crowd too.

Yn ystod y dydd clywodd am y felltith.

In the course of the day he heard of the curse.

Marwolaeth nosol pob brenin newydd ei ethol.

The nightly death of every newly elected king.

Ond roedd gan Swet lawer o ddisgresiwn.

But Swet was possessed of great discretion.

Ac roedd ganddo'r dewrder i beidio â cheisio dianc.

And he had the courage not to try an escape.

Cymerodd bob rhagofal y gallai ei gymryd.

He took every precaution that he could take.
Ond nid oedd yn gwybod sut i osgoi'r trychineb.
But he did not know how to avert the catastrophe.
Ac ni wyddai pa ddulliau i'w mabwysiadu.
And he knew not what expedients to adopt.
Oherwydd nad oedd yn gwybod natur y perygl.
Because he didn't know the nature of the danger.
Penderfynodd, fodd bynnag, ar ddau beth;
He resolved, however, upon two things;
Roedd yn mynd i fynd yn arfog i mewn i'r ystafell wely.
He was going to go armed into the bedchamber.
Ac roedd e'n mynd i aros yn effro drwy'r nos.
And he was going to stay awake the whole night.
Roedd y frenhines yn ifanc ac o harddwch coeth.
The queen was young and of exquisite beauty.
Di-euog a charedig oedd mynegiant ei hwyneb.
Guileless and benevolent was the expression of her face.
Roedd yn amhosibl priodoli unrhyw ddrwgdybiaeth iddi.
It was impossible to attribute her any malice.
Doedd neb yn credu mai hi achosodd farwolaethau'r holl frenhinoedd.
No one believed she caused all the kings' deaths.
Yn ystafell y frenhines treuliodd Swet noson ddymunol.
In the queen's chamber Swet spent an agreeable evening.
Wrth i'r nos fynd yn ei blaen syrthiodd y frenhines i gysgu.
As the night advanced the queen fell asleep.
Ond cadwodd Swet yn effro, ac roedd ar ei wyliadwriaeth.
But Swet kept awake, and was on the alert.
Edrychodd ar bob nant a chornel o'r ystafell.
He looked at every creek and corner of the room.
Ac roedd yn disgwyl bob munud i gael ei lofruddio.
And he expected every minute to be murdered.
Ond ni chododd y frenhines i'w lofruddio.
But the queen did not rise to murder him.
Ac ni ddaeth neb i mewn i'r ystafell i'w lofruddio chwaith.
And no one entered the room to murder him either.
Ni theimlai ddim byd heblaw cysgadrwydd ychwaith.

Nor did he feel anything other than sleepiness.
Ond yng nghanol y nos fe sylweddolodd rywbeth.
But in the dead of night he perceived something.
Roedd edau'n dod allan o ffroen y frenhines.
A thread was coming out the queen's nostril.
Roedd yr edau mor denau fel ei bod bron yn anweledig.
The thread was so thin that it was almost invisible.
Yn araf cyrhaeddodd yr edau sawl llath o hyd.
Slowly the thread reached several yards in length.
Ac yn y diwedd daeth yr holl edau allan.
And eventually all the thread came out.
Dim ond wedyn y dechreuodd yr edau dyfu'n fwy trwchus.
Only then did the thread begin to grow thicker.
Yn fuan cymerodd yr edau ei siâp gwirioneddol.
Soon the thread took on its real shape.
Sarff enfawr oedd yr edau mewn gwirionedd.
The thread was in fact a huge serpent.
Ar unwaith torrodd Swet ben y sarff i ffwrdd.
Immediately Swet cut off the head of the serpent.
Ysgwydodd corff y sarff yn dreisgar.
The body of the serpent wriggled violently.
**Eisteddodd yn dawel yn yr ystafell, gan ddisgwyl
anturiaethau eraill.**
He sat quiet in the room, expecting other adventures.
Ond ni ddigwyddodd dim byd arall weddill y noson.
But nothing else happened the rest of the night.
Cysgodd y frenhines yn hirach nag arfer.
The queen slept longer than usual.
Oherwydd ei bod hi wedi cael rhyddhad o'r neidr enfawr.
Because she had been relieved of the huge snake.
Yn gynnar y bore wedyn daeth y gweinidogion.
Early next morning the ministers came.
Roedden nhw'n disgwyl clywed am farwolaeth y brenin.
They were expecting to hear of the king's death.
Curodd menywod yr ystafell wely ar y drws.
The ladies of the bedchamber knocked at the door.
Ond i'w syndod daeth Swet allan.

But to their astonishment Swet come out.

Dysgodd y bobl ddirgelwch marwolaethau'r holl frenhinoedd.

The folk learned the mystery of all the kings' deaths.

Ac yn awr roedd y wlad yn llawenhau eu brenin parhaol.

And now the country rejoiced their permanent king.

Mae yna beth rhyfedd rydych chi'n ôl pob tebyg wedi sylwi arno.

There is a strange thing you probably noticed.

Nid oedd Swet yn cofio ei wraig a adawodd ar ôl.

Swet did not remember his wife he left behind.

Mae'n beth rhyfedd, serch hynny mae'n wir.

It is a strange thing, nevertheless it is true.

Nid oedd yn cofio'r baban newydd-anedig diamddiffyn ychwaith.

Nor did he remember the defenseless new-born babe.

Ac nid oedd yn cofio ei frawd chwaith.

And he did not remember his brother either.

Doedd ganddo ddim amser i gofio pryd ddaeth yr eliffant.

He had no time to remember when the elephant came.

Ar y noson gyntaf roedd rhaid iddo boeni am ei fywyd ei hun.

On the first night he had to worry for his own life.

Ac yn awr y goron a achosodd ei anghofrwydd.

And now the crown brought on his forgetfulness.

Ond roedd wedi ymddiried ei wraig a'i blentyn i Basanta.

But he had entrusted his wife and child to Basanta.

Ac eisteddodd ei frawd yn aros am lawer o oriau blinedig.

And his brother sat waiting for many weary hours.

Bob eiliad roedd yn disgwyl gweld Swet yn dychwelyd gyda thân.

Every moment he expected to see Swet return with fire.

Ond aeth yr holl noson heibio heb iddo ddychwelyd.

But the whole night passed away without his return.

Ar godiad haul aeth at lan yr afon.

At sunrise he went to the bank of the river.

Yno edrychodd o gwmpas yn bryderus am ei frawd.

There he anxiously looked about for his brother.
Ond bu ei aros a'i chwilio i gyd yn ofer.
But his waiting and searching were all in vain.
Yn ofidus dros ben, wylodd wrth lan yr afon.
Distressed beyond measure, he wept at the riverside.
Wrth iddo wylo roedd cwch yn mynd heibio.
As he was weeping a boat was passing by.
Yn y cwch roedd masnachwr yn dychwelyd o fusnes.
In the boat a merchant was returning from business.
Nid oedd y cwch ymhell o'r lan.
The boat was not far from the shore.
Felly gallai'r masnachwr weld Basanta yn wylo.
So the merchant could see Basanta weeping.
Denodd rhywbeth sylw'r masnachwr.
Something struck the attention of the merchant.
**Wrth ymyl y dyn oedd yn wylo roedd pentwr o berlau yn
ymddangos.**
By the weeping man appeared to be a pile of pearls.
Gofynnodd y masnachwr i'r cwchwr stopio.
The merchant requested the boatman to halt.
Ac aeth y masnachwr at y dyn oedd yn wylo.
And the merchant went to the weeping man.
**Wrth ymyl y dyn oedd yn wylo roedd pentwr o berlau mewn
gwirionedd.**
By the weeping man was in fact a pile of pearls.
Ac roedd y perlau o'r ansawdd uchaf.
And the pearls were of the highest quality.
A pheth arall a synnodd y masnachwr.
And another thing astonished the merchant.
Roedd y pentwr o berlau yn tyfu'n fwy bob eiliad.
The pile of pearls grew larger every second.
Oherwydd bod y dyn yn crio, ond nid dagrau.
Because the man was crying, but not tears.
Oherwydd trodd ei ddagrau'n berlau ar y ddaear.
Because his tears turned to pearls on the ground.
Cuddiodd y masnachwr y perlau yn ei gwch.
The merchant stowed away the pearls into his boat.

Yna cafodd y masnachwr ei weision i'w gynorthwyo.
Then the merchant got his servants to help him.
A gyda'i gilydd fe wnaethon nhw ddal y dyn oedd yn crio.
And together they captured the crying man.
Fe'i rhoddasant ar fwrdd y llong.
They put him on board of the vessel.
Ac fe'i rhwymodd wrth un o fastiau'r llong.
And he tied him to one of the ship's masts.
Wrth gwrs, ceisiodd Basanta ei orau i wrthsefyll.
Basanta, of course, tried his best to resist.
Ond beth allai e wneud yn erbyn cynifer o forwyr?
But what could he do against so many sailors?
Meddyliodd am ei frawd nad oedd byth yn dychwelyd.
He thought of his brother who never returned.
Meddyliodd am ei chwaer-yng-nghyfraith yn y goedwig.
He thought of his sister-in-law in the forest.
Ac roedd yn meddwl am ei nith newydd ei geni.
And he thought of his newly born niece.
Ac fe wylodd yn fwy chwerw fyth nag o'r blaen.
And he cried even more bitterly than before.
Plesiodd ei wylo'r masnachwr yn fawr.
His weeping mightily pleased the merchant.
**Oherwydd bod hyd yn oed mwy o berlau yn cwympo i'r
llawr.**
Because even more pearls were falling to the ground.
A daeth y masnachwr yn gyfoethocach ac yn gyfoethocach.
And the merchant became richer and richer.
Yn y diwedd cyrhaeddodd y masnachwr ei dref enedigol.
Eventually the merchant reached his native town.
**Pan gyrhaeddon nhw yno fe wnaeth ef gadw Basanta mewn
ystafell.**
When they got there he confined Basanta in a room.
Ar oriau penodedig bob dydd byddai'n ei chwipio.
At stated hours every day he had him whipped.
Er mwyn iddo dywallt mwy o ddagrau.
In order to make him shed yet more tears.
A phob deigryn wedi'i drawsnewid yn berl llachar.

And every tear converted into a bright pearl.
Dywedodd y masnachwr un diwrnod wrth ei weision;
The merchant one day said to his servants;
"Mae'r dyn yn fy ngwneud yn gyfoethog trwy ei wylo."
"The fellow is making me rich by his weeping".
"Gadewch i ni weld beth mae e'n ei roi i mi drwy chwerthin".
"Let us see what he gives me by laughing".
Yn unol â hynny, dechreuodd goglais ei garcharor.
Accordingly, he began to tickle his captive.
Ar ôl cael ei goglais, dechreuodd Basanta chwerthin.
Upon being tickled Basanta began to laugh.
Wrth gwrs, nid oedd yn chwerthin allan o hapusrwydd.
Of course he was not laughing out of happiness.
Ond serch hynny, disgynnodd maniks o'i geg.
But none the less maniks dropped from his mouth.
Ar ôl hyn nid dim ond chwipio oedd Basanta mwyach.
After this Basanta was not just whipped anymore.
Nawr roedd yn cael ei chwipio a'i goglais yn ail.
Now he was alternately whipped and tickled.
Drwy'r dydd a hyd yn oed ymhell i mewn i'r nos cafodd ei gamfanteisio.
All day and far into the night he was exploited.
Cynyddodd cyfoeth y masnachwr ddydd a nos.
The merchant's wealth increased day and night.
Yn fuan daeth yn ddyn cyfoethocaf yn y wlad.
Soon he became the wealthiest man in the land.
Ond gadewch inni ddychwelyd at orchfygiad Basanta yn ddiweddarach.
But let us return to Basanta's subjugation later.
Nawr gadewch inni droi ein sylw at wraig Swet.
Now let us turn our attention to Swet's wife.

Roedd gwraig wedi'i gadael Swet yn dal yn y goedwig.
Swet's abandoned wife was still in the forest.
Roedd hi newydd roi genedigaeth i'w phlentyn.
She had just given birth to her child.

Ond nawr roedd hi ar ei phen ei hun yn y goedwig.
But now she was alone in the forest.
Yn gyntaf roedd ei gŵr wedi ei gadael.
First her husband had abandoned her.
Ac yn awr mae ei brawd-yng-nghyfraith wedi ei gadael hi hefyd.
And now her brother-in-law abandoned her too.
Dychmygwch pa mor llethu gan alar yr oedd hi'n teimlo.
Imagine how overwhelmed with grief she felt.
Ar ei ben ei hun, ac mewn coedwig, ymhell o wareiddiad.
Alone, and in a forest, far from civilization.
Roedd ei hachos yn wir yn haeddu cydymdeimlad.
Her case was indeed deserving of sympathy.
Wylodd afonydd o ddagrau trist ac unig.
She wept rivers of sad and lonely tears.
Fodd bynnag, daeth galar gormodol â rhyddhad iddi.
Excessive grief, however, brought her relief.
Syrthiodd i gysgu gyda'r newydd-anedig yn ei breichiau.
She fell asleep with the new-born in her arms.
Tra roedd hi mewn cwsg dwfn digwyddodd trychineb arall.
While she was deep in sleep another tragedy took place.
Digwyddodd fod y Kotwal yn mynd heibio.
It so happened that the Kotwal was passing by.
Roedd wedi dioddef ei anffawd ei hun yn ddiweddar.
He had recently suffered his own misfortune.
Ond roedd ei anffawd o natur wahanol.
But his misfortune was of a different nature.
Bu farw'r plant a anwyd gan ei wraig yn fuan ar ôl eu geni.
The children his wife bore died shortly after birth.
Ac roedd e nawr yn mynd i gladdu'r baban olaf.
And he was now going to bury the last infant.
Roedd yn anelu at lannau'r afon.
He was heading to the banks of the river.
Y lle y claddwyd y babanod eraill.
The place where the other infants were buried.
Ond yna gwelodd y ddynes yn cysgu yn y goedwig.
But then he saw the woman sleeping in the forest.

Ac yn ei breichiau gwelodd hi'n dal babi.
And in her arms he saw her holding a baby.
Roedd y baban yn fachgen bywiog a hardd.
The infant was a lively and beautiful boy.
Ni tharfu ei fywiogrwydd ar gwsg ei fam.
His liveliness did not disturb his mother's sleep.
Roedd y Kotwal eisiau'r baban hyfryd yn fawr iawn.
The Kotwal wanted the lovely infant very much.
Cymerodd y plentyn oddi wrth ei fam yn dawel.
He quietly took the child from his mother.
Ac yn ei breichiau gosododd ei blentyn marw ei hun.
And in her arms he placed his own dead child.
Wrth gwrs, nid dyma'r hyn y gallai ei ddweud wrth ei wraig.
Of course this is not what he could tell his wife.
"Roedden ni'r ddau yn meddwl bod ein mab wedi marw".
"We both thought that our son had died".
"A chludais ei gorff i lan yr afon".
"And I carried his body to the river bank".
"A dyna pryd y digwyddodd gwyrth".
"And that was when a miracle occurred".
"Unwaith eto agorodd ein mab ei lygaid ifanc".
"Once more our son opened his young eyes".
"A nawr mae gennym ni fachgen hardd a bywiog".
"And now we have a beautiful and lively boy".
Ond nid oedd gwraig Swet yn gwybod y digwyddiadau go iawn.
But Swet's wife did not know the true events.
Pan ddeffrodd hi, daliodd y plentyn marw yn ei breichiau.
When she woke she held the dead child in her arms.
Ac roedd hi'n meddwl mai ei phlentyn hi oedd wedi marw.
And she thought it was her child that had died.
Gellir yn hawdd dychmygu gofid ei meddwl.
The distress of her mind may easily be imagined.
Daeth y byd i gyd yn dywyll iddi.
The whole world became dark to her.
Cafodd ei sylw ei dynnu sylw gan golli ei phlentyn.
She was distracted by the loss of her child.

Ac yn ei phryder ffurfiodd benderfyniad.
And in her distraction she formed a resolution.
Roedd hi wedi penderfynu cymryd ei bywyd ei hun.
She had resolved to take her own life.
Nid oedd yr afon ymhell o'r lle roedd hi wedi cysgu.
The river was not far from where she had slept.
Ac fe benderfynodd foddi ei hun yn yr afon.
And she determined to drown herself in the river.
Cymerodd y bwndel o emwaith yn ei llaw.
She took in her hand the bundle of jewels.
Ac yna aeth hi ymlaen i lan yr afon.
And then she proceeded to the river-side.
Nid oedd hen Brahman ymhell o bell.
An old Brahman was at no great distance.
Roedd y Brahman yn perfformio ei olchiad boreol.
The Brahman was performing his morning ablutions.
Sylwodd ar y ddynes yn mynd i'r dŵr.
He noticed the woman going into the water.
Wrth gwrs, roedd e'n meddwl ei bod hi'n mynd i ymolchi.
Naturally he thought that she was going to bathe.
Ond yna gwelodd hi'n mynd i'r dyfroedd dwfn.
But then he saw her going into the deep waters.
Cododd rhywbeth tebyg i amheuaeth yn ei feddwl.
Something akin to suspicion arose in his mind.
Rhoddodd y Brahman y gorau i'w ymroddiadau.
The Brahman discontinued his devotions.
Cerddodd yntau hefyd allan tuag at ddyfnder yr afon.
He too waded out towards the river's depth.
A gorchmynnodd i'r wraig ddod ato.
And he ordered the woman to come to him.
Clywodd gwraig Swet yr hen ŵr yn ei galw.
Swet's wife heard the old man calling her.
Felly aeth yn ôl ar ei chamau at yr hen ŵr.
So she retraced her steps to the old man.
"Beth oedd eich bwriadau?" gofynnodd y Braham.
"What were your intentions?" asked the Braham.
Ac fe gadarnhaodd y ddynes ei amheuon.

And the woman confirmed his suspicions.
"Roeddwn i'n mynd i roi diwedd ar fy mywyd".
"I was going to put an end to my life".
A diolchodd i'r Brahman am ei hachub.
And she thanked the Brahman for saving her.
"Derbyniwch y gemau hyn fel arwydd o werthfawrogiad".
"Accept these jewels as a sign of appreciation".
Derbyniodd y Brahman yr arwydd o werthfawrogiad.
The Brahman accepted the sign of appreciation.
Ond roedd ganddo fwy o ddiddordeb yn ei stori.
But he was more interested in her story.
Ac ar ei gais ef adroddodd ei stori.
And at his request she related her story.
Roedd hi wedi dianc oddi wrth ei llysfam-yng-nghyfraith.
She had escaped from her stepmother in law.
Yn y goedwig rhoddodd enedigaeth i blentyn.
In the forest she gave birth to a child.
Yn gyntaf aeth ei gŵr i chwilio am dân.
First her husband went looking for fire.
Ond ni ddaeth ei gŵr yn ôl ati erioed.
But her husband never came back to her.
Yna chwiliodd ei brawd-yng-nghyfraith am ei gŵr.
Then her brother-in-law looked for her husband.
Ond ni ddychwelodd ei brawd-yng-nghyfraith chwaith.
But her brother-in-law did not return either.
Yn y diwedd, syrthiodd i gysgu gyda'i phlentyn.
Eventually she fell asleep with her child.
Ond pan ddeffrodd roedd ei phlentyn wedi marw.
But when she woke her child was dead.
A dyna pryd y penderfynodd foddi ei hun.
And that's when she decided to drown herself.
Teimlodd y rhyddhad o ddweud ei thynged.
She felt the relieve of telling her fate.
Gwahoddodd y Brahman y ddynes i'w dŷ.
The Brahman invited the woman to his house.
A derbyniwyd y ddynes i'w deulu.
And the woman was accepted into his family.

Roedd gwraig y Brahman yn ei thrin fel merch.

The Brahman's wife treated her like a daughter.

A threuliodd flynyddoedd gyda'i theulu newydd.

And she spent years with her new family.

Treuliodd Swet y blynyddoedd hynny yn ei deyrnas.

Swet spend those years in his kingdom.

Treuliodd Basanta y blynyddoedd hynny yn cael ei arteithio.

Basanta spent those years being tortured.

A thyfodd mab mabwysiedig y Kotwal i fyny.

And the adopted son of the Kotwal grew up.

Nid oedd tŷ'r Brahman ymhell o dŷ'r Kotwal.

The Brahman's house was not far from the Kotwal's.

Felly cyfarfu mab y Kotwal â merch fabwysiedig y Brahman.

So the Kotwal's son met the Brahman's adopted daughter.

Ac roedd y bachgen yn meddwl ei fod wedi syrthio mewn cariad â hi.

And the lad thought he fell in love with her.

Siaradodd â'i dad am y ddynes.

He spoke to his father about the woman.

A siaradodd y tad â'r Brahman am y fenyw.

And the father spoke to the Brahman about the woman.

Nid oedd terfyn ar gynddaredd y Brahman.

The Brahman's rage knew no bounds.

"Beth yw'r haerllugrwydd hwn!" protestiodd y Brahman.

"What is this insolence!" the Brahman protested.

"Mae eich mab yn fab i anghredadun".

"Your son is the son of an infidel".

"Sut all e anelu at law merch Brahman!?".

"How can he aspire to the hand of a Brahman's daughter!?".

"Gall corrach anelu at gipio'r lleuad cystal!".

"A dwarf may as well aspire to catch hold of the moon!".

Ond penderfynodd mab y Kotwal ei chael hi trwy rym.

But the Kotwal's son determined to have her by force.

Un diwrnod dringodd wal tŷ'r Brahman.

One day he scaled the wall of the Brahman's house.

Aeth ar do gwellt y beudy.

He got upon the thatched roof of the cow-house.

Ac o'r safle uchel hwnnw fe chwiliodd.

And from that lofty position he reconnoitered.

A gwelodd ddau lo ifanc oddi tano.

And he saw two young calves below him.

Ac fe glywodd sgwrs dau lo ifanc.

And he overheard the conversation of two young calves.

"Mae dynion yn ein cyhuddo o anwybodaeth greulon ac anfoesoldeb".

"Men accuse us of brutish ignorance and immorality".

"Ond yn fy marn i mae dynion hanner cant gwaith yn waeth".

"But in my opinion men are fifty times worse".

"Beth sy'n gwneud i ti ddweud hynny, frawd?" gofynnodd y llo.

"What makes you say so, brother?" the calf asked.

"Ydych chi wedi gweld achosion o lygredd dynol?".

"Have you witnessed instances of human depravity?".

"Pwy sy'n anghenfil mwy na mab y Kotwal?".

"Who is a greater monster than the Kotwal's son?".

"Yr un bachgen yn sefyll ar y to gwellt".

"The same lad standing on the thatched roof".

"To'r cwt hwn uwchben ein pennau".

"The roof of this hut above our heads".

"Roeddwn i'n meddwl mai dim ond mab ein Kotwal ni oedd e".

"I thought he was just the son of our Kotwal".

"Wnes i erioed glywed ei fod yn eithriadol o greulon".

"I never heard that he was exceptionally vicious".

"Efallai nad ydych chi erioed wedi clywed am ei ddrygioni".

"You may have never heard of his wickedness".

"Ond yn awr fe glywch chi am ei ddrygioni gen i."

"But now you will hear of his wickedness from me".

"Mae'r bachgen drygionus hwn nawr yn gwneud cynlluniau anfoesol".

"This wicked lad is now making immoral plans".

"Mae e'n ceisio priodi ei fam ei hun!".

"He is trying get married to his own mother!".

Yna adroddodd y Llo Cyntaf yr hanes cyfan.
The First Calf then related the whole story.
A gwrandawodd yr Ail Llo chwilfrydig.
And the inquisitive Second Calf listened.
Ac adroddodd y llo stori Swet a Basanta.
And the calf told Swet's and Basanta's story.
"Adeiladodd masnachwr dŷ i'w fab"
"A merchant built a house for his son"
"Yng ngardd y tŷ roedd aderyn Toontooni"
"In the garden of the house was a Toontooni bird"
"Yn nyth yr aderyn Toontooni roedd wy"
"In the nest of the Toontooni bird was an egg"
"Rhoddodd mab y masnachwr yr wy mewn almirah"
"The merchant's son put the egg in an almirah"
"Allan o'r wy daeth merch brydferth"
"Out of the egg came a beautiful girl"
**"Yn y diwedd priododd mab y masnachwr y ferch hardd
hon"**
"Eventually the merchant's son married this beautiful girl"
**"Gyda'i gilydd roedd ganddyn nhw ddau o blant; Swet a
Basanta"**
"Together they had two children; Swet and Basanta"
"Rhyw amser yn ddiweddarach bu farw taid y plant"
"Some time later the grandfather of the children died"
"Rhyw amser yn ddiweddarach eto bu farw eu nain hefyd"
"Some time later again their grandmother died too"
"Ar yr amser iawn, priododd y mab hynaf, Swet"
"At the right time, the oldest son, Swet, got married"
**"Bu farw ei fam, y ddynes Toontooni, rywbryd yn
ddiweddarach"**
"His mother, the Toontooni woman, died sometime later"
"Yn fuan wedi hynny priododd eu tad fenyw iau"
"Soon after their father married a younger woman"
"Ond roedd eu llysfam newydd yn casáu ei llysfeibion"
"But their new stepmother hated her stepsons"
**"Ac roedd hi hefyd yn casáu ei llysferch-yng-nghyfraith
newydd"**

"And she also hated her new stepdaughter-in-law"
"Un diwrnod digwyddodd i bysgotwr ymweld â'r masnachwr"
"One day a fisherman happened to visit the merchant"
"Roedd y Pysgotwr wedi gwerthu pysgodyn hudolus i'r masnachwr"
"The Fisherman had sold the merchant a magical fish"
"Byddai pwy bynnag a fwytai'r pysgodyn yn chwerthin yn ofnadwy"
"Whoever ate the fish would laugh maniks"
"A phwy bynnag a fwytai'r pysgodyn byddai'n wylo perlau"
"And whoever ate the fish would weep pearls"
"Yr un diwrnod bu dadl ynghylch rhai colomennod"
"The same day there was an argument over some pigeons"
"Roedd y llysfam yn ddialgar iawn tuag at ei llysfeibion"
"The stepmother was terribly vengeful to her stepsons"
"A thyngodd ddial ar ei llysfeibion "
"And she swore revenge on her stepsons"
"Y diwrnod hwnnw dihangodd Swet, ei wraig, a Basanta"
"That day Swet, his wife, and Basanta escaped"
"Ond cyn gadael fe wnaethon nhw fwyta'r pysgod hudolus"
"But before leaving they ate the magical fish"
"Ar eu taith rhoddodd gwraig Swet enedigaeth i fachgen bach"
"On their journey Swet's wife gave birth to a baby boy"
"Aeth Swet i chwilio am goed i wneud tân"
"Swet went to look for wood to make a fire"
"Ond cafodd ei gario i ffwrdd gan eliffant"
"But he was carried away by an elephant"
"Aethpwyd ag ef at Frenhines a oedd wedi'i phryderu gan neidr "
"He was taken to a Queen haunted by a snake"
"Ond llwyddodd i ladd y sarff"
"But he succeeded in killing the serpent"
"Ac felly daeth yn frenin y wlad"
"And so he became king of the land"
"Aeth Basanta i chwilio am ei frawd"

"Basanta went looking for his brother"
"Ond cafodd ei gipio gan fasnachwr"
"But he was captured by a merchant"
"Ac yn awr mae'n cael ei chwipio a'i goglais bob dydd"
"And now he's flogged and tickled daily"
"Ac mae'n crio perlau ac yn chwerthin yn fanwl"
"And he cries pearls and laughs maniks"
"Bu farw mab y Kotwal y noson honno"
"The Kotwal's son had died that night"
"Felly cyfnewidiodd y Kotwal y ddau fabi"
"So the Kotwal exchanged the two babies"
"Ni allai'r fam ddioddef colli ei phlentyn"
"The mother couldn't bear the loss of her child"
"Felly gwnaeth hi'r penderfyniad i foddi ei hun"
"So she made the decision to drown herself"
"Ond roedd Brahman a achubodd ei bywyd"
"But there was a Brahman that saved her life"
"A chymerodd y Brahman hwn hi i'w gartref"
"And this Brahman took her into his home"
"Tyfodd mab y Kotwal i fyny yn fachgen caled"
"The Kotwal's son grew up a hardy boy"
"A syrthiodd mewn cariad â'r ddynes"
"And he fell in love with the woman"
"Ac yn awr mae'n sefyll ar y to"
"And now he stands on the roof"
"Ac mae o'n benderfynol o gael y ddynes"
"And he's intent on having the woman"
Clywodd mab y Kotwal hyn i gyd.
All this the Kotwal's son heard.
Ac fe'i trawyd ag arswyd.
And he was struck with horror.
Daeth i lawr oddi ar y to gwellt ar unwaith.
He forthwith got down from the thatch.
Ac aeth adref at ei dad.
And he went home to his father.
A dywedodd fod yn rhaid iddo siarad â'r brenin.
And he said he must speak with the king.

Protestiodd y tad yn erbyn y cais.
The father protested against the request.
Ond cafodd gyfweliad gyda'r brenin.
But he got an interview with the king.
Dywedodd wrth y brenin am y ddau lo.
He told the king about the two calves.
Ac ailadroddodd yr hanes cyfan.
And he repeated the whole story.
Cofiai'r brenin ei wraig dlawd yn awr.
The king now remembered his poor wife.
Felly anfonwyd gwas at y Brahman.
So a servant was sent to the Brahman.
A gwobrwywyd y Brahman yn helaeth.
And the Brahman was richly rewarded.
A daethpwyd â'i wraig yn ôl i'r palas.
And his wife was brought back to the palace.
Gosodwyd ei wraig yn ei safle priodol.
His wife was put in her proper position.
A daeth hi'n frenhines y deyrnas.
And she became queen of the kingdom.
Ailfabwysiadwyd mab honedig y Kotwal.
The reputed son of the Kotwal was readopted.
A chyhoeddwyd ef yn etifedd i'r orsedd.
And he was proclaimed heir to the throne.
Dygwyd Basanta allan o'r dwnsiwn.
Basanta was brought out of the dungeon.
A chladdwyd y masnachwr drygionus yn fyw.
And the wicked merchant was buried alive.
A gosodwyd drain yn ei gladdfa.
And thorns were put in his burying-place.
A bu pawb yn byw gyda'i gilydd yn hapus am flynyddoedd lawer.
And all lived together happily for many years.
Swet, ei wraig a'i fab, a Basantas.
Swet, his wife and son, and Basantas.

Llygad Drwg Sani
The Evil Eye of Sani

Un tro bu Sani a Lakshmi yn ffraeo â'i gilydd.
Once upon a time Sani and Lakshmi fell out with each other.
Sani, a elwir hefyd yn Sadwrn, yw Duw anlwc.
Sani, also known as Saturn, is the God of bad luck.
A Lakshmi yw Duwies lwc dda.
And Lakshmi is the Goddess of good luck.
A chwalodd y ddau Dduw hyn â'i gilydd yn y nefoedd.
And these two Gods fell out with each other in heaven.
Dywedodd Sani ei fod yn uwch mewn safle na Lakshmi.
Sani said he was higher in rank than Lakshmi.
A dywedodd Lakshmi ei bod hi'n uwch o ran safle na Sani.
And Lakshmi said she was higher in rank than Sani.
Ond roedd cymaint o Dduwiau ag yr oedd Duwiesau.
But there were just as many Gods as there were Goddesses.
Felly ni ellid datrys yr anghydfod yn y nefoedd.
Therefore the dispute could not be settled in heaven.
Cytunodd y duwiau cystadleuol i gyfeirio'r mater at fodau dynol.
The contending deities agreed to refer the matter to humans.
Roedd gan y bodau dynol enw am ddoethineb a chyfiawnder.
The humans had a name for wisdom and justice.
Bryd hynny roedd dyn o'r enw Sribatsa yn byw ar y ddaear.
There lived at that time upon earth a man named Sribatsa.
(Sri yw enw arall ar Lakshmi).
(Sri is another name of Lakshmi).
(Ac mae "batsa" yn air arall am blentyn).
(And "batsa" is another word for child).
(felly mae Sribatsa yn llythrennol yn golygu "plentyn ffortiwn").
(so Sribatsa literally means "the child of fortune").
Roedd gan Sribatsa gymaint o ddoethineb ag yr oedd ganddo gyfoeth.
Sribatsa had as much wisdom as he had wealth.

Ac roedd e mor deg ag yr oedd e'n gyfoethog hefyd.
And he was as fair as he was rich, too.
Felly roedd yn farnwr da ar gyfer yr anghydfod.
He was therefore a good judge for the dispute.
A chytunodd y Duw a'r Dduwies y gallai farnu eu hachos.
And the God and Goddess agreed he could judge their case.
Un diwrnod, yn unol â hynny, cysylltwyd â Sribatsa.
One day, accordingly, Sribatsa was contacted.
Dywedwyd wrtho y byddai Sani a Lakshmi yn dod ato.
He was told that Sani and Lakshmi would come to him.
A dywedwyd wrtho eu bod yn dymuno iddo setlo eu
hanghydfod.
And he was told they wished for him to settle their dispute.
Rhoddodd hyn Sribatsa mewn sefyllfa sensitif.
This put Sribatsa in a delicate situation.
Gallai ddweud bod Sani yn uwch o ran safle na Lakshmi.
He could say Sani was higher in rank than Lakshmi.
Ond yna byddai hi'n ddig gydag ef ac yn ei gefnu.
But then she would be angry with him and forsake him.
Gallai ddweud bod Lakshmi yn uwch o ran safle na Sani.
He could say Lakshmi was higher in rank than Sani.
Ond yna byddai Sani yn taflu ei lygad drwg arno.
But then Sani would cast his evil eye upon him.
Penderfynodd beidio â dweud dim byd yn uniongyrchol.
He made up his mind not to say anything directly.
Roedd rhaid i'r duw a'r dduwies arsylwi ei weithredoedd.
The god and the goddess had to observe his actions.
Ac o'i weithredoedd gallent gasglu eu barn.
And from his actions they could gather their opinions.
Gorchmynnodd Sribatsa wneud dwy gadair.
Sribatsa ordered two chairs to be made.
Roedd un o'r cadeiriau wedi'i gwneud o aur.
One of the chairs was made from gold.
Ac roedd y gadair arall wedi'i gwneud o arian.
And the other chair was made from silver.
Ac fe osododd y ddwy gadair wrth ei ymyl ei hun.
And he placed the two chairs beside himself.

Daeth y diwrnod pan ymwelodd Sani a Lakshmi â Sribatsa.
The day came when Sani and Lakshmi visited Sribatsa.
Dywedodd wrth Sani am eistedd ar y gadair arian.
He told Sani to sit upon the silver chair.
A dywedodd wrth Lakshmi am eistedd ar y gadair aur.
And he told Lakshmi to sit upon the gold chair.
Aeth Sani yn wallgof gan gynddaredd, a siaradodd yn ddig;
Sani became mad with rage, and spoke angrily;
"Rydych chi'n fy ystyried yn is mewn safle na Lakshmi"
"You consider me lower in rank than Lakshmi"
"Byddaf yn bwrw fy llygad arnoch chi am dair blynedd"
"I will cast my eye on you for three years"
"Fe welwn ni sut y byddwch chi'n ymdopi ar ddiwedd y cyfnod hwnnw"
"We shall see how you fare at the end of that period"
Yna aeth y duw i ffwrdd mewn dicter mawr.
The god then went away in great anger.
Dywedodd Lakshmi, cyn iddi fynd i ffwrdd, wrth Sribatsa;
Lakshmi, before she went away, said to Sribatsa;
"Fy mhlentyn, paid ag ofni. Byddaf yn gyfaill i ti"
"My child, do not fear. I'll befriend you"
Yna aeth y duw a'r dduwies i ffwrdd.
The god and the goddess then went away.
Siaradodd Sribatsa â'i wraig, Chantamani;
Sribatsa spoke to his wife, Chantamani;
"Anwylyd, bydd llygad drwg Sani arnaf"
"Dearest, the evil eye of Sani will be upon me"
"Gwell i mi fynd i ffwrdd o'r tŷ"
"I had better go away from the house"
"Os byddaf yn aros, bydd drwg yn digwydd i chi a fi"
"If I stay evil will befall you and me"
"Ond os af, dim ond drwg fydd yn fy ngorfodi i"
"But if I go, evil will overtake me only"
Dywedodd Chintamani, "ni all fod felly"
Chintamani said, "it cannot be that way"
"Lle bynnag yr ewch chi, byddaf fi'n mynd gyda chi"
"Wherever you go, I will go with you"

"Bydd eich lwc dda yn lwc dda i mi"
"Your good luck shall be my good luck"
"A bydd eich anlwc chi yn anlwc i mi"
"And your bad luck shall be my bad luck"
Ceisiodd y gŵr yn galed berswadio ei wraig i aros.
The husband tried hard to persuade his wife to stay.
Ond roedd ei holl ymdrechion o ddim defnydd.
But all his efforts were of no use.
Gwrthododd adael ei gŵr.
She refused to abandon her husband.
Dywedodd Sribatsa wrth ei wraig am wneud agoriad yn eu matres.
Sribatsa told his wife to make an opening in their mattress.
A dywedodd wrthi am guddio eu holl arian a'u gemwaith.
And he told her to stow away all their money and jewels.
Ar drothwy gadael eu tŷ, galwodd Sribatsa ar Lakshmi.
On the eve of leaving their house, Sribatsa invoked Lakshmi.
Ar ôl cael ei alw, ymddangosodd Lakshmi ar unwaith.
Upon being invoked, Lakshmi forthwith appeared.
"Mam Lakshmi, mae llygad drwg Sani arnom ni"
"Mother Lakshmi, the evil eye of Sani is upon us"
"Rydym yn mynd i ffwrdd i alltudiaeth"
"We are going away into exile"
"Dewch yn gyfeillgar â ni, a gofalwch am ein heiddo"
"Please befriend us, and take care of our property"
Atebodd duwies y lwc dda.
The goddess of good luck answered.
"Paid ag ofni; byddaf yn gyfaill i ti"
"Do not fear; I'll befriend you"
"Yn y diwedd bydd popeth yn iawn"
"In the end all will be right"
Yna fe gychwynnon nhw ar eu taith.
They then set out on their journey.
Rholiodd Sribatsa y fatres i fyny a'i rhoi ar ei ben.
Sribatsa rolled up the mattress and put it on his head.
Nid oeddent wedi mynd llawer o filltiroedd pan welsant afon.

They had not gone many miles when they saw a river.
Roedd canŵ gyda dyn yn eistedd ynddo.
There was a canoe with a man sitting in it.
Gofynnodd y teithwyr i'r fferiwr eu cludo ar draws.
The travelers requested the ferryman to take them across.
Dywedodd y dyn fferi mai dim ond un ar y tro y gallai ei gymryd.
The ferryman said he could only take one at a time.
"Tri ohonoch chi sydd yna," gwrthwynebodd.
"Tere are three of you," he objected.
"Dyna ti, dy wraig, a'th fatres"
"There is you, your wife, and your mattress"
Cynigiodd Sribatsa ym mha drefn y dylent gludo dros yr afon.
Sribatsa proposed in what order they should ferry over the river.
"Yn gyntaf dylid mynd â fy ngwraig ar draws yr afon"
"First my wife should be taken across the river"
"Ar ôl fy ngwraig, ewch â'r fatres ar draws yr afon"
"After my wife, take the mattress across the river"
"Ac yna gallwch chi fynd â fi ar draws yr afon"
"And then you can take me across the river"
Ond ni fyddai'r dyn fferi yn clywed amdano.
But the ferryman would not hear of it.
"Un ar y tro yn unig," ailadroddodd.
"Only one at a time," he repeated.
"Gadewch i mi fynd ar draws y fatres yn gyntaf"
"First let me take across the mattress"
Ni welodd Sribatsa unrhyw reswm i wrthwynebu'r cynnig.
Sribatsa saw no reason to object to the proposal.
Dechreuodd y fferiwr fynd â'r fatres ar draws yr afon.
The ferryman started taking the mattress across the river.
Roedd wedi cyrraedd hanner ffordd ar draws yr afon.
He had reached halfway across the river.
Ond yna, o unman, cododd storm ffyrnig.
But then, from nowhere, a fierce gale arose.
Collodd y fferiwr reolaeth ar ei ganŵ.

The ferryman lost control of his canoe.
Chwythwyd y fatres i'r afon.
The mattress was blown into the river.
Clywodd yr afon bopeth i ffwrdd gyda hi.
The river carried everything away with it.
Ac ni welwyd y dynion fferi, y canŵ, na'r fatres byth eto.
And the ferrymen, canoe, and mattress were never seen again.
Ond nid dyna oedd hyd yn oed y digwyddiadau mwyaf rhyfedd.
But that was not even the strangest events.
Oherwydd diflannodd yr afon i'r awyr denau hefyd.
Because the river also disappeared into thin air.
Lle'r oedd dŵr roedd tir sych nawr.
Where there was water there was now dry ground.
Roedd Sribatsa yn gwybod bod llygad drwg Sani wedi bod yn gwylio.
Sribatsa knew the evil eye of Sani had been watching.

Nid oedd gan Sribatsa a'i wraig ddarn yn eu pocedi.
Sribatsa and his wife had not a pice in their pockets.
Gyda'i gilydd, yn dlawd, aethant i bentref cyfagos.
Together, impoverished, they went to a nearby village.
Torwyr coed oedd yn byw yn y pentref yn bennaf.
The village was dwelt in mostly by wood-cutters.
Ar godiad haul aeth y torwyr coed i dorri coed.
At sunrise the woodcutters went to cut wood.
A gwerthon nhw'r coed a dorron nhw mewn tref bell.
And the wood they cut they sold in a faraway town.
Gofynnodd Sribatsa am weithio gyda'r torwyr coed.
Sribatsa asked to work with the wood-cutters.
A chytunodd y torwyr coed i adael iddo dorri coed.
And the wood-cutters agreed to let him cut wood.
Gallai dorri coed cystal â'r gorau ohonyn nhw.
He could fell trees as well as the best of them.
Ond roedd Sribatsa yn wahanol i'r torwyr coed.
But Sribatsa was different from the wood-cutters.
Mae'r torwyr coed yn torri pob math o bren.

The wood-cutters cut any and every sort of wood.
Ond dim ond y mathau gwerthfawr o bren a dorrodd Sribatsa.
But Sribatsa cut only the precious types of wood.
Canolbwyntiodd ei ymdrechion ar dorri pren sandalwydd.
His efforts were focused on cutting down sandal-wood.
Daeth y torwyr coed â llwythi mawr o bren cyffredin i'r farchnad.
The wood-cutters brought to market large loads of common wood.
Dim ond ychydig o ddarnau o bren sandalwydd a ddaeth Sribatsa â nhw i'r farchnad.
Sribatsa brought only a few pieces of sandal-wood to the market.
Cafodd lawer mwy o arian na'r lleill.
He was paid a great deal more money than the others.
Aeth pethau ymlaen fel hyn am rai dyddiau.
Things went on this way for some days.
A daeth y torwyr coed yn genfigennus o Sribatsa.
And the wood-cutters became jealous of Sribatsa.
Yn eu cenfigen fe wnaethon nhw gynllwynio yn erbyn Sribatsa.
In their jealousy they plotted against Sribatsa.
Ac yn olaf fe wnaethon nhw yrru Sribatsa a'i wraig o'r pentref.
And finally they drove Sribatsa and his wife from the village.

Aeth Sribatsa a'i wraig i bentref arall.
Sribatsa and his wife made their way to another village.
Yn y pentref hwn roedd llawer o fenywod yn gwehyddu.
In this village there were many women that weaved.
Yma gwnaeth Chintamani ei hun yn ddefnyddiol trwy nyddu cotwm.
Here Chintamani made herself useful by spinning cotton.
Roedd Chintamani yn fenyw ddeallus a medrus.
Chintamani was an intelligent and skillful woman.
Felly hi a nyddodd edafedd tenau na'r menywod eraill.

So she spun finer thread than the other women.
Ac fe gafodd hi fwy o arian na'r menywod eraill.
And she got paid more money than the other women.
Cododd hyn genfigen menywod brodorol y pentref.
This roused the envy of the native women of the village.
Ond nid cenfigen y menywod eraill oedd yr unig beth.
But the envy of the other women was not all.
Roedd Sribatsa eisiau ennill gras da'r gwehyddion.
Sribatsa wanted to gain the good grace of the weavers.
Felly gwahoddodd y menywod oedd yn nyddu cotwm i wledd.
So he invited the women that spun cotton to a feast.
Ei wraig oedd yn coginio holl seigiau'r gamp.
The dishes of the feat were all cooked by his wife.
Roedd Chintamani yn wehydd da, ac yn gogydd rhagorol.
Chintamani was a good weaver, and an excellent in cook.
Gosododd y danteithion o flaen y menywod.
She placed the delicacies before the women.
Ac roedd y gwehyddion barbaraidd wedi eu swyno'n fawr.
And the barbarous weavers were quite charmed.
Aeth y dynion a'u cartrefi â'u boliau'n llawn.
The men went to their homes with their bellies full.
Ond pan gyrhaeddon nhw adref, fe wnaethon nhw geryddu eu gwragedd.
But when they got home, they reproached their wives.
"Pam nad wyt ti'n coginio fel gwraig Sribatsa"
"Why do you not cook like the wife of Sribatsa"
A galwodd y dynion eu gwragedd yn fenywod di-werth.
And the men called their wives good-for-nothing women.
Gwnaeth hyn i'r menywod gasáu Chintamani yn fwy fyth.
This made the women hate Chintamani the more.

Un diwrnod aeth Chintamani i lan yr afon.
One day Chintamani went to the river-side.
Roedd hi eisiau ymolchi ynghyd â menywod eraill y pentref.
She wanted to bathe along with the other women of the village.

Roedd cwch wedi bod yn gorwedd ar y lan, wedi'i adael ar y tywod.
A boat had been lying on the bank, stranded on the sand.
Roedd y cwch wedi bod yn sownd yno ers dyddiau lawer.
The boat had been stranded there for many days.
Roedden nhw wedi ceisio symud y cwch, ond yn ofer.
They had tried to move the boat, but in vain.
Digwyddodd i Chintamani gyffwrdd â'r cwch.
It so happened that Chintamani touched the boat.
Damwain ydoedd, oherwydd nid oedd hi'n bwriadu cyffwrdd â'r cwch.
It was an accident, for she did not mean to touch the boat.
Ond p'un a oedd hi'n bwriadu ai peidio, symudodd y cwch.
But whether she meant to or not, the boat moved.
Ac yn fuan roedd y cwch yn anelu at yr afon.
And soon the boat was heading off to the river.
Roedd y cychodwyr wedi synnu gan yr hyn a welsant.
The boatmen were astonished by what they had seen.
Roedden nhw'n meddwl bod gan y fenyw bŵer anghyffredin.
They thought that the woman had uncommon power.
Ac felly roedden nhw'n meddwl y gallai hi fod yn ddefnyddiol yn y dyfodol.
And so they thought she might be useful in future.
Felly fe wnaethon nhw ddal gafael ynddi, yn erbyn ei hewyllys.
They therefore caught hold of her, against her will.
A rhoddasant hi yn y cwch, a rhwyfo i ffwrdd.
And they put her in the boat, and rowed off.
Roedd menywod y pentref yn bresennol ar gyfer y herwgipiad hwn.
The women of the village were present for this kidnapping.
Ond ni chynigion nhw unrhyw gymorth i Chintamani.
But they did not offer Chintamani any assistance.
Oherwydd bod Chintamani wedi eu rhoi mewn golau drwg.
Because Chintamani had put them in a bad light.

Clywodd Sribatsa sut yr oedd ei wraig wedi cael ei chario i ffwrdd gan gychodwyr.
Sribatsa heard how his wife had been carried away by boatmen.
Gadawaf i chi ddychmygu sut y daeth yn wallgof gan alar.
I will let you imagine how he became mad with grief.
Gadawodd y pentref ac aeth i lan yr afon.
He left the village and went to the river-side.
Ac fe benderfynodd ddilyn cwrs y nant.
And he resolved to follow the course of the stream.
Ar hyd y nant roedd yn siŵr o gwrdd â chwch yr herwgipwyr.
Along the stream he was sure to meet the kidnappers' boat.
Teithiodd ymlaen ac ymlaen, ar hyd glan yr afon.
He travelled on and on, along the side of the river.
Ac fe deithiodd nes iddi dywyllu yn y pen draw.
And he travelled till it eventually became dark.
Lle'r oedd e nid oedd cytiau i'w gweld.
Where he was there were no huts to be seen.
Felly dringodd i mewn i goeden i gysgu am y nos.
So he climbed into a tree to sleep for the night.
Y bore wedyn daeth i lawr o'r goeden.
In the next morning he got down from the tree.
Wrth droed y goeden gwelodd fuwch Kapila.
At the foot of the tree he saw a Kapila-cow.
Nid oes gan fuwch Kapila byth unrhyw loeau ei hun.
A Kapila-cow never has any calves of her own.
Ond gellir ei godro ar bob awr o'r dydd.
But she can be milked at all hours of the day.
GODRODODD Sribatsa y fuwch heb iddi wrthwynebu.
Sribatsa milked the cow without her objecting.
Ac yfodd y llaeth hyd foddlonrwydd ei galon.
And he drank the milk to his heart's content.
Ac yna sylwi ar rywbeth arall am y fuwch.
And then he noticed something else about the cow.
Roedd tail y fuwch o liw melyn llachar.
The dung of the cow was of a bright yellow color.

Mewn gwirionedd, roedd tail y fuwch wedi'i wneud o aur pur.
In fact, the dung of the cow was made of pure gold.
Roedd tail y fuwch aur yn dal mewn cyflwr meddal.
The golden cow dung was still in a soft state.
Felly roedd yn gallu ysgrifennu ei enw yn y dom aur.
So he was able to write his name in the golden dung.
Yn ystod y dydd caledodd y tail.
During the course of the day the dung hardened.
Ac yn olaf roedd y tail yn edrych fel bricsen o aur.
And finally the dung looked like a brick of gold.
Tyfodd y goeden yr oedd wedi cysgu ynddi ar lan yr afon.
The tree he had slept in grew on the river-side.
Ac roedd y fuwch Kapila yn ei gyflenwi â llaeth drwy'r dydd.
And the Kapila-cow supplied him with milk all day.
Felly penderfynodd Sribatsa aros yno am y cwch.
So Sribatsa decided to wait there for the boat.
Yn y bore, rhoddodd y fuwch yr eitem werthfawr i ffwrdd.
In the morning the cow deposited the precious article.
Ac yn y nos gadawodd y fuwch yr eitem werthfawr.
And at night the cow deposited the precious article.
Felly cynyddodd y briciau aur bob dydd.
So the gold bricks increased every day.
Ac ar bob bricsen aur roedd wedi cerfio ei enw.
And on each golden brick he had engraved his name.
Pentyrrodd y briciau ar ben ei gilydd.
He stacked the bricks on top of each other.
O bellter roedd yn edrych fel twmpath o aur.
From a distance it looked like a hillock of gold.

Ond nawr rhaid i ni adael i Sribatsa bentyrru ei aur.
But now we must leave Sribatsa to stack his gold.
A rhaid inni droi ein sylw at Chintamani.
And we must turn our attention to Chintamani.
Roedd Chintamani yn fenyw rasol o harddwch mawr.
Chintamani was a graceful woman of great beauty.

Roedd hi wedi poeni y gallai ei phrydferthwch fod yn
ddinistr iddi.
She had worried her beauty might be her ruin.
Felly offrymodd weddi wrth iddi gael ei herwgipio.
So she offered a prayer as she was being kidnapped.
"Lakshmi, O Fam Lakshmi! trugarha wrthyf"
"Lakshmi, O Mother Lakshmi! have pity upon me"
"Ti a'm gwnaeth yn brydferth, ti a wnaeth"
"Thou hast made me beautiful, you have"
"Ond nawr bydd fy harddwch yn ddiamau yn fy adfail"
"But now my beauty will undoubtedly be my ruin"
"Rwy'n sicr o golli fy anrhydedd a'm diweirdeb"
"I am bound to loss my honor and my chastity"
"Felly yr wyf yn erfyn arnat, Fam rasol;"
"I therefore beseech thee, gracious Mother;"
"Cymer fy harddwch oddi wrthyf, a gwna fi'n hyll"
"Take my beauty from me, and make me ugly"
"Gorchuddiwch fy nghorff â rhyw glefyd ffiaidd"
"Cover my body with some loathsome disease"
"Fel 'na efallai na fydd y cychodwyr yn fy nghyffwrdd"
"That way the boatmen might not touch me"
Roedd Chintamani ym mreichiau'r cychodwyr.
Chintamani was in the arms of the boatmen.
Ond clywodd Duwies y lwc dda ei gweddi.
But the Goddess of good fortune heard her prayer.
Mewn amrantiad llygad newidiodd ei ffurf.
In the twinkling of an eye her form changed.
Diflannodd ei ffurf naturiol brydferth.
Her naturally beautiful form faded away.
A chafodd hi ei throi'n garcas ffiaidd.
And she was turned into a vile carcass.
Roedd y cychwyr yn ei rhoi hi i lawr yn y cwch.
The boatmen were putting her down in the boat.
Fe wnaethon nhw ganfod bod ei chorff wedi'i orchuddio â
briwiau ffiaidd.
They found her body was covered with loathsome sores.
Ac roedd y briwiau'n rhoi drewdod ffiaidd allan.

And the sores were giving out a disgusting stench.
Felly fe'i taflasant hi i ddal y cwch.
They therefore threw her into the hold of the boat.
A gadawsant hi ymhlith cargo'r llong.
And they left her amongst the cargo of the ship.
Bore a hwyr anfonasant fwyd ati.
Morning and evening they sent her some food.
Ychydig o reis wedi'i ferwi, a rhywfaint o ddŵr i'w yfed.
A little boiled rice, and some water to drink.
Roedd Chintamani yn druenus yng nghorff y llong.
Chintamani was miserable in the hull of the ship.
Ond roedd hi'n llawer gwell ganddi drallod na'r dewis arall.
But she greatly preferred misery to the alternative.
Byddai'n hytrach ganddi fod yn drist na cholli ei diweirdeb.
She would rather be miserable than loss her chastity.

Roedd y cychodwyr wedi mynd i ryw borthladd i werthu cargo.
The boatmen had gone to some port to sell cargo.
Wrth hwylio yn ôl fe wnaethon nhw weld rhywbeth.
While sailing back they caught sight something.
Wrth lan yr afon roedd yn ymddangos bod twmpath o aur.
By the river-side there seemed to be a hillock of gold.
Roedd Sribatsa wedi bod yn cadw gwyliadwriaeth wrth yr afon.
Sribatsa had been keeping watch by the river.
Felly roedd wrth ei fodd yn gweld cwch yn agosáu ato.
So he was delighted to see a boat approach him.
Oherwydd ei fod yn dychmygu'n annwyl y gallai ei wraig fod ar fwrdd.
Because he fondly imagined his wife might be on board.
Aeth y cychwyr yn farus at y twmpath aur.
The boatmen went greedily to the hillock of gold.
Wrth gwrs, dywedodd Sribatsa wrthyn nhw mai ei aur oedd yn eiddo iddo.
Of course Sribatsa told them the gold was his.
Ond ni helpodd hynny Sribatsa lawer.

But that didn't help Sribatsa very much.
Cymerodd y morwyr ef yn garcharor ar y cwch.
The sailors took him prisoner on the boat.
A llwython nhw'r aur ar eu llong.
And they loaded the gold onto their vessel.
Digwyddodd iddyn nhw ei garcharu'n agos at y ddynes hyll.
They happened to imprison him close to the ugly woman.
Wrth gwrs, roedd y gŵr a'r wraig yn adnabod ei gilydd.
Of course the husband and wife recognized each other.
Er gwaethaf y newid a gafodd Chintamani.
In spite of the change Chintamani had undergone.
Ac er gwaethaf eu cyffro fe wnaethon nhw gadw eu tawelwch meddwl.
And despite their excitement they kept their composure.
Ac roedden nhw'n meddwl ei bod hi'n ddoeth peidio â siarad â'i gilydd.
And they thought it prudent not to speak to each other.
Yn hytrach, fe wnaethon nhw gyfleu eu syniadau trwy ystumiau.
Instead they communicated their ideas through gestures.
Mae rhywbeth y dylech chi ei wybod am y cychodwyr.
There is something you should know about the boatmen.
Roedd y cychodwyr hyn yn hoff iawn o chwarae dis.
These boatmen were very fond of playing at dice.
Roedd Sribatsa yn ymddangos iddyn nhw fel dyn parchus.
Sribatsa appeared to them to be a respectable man.
Felly roedden nhw bob amser yn gofyn iddo ymuno yn y gêm.
So they always asked him to join in the game.
Digwyddodd bod Sribatsa yn chwaraewr dis arbenigol.
Sribatsa happened to be an expert dice player.
Er gwaethaf eu hymdrechion enillodd bron bob gêm.
Despite their efforts he won almost every game.
Gallwch chi ddychmygu sut roedd y morwyr yn teimlo am golli.
You can imagine how the sailors felt about losing.
Ac mewn cenfigen taflodd y cychwyr ef dros y bwrdd.

And in jealousy the boatmen threw him overboard.

Gwelodd Chintamani y dynion yn taflu ei gŵr dros y bwrdd.

Chintamani saw the men throw her husband overboard.

Yn ffodus i Sribatsa, roedd gan ei wraig bresenoldeb meddwl gwych.

Fortunately for Sribatsa, his wife had great presence of mind.

Roedd y cychodwyr wedi caniatáu iddi gobennydd i orffwys ei phen.

The boatmen had allowed her a pillow to rest her head.

Ac ar yr un pryd taflodd y gobennydd hwn i'r dŵr.

And she simultaneously threw this pillow into the water.

Llwyddodd Sribatsa i afael yn y gobennydd.

Sribatsa was able to grab hold of the pillow.

Ac fe helpodd y gobennydd ef i arnofio i lawr y nant.

And the pillow helped him float down the stream.

Hyd at wawrddydd roedd yr afon yn ei gario i lawr yr afon.

Up until nightfall the river carried him downstream.

Gyda gwiw nos cyrhaeddodd yr hyn a oedd yn ymddangos fel gardd.

At nightfall he arrived at what seemed to be a garden.

Gan ei bod hi'n dywyll nid oedd dim y gallai ei wneud.

Because it was dark there was nothing he could do.

Felly arhosodd yn yr ardd drwy'r nos, yn oer ac yn wlyb.

So all night he stayed in the garden, cold and wet.

Dylwn i ddweud wrthych chi i bwy oedd yr ardd hon yn perthyn.

I should tell you who this garden belonged to.

Gardd hen wraig weddw oedd hon.

This was the garden of an old widowed woman.

Arferai'r ddynes hon gyflenwi blodau i'r brenin.

This woman used to supply flowers for the king.

Ond un diwrnod roedd rhyw bla wedi dod dros ei gardd.

But one day some blight had come over her garden.

Rhoddodd bron pob coeden a phlanhigion y gorau i flodeuo.

Almost all the trees and plants ceased flowering.

Felly roedd hi wedi rhoi'r gorau i'r busnes oedd ganddi.

She had therefore given up the business she had.
Ac nid hi oedd y cyflenwr blodau brenhinol mwyach.
And she was no longer the royal flower supplier.
Fodd bynnag, roedd dyfodiad Sribatsa wedi adfywio ei gardd.
However, Sribatsa's arrival had rejuvenated her garden.
Prin y gallai gredu ei llygaid yn y bore.
She could scarcely believe her eyes in the morning.
Roedd yr ardd gyfan yn llawn blodau eto.
The whole garden was ablaze with flowers again.
Nid oedd unrhyw blanhigyn nad oedd yn blodeuo.
There was no plant that was not in bloom.
Ac roedd pob coeden oedd ganddi wedi'i haddurno â blodau.
And every tree she had was begemmed with flowers.
Nid oedd ganddi unrhyw ffordd o wybod achos y wyrth.
She had no way of knowing the cause of the miracle.
Ac felly aeth hi am dro drwy'r ardd.
And so she took a walk through the garden.
Ond yn fuan daeth o hyd i achos yr holl flodau.
But she soon found the cause of all the flowers.
Ar ymyl ei gardd roedd dyn oer, gwlyb.
At the edge of her garden was a cold, wet man.
Roedd yn crynu ac bron â marw o hypothermia.
He was shivering and almost dead from hypothermia.
Daeth â'r dyn i mewn i'w bwthyn ar unwaith.
She immediately brought the man into to her cottage.
A chynhyrchodd dân i roi rhywfaint o gynhesrwydd iddo.
And she lighted a fire to give him some warmth.
Roedd hi'n ei nyrsio ac yn dangos pob sylw iddo.
She nursed him and showed him every attention.
Ac fe briodolodd hi'r wyrth i'w bresenoldeb.
And she ascribed the miracle to his presence.
Gwnaeth hi ef mor gyfforddus ag y gallai.
She made him as comfortable as she could.
Ac yna rhedodd hi i balas y brenin.
And then she ran to the king's palace.

Gofynnodd am siarad â phrif was y brenin.
She asked to speak to the king's chief servant.
A dywedodd wrtho am y lwc dda a gafodd.
And she told him the good fortune she had had.
"Gallaf gyflenwi'r palas â blodau eto"
"I can again supply the palace with flowers"
Roedd colled fawr ar ôl ei blodau yn y palas.
Her flowers had been very much missed at the palace.
Felly cafodd ei hadfer ar unwaith i'w swydd flaenorol.
So she was immediately restored to her former position.
Hi oedd blodau'r teulu brenhinol unwaith eto.
She was again the flower-woman of the royal household.

Treuliodd Sribatsa ychydig ddyddiau eraill yn adfer ei iechyd.
Sribatsa spent a few more days recovering his health.
Ac yn y pen draw cafodd ei holl egni yn ôl.
And eventually he had all his vitality back.
Gofynnodd i'r ddynes a allai siarad â gweinidog.
He asked the woman if he could speak with a minister.
Felly aeth y ddynes ag ef i'r palas gyda hi.
So the woman took him to the palace with her.
Rhoddodd un o weinidogion y brenin apwyntiad iddo.
One of the king's ministers gave him an appointment.
Ac ar unwaith fe'i canfuwyd yn ddyn deallus.
And he was at once found to be a man of intelligence.
Felly cynigiwyd swydd iddo yng ngwasanaeth y brenin.
So was offered a position in the king's service.
Mewn gwirionedd, roedd yn cael dewis pa swydd yr oedd ei heisiau.
In fact, he was allowed to choose what job he wanted.
Gofynnodd am fod yn gasglwr tollau ar yr afon.
He asked to be collector of tolls on the river.
Roedd y gweinidog yn hapus i roi'r swydd i Sribatsa.
The minister was happy to give Sribatsa the job.
Roedd angen rhywun ar y deyrnas i gasglu tollau afonydd.
The kingdom needed someone to collect river-tolls.

A dechreuodd Sribatsa ei swydd newydd ar unwaith.
And Sribatsa immediately started his new job.
Nid oedd yn hir cyn i'w gynllun ddwyn ffrwyth.
It wasn't long before his plan came to fruition.
Roedd y cwch yr oedd ei wraig arno yn dod i lawr yr afon.
The boat his wife was on was coming down the river.
Dan awdurdod y brenin fe gadwodd y cwch.
Under the king's authority he detained the boat.
Ac fe gyhuddodd y cychwyr o ladrad briciau aur.
And he charged the boatmen with the theft of gold-bricks.
Roedd y brenin yn hoffi sŵn cwch yn llawn aur.
The king liked the sound of a boat full of gold.
Felly daeth y brenin ei hun i lan yr afon.
So the king himself came to the river-side.
**Roedd hyd yn oed ef wedi synnu gan faint o aur oedd
ganddyn nhw.**
Even he was amazed by the quantity of gold they had.
Ac roedd arysgrif Sribatsa ar bob bricsen aur.
And every gold brick had Sribatsa's inscription.
Ar yr un pryd achubodd ei wraig rhag y cychodwyr.
At the same time he rescued his wife from the boatmen.
Yn ôl ar dir sych dychwelodd i'w harddwch blaenorol.
Back on dry land she returned to her previous beauty.
Adroddodd hanes eu hanlwc i'r brenin.
He told the king the story of their misfortune.
A chafodd y brenin nhw fel gwestai yn ei balas.
And the king had them as a guest in his palace.
**Rhoddodd y brenin anrhegion iddyn nhw o geffylau ac
eliffantod.**
The king gave them presents of horses and elephants.
Ac ar y ceffylau a'r eliffantod y marchogasant i'w gwlad.
And on the horses and elephants they rode to their country.
**Roedd llygad drwg Sani bellach wedi'i droi oddi wrth
Sribatsa.**
The evil eye of Sani was now turned away from Sribatsa.
Ac fe ddaeth eto yr hyn ydoedd gynt.
And he again became what he formerly was.

Sribatsa oedd e eto; Plentyn y Ffortiwn.
He was again Sribatsa; the Child of Fortune.

Y Bachgen a Faethwyd gan Saith Mam
The Boy whom Seven Mothers Suckled

Un tro ar y pryd roedd brenin yn teyrnasu a oedd â saith brenhines.

Once on a time there reigned a king who had seven queens.

Roedd yn drist iawn, oherwydd roedd y saith brenhines i gyd yn ddiffrwyth.

He was very sad, for the seven queens were all barren.

Un diwrnod, fodd bynnag, cyfarfu â chardodwr sanctaidd.

One day, however, he met a holy mendicant.

Dywedodd y cardodwr sanctaidd wrth y brenin am goedwig benodol.

The holy mendicant told the king about a certain forest.

Yn y goedwig hon tyfodd math arbennig o goeden.

In this forest there grew a special kind of tree.

Ar gangen o'r goeden hon roedd saith mango yn hongian.

On a branch of this tree hung seven mangoes.

Gallai'r mangos hyn adfer ffrwythlondeb ei freninesau.

These mangos could restore the fertilities of his queens.

Ond roedd rhaid i'r brenin blygu'r mangoes ei hun.

But the king had to pluck the mangoes himself.

Dilynodd y brenin gyngor y cardodwr.

The king followed the advice of the mendicant.

Ac fe gychwynnodd i fynd i'r goedwig gyda'r goeden mango.

And he set off to go to the forest with the mango tree.

Yn fuan roedd wedi dod o hyd i'r goeden yr oedd y cardodwr yn sôn amdani.

Soon he had found the tree the mendicant spoke of.

Ac fe dynnodd y saith mango oedd yn tyfu ar un gangen.

And he plucked the seven mangoes that grew upon one branch.

Rhoddodd mango i bob un o'r breninesau i'w fwyta.

He gave a mango to each of the queens to eat.

Mewn amser byr llanwyd calon y brenin â llawenydd.

In a short time the king's heart was filled with joy.

Dywedwyd wrtho fod y saith brenhines i gyd yn feichiog.
He was told that the seven queens were all with child.

Un diwrnod roedd y brenin allan yn hela.
One day the king was out hunting.
Ar ei lwybr gwelodd ferch ifanc o harddwch digymar.
On his path he saw a young lady of peerless beauty.
Syrthiodd mewn cariad â'r fenyw hardd ar unwaith.
He instantly fell in love with the beautiful woman.
Ac efe a'i dug hi i'w balas, ac a'i priododd.
And he brought her to his palace, and married her.
Fodd bynnag, nid oedd y ddynes hon yn fod dynol.
This lady was, however, not a human being.
Ond yr hyn oedd y fenyw hon oedd Rakshasi.
But what this woman was was a Rakshasi.
Ond wrth gwrs, nid oedd y brenin yn gwybod hyn.
But the king of course did not know this.
Daeth y brenin yn hoff iawn ohoni.
The king became dotingly fond of her.
Ac fe wnaeth beth bynnag a ddywedodd hi wrtho ei wneud.
And he did whatever she told him to do.
Un diwrnod gwnaeth hi gais penodol iawn i'r brenin.
One day she made a very particular request of the king.
"Rydych chi'n dweud eich bod chi'n fy ngharu i fwy nag unrhyw un arall"
"You say that you love me more than anyone else"
"Gadewch i mi weld a ydych chi wir yn fy ngharu cymaint ag yr ydych chi'n dweud"
"Let me see whether you really love me as much as you say"
"Os wyt ti'n fy ngharu i, gwna dy saith brenhines arall yn ddall"
"If you love me, make your seven other queens blind"
"Ac unwaith y byddant yn ddall, gadewch iddynt gael eu lladd"
"And once they are blind, let them be killed"
Daeth y brenin yn drist iawn wrth glywed y cais ofnadwy.
The king became very sad at the terrible request.

Roedd yn arbennig o drist oherwydd bod y breninesau i gyd yn feichiog.
He was especially sad because the queens were all pregnant.
Ond nid oedd ganddo ddewis ond cydymffurfio â'i chais.
But he had no choice but to comply with her request.

Tynnwyd llygaid y breninesau allan o'u socedi.
The eyes of the queens were plucked out of their sockets.
A thraddodwyd y breninesau i'r prif weinidog.
And the queens were delivered up to the chief minister.
Roedd hi i fyny i'r prif weinidog ddinistrio'r breninesau.
It was up to the chief minister to destroy the queens.
Ond roedd y prif weinidog yn ddyn trugarog.
But the chief minister was a merciful man.
Yn ochr y bryn roedd ogof gudd.
In the side of the hill there was secret a cave.
Yn lle lladd y breninesau, cuddiodd y gweinidog nhw.
Instead of killing the queens, the minister hid them.
Ymhen amser, rhoddodd yr hynaf o'r saith brenhines enedigaeth.
In course of time the eldest of the seven queens gave birth.
"Beth ddylwn i ei wneud gyda'r plentyn," meddai hi.
"What shall I do with the child," said she.
"Rydym yn ddall ac yn marw o eisiau bwyd."
"We are blind and are dying for want of food."
"Gad i mi ladd y plentyn," cynigiodd hi.
"Let me kill the child," she proposed.
"Gadewch i ni i gyd fwyta o gnawd y plentyn," ychwanegodd hi.
"Let us all eat of the child's flesh," she added.
Yn union fel y dywedodd y byddai, lladdodd y baban.
Just as she said she would, she killed the infant.
Rhoddodd ran o'r plentyn i bob un o'i chwiorydd-freninesau.
She gave to each of her sister-queens a part of the child.
A bwytaodd y breninesau chwiorydd eu rhan o'r plentyn.
And the sister queens ate their part of the child.

Ond ni fwytaodd y frenhines ieuengaf ei chyfran.

But the youngest queen did not eat her share.

Yn lle hynny, gosododd ei rhan hi o'r plentyn wrth ei hymyl.

Instead, she laid her part of the child beside her.

Ymhen ychydig ddyddiau cafodd yr ail frenhines ei geni ar blentyn.

In a few days the second queen also was delivered of a child.

Gwnaeth hi gyda'i phlentyn fel yr oedd ei chwaer hynaf wedi'i wneud gyda'i phlentyn hi.

She did with her child as her eldest sister had done with hers.

Felly gwnaeth y drydedd, y bedwaredd, y bumed, a'r chweched frenhines.

So did the third, the fourth, the fifth, and the sixth queen.

Yn y pen draw, rhoddodd y seithfed frenhines enedigaeth i fab.

Eventually the seventh queen gave birth to a son.

Ond ni ddilynodd esiampl ei chwiorydd-freninesau.

But she did not follow the example of her sister-queens.

Yn lle hynny, penderfynodd fagu'r plentyn.

Instead, she resolved to raise the child.

Mynnodd y breninesau eraill eu cyfrannau o'r newydd-anedig.

The other queens demanded their portions of the newly-born.

Ond roedd ganddi'r dognau nad oedd hi wedi'u bwyta o hyd.

But she still had the portions she had not eaten.

A rhoddodd rannau eu plant yn ôl i'w chwiorydd-freninesau.

And she gave her sister-queens back their children's parts.

Sylweddolodd y breninesau eraill ar unwaith fod eu dognau'n sych.

The other queens at once perceived that their portions were dry.

Felly ni allai'r rhannau fod o'r plentyn newydd-anedig.

Therefore the parts could not be of the newly born child.

"Rydw i wedi penderfynu peidio â lladd fy mhlentyn," eglurodd hi.

"I have decided not to kill me child," she explained.
"Wna i ddim ei fwyta, ond ceisio ei fagu yn lle hynny"
"I will not eat him, but try to raise him instead"
Roedd y lleill yn falch o glywed y newyddion hyn.
The others were glad to hear this news.
Dywedodd pob un ohonyn nhw y bydden nhw'n ei helpu i fwydo'r plentyn.
They all said that they would help her in nursing the child.
Ac felly cafodd y plentyn ei sugno gan saith mam.
And so the child was suckled by seven mothers.
A daeth y plentyn y bachgen mwyaf caled a chryfaf a fu erioed fyw.
And the child became the hardiest and strongest boy that ever lived.

Yn y cyfamser roedd y frenhines Rakshasi yn gwneud drygioni diddiwedd.
In the meantime the Rakshasi-queen was doing infinite mischief.
Ac fe wnaeth hi achosi pob math o drafferth i'r teulu brenhinol.
And she got the royal household into all sorts of trouble.
Ni llenwodd yr hyn a fwytaodd wrth y bwrdd brenhinol ei stumog fawr.
What she ate at the royal table did not fill her capacious stomach.
Felly, yng nghymyl y nos, aeth i hela.
She therefore, in the darkness of night, went hunting.
Yn raddol, bwytaodd holl aelodau'r teulu brenhinol.
Gradually she ate up all the members of the royal family.
Bwytaodd hi holl weision y brenin, a'i weision.
She ate all the king's servants, and his attendants.
Bwytaodd ei holl geffylau, eliffantod a gwartheg.
She ate all his horses, elephants, and cattle.
Ac yn y pen draw dim ond ei chydymaith brenhinol a'r brenin oedd ar ôl.
And eventually only her royal consort and the king were left.

Ar ôl hynny byddai hi'n mynd allan i'r ddinas gyda'r nos.
After that she used to go out in the evenings into the city.
Ac roedd hi'n bwyta bodau dynol crwydr lle bynnag y byddai hi'n dod o hyd i rai.
And she ate up stray human beings wherever she found any.
Gadawyd y brenin heb unrhyw weision.
The king was left without any servants.
Nid oedd neb ar ôl i goginio iddo.
There was no person left to cook for him.
Oherwydd na fyddai neb yn derbyn y swydd hon.
Because no one would accept this job.
Ond o'r diwedd gwirfoddolodd rhywun ei wasanaethau.
But at last someone volunteered their services.
Y bachgen a gafodd ei sugno gan saith mam.
The boy who had been suckled by seven mothers.
Roedd bellach wedi tyfu i fyny i fod yn llanc dewr.
He had now grown up to be a stalwart youth.
Gwasanaethodd y brenin a pharatoodd ei fwyd.
He attended on the king and prepared his food.
Ond cymerodd bob gofal tra oedd gyda'r frenhines.
But he took every care while with the queen.
A gwnaeth yn siŵr na fyddai hi'n ei lyncu.
And he made sure that she did not swallow him up.
Dim ond yn y nos y byddai'r frenhines Rakshasi yn cipio ei dioddefwyr.
The Rakshasi-queen seized her victims only at night.
Felly aeth y bachgen adref ymhell cyn i'r nos gwympo.
So the boy he went home long before nightfall.
Felly roedd yn rhaid iddi ddod o hyd i ffordd arall o gael gwared ar y bachgen.
So she had to find another way to get rid of the boy.

Roedd y bachgen bob amser yn brolio y gallai wneud unrhyw waith.
The boy always boasted that he could do any work.
Felly dyfeisiodd y frenhines glefyd iddi hi ei hun.
So the queen invented a disease for herself.

Dywedodd fod iachâd ar gyfer ei chlefyd.
She said that there was a cure for her disease.
Ond dywedodd nad oedd yr iachâd yn hawdd i'w gael.
But she said the cure was not easy to get.
Gwnaeth hyn y bachgen hyd yn oed yn fwy diddorol yn y dasg.
This made the boy even more interested in the task.
Dywedodd fod melon a wellodd ei chlefyd.
She said there was a melon which cured her disease.
Roedd y melon yn ddeuddeg cufydd o hyd.
The melon was twelve cubits in length.
Ond carreg y lemwn oedd tair cufydd ar ddeg o hyd.
But the stone of the lemon was thirteen cubits long.
Dim ond gan ei mam y gellid cael y ffrwyth.
The fruit could only be gotten from her mother.
Ac roedd ei mam yn byw ar ochr arall y cefnfor.
And her mother lived on the other side of the ocean.
Rhoddodd lythyr cyflwyniad iddo at ei mam.
She gave him a letter of introduction to her mother.
Ond mewn gwirionedd roedd y nodyn yn dweud wrthi am fwyta'r bachgen.
But actually the note told her to eat the boy.
Roedd y bachgen wedi amau bod rhyw fath o chwarae budr wedi digwydd.
The boy had suspected there was some foul play.
Felly rhwygodd y llythyr a pharhaodd ar ei daith.
So he tore up the letter and proceeded on his journey.
Aeth y llanc di-ofn trwy lawer o wledydd.
The dauntless youth passed through many lands.
Ar ôl llawer o deithio safodd ar lan y cefnfor.
After much travel he stood on the shore of the ocean.
Ar ochr arall y cefnfor roedd gwlad y Rakshasis.
On the other side of the ocean was the country of the Rakshasis.
Yna gwaeddodd mor uchel ag y gallai, a dywedodd;
He then bawled as loud as he could, and said;
"Mam-gu! mam-gu! tyrd i achub dy ferch"

"Granny! granny! come and save your daughter"
"Mae eich merch, fy mam, yn wael iawn"
"Your daughter, my mother, is dangerously ill"
Ar ochr arall y cefnfor clywodd hen Rakshasi ef.
On the other side of the ocean an old Rakshasi heard him.
Croesodd yr hen Rakshasi y cefnfor at y bachgen.
The old Rakshasi crossed the ocean to the boy.
Dywedodd y bachgen wrthi neges y frenhines.
The boy told her the message of the queen.
A chymerodd y Rakshasi y bachgen ar ei chefn.
And the Rakshasi took the boy on her back.
Croesodd y cefnfor eto i wlad y Rakshasi.
She re-crossed the ocean to the land of the Rakshasi.
A rhoddwyd y melon meddyginiaethol i'r bachgen ar unwaith.
And the boy was at once given the medicinal melon.
Dywedodd y Rakshasi wrtho am frysio yn ôl at ei merch.
The Rakshasi told him to hurry back to her daughter.
Ond dywedodd y bachgen ei fod yn rhy flinedig i barhau i deithio.
But the boy said he was too tired to keep travelling.
Ac erfyniodd am gael gorffwys ryw ddiwrnod.
And he begged to be allowed to rest one day.
Cydsyniodd yr hen Rakshasi i ddymuniadau ei hwyrion.
The old Rakshasi consented to her grandson's wishes.

Sylwodd y bachgen ar bethau diddorol yn ystafell y Rakshasi.
The boy noticed interesting things in the Rakshasi's room.
Roedd clwb stowt a rhaff yn hongian yn yr ystafell.
There was a stout club and a rope hanging in the room.
Gofynnodd y bachgen beth oedd pwrpas y clwb cryf a'r rhaff.
The boy inquired what the stout club and rope were for.
"Plentyn, gyda'r clwb a'r rhaff yna rwy'n croesi'r cefnfor"
"Child, with that club and rope I cross the ocean"

"Does ond rhaid i rywun gymryd y clwb a'r rhaff yn ei
ddwylo"
"One just has to take the club and the rope in his hands"
"Ac yna mae'n rhaid i chi ddweud y geiriau hudolus
canlynol:"
"And then you have to say the following magical words:"
"O glwb cadarn! O raff gref!"
"O stout club! O strong rope!"
"Ewch â fi ar unwaith i'r ochr arall"
"Take me at once to the other side"
"Yna byddan nhw'n ei gymryd i ochr arall y cefnfor"
"Then they will take him to the other side of the ocean"
Sylwodd y bachgen ar beth diddorol arall yn yr ystafell.
The boy noticed another interesting thing in the room.
Roedd aderyn mewn cawell yng nghornel yr ystafell.
There was a bird in a cage in the corner of the room.
Roedd y bachgen hefyd eisiau gwybod beth oedd pwrpas yr
aderyn hwn.
The boy also wanted to know what this bird was for.
"Mae'r aderyn yn cynnwys cyfrinach, fy mhlentyn"
"The bird contains a secret, my child"
"Ond ni ddylid datgelu'r gyfrinach honno i feidrolion"
"But that secret must not be disclosed to mortals"
"Ond sut alla i guddio'r gyfrinach hon rhag fy wyrion fy
hun?"
"But how can I hide this secret from my own grandchild?"
"Mae'r aderyn yna, blentyn, yn cynnwys bywyd dy fam.
"That bird, child, contains the life of your mother.
"Os caiff yr aderyn ei ladd, bydd eich mam yn marw ar
unwaith"
"If the bird is killed, your mother will at once die"
Wedi'i arfogi â'r cyfrinachau hyn, aeth y bachgen i'r gwely'r
noson honno.
Armed with these secrets, the boy went to bed that night.

Y bore wedyn aeth yr hen Rakshasi i wledydd pell.
Next morning the old Rakshasi went to distant countries.

Ynghyd â'r holl Rakshasis eraill, aeth i chwilio am fwyd.
Together with all the other Rakshasis, she went to forage.
Tynnodd y bachgen y cawell adar i lawr o'r nenfwd.
The boy took down the bird-cage from the ceiling.
A chymerodd y bachgen y clwb a'r rhaff.
And the boy took the club and the rope.
Ac yna fe ddywedodd y geiriau hud wrth y clwb a'r rhaff.
And then he spoke the magic words to the club and rope.
"O glwb cadarn! O raff gref!"
"O stout club! O strong rope!"
"Ewch â fi ar unwaith i'r ochr arall"
"Take me at once to the other side"
Mewn amrantiad llygad rhoddwyd y bachgen ar yr ochr hon
i'r cefnfor.
In the twinkling of an eye the boy was put on this side of the
ocean.
Yna dilynodd ei gamau yn ôl, yn ôl at y frenhines.
He then retraced his steps, back to the queen.
Er ei syndod roedd ganddo'r lemwn meddyginiaethol mewn
gwirionedd.
To her astonishment he really had the medicinal lemon.
Ond cadwodd yr aderyn yn y cawell wedi'i guddio'n ofalus.
But the bird in the cage he kept carefully concealed.

Ymhen amser daeth pobl y ddinas at y brenin.
In the course of time the people of the city came to the king.
A dywedasant wrth y brenin am eu trafferthion.
And they told the king of their troubles.
"Mae aderyn anferth yn dod o'r palas bob nos"
"A monstrous bird comes from the palace every evening"
"Mae'r aderyn yn cipio'r bobl yn y strydoedd"
"The bird seizes the people in the streets"
"Ac mae'r aderyn yn llyncu'r bobl yn gyfan"
"And the bird swallows the people up whole"
"Mae hyn wedi bod yn digwydd ers amser maith"
"This has been going on for a long time"
"A nawr mae'r ddinas bron wedi mynd yn anghyfannedd"

"And now the city has become almost desolate"
Doedd y brenin ddim yn gwybod beth oedd yr aderyn anferth hwn.
The king did not know what this monstrous bird was.
Ond dywedodd gwas y brenin, y bachgen, ei fod yn gwybod.
But the king's servant, the boy, said he knew.
"Lladdaf yr aderyn erchyll," cynigiodd.
"I will kill the monstrous bird," he offered.
"Ond mae'n rhaid i'r frenhines sefyll wrth ein hochr ni," ychwanegodd.
"But the queen has to stand beside us," he added.
Ni welodd y brenin unrhyw reswm i wrthwynebu'r cynnig.
The king saw no reason to object to the proposal.
Ac felly gwnaed i'r frenhines sefyll wrth ymyl y brenin.
And so the queen was made to stand beside the king.
Yna tynnodd y bachgen yr aderyn allan o'i gawell.
The boy then took the bird out from its cage.
Wrth weld yr aderyn, syrthiodd i ffît o lewygu.
On seeing the bird she fell into a fainting fit.
Yna trodd y bachgen at y brenin, a siaradodd.
Then the boy turned to the king, and spoke.
"Frenin, fe welwch yn fuan pwy yw'r aderyn anferth"
"King, you will soon perceive who the monstrous bird is"
"Fe welwch chi beth sy'n difa eich pobl bob nos"
"You will see what devours your people every evening"
"Rwy'n rhwygo pob aelod o'r aderyn hwn"
"I tear off each limb of this bird"
"Bydd aelod cyfatebol y dyn-fwytawr yn cwympo i ffwrdd"
"The corresponding limb of the man-eater will fall off"
Yna rhwygodd y bachgen un goes o'r aderyn yn ei law.
The boy then tore off one leg of the bird in his hand.
Roedd pawb a oedd wedi ymgynnull wedi synnu at yr hyn a ddigwyddodd nesaf.
All assembled were astonished at what happened next.
Syrthiodd un o goesau'r frenhines i ffwrdd.
One of the legs of the queen fell off.

Yna gwasgodd y bachgen wddf yr aderyn.
Then the boy squeezed the throat of the bird.
Ac wrth iddo wasgu'r aderyn, rhoddodd y frenhines yr ysbryd i fyny.
And as he squeezed the bird, the queen gave up the ghost.
Yna adroddodd y bachgen ei hanes i'r brenin.
The boy then retold his history to the king.
"Roedd gennych chi saith o wragedd diffrwyth"
"You used to have seven barren wives"
"I drin eu diffrwythdra, rhoddaist fango i bob un ohonyn nhw"
"To treat their barrenness, you gave them each a mango"
"A beichiogodd pob un o'ch gwragedd â phlentyn"
"And each of your wives fell pregnant with a child"
"Fodd bynnag, priodoch chi wythfed wraig wedyn"
"However, you then married an eighth wife"
"Gorchmynnodd y wraig hon i chi ddallu eich gwragedd eraill"
"This wife ordered you to blind your other wives"
"Ac fe orchmynnodd i chi ladd eich gwragedd eraill"
"And she ordered you to have your other wives killed"
"Dallodd eich gweinidog eich saith gwraig"
"Your minister blinded your seven wives"
"Ond roedd ganddo galon rhy dda i ladd eich gwragedd"
"But he was too good hearted to kill your wives"
"Aethpwyd â'ch saith gwraig i le cuddio"
"Your seven wives were taken to a hiding place"
"Ac yn y lle cuddio hwn rhoddodd pob un ohonynt enedigaeth"
"And in this hiding place they each gave birth"
"Ond fe'u gorfodwyd i fwyta eu plant newydd-anedig"
"But they were forced to eat their newly born children"
"Dim ond fy mam na adawodd i mi gael fy mwyta"
"Only my mother did not let me be eaten"
"Yn lle hynny, cefais fy sugno gan saith mam"
"Instead, I was suckled by seven mothers"
"A thyfais i fyny'n gryf ac yn abl"

"And I grew up strong and capable"
"Yn y diwedd, des i weithio yn eich palas"
"Eventually I came to work in your palace"
"Anfonodd eich gwraig, fy llysfam, fi ar genhadaeth"
"Your wife, my stepmother, sent me on a mission"
"Anfonodd fi at ei mam am feddyginiaeth"
"She sent me to her mother for a medicine"
"Fodd bynnag, roedd ei mam yn Rakshasi"
"However, her mother was a Rakshasi"
"Ganddi hi y cefais gyfrinach bywyd eich gwraig"
"From her I found the secret of your wife's life"
"Ac felly des i â'r aderyn a ddaliodd fywyd eich gwraig"
"And so I brought the bird that held your wife's life"
Roedd y brenin wedi gwrando ar y stori a adroddodd ei fab wrtho.
The king had listened to the story his son told him.
Daethpwyd â'r saith brenhines yn ôl i'r palas.
The seven queens were brought back to the palace.
Ac adferwyd eu llygaid yn wyrthiol.
And their eyes were miraculously restored.
Coronwyd y bachgen a gafodd ei sugno gan saith mam.
The boy that was suckled by seven mothers was crowned.
Ac fe'i cydnabuwyd gan y brenin fel ei etifedd cyfreithlon.
And he was recognized by the king as his rightful heir.
Ac roedden nhw'n byw gyda'i gilydd yn hapus.
And they lived together happily.

Stori'r Tywysog Sobur
The Story of Prince Sobur

Unwaith roedd masnachwr yn byw.
Once upon a time there lived a merchant.
Roedd gan y masnachwr hwn saith merch.
This merchant had seven daughters.
Un diwrnod gofynnodd y masnachwr gwestiwn iddyn nhw.
One day the merchant asked them a question.
"O ffortiwn pwy wyt ti'n byw?"
"From whose fortune do you live?"
Yr ferch hynaf a atebodd yn gyntaf.
The eldest daughter answered first.
"Dad, rwy'n byw o'th ffortiwn di"
"Papa, I live from your fortune"
Rhoddodd yr ail ferch yr un ateb.
The second daughter gave the same answer.
Rhoddwyd yr un ateb gan y drydedd ferch.
The same answer was given by the third daughter.
Roedd ei bedwaredd ferch hefyd yn byw o'i ffortiwn.
His fourth daughter also lived from his fortune.
Nid oedd ei bumed ferch yn wahanol.
His fifth daughter was no different.
Ac roedd ei chweched ferch fel y gweddill.
And his sixth daughter was like the rest.
Ond synnodd ei ferch ieuengaf ef.
But his youngest daughter surprised him.
Roedd ganddi ateb gwahanol iawn.
She had a very different answer.
"Rwy'n byw o fy ffortiwn fy hun"
"I live from my own fortune"
Nid oedd yn hoffi'r ateb hwn.
He did not like this answer.
Gwnaeth ei hateb y masnachwr yn flin iawn.
Her answer made the merchant very angry.
"Rwyt ti'n anniolchgar iawn," meddai wrthi.
"You are very ungrateful," he told her.

"Gweler pa mor dda rydych chi'n gwneud ar eich pen eich
hun"
"See how well you do on your own"
"Rwy'n eich cicio allan o fy nhŷ"
"I am kicking you out of my house"
"Fydd gennych chi ddim rupee yn eich poced"
"You will not have a rupee in your pocket"
Galwodd ar ei palanquiniaid i ddod.
He called his palanquins to come.
Ac fe orchmynnodd iddyn nhw gymryd y ferch i ffwrdd.
And he ordered them to take the girl away.
"Gadewch hi yng nghanol coedwig"
"Leave her in the midst of a forest"
Erfyniodd y ferch am gael caniatâd i wneud un peth.
The girl begged to be allowed one thing.
"Gadewch i mi gymryd fy mlwch gwaith, os gwelwch yn
dda"
"Please let me take my work-box"
"Yn y blwch mae fy nodwyddau a'm edafedd"
"In the box are my needles and threads"
Caniataodd ei thad iddi gymryd ei blwch.
Her father allowed her to take her box.
Aeth hi i sedd y palanquiniaid.
She got into the seat of the palanquins.
A chododd y cludwyr hi i fyny.
And the bearers lifted her up.
A rhoddasant hi ar eu hysgwyddau.
And they put her onto their shoulders.
Wrth i'r cludwyr redeg roedden nhw'n canu.
As the bearers ran they chanted.
"Hoon! Hoon! Hoon! Hoon! Hoon!"
"Hoon! Hoon! Hoon! Hoon! Hoon!"
Ond wnaethon nhw ddim cyrraedd yn bell iawn.
But they didn't get very far.
Safodd hen wraig yn eu ffordd.
An old woman stood in their way.
Daeth hi at y cerbyd.

She came up to the carriage.
"Ble wyt ti'n mynd â fy merch?"
"Where are you taking my daughter?"
Morwyn y plentyn oedd hi.
She was the maid of the child.
"Rydym wedi cael gorchmynion gan y masnachwr"
"We have been given orders by the merchant"
"Dywedodd wrthym am ei chymryd hi i ffwrdd"
"He told us to take her away"
"Byddwn yn ei gadael hi mewn coedwig"
"We will leave her in a forest"
"Rydyn ni'n mynd i wneud ei orchymyn"
"We are going to do his bidding"
"Rhaid i mi fynd gyda hi," meddai'r hen wraig.
"I must go with her," said the old woman.
Ond nid oedd y cludwyr yn siŵr.
But the bearers were not sure.
Mae cludwyr yn rhedeg pan fyddant yn cario cadair sedan.
Bearers run when they carry a sedan chair.
"Sut fyddwch chi'n gallu cadw i fyny â ni?"
"How will you be able to keep pace with us?"
Ni chafodd yr hen wraig ei digalonni.
The old woman was not deterred.
"Does dim ots sut dw i'n ei wneud "
"It does not matter how I do it"
"Rhaid i mi fynd lle mae fy merch yn mynd"
"I must go where my daughter goes"
Roedd y ferch ieuengaf yn erfyn ar y cludwyr.
The youngest daughter begged the bearers.
"Dewch â fy mam gyda mi, os gwelwch yn dda"
"Please carry my mother with me"
A chytunodd y cludwyr yn rasol.
And the bearers gracefully agreed.
Fe wnaethon nhw gludo mam a phlentyn i'r goedwig.
They carried mother and child to the forest.
"Hoon! Hoon! Hoon! Hoon! Hoon!"
"Hoon! Hoon! Hoon! Hoon! Hoon!"

Yn y prynhawn cyrhaeddon nhw goedwig drwchus.
In the afternoon they reached a dense forest.
Aethant yn ddyfnach ac yn ddyfnach i'r goedwig.
They went deeper and deeper into the forest.
Tua machlud haul cyrhaeddon nhw eu nod.
Towards sunset they reached their goal.
Fe wnaethon nhw stopio wrth droed hen goeden.
They stopped at the foot of an old tree.
Fe wnaethon nhw ostwng y ferch a'r hen wraig.
They lowered the girl and the old woman.
A gadawsant hwy yn y goedwig.
And they left them in the forest.
Yna fe aethon nhw'n ôl ar eu camau adref.
Then they retraced their steps home.

Edrychodd merch ieuengaf y masnachwr o gwmpas.
The merchant's youngest daughter looked around.
Fyddech chi ddim eisiau bod yn ei hesgidiau hi.
You would not have wanted to be in her shoes.
Roedd ei sefyllfa'n wirioneddol druenus.
Her situation was truly pitiable.
Prin oedd hi'n bedair ar ddeg oed.
She was hardly fourteen years old.
Roedd hi wedi tyfu i fyny mewn moethusrwydd.
She had grown up in luxury.
Ond nawr nid oedd moethusrwydd iddi.
But now there was no luxury for her.
Roedd hi yng nghanol coedwig dywyll.
She was in the heart of a dark forest.
Nid oedd ganddi rupee yn ei phoced.
She had not a rupee in her pocket.
Ac nid oedd ganddi ddim i'w hamddiffyn.
And she had nothing for protection.
Dim byd heblaw hen wraig, wedi gwanhau.
Nothing except an old, decrepit, woman.
Yr oedd hyd yn oed coed y goedwig yn tosturio amdani.
Even the trees of the forest pitied her.

Eisteddodd y ferch ifanc a'r hen wraig gyda'i gilydd.
The young girl and old woman sat together.
Roedden nhw wrth droed hen goeden.
They were at the foot of an old tree.
A gyda'i gilydd fe wnaethon nhw grio dros eu sefyllfa.
And together they cried over their situation.
Dylwn i ddweud bod hyn i gyd wedi digwydd amser maith yn ôl.
I should say this all happened long ago.
Yn yr amseroedd hyn gallai'r coed siarad.
In these times the trees could talk.
A siaradodd yr hen goeden â'r ferch.
And the old tree spoke to the girl.
"Merched anhapus, rwy'n teimlo'n drueni mawr tuag atoch chi"
"Unhappy women, I much pity you"
"Mae anifeiliaid gwyllt yn y goedwig hon"
"There are wild beasts in this forest"
"Cyn bo hir byddan nhw'n dod allan o'u llochesi"
"Soon they will come out of their lairs"
"Byddan nhw'n crwydro o gwmpas am ysglyfaeth"
"They will roam about for prey"
"Ac maen nhw'n siŵr o'ch difa chi'ch dau"
"And they are sure to devour you two"
"Ond gallaf eich helpu chi, os ydych chi eisiau"
"But I can help you, if you want"
"Gwnaf agoriad i chi"
"I will make an opening for you"
"Pan welwch chi'r agoriad, ewch i mewn iddo"
"When you see the opening, go into it"
"Ac yna byddaf yn cau'r agoriad"
"And then I will close the opening up"
"Cyn belled â'ch bod chi ynof fi byddwch chi'n ddiogel"
"As long as you are in me you'll be safe"
"Fel hyn ni all yr anifeiliaid gwyllt eich cyffwrdd"
"This way the wild beasts can't touch you"
Ac yna holltodd y goeden ei hun yn ddau.

And then the tree split itself in two.
Aeth y ddwy ddynes i mewn i'r goeden.
The two women went inside the tree.
Ac ailddechreuodd yr hen goeden ei siâp naturiol.
And the old tree resumed its natural shape.

Tywyllodd cysgod y nos y goedwig.
The shade of night darkened the forest.
Roedd popeth a ddywedodd y goeden yn wir.
Everything the tree had said was true.
Daeth yr anifeiliaid gwyllt allan o'u llochesi.
The wild beasts came out of their lairs.
Daeth y teigr ffyrnig allan yn y nos.
The fierce tiger came out at night.
Gadawodd yr arth wyllt ei guddfan.
The wild bear left his lair.
Roedd y rhinoseros yn crwydro'r goedwig.
The rhinoceros roamed the forest.
Roedd yr arth blewog yno'r noson honno.
The bushy bear was there that night.
Gellid clywed yr eliffant mawr.
The great elephant could be heard.
Ac roedd y byfflo corniog yno.
And there was the horned buffalo.
Grwgnachodd pob un wrth iddyn nhw gylchu'r goeden.
They all growled as they circled the tree.
Roedden nhw wedi cael arogl gwaed dynol.
They had gotten the scent of human blood.
Gallent glywed grwgnach y bwystfilod.
They could hear the growls of the beasts.
Daeth y bwystfilod yn rhuthro yn erbyn y goeden.
The beasts came dashing against the tree.
Fe wnaethon nhw dorri canghennau'r hen goeden.
They broke the old tree's branches.
Trywodd eu cyrn boncyff y goeden.
Their horns pierced the tree's trunk.
Fe wnaethon nhw grafu ei risgl â'u crafangau.

They scratched its bark with their claws.
Ond bu eu holl ymdrechion yn ofer.
But all their efforts were in vain.
Roedd y ferch a'r ddynes yn ddiogel yn y goeden.
The girl and woman were safe in the tree.
Tua'r wawr aeth yr anifeiliaid gwyllt i ffwrdd.
Towards dawn the wild beasts went away.
Ar ôl codiad haul siaradodd y goeden dda eto.
After sunrise the good tree spoke again.
"Mae'r anifeiliaid gwyllt wedi mynd yn ôl"
"The wild beasts have gone back"
"Maen nhw yn eu llochesi eto"
"They are in their lairs again"
"Ond fe wnaethon nhw eu gorau i'm poenydio i"
"But they did their best to torment me"
"Mae'r haul wedi codi eto"
"The sun has risen up again"
"Felly gallwch chi ddod allan nawr"
"So you can come out now"
Holltodd y goeden ei hun yn ddau eto.
The tree split itself into two again.
Daeth y ferch a'r hen wraig allan.
The girl and the old woman came out.
Gwelsant faint y difrod.
They saw the extent of the damage.
Roedd canghennau'r goeden wedi'u torri i ffwrdd.
The tree's branches had been broken off.
Roedd boncyff y goeden wedi'i dyllu.
The tree's trunk had been pierced.
Roedd y rhisgl wedi'i dynnu i ffwrdd.
The bark had been stripped off.
"Mam dda, diolch i ti"
"Good mother, we thank you"
"Rydych chi wedi bod yn garedig iawn wrthym ni"
"You have been very kind to us"
"Rhodaist loches i ni rhag yr anifeiliaid"
"You gave us shelter from the beasts"

"Ond roedd ar gost fawr i chi'ch hun"
"But it was at a great cost to yourself"
"Mae gennych lawer o glwyfau gan yr anifeiliaid gwyllt"
"You have many wounds from the wilds beasts"
"Rhaid eich bod chi mewn poen mawr?"
"You must be in great pain?"
Gerllaw roedd afon yn llifo.
Close by there was a flowing river.
Aeth y ferch ifanc at lan yr afon.
The young girl went to the river bank.
Ar lan yr afon daeth o hyd i fwd.
At the bank of the river she found mud.
Gorchuddiodd hi'r goeden â'r mwd.
She covered the tree with the mud.
Gorchuddiodd y rhannau a ddifrodwyd yn arbennig.
She especially covered the damaged parts.
Diolchodd y goeden iddi am y driniaeth.
The tree thanked her for the treatment.
"Fy merch dda, diolch i ti"
"My good girl, I thank you"
"Rwyf wedi cael rhyddhad mawr o fy mhoen"
"I am greatly relieved of my pain"
"Rwy'n fwy pryderus amdanoch chi, fodd bynnag"
"I am, however, more concerned for you"
"Rhaid eich bod chi'n llwglyd"
"You must be hungry"
"Dwyt ti ddim wedi bwyta ers ddoe"
"You have not eaten since yesterday"
"Ond beth alla i ei roi i chi?"
"But what can I give you?"
"Does gen i ddim ffrwyth fy hun"
"I have no fruit of my own"
"Ond mae gen i rywfaint o gyngor"
"But I do have some advice"
"Rhowch i'r hen wraig beth bynnag o arian sydd gennych
chi"
"Give the old woman whatever money you have"

"Gadewch iddi fynd i'r ddinas"
"Let her go into the city"
"Yn y ddinas gall hi brynu rhywfaint o fwyd"
"In the city she can buy some food"
Fe wnaethon nhw egluro eu sefyllfa i'r goeden.
They explained their situation to the tree.
"Rydym wedi cael ein hanfon allan heb arian "
"We have been sent out with no money"
Ond chwiliodd drwy ei blwch gwaith beth bynnag.
But she searched through her work-box anyway.
Ac yn y blwch daeth o hyd i bum cowrie.
And in the box she found five cowries.
Parhaodd y goeden i roi ei chyngor.
The tree continued to give its advice.
"Ewch gyda'ch cowries i'r ddinas"
"Go with your cowries to the city"
"Defnyddiwch y cowries i brynu reis wedi'i ffrio"
"Use the cowries to buy some fried rice"
Felly aeth yr hen wraig i'r ddinas.
So the old woman went to the city.
Yn ffodus nid oedd y ddinas ymhell i ffwrdd.
Fortunately the city was not far away.
Aeth at y siopwr cyntaf a ddaeth o hyd iddo.
She went to the first shopkeeper she found.
"Rhowch werth pum cowri o reis i mi, os gwelwch yn dda"
"Please give me five cowries worth of rice"
Chwarddodd y siopwr arni.
The shopkeeper laughed at her.
"Ble mae cael reis am bum cowrie?"
"Where can rice be had for five cowries?"
"Dos i ffwrdd, hen wrach," meddai wrthi.
"Be off, you old hag," he told her.
Felly ceisiodd ffeirio mewn siop arall.
So she tried to barter at another shop.
Gallai'r siopwr hwn weld ei gofid.
This shopkeeper could see her distress.
A thrugarodd y siopwr wrthi.

And the shopkeeper took pity on her.
Rhoddodd lawer iawn o reis iddi.
She gave her a large quantity of rice.
Dychwelodd yr hen wraig gyda'r reis.
The old woman returned with the rice.
A rhoddodd y goeden gyfarwyddiadau pellach.
And the tree gave further instructions.
"Bwyta llai na hanner y reis"
"Eat less than half of the rice"
"Ewch i argloddiau glan yr afon"
"Go to the embankments of the river bank"
"Taflwch y reis sy'n weddill ar lan yr afon"
"Cast the remaining rice on the river bank"
Doedden nhw ddim yn deall synnwyr y peth.
They did not understand the sense of it.
"Pam hau glan yr afon â reis?"
"Why sow the riverbank with rice?"
Ond fe wnaethon nhw fel y cynghorwyd nhw.
But they did as they were advised.
Ac fe daflasant eu reis ar y ddaear.
And they threw their rice onto the ground.

Treuliasant y diwrnod yn galaru am eu tynged.
They spent the day lamenting their fate.
Yn union fel o'r blaen daeth y bwystfilod allan yn y nos.
Just as before the beasts came out at night.
Fe wnaeth y goeden eu lleoli y tu mewn i'w boncyff eto.
The tree housed them inside of its trunk again.
Unwaith eto fe wnaethon nhw anffurfio ac arteithio'r goeden.
Again they mutilated and tortured the tree.
Ond y noson honno digwyddodd rhywbeth arall.
But that night something else happened.
Dim ond y diwrnod canlynol y gwelodd y menywod ef.
The women only saw it the next day.
Roedd y reis wedi denu cannoedd o beunod.
The rice had attracted hundreds of peacocks.

Cystadlodd y peunod am y reis.

The peacocks competed for the rice.

A syrthiodd eu plu ar y llawr.

And their feathers fell on the floor.

Roedd y goeden wedi gwybod beth fyddai'n digwydd.

The tree had known what would happen.

A rhoddodd y goeden gyngor iddynt beth i'w wneud nesaf.

And the tree advised them what to do next.

"Ewch yn ôl i lan yr afon"

"Go back to the bank of the river"

"Ewch i ble rydych chi'n bwrw'r reis"

"Go to where you cast the rice"

"Yno fe welwch chi lawer o blu"

"There you will see many feathers"

"Casglwch yr holl blu y gallwch ddod o hyd iddynt"

"Collect all the feathers you can find"

"Defnyddiwch y plu i wneud ffan hardd"

"Use the feathers to make a beautiful fan"

"A chymryd y ffan plu i'r ddinas"

"And take the feather-fan to the city"

Gwnaeth y ddwy ddynes fel y cynghorwyd hwy.

The two women did as they were advised.

Roedd yn dda bod y ferch wedi cymryd ei blwch gwaith.

It was good the girl had taken her work-box.

Yn ei blwch gwaith roedd rhywfaint o linyn.

In her work-box was some string.

Fe glymodd y plu at ei gilydd.

The tied the feathers together.

Ac roedd hi wedi gwneud ffan o'r plu.

And she had made a fan from the feathers.

Aeth hi â'r ffan plu i'r ddinas.

She took the feather fan to the city.

Digwyddodd i fab y brenin fod yno.

The son of the king happened to be there.

Roedd yn edmygu'r plu yn fawr.

He admired the feathers greatly.

Talodd swm mawr o arian am y plu.

He paid a large sum of money for the feathers.
Bob bore casglwyd swm o blu.
Each morning a quantity of feathers was collected.
A phob dydd roedd ffan plu yn cael ei gwneud a'i gwerthu.
And each day a feather fan was made and sold.
O fewn cyfnod byr daeth y ddwy fenyw yn gyfoethog.
Within a short time the two women got rich.
Yna cynghorodd y goeden nhw i adeiladu tŷ.
The tree then advised them to build a house.
"Cyflogwch ddynion i losgi briciau i chi"
"Employ men to burn bricks for you"
"Gofynnwch iddyn nhw dorri trawstiau a thrawstiau"
"Get them to cut beams and rafters"
"Gwnewch iddyn nhw blastro'r waliau â chalch"
"Make them plaster the walls with lime"
Mewn ychydig fisoedd adeiladwyd tŷ urddasol.
In a few months a stately house was built.
Roedd y goeden yn falch dros y menywod.
The tree was pleased for the women.
"Dylech chi ychwanegu gardd at eich tŷ"
"You should add a garden to your house"
"Ac rydych chi eisiau gallu storio dŵr"
"And you want to be able to store water"
"Cloddiwch danc dŵr yn eich gardd"
"Dig a water tank in your garden"

Nid oedd gan y ferch lawer o amser.
The girl had not had much time.
Felly doedd hi ddim yn meddwl am ei theulu.
So she didn't think of her family.
Roedd lwc y masnachwr wedi cymryd tro.
The merchant's luck had taken a turn.
Gwgodd duwies y cyfoeth arno.
The goddess of wealth frowned upon him.
Cafodd ei daro gan anffawd sydyn.
He was struck by a sudden misfortune.
Collodd ei holl arian ar unwaith.

All at once he lost all of his money.
Cafodd ei orfodi i werthu ei dŷ.
He was forced to sell his house.
Ond gwnaeth golled fawr ar yr eiddo.
But he made a great loss on the property.
Gadawyd ef a'i deulu heb geiniog.
He and his family were left penniless.
Felly fe'u gorfodwyd i fyw yn rhywle arall.
So they were forced to live elsewhere.
Digwyddodd iddynt symud i bentref cyfagos.
They happened to move to a nearby village.
Nid oedd y palas ymhell o'u tŷ newydd.
The palace was not far from their new house.
Ond nid oedd y masnachwr yn gyfoethog mwyach.
But the merchant was not rich anymore.
Ac roedd yn rhaid iddo gynnal ei deulu o hyd.
And he still had to support his family.
Roedd wedi cael ei ostwng i wneud llafur llaw.
He had been reduced to doing manual labor.
Gwnaeth gais am y swydd yn y palas.
He applied for the job at the palace.
Roedd e'n mynd i gloddio'r twll ar gyfer y dŵr.
He was going to dig the hole for the water.
Cynigiodd ei wraig weithio gydag ef hefyd.
His wife also offered to work with him.
Ond fe gyrhaeddon nhw yno'n rhy hwyr i weithio.
But they got there too late to work.
Roedd y tanc dŵr eisoes wedi'i orffen.
The water tank had already been finished.
Ac ni wyddent dŷ pwy oedd yn eiddo iddo.
And they did not know whose house it was.
Roedd merch y masnachwr yn edrych allan o'r ffenestr.
The merchant's daughter was looking out the window.
Digwyddodd weld ei rhieni yn yr ardd.
She happened to see her parents in the garden.
Gallai weld y carpiau roedden nhw'n eu gwisgo.
She could see the rags they were wearing.

Llenwodd ei llygaid â dagrau wrth yr olygfa.
Her eyes filled with tears at the sight.
Ni allai hi gredu'r hyn a welodd.
She could not believe what she saw.
Roedd ei rhieni wedi dod ati i gael gwaith.
Her parents had come to her for work.
Galwodd ei gweision ar unwaith.
She immediately called her servants.
"Y tu allan yn yr ardd mae fy rhieni"
"Outside in the garden are my parents"
"Cynigiwch y dillad cain hyn iddyn nhw, os gwelwch yn dda"
"Please offer them these fine clothes"
"A gofynnwch iddyn nhw ddod i mewn i'r palas"
"And ask them to come into the palace"
Gwnaeth ei gweision fel y dywedwyd wrthynt.
Her servants did as they were told.
Ond roedd ei rhieni wedi dychryn yn ddirfawr.
But her parents were frightened beyond measure.
Roedden nhw wedi gweld bod y tanc wedi'i orffen.
They had seen that the tank was finished.
Arferai fod traddodiad rhyfedd.
There used to be a strange tradition.
Yn y dyddiau hynny offrymwyd aberthau dynol.
In those days human sacrifices were offered.
Un o'r achlysuron hynny oedd ar ôl cloddio pwll.
One of those occasions was after digging a pool.
Gallwch ddychmygu ofn ei rhieni.
You can imagine her parents' fear.
Roedden nhw wedi dod i gloddio'r tanc dŵr.
They had come to dig the water tank.
Ond nawr roedd gweision yn eu galw.
But now servants were calling them.
Roedden nhw'n meddwl y bydden nhw'n cael eu haberthu.
They thought they going to be sacrificed.
"Taflwch eich carpiau i ffwrdd," medden nhw.
"Throw away your rags" they said.

"Dyma, gwisgwch y dillad cain hyn"
"Here, wear these fine clothes"
A chynyddodd eu hofnau hyd yn oed yn fwy.
And their fears increased even more.
Ond ni bu raid iddynt ofni am hir.
But they did not have to fear for long.
Daeth eu merch gyfoethog allan i'w cyfarfod.
Their rich daughter came out to meet them.
Cofleidiodd a chusanodd ei rhieni.
She hugged and kissed her parents.
A dywedodd hi wrthyn nhw bopeth a oedd wedi digwydd.
And she told them everything that had happened.
Teimlai'r tad ei bod hi wedi bod yn iawn.
The father felt that she had been right.
"Rydych chi'n byw o'ch ffortiwn eich hun"
"You do live from your own fortune"
Ni wnaeth y ferch feio ei thad.
The daughter did not blame her father.
A rhoddodd hi ffortiwn fawr iddo.
And she gave him a large fortune.
Gyda'r arian symudodd yn ôl i'r ddinas.
With the money he moved back to the city.
Yn fuan daeth yn fasnachwr eto.
Soon he became a merchant again.
Ac aeth i wledydd pell i fasnachu.
And he went to distant countries for trade.

Un diwrnod paratôdd ar gyfer menter fusnes arall.
One day he got ready for another business venture.
Ond y diwrnod hwnnw digwyddodd rhywbeth rhyfedd.
But that day something strange happened.
Roedd y llong yn barod i adael y porthladd.
The ship was ready to leave the port.
Ond am ryw reswm ni symudodd y llong.
But for some reason the ship did not move.
Doedd neb yn gallu egluro beth oedd yn digwydd.
No one could explain what was happening.

Ond roedd gan y masnachwr syniad.
But the merchant had an idea.
"Efallai y byddai fy merched yn hoffi anrhegion"
"Perhaps my daughters would like presents"
"Mae angen i mi ofyn iddyn nhw beth hoffen nhw"
"I need to ask them what they would like"
Aeth i weld ei ferched.
He went to see his daughters.
Gofynnodd iddyn nhw beth fydden nhw'n ei hoffi.
He asked them what they would like.
Ac addawodd ddod ag anrhegion iddyn nhw.
And he promised to bring them presents.
Ond ni fyddai'r llong yn symud o hyd.
But the ship would still not move.
Nid oedd wedi gofyn i'w holl ferched.
He had not asked all his daughters.
Nid oedd ei ferch ieuengaf yno.
His youngest daughter was not there.
Roedd hi'n byw mewn dinas wahanol.
She was living in a different city.
Felly gorchmynnodd i'w weision fynd i'w phalas hi.
So he ordered his servants go to her palace.
Daeth y negesydd ar yr amser anghywir.
The messenger came at the wrong time.
Roedd y ferch ifanc yn ymwneud ag addoliad.
The young girl was engaged in devotions.
Ond gofynnodd y negesydd iddi beth bynnag.
But the messenger asked her anyway.
Dywedodd hi wrtho "sobur" yn unig.
She just told him "sobur"
Ystyr hyn oedd "aros"
The meaning of this was "wait"
Ond nid oedd y negesydd yn gwybod hyn.
But the messenger didn't know this.
Roedd e'n meddwl ei bod hi eisiau rhywbeth o'r enw "sobur"
He thought she wanted something called "sobur"

Felly aeth yn ôl i ddinas y masnachwr.
So he went back to the city of the merchant.
Ac fe gyflenwodd y neges a dderbyniodd.
And he delivered the message he received.
"Mae eich merch eisiau rhywbeth o'r enw 'sobur'"
"Your daughter wants something called 'sobur'"
Y tro hwn gallai'r llong symud eto.
This time the ship could move again.
Felly cychwynnodd y masnachwr ar ei deithiau.
So the merchant started on his travels.
Ymwelodd â llawer o borthladdoedd ar ei daith.
He visited many ports on his journey.
Ac fe wnaeth elw da o'i fasnachau.
And he made good profits from his trades.
Doedd dod o hyd i'r anrhegion ddim yn anodd.
Finding the presents was not difficult.
Daeth o hyd i bopeth yr oedd ei ferched hynaf ei eisiau.
He found everything his oldest daughters wanted.
Ond roedd dymuniad ei ferch ieuengaf yn anodd.
But his youngest daughter's wish was difficult.
Ni allai ddod o hyd i'r peth o'r enw "sobur"
He could not find the thing called "sobur"
Gofynnodd ym mhob porthladd y daeth iddo.
He asked at every port he came to.
"Oes gennych chi rywbeth o'r enw 'sobur'?"
"Do you have something called 'sobur'?"
Ond ysgwydodd y masnachwyr i gyd eu pennau.
But the merchants all shook their heads.
"Dydyn ni erioed wedi clywed am 'sobur'"
"We've never heard of 'sobur'"
Roedd ei daith bron â dod i'w diwedd.
His voyage had almost come to its end.
Roedd yn mynd i fynd yn ôl adref yn fuan.
He was soon going to head back home.
Ond roedd eisiau "sobur" i'w ferch.
But he wanted "sobur" for his daughter.
Felly aeth i alw drwy'r strydoedd.

So he went calling through the streets.
"Sobur, oes gan unrhyw un sobur?!"
"Sobur, does anyone have sobur?!"
Roedd mab y Brenin yn ei gastell.
The son of the King was in his castle.
Digwyddodd ei fod yn edrych allan o'r ffenestr.
He happened to be looking out the window.
A denodd y galwadau ei sylw.
And the calls attracted his attention.
Oherwydd bod ei enw yn digwydd bod Sobur.
Because his name happened to be Sobur.
Daeth at y masnachwr i siarad ag ef.
He came to the merchant to speak with him.
"Mae gen i'r Sobur rydych chi ei eisiau"
"I have the Sobur that you want"
"Cymerwch y blwch hwn, ond byddwch yn ofalus ag ef"
"Take this box, but be careful with it"
"Yn y blwch mae ffan plu hudolus a drych"
"In the box is a magical feather fan and mirror"
"Dyma'r Sobur y mae eich merch yn ei ddymuno"
"This is the Sobur your daughter wishes for"
Diolchodd y masnachwr i'r tywysog am y blwch.
The merchant thanked the prince for the box.
Ac fe ddychwelodd yn ôl i'w wlad.
And he returned back to his country.

Rhoddodd y blwch i'w ferch.
He gave the box to his daughter.
Ond ni feddyliodd y ferch amdano.
But the daughter didn't think about it.
Roedd hi'n meddwl mai dim ond blwch cyffredin ydoedd.
She thought it was just a common box.
Roedd hi wedi anghofio am y negesydd.
She had forgotten about the messenger.
Ond un diwrnod penderfynodd agor y blwch.
But one day she decided to open the box.
Y tu mewn i'r blwch daeth o hyd i ffan hardd.

Inside the box she found a beautiful fan.
Yn y ffan plu roedd drych hardd.
In the feather fan there was a beautiful mirror.
Chwifiodd y ffan plu i oeri ei hun.
She waved the feather fan to cool herself.
Ac ymddangosodd y Tywysog Sobur o'i blaen.
And Prince Sobur appeared before her.
"Fe wnaethoch chi fy ffonio i, felly dyma fi," meddai.
"You called me, so here I am," he said.
"Beth yw eich dymuniad?" gofynnodd.
"What is it you wish for?" he asked.
Roedd hi wedi synnu at yr hyn a welodd.
She was astonished at what she saw.
Roedd tywysog golygus wedi ymddangos yn sydyn!
A handsome prince had suddenly appeared!
"Pwy wyt ti?" gofynnodd hi i'r tywysog.
"Who are you?" she asked the prince.
"A sut y gwnaethoch chi ymddangos yn sydyn?"
"And how did you suddenly appear?"
Esboniodd y tywysog beth oedd wedi digwydd.
The prince explained what had happened.
"Roedd eich tad yn chwilio am 'sobur'"
"Your father was looking for 'sobur'"
"Fi yw'r tywysog Sobur," eglurodd.
"I am prince Sobur," he explained.
"Rhoddais flwch i'ch tad"
"I gave your father a box"
"Yn y blwch hwn mae ffan plu a drych"
"In this box there is a feather fan and mirror"
"Pan fyddwch chi'n ysgwyd y ffan plu byddaf yn ymddangos"
"When you shake the feather fan I will appear"
Gofynnodd i'r tywysog aros fel gwestai.
She asked the prince to stay as a guest.
Ac am ddau ddiwrnod arhosodd y tywysog gyda hi.
And for two days the prince stayed with her.
A hi a'i diddanodd yn ei phalas.

And she entertained him in her palace.
Yn ystod y cyfnod hwnnw syrthiodd y ddau mewn cariad.
During that time the two fell in love.
Gwnaethant eu haddunedau i bob un.
They made their vows to each.
A daethant yn ŵr a gwraig.
And they became husband and wife.
Ar ôl hyn dychwelodd y tywysog at ei dad.
After this the prince returned to his father.
Dywedodd wrtho ei fod wedi dewis gwraig.
He told him that he had selected a wife.
Penderfynwyd ar ddiwrnod y briodas.
The day for the wedding was decided.
Gwahoddwyd yr holl deulu.
All the family was invited.
Ac fe gawson nhw briodas hyfryd.
And they had a beautiful wedding.

Ond bu marwolaeth yn y gwely priodasol.
But there was a death in the marriage bed.
Roedd chwe merch y masnachwr yn genfigennus.
The six daughters of the merchant were envious.
Roedden nhw'n genfigennus o lwyddiant eu chwaer.
They were jealous of their sister's success.
Felly fe benderfynon nhw ddinistrio ei hapusrwydd.
So they decided to destroy her happiness.
Fe wnaethon nhw dorri nifer o boteli gwydr.
They broke several glass bottles.
Ac fe wnaethon nhw falu'r gwydr yn bowdr mân.
And they ground the glass into fine powder.
Yna fe wnaethon nhw wasgaru'r powdr ar y gwely.
Then they scattered the powder on the bed.
Nid oedd y tywysog yn amau unrhyw berygl.
The prince suspected no danger.
Gorweddodd ei hun i lawr yn y gwely.
He laid himself down in the bed.
Yn fuan teimlodd boen acíwt.

Soon he felt an acute pain.
Roedd ei gorff cyfan yn boenu.
All of his whole body ached.
Roedd y powdr wedi mynd trwy ei groen.
The powder had gone through his skin.
Daeth y tywysog yn aflonydd oherwydd poen.
The prince became restless through pain.
Ac fe ddechreuodd gicio a sgrechian.
And he started to kick and scream.
Cafodd ei gludo i ffwrdd i'w wlad ei hun.
He was taken away to his own country.
Roedd y brenin a'r frenhines yn bryderus iawn.
The king and queen were very worried.
Ymgynghorasant â holl feddygon y deyrnas.
They consulted all the kingdom's physicians.
Ond roedd eu hymdrechion yn ofer.
But their efforts were in vain.
Ddydd a nos roedd y tywysog ifanc yn sgrechian.
Day and night the young prince was screaming.
Ni allai neb gadarnhau'r afiechyd.
No one could ascertain the disease.
Felly nid oedd ganddyn nhw unrhyw ffordd o wybod y feddyginiaeth.
So they had no way of knowing the remedy.
Gallwch ddychmygu galar ei wraig.
You can imagine the grief of his wife.
Newydd gael ei glymu oedd y cwlwm priodas.
The marriage knot had only just been tied.
Roedd hi'n meddwl bod clefyd ofnadwy wedi ymosod arno.
She thought a terrible disease had attacked him.
Yna cafodd ei gario gannoedd o filltiroedd i ffwrdd.
Then he was carried hundreds of miles away.
Nid oedd hi erioed wedi bod yn ei wlad.
She had never been to his country.
Ond roedd hi'n benderfynol o fynd yno.
But she was determined to go there.
Ac roedd hi'n benderfynol o'i nyrsio'n well.

And she was determined to nurse him better.
Gwisgodd wisg Sannyasi.
She put on the garb of a Sannyasi.
Ac roedd hi'n cario dager yn ei llaw.
And she carried a dagger in her hand.
Ac yna cychwynnodd ar ei thaith.
And then she set out on her journey.

Roedd y dywysoges yn dal yn gymharol ifanc.
The princess was still relatively young.
Nid oedd hi'n gyfarwydd â theithiau hir.
She was unaccustomed to long journeys.
Ac nid oedd hi wedi arfer cerdded mor bell.
And she wasn't used to walking so far.
Buan y blinodd ar gerdded.
She soon got weary of walking.
Felly eisteddodd hi o dan goeden i orffwys.
So she sat under a tree to rest.
Ar ben y goeden roedd nyth.
On the top of the tree there was a nest.
Nyth dau aderyn dwyfol ydoedd.
It was the nest of two divine birds.
Roedd Bihangami a Bihangama yn byw yma.
Bihangami and Bihangama lived here.
Nid oeddent yn eu nyth ar y pryd.
They were not in their nest at the time.
Ond roedd dau o'u cywion yn y nyth.
But two of their chicks were in the nest.
Yn sydyn rhoddodd y cywion sgrech.
Suddenly the chicks gave a scream.
Deffrodd hyn y dywysoges hanner cysglyd.
This roused the half-drowsy princess.
Roedd yr adar bach wedi gweld sarff enfawr.
The little birds had seen huge serpent.
Roedd y neidr ar fin dringo'r goeden.
The snake was about to climb the tree.
Dyma fyddai diwedd yr adar.

This would have been the end of the birds.
Ond tynnodd y Sannyasi ei dager allan.
But the Sannyasi took out her dagger.
A thorrodd hi'r sarff yn ddau.
And she cut the serpent in two.
Wrth gwrs roedd hyd yn oed hyn yn dychryn yr adar ifanc.
Of course even this frightened the young birds.
Ac fe hedfanon nhw o'r nyth yn sgrechian.
And they flew from the nest screaming.
Roedd Bihangama a Bihangami ar eu ffordd yn ôl.
Bihangama and Bihangami were on their way back.
Daethant yn hwylio trwy'r awyr.
They came sailing through the air.
Roedden nhw'n meddwl eu bod nhw eisoes yn gwybod beth oedd wedi digwydd.
They thought they already knew what had happened.
"Dydw i ddim yn disgwyl gweld ein plant"
"I don't expect to see our children"
"Bydd y nyth yn wag eto"
"The nest will be empty again"
"Cafodd ein holl blant blaenorol eu bwyta"
"All our previous children were eaten"
"Cawsant eu bwyta gan ein gelyn mawr y sarff"
"They were eaten by our great enemy the serpent"
"Byddan nhw wedi cwrdd â'r un dynged"
"They will have met the same fate"
"Dydw i ddim yn clywed crio fy rhai ifanc"
"I do not hear the cries of my young ones"
Cyrhaeddodd y ddau aderyn eu nyth.
The two birds got to their nest.
Ac fel y rhagwelwyd, roedd y nyth yn wag.
And as predicted, the nest was empty.
Roedd hyn i bob golwg yn cadarnhau eu hamheuon.
This seemed to confirm their suspicions.
Ond yn fuan dychwelodd yr adar ifanc.
But soon the young birds returned.
Cafodd yr adar dwyfol syndod dymunol.

The divine birds were pleasantly surprised.

Dywedodd yr adar ifanc wrthyn nhw beth oedd wedi digwydd.

The young birds told them what had happened.

"Roedd Sannyasi ifanc o dan y goeden"

"There was a young Sannyasi under the tree"

"Dinistriodd y sarff"

"He destroyed the serpent"

"Torrodd y neidr yn ddau gyda'i dager"

"He cut the snake in two with his dagger"

Aeth y rhieni i droed y goeden.

The parents went to foot of the tree.

Roedd dwy hanner y neidr yno o hyd.

Two halves of the snake were still there.

"Mae'r Sannyasi ifanc wedi achub ein plant"

"The young Sannyasi has saved our offspring"

"Byddwn i'n dymuno y gallem wneud rhywfaint o wasanaeth iddo yn gyfnewid"

"I wish we could do him some service in return"

Atebodd yr aderyn dwyfol Bihangama.

The divine bird Bihangama replied.

"Byddwn yn gwneud ein gwasanaeth iddi HI"

"We shall do our service to HER"

"Nid dyn yw'r Sannyasi o dan y goeden"

"The Sannyasi under the tree is not a man"

"Y Sannyasi o dan y goeden yw menyw"

"The Sannyasi under the tree is a woman"

"Neithiwr priododd â'r Tywysog Sobur"

"Last night she got married to Prince Sobur"

"Yn fuan ar ôl eu priodas cafodd ei wenwyno"

"Shortly after their marriage he was poisoned"

"Roedd ei groen wedi'i dyllu â darnau bach o wydr"

"His skin was pierced with small shards of glass"

"Roedd ei chwiorydd-yng-nghyfraith yn eiddigeddus o'i wraig"

"His sisters-in-law envied his wife"

"Taenodd ei chwiorydd y powdr dros y gwely"

"Her sisters spread the powder over the bed"
"Mae e'n dal i ddioddef o'i boen"
"He is still suffering from his pain"
"Ond mae e yn ei wlad enedigol"
"But he is in his native land"
"Ac yn awr mae ar fin marw"
"And now he is at the point of death"
"O dan y goeden mae ei briodferch arwrol"
"Beneath the tree is his heroic bride"
"Mae hi'n gwisgo gwisg Sannyasi"
"She is wearing the garb of a Sannyasi"
"Ac mae hi'n mynd i'w nyrsio"
"And she is going to nurse him"
Gofynnodd y Bihangami i'r Bihangama.
The Bihangami asked the Bihangama.
"Onid oes iachâd i'r tywysog?"
"Is there no cure for the prince?"
"Ydy, mae iachâd" atebodd y Bihangama.
"Yes, there is a cure" replied the Bihangama.
"Mae tail caled yn gorwedd ar y ddaear"
"There is hardened dung lying on the ground"
"Rhaid iddi gymryd y tail caled hwn"
"She must take this hardened dung"
"Yna rhaid iddi dorri'r tail yn bowdr"
"Then she must reduce the dung to powder"
"Ac yna rhaid iddi ymolchi'r tywysog"
"And then she must bathe the prince"
"Rhaid iddi ei ymolchi mewn saith jâr o ddŵr"
"She must bathe him in seven jars of water"
"Yna rhaid iddi ei ymolchi mewn saith jâr o laeth "
"Then she must bathe him in seven jars of milk"
"Yna rhaid iddi roi'r powdr ar ei gorff"
"Then she must apply the powder to his body"
"Ar ôl hyn bydd y Tywysog Sobur yn gwella"
"After this Prince Sobur will get well"
"Does gen i ddim amheuaeth am y feddyginiaeth hon"
"I have no doubts about this remedy"

Gwelodd y Bihangami broblem serch hynny.
The Bihangami saw a problem though.
"Dim ond merch ifanc yw'r dywysoges"
"The princess is but a young girl"
"Ni all hi gerdded pellter mor bell"
"She cannot walk such a distance"
"Byddai'r daith yn cymryd llawer o ddyddiau iddi"
"The journey would take her many days"
"Erbyn hynny bydd y tywysog tlawd wedi marw"
"By that time the poor prince will have died"
"Gallaf," atebodd y Bihangama.
"I can," replied the Bihangama.
"Byddaf yn cymryd y ddynes ifanc ar fy nghefn"
"I will take the young lady on my back"
"Byddaf yn ei hedfan hi i ddinas y Tywysog Sobur"
"I will fly her to Prince Sobur's city"
"Os na fydd hi'n cymryd anrhegion, byddaf yn ei hedfan yn ôl"
"If she takes no presents, I will fly her back"
Clywodd merch y masnachwr y sgwrs hon.
The merchant's daughter heard this conversation.
Erfyniodd ar y Bihangama i'w chymryd ar ei gefn.
She begged the Bihangama to take her on his back.
Ac wrth gwrs cydsyniodd yr aderyn yn wirfoddol.
And of course the bird willingly consented.
Yn gyntaf casglodd hi beth o dail yr aderyn.
First she gathered some of the bird's dung.
Ac yna fe wnaeth hi dorri'r tail yn bowdr mân.
And then she reduced the dung to fine powder.
Roedd hi wedi'i harfogi â'r feddyginiaeth bwerus hon.
She was armed with this potent medicine.
Ac fe aeth hi ar gefn yr aderyn caredig.
And she got on the back of the kind bird.

Hedfanodd y Bihangama mor gyflym â mellten.
The Bihangama flew as fast as lightning.
Cyrhaeddon nhw ddinas y Tywysog Sobur yn fuan.

They soon reached Prince Sobur's city.
Aeth y Sannyasi ifanc i fyny i'r palas.
The young Sannyasi went up to the palace.
A siaradodd hi â'r gwarchodwyr wrth y giât.
And she spoke to the guards at the gate.
"Anfonwch air at y brenin fod gen i feddyginiaeth"
"Send word to the king that I have a medicine"
"Bydd y feddyginiaeth hon yn achub bywyd y tywysog"
"This medicine will save the prince's life"
"O fewn oriau byddaf wedi gwella'r tywysog"
"Within hours I will have cured the prince"
Roedd y brenin wedi rhoi cynnig ar yr holl feddygon gorau.
The king had tried all the best doctors.
Ond nid oedd unrhyw feddyg wedi gallu gwella ei fab.
But no doctor had been able to cure his son.
Felly nid oedd yn credu geiriau'r Sannyasi.
So he didn't believe the Sannyasi's words.
Ond cynghorodd ei gynghorwyr ef fel arall.
But his councilors advised him otherwise.
Archebodd y Sannyasi saith jâr o ddŵr.
The Sannyasi ordered for seven jars of water.
Ac archebwyd saith jâr o laeth.
And seven jars of milk were ordered.
Tywalltodd jâr o ddŵr ar y tywysog.
He poured a jar of water on the prince.
Ac fe dywalltodd jâr o laeth ar y tywysog.
And he poured a jar of milk on the prince.
Roedd ganddo bluen gan yr aderyn dwyfol.
He had a feather from the divine bird.
Ac fe ddefnyddiodd y bluen i roi'r powdr ar waith.
And he used the feather to apply the powder.
Roedd corff y tywysog i gyd wedi'i orchuddio.
All of the prince's body was covered.
Ailadroddwyd hyn chwe gwaith arall.
This was repeated another six times.
Gwnaeth y driniaeth olaf y hud.
The last treatment did the magic.

Dechreuodd y tywysog deimlo'n dda eto.
The prince started to feel well again.
Roedd y brenin yn hapusach nag y gall geiriau ei ddisgrifio.
The king was happier than words can describe.
"Rhowch y trysorau gorau i'r Sannyasi"
"Give the Sannyasi the finest treasures"
Ond gwrthododd y Sannyasi gymryd anrhegion.
But the Sannyasi refused to take presents.
"Gadewch i mi gael y fodrwy ar fys y tywysog"
"Let me have the ring on the prince's finger"
Roedd y brenin a'r tywysog yn hapus.
The king and the prince were happy.
A rhoddasant iddo yr hyn yr oedd ei eisiau.
And they gave him what he wanted.
Brysiodd merch y masnachwr yn ôl.
The merchant's daughter hastened back.
Roedd y Bihangama yn aros ar lan y môr.
The Bihangama was waiting at the sea-shore.
Cyrhaeddon nhw goeden yr adar dwyfol.
They reached the tree of the divine birds.
Cerddodd y briodferch ifanc yn ôl i'w phalas.
The young bride walked back to her palace.

Y diwrnod canlynol ysgwydodd y ffan bluen hudolus.
The following day she shook the magical feather fan.
Yn union fel o'r blaen, ymddangosodd ei gŵr.
Just as before, her husband appeared.
Wrth gwrs, roedd yn falch o weld ei wraig.
Of course he was happy to see his wife.
Ond cafodd syndod anfeidrol.
But he was infinitely surprised.
Roedd ganddi ei fodrwy ar ei bys.
She had his ring on her finger.
Ei wraig ei hun oedd ei feddyg.
His own wife was his doctor.
Ei wraig oedd wedi ei iacháu!
It was his wife that had cured him!

Aeth y tywysog â'i briodferch i'w balas.
The prince took his bride to his palace.
Maddeuodd i'w chwiorydd-yng-nghyfraith.
He forgave his sisters-in-law.
Buont yn byw'n hapus am flynyddoedd lawer.
They lived happily for many years.
Ac fe'u bendithiwyd â phlant.
And they were blessed with children.

Tarddiad Opiwm
The Origins of Opium

Un tro ar ôl amser roedd Rishi yn byw.
Once upon on a time there lived a Rishi.
Roedd yn byw ar lannau'r Ganges sanctaidd.
He lived on the banks of the holy Ganges.
Roedd y Rishi hwn yn ddyn crefyddol iawn.
This Rishi was a very religious man.
Treuliodd ei ddyddiau yn perfformio defodau crefyddol.
He spent his days performing religious rites.
O godiad haul hyd fachlud haul eisteddodd ar lan yr afon.
From sunrise to sunset he sat on the river bank.
Am yr holl amser bu'n eistedd yn ymroi mewn ymroddiad.
For the whole time he sat engaged in devotion.
Yn y nos cymerodd loches yn ei gwt.
At night he took shelter in his hut.
Roedd ei gwt wedi'i wneud o ddail palmwydd.
His hut was made from palm-leaves.
Y palmwydd yr oedd wedi'u tyfu o goed ifanc.
The palms he had grown from saplings.
Doedd neb o gwmpas am filltiroedd.
There was no one around for miles.
Fodd bynnag, yn y cwt roedd llygoden.
However, in the hut there was a mouse.
Roedd hi'n byw o'r hyn a adawodd y Rishi iddi.
She lived from what the Rishi left for her.
Roedd y Rishi yn ddyn caredig.
The Rishi was a kind-hearted man.
Ni fyddai'n brifo unrhyw beth byw.
He would not hurt any living thing.
Felly wnaeth ein llygoden byth redeg i ffwrdd oddi wrtho.
So our mouse never ran away from him.
Mewn gwirionedd, aeth ein llygoden ato.
In fact, our mouse went to him.
Cyffyrddodd â'i draed pan oedd yn eistedd.
She touched his feet when he was sitting.

Ac roedd hi'n mwynhau chwarae gydag ef.
And she enjoyed playing with him.
Roedd y Rishi hefyd yn hoffi'r llygoden fach.
The Rishi also liked the little mouse.
Felly roedd e eisiau bod yn garedig wrthi.
So he wanted to be kind to her.
Ac roedd eisiau rhywun i siarad ag ef.
And he wanted someone to talk to.
Felly rhoddodd iddi allu llefaru.
So he gave her the power of speech.

Un noson safodd y llygoden i fyny.
One night the mouse stood up.
Aeth hi ar ei choesau ôl.
She got onto her hind legs.
A safodd hi o flaen y Rishi.
And she stood in front of the Rishi.
A rhoddodd ei phawennau blaen at ei gilydd.
And she put her front paws together.
"Doeth Sanctaidd, rwyt ti wedi bod yn garedig wrthyf"
"Holy Sage, you have been kind to me"
"Ac rwyt ti wedi rhoi iaith ddynol i mi"
"And you have given me human language"
"Gobeithio nad yw'n digio eich parch"
"I hope it doesn't displease your reverence"
"Ond mae gen i un fendith arall i'w gofyn"
"But I have one more boon to ask"
Gwrandawodd y Rishi ar ei lygoden.
The Rishi listened to his mouse.
"Beth ydyw?" gofynnodd y Rishi.
"What is it?" asked the Rishi.
"Dywedwch beth wyt ti eisiau, llygoden fach"
"Say what you want, little mouse"
Atebodd y llygoden y Rishi.
The mouse answered the Rishi.
"Yn ystod y dydd mae eich parch yn mynd i'r afon "
"By day your reverence goes to the river"

"Ac yno yr ydych yn ymarfer eich ymroddiadau"
"And there you practice your devotions"
"Yn ystod yr amser hwn mae cath yn dod i'r cwt"
"During this time a cat comes to the hut"
"Mae'r gath yma wedi bod yn ceisio fy nal i"
"This cat has been trying to catch me"
"Mae ganddi rywfaint o ofn rhag eich parch o hyd"
"She still has some fear of your reverence"
"Fel arall byddai hi wedi fy mwyta amser maith yn ôl"
"Otherwise she would have eaten me long ago"
"Ond mae arna' i ofn y bydd y gath yn fy mwyta i ryw ddydd"
"But I fear the cat will eat me someday"
"Felly mae gen i un weddi i'w gofyn gennych chi"
"So I have one prayer to ask of you"
"Os gwelwch yn dda, gad i mi gael fy newid yn gath!"
"Please may I be changed into a cat!"
"Yna byddwn i'n ornest i'm gelyn"
"Then I would be a match for my foe"
Deallodd y Rishi drafferth y llygoden.
The Rishi understood the mouse's plight.
Taflodd ychydig o ddŵr sanctaidd ar y llygoden.
He threw some holy water on the mouse.
A throdd y llygoden yn gath ar unwaith.
And the mouse instantly turned into a cat.

Roedd hi wedi byw fel cath ers rhai dyddiau.
She had lived as a cat for some days.
Un noson aeth hi at y Rishi eto.
One night she went to the Rishi again.
A siaradodd y Rishi â'i anifail anwes.
And the Rishi spoke to his pet.
"Wel, gath fach, sut wyt ti!"
"Well, little kitty, how are you!"
"Sut wyt ti'n hoffi dy fywyd presennol!"
"How do you like your present life!"
Meddyliodd y gath am beth i'w ddweud.

The cat thought about what to say.
Ond doedd dim rhaid iddi ddweud dim.
But she didn't have to say anything.
Gallai'r Rishi ddweud wrth ei mynegiant.
The Rishi could tell by her expression.
"Pam nad wyt ti'n ei hoffi?" gofynnodd y doethwr.
"Why don't you like it?" asked the sage.
"Onid wyt ti mor gryf â'r cathod eraill!"
"Are you not as strong as the other cats!"
"Ydw, dw i'n ddigon cryf," atebodd y gath.
"Yes, I am strong enough," answered the cat.
"Mae eich parch wedi gwneud fi'n gath gref"
"Your reverence has made me a strong cat"
"Mor gryf ag unrhyw gath yn y byd"
"As strong as any cat in the world"
"Nawr dydw i ddim yn ofni cathod mwyach"
"Now I do not fear cats anymore"
"Ond nawr mae gen i elyn newydd"
"But now I have got a new foe"
"Yn ystod y dydd mae eich parch yn mynd i'r afon"
"By day your reverence goes to the river"
"Yn ystod yr amser hwn mae cŵn yn dod i'r cwt"
"During this time dogs come to the hut"
"Mae'r cŵn yma wedi bod yn cyfarth arna i"
"These dogs have been barking at me"
"Ac rydw i wedi bod yn ofnus am fy mywyd"
"And I have been frightened for my life"
"Felly mae gen i un weddi arall i'w gofyn gennych chi"
"So I have one more prayer to ask of you"
"Os gwelwch yn dda, gad i mi gael fy newid yn gi!"
"Please may I be changed into a dog!"
Deallodd y Rishi drafferth y gath.
The Rishi understood the cat's plight.
Taflodd ychydig o ddŵr sanctaidd ar y gath.
He threw some holy water on the cat.
A daeth y gath yn gi ar unwaith.
And the cat instantly became a dog.

Bu hi'n byw fel ci am rai dyddiau.
She lived as a dog for some days.
Ond un noson siaradodd â'r Rishi.
But one night she spoke to the Rishi.
"Ni allaf ddiolch digon i'ch parch"
"I cannot thank your reverence enough"
"Rydych chi wedi bod yn garedig iawn wrtha i"
"You have been most kind to me"
"Dim ond llygoden dlawd oeddwn i"
"I was but a poor mouse"
"Nid yn unig y rhoddoch chi araith i mi"
"You not only gave me speech"
"Ond fe wnaethoch chi fy nhroi'n gath hefyd"
"But you also turned me into a cat"
"Ac ni ddaeth eich caredigrwydd i ben yno"
"And your kindness didn't end there"
"Yna fe wnaethoch chi fy newid i'n gi"
"Then you changed me into a dog"
"Fel ci, fodd bynnag, rwy'n dioddef yn fawr"
"As a dog, however, I suffer greatly"
"Dydw i ddim yn cael digon i'w fwyta"
"I do not get enough to eat"
"Fy unig fwyd yw'r hyn rydych chi'n ei adael i mi"
"My only food is what you leave me"
"Roedd hynny'n iawn pan oeddwn i'n llygoden "
"That was fine when I was a mouse"
"Ond rwyt ti wedi fy ngwneud yn llawer mwy"
"But you have made me much larger"
"Ac nid yw'n ddigon i lenwi fy ngheg"
"And it is not enough to fill my mouth"
"O eich parch, sut rwy'n eiddigeddus o'r mwncïod hynny"
"OH your reverence, how I envy those monkeys"
"Maen nhw'n neidio o goeden i goeden"
"They jump about from tree to tree"
"Maen nhw'n bwyta pob math o ffrwythau blasus!"
"They eat all sorts of delicious fruits!"

"Os gwelwch yn dda, boed i'r parch beidio â digio"
"Please may reverence not get angry"
"Rwy'n gweddïo am gael fy newid yn fwnci"
"I pray to be changed into a monkey"
Roedd y doethion yn ddyn deallus iawn.
The sage was a very understanding man.
Roedd ei galon yn llawn amynedd.
His heart was filled with patience.
Roedd yn hapus i ganiatáu dymuniad ei anifail anwes.
He was happy to grant his pet's wish.
Taflodd ychydig o ddŵr sanctaidd ar y ci.
He threw some holy water on the dog.
Ac ar unwaith trodd y ci yn fwnci.
And the dog instantly became a monkey.

Roedd ein mwnci yn wyllt o lawenydd ar y dechrau.
Our monkey was at first wild with joy.
Neidiodd hi o un goeden i'r llall.
She leaped from one tree to another.
Sugodd bob ffrwyth blasus.
She sucked every luscious fruit.
Ond byrhoedlog oedd ei llawenydd eto.
But her joy was short-lived again.
Roedd yr haf wedi dod â'i sychder gydag ef.
Summer had brought with it its drought.
Mae mwncïod yn ei chael hi'n anodd dringo i lawr.
Monkeys find it hard to climb down.
Felly doedd hi ddim yn gallu yfed o'r afon.
So she couldn't drink from the river.
Gwelodd sut roedd y baedd gwyllt yn byw.
She saw how the wild boars lived.
Drwy'r dydd fe wnaethon nhw dasgu yn y dŵr.
All day they splashed in the water.
Roedd hi'n eiddigeddus o'u bywyd nawr.
She envied their life now.
"O, mor hapus yw'r baeddod gwyllt hynny!"
"Oh how happy those wild boars are!"

"Mae eu cyrff yn oer drwy'r dydd"
"All day their bodies are cooled"
"Drwy'r dydd maen nhw'n cael eu hadfywio gan ddŵr"
"All day they are refreshed by water"
"Fe hoffwn i fod yn faedd gwyllt"
"How I wish I were a wild boar"
Y noson honno aeth at y Rishi.
That night she went to the Rishi.
Adroddodd ei thrafferthion iddo.
She recounted her troubles to him.
Dywedodd hi bopeth wrtho am y baedd gwyllt.
She told him all about the wild boars.
"O, mor bleserus rhaid bod eu bywydau"
"Oh how pleasant their lives must be"
Ac erfyniodd am gael ei newid eto.
And she begged to be changed again.
"Rwy'n gweddïo am gael fy newid yn faedd gwyllt"
"I pray to be changed into a wild boar"
Nid oedd terfyn ar garedigrwydd y doethion.
The sage's kindness knew no bounds.
ac fe gydymffurfiodd â chais ei anifail anwes.
and he complied with his pet's request.
Taflodd ychydig o ddŵr sanctaidd ar y mwnci.
He threw some holy water on the monkey.
Ac ar unwaith trodd y mwnci yn faedd gwyllt.
And the monkey instantly became a wild boar.

Roedd ein baedd bellach yn fodlon iawn.
Our boar was now very content.
Cadwodd ei chorff yn wlyb drwyddo.
She kept her body soaking wet.
Bob dydd aeth hi at yr afon.
Every day she went to the river.
Tasglodd o gwmpas yn ei hoff elfen.
She splashed about in her favorite element.
Ond nid yw bywyd yn ddiogel i faedd gwyllt.
But life is not safe for wild boars.

Un diwrnod roedd y brenin allan yn hela.
One day the king was out hunting.
Roedd yn marchogaeth ar eliffant wedi'i addurno.
He was riding on an adorned elephant.
Dim ond trwy lwc y dihangodd ein baedd gwyllt.
Only by luck did our wild boar escape.
Meddyliodd lawer am ei phrofiad.
She thought a lot about her experience.
Myfyriodd ar beryglon ei bywyd.
She dwelt on the dangers of her life.
Ac roedd hi'n eiddigeddus o'r eliffant urddasol.
And she envied the stately elephant.
Roedd yr eliffant yn fwy ffodus na hi.
The elephant was more fortunate than her.
Cafodd gario'r brenin ar ei gefn.
He got to carry the king on his back.
Nawr roedd hi'n hiraethu am fod yn eliffant.
Now she longed to be an elephant.
Ac yn y nos hi a erfyniodd ar y Rishi.
And at night she besought the Rishi.

Roedd ein eliffant yn crwydro'r anialwch.
Our elephant was roaming the wilderness.
Ar ei hanturiaethau gwelodd y brenin.
On her adventures she saw the king.
Aeth ein heliffant tuag at ystafell y brenin.
Our elephant went towards the king's suite.
Roedd ganddi bob bwriad o gael ei dal.
She had every intention of being caught.
Gwelodd y brenin yr eliffant o bell.
The king saw the elephant from a distance.
Ni allai ond edmygu ei harddwch.
He couldn't help but admire her beauty.
Rhoddodd ei orchmynion i'w weision.
He gave his orders to his servants.
"Dal a dofi'r eliffant hwn"
"Catch and tame this elephant"

Cafodd ein eliffant ei ddal yn hawdd.
Our elephant was easily caught.
Cafodd ei chymryd i'r stablau brenhinol.
She was taken into the royal stables.
Ac fe gafodd hi ei dofi heb unrhyw drafferth.
And she was tamed without any trouble.

Un diwrnod roedd gan y frenhines ddymuniad.
One day the queen had a wish.
Roedd hi eisiau mynd i'r Ganges sanctaidd.
She wished to go to the holy Ganges.
Roedd hi eisiau ymdrochi yn y dyfroedd sanctaidd.
She wished to bathe in the holy waters.
Roedd y brenin eisiau mynd gyda'i wraig.
The king wanted to accompany his wife.
Felly gwnaeth ei orchmynion i'w weision.
So he made his orders to his servants.
"Dewch â'r eliffant newydd ei ddal i ni"
"Bring us the newly caught elephant"
Aeth y brenin a'r frenhines ar ei chefn.
The king and queen mounted on her back.
Roedd ein elefant wedi cael ei dymuniad.
Our elephant had gotten her wish.
Wel ... roedd hi'n ymddangos ei bod hi wedi cael ei dymuniad.
Well... she seemed to have gotten her wish.
Roedd y brenin wedi marchogaeth ar ei chefn.
The king had mounted on her back.
Ond na, ni chafodd yr eliffant ei dymuniad.
But no, the elephant didn't get her wish.
Edrychodd arni ei hun fel bwystfil arglwyddaidd.
She looked upon herself as a lordly beast.
Ni allai hi fenyw yn marchogaeth ar ei chefn.
She could not a woman riding on her back.
Nid oedd yn ddigon ei bod hi'n frenhines.
It wasn't enough that she was a queen.
Ni allai hi ddioddef y syniad ohono.

She could not bear the idea of it.
Teimlai ei bod wedi cael ei diraddio.
She felt she had been degraded.
Neidiodd i fyny mor dreisgar ag y gall eliffantod.
She jumped up as violently as elephants can.
Syrthiodd y brenin a'r frenhines i'r llawr.
Both the king and queen fell to the ground.
Cododd y brenin y frenhines yn ofalus.
The king carefully picked up the queen.
Cymerodd y frenhines yn ei freichiau.
He took the queen in his arms.
Gofynnodd iddi a oedd hi wedi cael ei hanafu.
He asked her whether she had been hurt.
Sychodd y llwch oddi ar ei dillad.
He wiped off the dust from her clothes.
Ac fe'i cusanodd hi'n dyner gant o weithiau.
And he tenderly kissed her a hundred times.
Gwelodd ein elefant fwythau'r brenin.
Our elephant witnessed the king's caresses.
A rhuthrodd hi i ffwrdd i'r coed.
And she scampered off to the woods.
Rhedodd mor gyflym ag y gallai ei choesau ei chario.
She ran as fast as her legs could carry her.
Wrth iddi redeg, meddyliodd ynddi ei hun;
As she ran, she thought within herself;
"Rydw i wedi profi llawer o fywydau gwahanol"
"I have experienced many different lives"
"Ac rydw i wedi profi hapusrwydd gwahanol"
"And I have experienced different happiness"
"Ond ni ellir cymharu'r bywydau hynny"
"But those lives cannot be compared"
"Y frenhines yw'r creadur hapusaf oll"
"A queen is the happiest creature of all"
"Pa ystyriaeth ddiderfyn yw hi!"
"Of what infinite regard is she the object of!"
"Cododd y brenin hi oddi ar y ddaear"
"The king lifted her off the ground"

"Ac fe'i cymerodd hi'n ofalus yn ei freichiau"
"And he carefully took her in his arms"
"Gwnaeth lawer o ymholiadau tyner iddi"
"He made many tender inquiries to her"
"A sychodd y llwch oddi ar ei dillad "
"And he wiped off the dust from her clothes"
"Ac fe'i cusanodd hi gant o weithiau!"
"And he kissed her a hundred times!"
"O, hapusrwydd bod yn frenhines!"
"Oh, the happiness of being a queen!"
"Rhaid i mi ofyn i'r Rishi fy ngwneud yn frenhines!"
"I must ask the Rishi to make me a queen!"

Roedd yr haul ar fin machlud.
The sun was just about to set.
Llwyddodd ein eliffant i ddychwelyd i'r cwt.
Our elephant made it back to the hut.
Roedd y Rishi newydd orffen ei ymroddiadau.
The Rishi had just finished his devotions.
Syrthiodd hi ar y ddaear wrth ei draed.
She fell on the ground at his feet.
Hi oedd y llygoden fach o hyd.
She was still the little mouse.
Ac ef oedd y doethion sanctaidd o hyd.
And he was still the holy sage.
"Beth yw'r newyddion?" gofynnodd y Rishi.
"What's the news?" inquired the Rishi.
"Pam wyt ti wedi gadael palas y brenin!"
"Why have you left the king's palace!"
Meddyliodd ein elefant am ei geiriau.
Our elephant thought about her words.
"Beth ddylwn i ddweud wrth eich parch!"
"What shall I say to your reverence!"
"Rydych chi wedi bod yn garedig iawn wrtha i"
"You have been very kind to me"
"Rydych chi wedi rhoi pob un o fy nymuniadau i"
"You have granted every wish of mine"

"Roeddwn i'n llygoden ac fe roddaist ti leferydd i mi"
"I was a mouse and you gave me speech"
"Ond fel llygoden roedd fy mywyd mewn perygl"
"But as a mouse my life was in danger"
"Fe wnaethoch chi fy achub trwy fy nhroi'n gath"
"You saved me by turning me into a cat"
"Ond fel cath, doedd fy mywyd ddim yn fwy diogel"
"But as a cat my life was no safer"
"Ac fe helpoch chi fi i ddod yn gi"
"And you helped me become a dog"
"Ond fel ci, doedd gen i ddim digon i'w fwyta"
"But as a dog I had not enough to eat"
"Fe wnaethoch chi ddarparu ar fy nghyfer i eto"
"You provided for me again"
"Ac fe wnaethoch chi fy nhroi'n fwnci"
"And you turned my into a monkey"
"Cefais bopeth y gallwn ei ddymuno i'w fwyta"
"I had all I could wish to eat"
"Ond doedd gen i ddim ffordd o oeri fy nghorff"
"But I had no way of cooling my body"
"Fe helpoch chi fi gyda hyn hefyd"
"You helped me with this too"
"Ac fe wnaethoch chi fy nhroi'n faedd gwyllt"
"And you turned me into a wild boar"
"Mae gan faeddod gwyllt fywyd cyfforddus"
"Wild boars have a comfortable life"
"Ond dydyn nhw ddim yn byw heb berygl"
"But they don't live without danger"
"Ac eto fe wnaethoch chi fy amddiffyn"
"And again you protected me"
"Ac fe wnaethoch chi fy nhroi'n eliffant"
"And you turned me into an elephant"
"Mae bod yn eliffant wedi cynyddu fy maint"
"Being an elephant has increased my bulk"
"Ond nid yw bod yn eliffant wedi cynyddu fy hapusrwydd"
"But being an elephant has not increased my happiness"
"Mae gen i un fendith arall i'w gofyn gennych chi"

"I have one more boon to ask of you"
"Dyma'r fendith olaf y byddaf yn gofyn amdani"
"It will be the last boon I ask for"
"Rwy'n gweld nawr pwy yw'r creadur hapusaf"
"I see now who the happiest creature is"
"Brenhines yw'r hapusaf yn y byd"
"A queen is the happiest in the world"
"Dad sanctaidd, gwnewch fi'n frenhines os gwelwch yn dda"
"Holy father, please make me a queen"
"Plentyn gwirion," atebodd y Rishi.
"Silly child," answered the Rishi.
"Sut alla i dy wneud di'n frenhines!"
"How can I make you a queen!"
"Ble alla i gael teyrnas i ti!"
"Where can I get a kingdom for you!"
"Ble fyddwn i'n dod o hyd i ŵr brenhinol!"
"Where would I find a royal husband!"
Ond roedd y Rishi yn dal yn amyneddgar.
But the Rishi was still patient.
"Mae un peth y gallaf ei wneud i chi"
"There is one thing I can do for you"
"Gallaf dy newid di'n ferch brydferth"
"I can change you into a beautiful girl"
"Byddwch chi mor brydferth â brenhines"
"You will be as beautiful as a queen"
"Bydd gennych chi'r holl swynion sydd eu hangen arnoch chi"
"You will possess all the charms you need"
"Gall eich swynion swyno calon tywysog"
"Your charms can captivate a prince's heart"
"Ond rhaid i chi aros am yr hyn y mae'r duwiau'n ei benderfynu"
"But you must wait for what the gods decide"
"Byddan nhw'n rhoi cyfweliad i chi "
"They will grant you an interview"
"Bydd cyfle i ti gyda thywysog!"

"Tou will have your chance with a prince!"
Cytunodd ein eliffant i'r newid.
Our elephant agreed to the change.
Cafodd y bwystfil ei drawsnewid gan y Rishi.
The beast was transformed by the Rishi.
Ac yn awr roedd hi'n ferch ifanc brydferth.
And now she was a beautiful young lady.
Enwodd y doethion sanctaidd hi yn Postomani.
The holy sage named her Postomani.
Ystyr ei henw oedd 'y wraig had pabi'.
Her name meant 'the poppy-seed lady'.

Roedd Postomani yn byw yng nghwt y Rishi.
Postomani lived in the Rishi's hut.
Treuliodd ei hamser yn gofalu am y blodau.
She spent her time tending the flowers.
Ac fe ddyfrhaodd hi'r planhigion yn yr ardd.
And she watered the plants in the garden.
Un diwrnod roedd hi'n eistedd wrth y cwt.
One day she was sitting at the hut.
Roedd y Rishi wrth y Ganges sanctaidd.
The Rishi was at the holy Ganges.
Daeth dyn mewn gwisg gyfoethog tuag at y bwthyn.
A richly dressed man came towards the cottage.
Safodd i fyny i groesawu'r dyn.
She stood up to welcome the man.
A gofynnodd hi i'r dieithryn pwy oedd e.
And she asked the stranger who he was.
"Beth wyt ti wedi dod amdano?" gofynnodd hi.
"What have you come for?" she asked.
"Rydw i wedi bod ar hela"
"I have been on a hunt"
"Ond fe wnaethon ni erlid y ceirw yn ofer"
"But we chased the deer in vain"
"Nawr rwy'n sychedig oherwydd y gwres"
"Now I am thirsty from the heat"
"Roeddwn i'n meddwl bod Rishi yn byw yma"

"I thought that a Rishi lives here"
"Roeddwn i wedi dod i ofyn iddo am ddŵr"
"I had come to ask him for water"
"Ond nawr rwy'n gweld eich bod chi'n byw yma"
"But now I see you live here"
Atebodd Postomani y dieithryn.
Postomani answered the stranger.
"Edrychwch ar y cwt hwn fel eich un chi"
"Look upon this hut as your own"
"Mae'n ddrwg gen i, ond rydyn ni'n dlawd"
"I am sorry, but we are poor"
"Ni allwn gynnig unrhyw adloniant i chi"
"We cannot offer you any entertainment"
"Ond gadewch i mi wneud eich ymweliad yn gyfforddus"
"But let me make your visit comfortable"
"Oherwydd, rwy'n credu eich bod yn frenin"
"Because, I believe you are a king"
"Os nad ydw i'n anghywir," ychwanegodd hi.
"If I am not mistaken," she added.
Gwenodd y dieithryn mewn cydnabyddiaeth.
The stranger smiled in recognition.

Yna daeth Postomani â phot o ddŵr.
Postomani then brought a pot of water.
Aeth i olchi traed ei gwestai brenhinol.
She went to wash her royal guest's feet.
Ond ni adawodd yr ymwelydd iddi wneud hyn.
But the visitor did not let her do this.
"Forwyn sanctaidd, paid â chyffwrdd â'm traed"
"Holy maid, do not touch my feet"
"Dim ond Kshatriya ydw i," cyfaddefodd.
"I am only a Kshatriya," he confessed.
"Ac wyt ti'n ferch i ddoethwr sanctaidd"
"And you are the daughter of a holy sage"
"Syr anrhydeddus;" dechreuodd Postomani gyffesu.
"Noble sir;" Postomani begun to confess.
"Nid merch y Rishi ydw i"

"I am not the daughter of the Rishi"

"Ac onid wyf i'n ferch Brahmani chwaith"

"And am I not a Brahmani girl either"

"Does dim niwed i mi gyffwrdd â'ch traed"

"There is no harm in me touching your feet"

"Ar ben hynny, ti yw fy ngwestai"

"Besides, you are my guest"

"Ac rwy'n rhwym i olchi eich traed"

"And I am bound to wash your feet"

"Maddau fy anobaith," dymunodd y brenin.

"Forgive my impertinence," the king wished.

"I ba gast wyt ti'n perthyn?" gofynnodd.

"What caste do you belong to?" he asked.

"Dim ond yr hyn a ddywedodd y doethion wrtha i wn i"

"I only know what the sage told me"

"Clywais i fod fy rhieni'n Kshatriyas"

"I heard my parents were Kshatriyas"

Roedd y dieithryn eisiau gwybod mwy.

The stranger wanted to know more.

"Ga i ofyn a oedd eich tad yn frenin!"

"May I ask whether your father was a king!"

"Mae gen ti harddwch anghyffredin," meddai.

"You have an uncommon beauty," he said.

"Ac mae gennych chi ymddygiad urddasol"

"And you possess a stately demeanor"

"Ni ellir gweithio dros y rhinweddau hyn"

"These qualities cannot be worked for"

"Mae'n dangos eich bod wedi cael eich geni'n dywysoges"

"It shows that you were born a princess"

Osgoodd Postomani ateb y cwestiwn.

Postomani avoided answering the question.

Yn lle hynny, aeth hi i mewn i'r cwt.

Instead she went inside the hut.

Daeth hi â hambwrdd o ffrwythau blasus allan.

She brought out a tray of delicious fruits.

A gosododd hi'r ffrwythau gerbron y brenin.

And she set the fruits before the king.

Fodd bynnag, ni chyffyrddodd y brenin â'r ffrwythau.
The king, however, did not touch the fruits.
Arhosodd nes i'w gwestiwn gael ei ateb.
He waited until his question was answered.
"Dim ond beth mae'r doethion sanctaidd yn ei ddweud ydw i'n ei wybod"
"I only know what the holy sage says"
"Mae'n dweud bod fy nhad yn frenin"
"He says that my father was a king"
"Ond cafodd ei drechu mewn brwydr"
"But he was overcome in a battle"
"Felly fe ffodd ef, gyda fy mam, i'r coed"
"So he, with my mother, fled into the woods"
"Cafodd fy nhad tlawd ei fwyta gan deigr"
"My poor father was eaten by a tiger"
"Caeodd fy mam ei llygaid wrth i mi agor fy rhai i"
"My mother closed her eyes as I opened mine"
"Roedd cwch gwenyn ar y goeden"
"There was a bee-hive on the tree"
"Gorweddais wrth droed y goeden honno"
"I lay at the foot of that tree"
"Syrthiodd diferion o fêl i'm ceg"
"Drops of honey fell into my mouth"
"Cynhaliodd y mêl y wreichionen y tu mewn i mi"
"The honey maintained the spark inside me"
"Ac yna daeth y Rishi caredig o hyd i mi"
"And then the kind Rishi found me"
"Daeth y doethion sanctaidd â mi i'w gwt"
"The holy sage brought me into his hut"
"Dyma stori syml y ferch druenus hon"
"This is the simple story of this wretched girl"
"Y ferch sydd nawr yn sefyll gerbron y brenin"
"The girl who now stands before the king"
"Paid â galw dy hun yn druenus," atebodd y brenin.
"Call not yourself wretched," replied the king.
"Ti yw'r harddaf o ferched"
"You are the most beautiful of women"

"Ac ti yw'r fenyw fwyaf hyfryd"
"And you are the loveliest of women"
"Byddech chi'n addurno'r palasau mwyaf mawreddog"
"You would adorn the grandest palaces"

Roedd Postomani wedi cael ei chyfweliad.
Postomani had gotten her interview.
Syrthiodd mewn cariad â'r brenin.
She fell in love with the king.
A syrthiodd y brenin mewn cariad â hi.
And the king fell in love with her.
Ymunodd y Rishi â nhw mewn priodas.
The Rishi joined them in marriage.
Daeth Postomani yn frenhines ffefryn y brenin.
Postomani became the king's favourite queen.
Ac roedd y frenhines gynt mewn gwarth.
And the former queen was in disgrace.
Ond byrhoedlog oedd hapusrwydd Postomani.
But Postomani's happiness was short-lived.
Un diwrnod, wrth iddi sefyll wrth ffynnon.
One day as she was standing by a well.
Cafodd ei llethu gan eiliad o bendro.
She was overcome by a moment of giddiness.
Gwnaeth Fortune iddi syrthio i'r dŵr.
Fortune had her fall into the water.
A bu farw yn nŵr y ffynnon.
And she died in the water of the well.
Yna daeth y Rishi at y brenin.
The Rishi then came to the king.
"O frenin, paid â galaru am y gorffennol"
"O king, grieve not over the past"
"Rhaid i'r hyn a bennir gan dynged ddigwydd"
"What is fixed by fate must come to pass"
"Boddodd y frenhines yn eich ffynnon"
"The queen drowned in your well"
"Ond nid oedd hi o waed brenhinol"
"But she was not of royal blood"

"Cafodd ei geni i deulu o lygod"
"She was born to a family of mice"
"Bob nos byddai hi'n dod i'm cwt"
"Each evening she came to my hut"
"A rhoddais iddi allu lleferydd"
"And I gave her the power of speech"
"Gyda lleferydd gallai fynegi ei dymuniadau"
"With speech she could express her wishes"
"Fe wnes i ei newid hi yn ôl ei dymuniadau"
"I changed her according to her wishes"
"Fel llygoden roedd hi'n ofni'r gath"
"As a mouse she feared the cat"
"Ac felly newidiais hi'n gath"
"And so I changed her into a cat"
"Fel cath roedd hi'n ofni'r cŵn "
"As a cat she feared the dogs"
"Ac felly newidiais hi'n gi"
"And so I changed her into a dog"
"Fel ci nid oedd ganddi ddigon i'w fwyta"
"As a dog she had not enough to eat"
"Ac felly newidiais hi'n fwnci"
"And so I changed her into a monkey"
"Fel mwnci, doedd hi ddim yn gallu goddef y gwres"
"As a monkey she couldn't bear the heat"
"Ac felly newidiais hi'n faedd gwyllt"
"And so I changed her into a wild boar"
"Fel baedd nid oedd ei bywyd yn ddiogel"
"As a boar her life was not safe"
"Ac felly newidiais hi'n eliffant"
"And so I changed her into an elephant"
"Dyna oedd yr eliffant a ddaliwyd gennych"
"That was the elephant you caught"
"Ond fel eliffant doedd hi ddim yn cael ei charu"
"But as an elephant she was not loved"
"Ac felly newidiais hi unwaith olaf"
"And so I changed her one last time"
"Fe wnes i ei newid hi'n ferch brydferth"

"I changed her into a beautiful girl"
"Dyna'r ferch wnaethoch chi ei phriodi"
"That is the girl that you married"
"A dyna'r ferch a foddodd"
"And that is the girl that drowned"
"Cymerwch eich cyn-frenhines o blaid"
"Take into favor your former queen"
"A pheidiwch â phoeni am fy merch"
"And don't worry for my daughter"
"Gwnaf ei henw yn anfarwol"
"I will make her name immortal"
"Gadewch i'w chorff aros yn y ffynnon"
"Let her body remain in the well"
"Llenwch y ffynnon â phridd"
"Fill the well up with earth"
"Yn ei chnawd mae had"
"In her flesh there is a seed"
"O'i hesgyrn hi y bydd coeden yn tyfu"
"From her bones a tree will grow"
"Byddwn yn enwi'r goeden hon ar ei hôl hi"
"We will name this tree after her"
"Gelwir y goeden yn 'Posto'"
"The tree shall be called 'Posto'"
"Mae hyn yn golygu 'y goeden Pabi'"
"This means 'the Poppy tree'"
"O'r goeden hon y daw cyffur"
"From this tree there will come a drug"
"Bydd y cyffur hwn yn cael ei alw'n opiwm"
"This drug will be called opium"
"Bydd opiwm yn gyffur pwerus"
"Opium will be a powerful drug"
"Bydd pobl yn defnyddio opiwm ym mhob cyfnod"
"People will consume opium in every epoch"
"Bydd opiwm naill ai'n cael ei lyncu neu ei ysmygu"
"Opium will either be swallowed or smoked"
"A bydd opiwm yn narcotig gwych"
"And opium will be a wonderful narcotic"

"Bydd opiwm yn cael ei ddefnyddio hyd ddiwedd amser"
"Opium will be used till the end of time"
"Byddwch chi'n adnabod yr ysmygwr opiwm"
"You will recognize the opium smoker"
"Bydd ganddo lawer o rinweddau gwahanol"
"He will have many different qualities"
"Un ansawdd i bob un o'r anifeiliaid"
"One quality for each of the animals"
"Yr anifeiliaid yr oedd Postomani wedi byw fel nhw"
"The animals which Postomani had lived as"
"Bydd yn ddireidus, fel llygoden"
"He will be mischievous, like a mouse"
"Bydd e'n hoff o laeth, fel cath"
"He will be fond of milk, like a cat"
"Bydd yn ffraeog, fel ci"
"He will be quarrelsome, like a dog"
"Bydd e'n fudr, fel mwnci"
"He will be filthy, like a monkey"
"Bydd yn wyllt, fel baedd"
"He will be savage, like a boar"
"Bydd yn hyderus, fel eliffant"
"He will be confident, like an elephant"
"A bydd yn llawn tymer, fel brenhines"
"And he will be high-tempered, like a queen"

Taro, ond Gwrandewch yn Gyntaf
Strike, but Listen First

Ar un adeg roedd brenin a oedd â thri mab.
There was once a king who had three sons.
Daeth ei bynciau brenhinol ato un diwrnod a dweud;
His royal subjects came to him one day and said;
"O ymgnawdoliad cyfiawnder! clyw ein deisyfiad"
"Oh incarnation of justice! hear our plea"
"Mae'r deyrnas yn llawn lladron a lladron"
"The kingdom is infested with thieves and robbers"
"Nid yw ein heiddo yn ddiogel rhag eu lladrad"
"Our property is not safe from their thievery"
"Rydym yn gweddïo ar eich mawrhydi i ddal y lladron hyn"
"We pray your majesty to catch hold of these thieves"
"Rydym yn erfyn arnoch i'w cosbi i raddau llawn y gyfraith"
"We beg you punish them to the full extent of the law"
Dywedodd y brenin wrth ei feibion, "O, fy meibion, rwy'n hen."
The king said to his sons, "Oh, my sons, I am old"
"Ond rydych chi i gyd yng nghanol eich oes wrywaidd"
"But you are all in the prime of manhood"
"Sut mae fy nheyrnas yn llawn lladron?"
"How is it that my kingdom is full of thieves?"
"Rwy'n edrych atoch chi i ddal y lladron hyn"
"I look to you to catch hold of these thieves"
Yna gwnaeth y tri thywysog eu meddyliau i fyny.
The three princes then made up their minds.
Roedden nhw'n mynd i batrolio'r ddinas bob nos.
They were going to patrol the city every night.
Fe wnaethon nhw sefydlu gwyliadwriaeth allan ar gyrion y ddinas.
They set up a watch out in the outskirts of the city.
Roedd rhan gynnar y nos wedi cyrraedd.
The early part of the night had arrived.
Felly cymerodd y tywysog hynaf ei ddyletswyddau.
So the eldest prince took on his duties.

Marchogodd ar ei geffyl drwy'r ddinas gyfan.
He rode upon his horse through the whole city.
Ond ni welodd un lleidr yn unman yr edrychodd.
But did not see a single thief anywhere he looked.
Daeth yn ôl i'r orsaf heddlu.
He came back to the policing station.
Roedd canol y nos wedi cyrraedd.
The middle part of the night had arrived.
Felly cymerodd yr ail dywysog ei ddyletswyddau.
So the second prince took on his duties.
Ac fe redodd yntau trwy bob rhan o'r ddinas.
And he too rode through every part of the city.
Ond ni welodd na chlywodd sôn am unrhyw leidr.
But he did not see or hear of a single thief.
Daeth yn ôl i'r orsaf heddlu hefyd.
He came also back to the policing station.
Roedd rhan olaf y nos wedi cyrraedd.
The latter part of the night had arrived.
Felly cymerodd y tywysog ieuengaf ei ddyletswyddau.
So the youngest prince took on his duties.
Aeth yn agos at giât palas ei dad.
He went near the gate of his father's palace.
Yno gwelodd fenyw hardd yn gadael y palas.
There he saw a beautiful woman leaving the palace.
Gofynnodd y tywysog i'r ddynes, "Pwy wyt ti?"
The prince asked the woman, "who are you?"
"I ble wyt ti'n mynd yr awr hon o'r nos?"
"Where are you going at this hour of the night?"
Atebodd y ddynes y tywysog ifanc.
The woman answered the young prince.
"Rajlakshmi ydw i, duw gwarcheidiol y palas hwn"
"I am Rajlakshmi, the guardian deity of this palace"
"Bydd y brenin yn cael ei ladd y noson hon"
"The king will be killed this night"
"Felly nid oes angen fi yma"
"I am therefore not needed here"
"A dyna pam rydw i'n mynd i ffwrdd"

"And that is why I am going away"
Ni wyddai'r tywysog beth i'w wneud o'r neges hon.
The prince did not know what to make of this message.
Ar ôl myfyrio am eiliad dywedodd wrth y dduwies;
After a moment's reflection he said to the goddess;
"Ond, tybiwch nad yw'r brenin yn cael ei ladd heno"
"But, suppose the king is not killed tonight"
"Oes gennych chi unrhyw wrthwynebiad i ddychwelyd i'r palas?"
"Have you any objection to return to the palace?"
"Nid oes gennyf wrthwynebiad," atebodd y dduwies.
"I have no objection," replied the goddess.
Yna erfyniodd y tywysog ar y dduwies i fynd yn ôl.
The prince then begged the goddess to go back.
Ac addawodd wneud ei orau i amddiffyn y brenin.
And he promised to do his best to protect the king.
Yna aeth y dduwies i mewn i'r palas eto.
Then the goddess entered the palace again.
O fewn eiliad diflannodd i'r palas.
Within a moment she disappeared into the palace.

Aeth y tywysog yn syth i mewn i'r palas hefyd.
The prince went straight into the palace too.
Ac aeth i mewn i ystafell wely ei dad brenhinol.
And he went into the bedroom of his royal father.
Yno y gorweddodd ei dad mewn cwsg dwfn.
There his father lay immersed in deep sleep.
Roedd gan y brenin ail wraig, iau.
The king had a second, younger wife.
Llysfam ein tywysog oedd y fenyw hon.
This woman was the stepmother of our prince.
Roedd hi'n cysgu mewn gwely arall yn yr ystafell.
She was sleeping in another bed in the room.
Roedd golau oedd yn llosgi'n wan.
There was a light that was burning dimly.
Ond yna gwelodd y tywysog rywbeth a'i synnodd!
But then the prince saw something that surprised him!

Cobra enfawr yn mynd o gwmpas ac o gwmpas y gwely aur.
A huge cobra going round and round the golden bedstead.
Y gwely yr oedd ei dad yn cysgu arno.
The bedstead on which his father was sleeping.
Torrodd y tywysog â'i gleddyf y sarff yn ddau.
The prince with his sword cut the serpent in two.
Ond nid oedd yn fodlon ar ladd y cobra.
But he was not satisfied with killing the cobra.
Felly fe dorrodd y cobra yn gant o ddarnau.
So he cut the cobra up into a hundred pieces.
Ac fe roddodd ddarnau'r cobra mewn padell.
And he put the pieces of the cobra inside a pan.
Ond wrth dorri'r cobra digwyddodd anffawd.
But while cutting the cobra a misfortune happened.
Syrthiodd diferyn o waed ar fron ei lysfam.
A drop of blood fell on the breast of his stepmother.
Roedd y tywysog mewn gofid mawr oherwydd yr hyn a ddigwyddodd.
The prince was in great distress by what had happened.
"Rwyf wedi achub fy nhad, ond wedi lladd fy llysfam"
"I have saved my father, but killed my stepmother"
Sut allai ef dynnu'r diferyn o waed o'i bron?
How could he remove the drop of blood from her breast?
Lapiodd ddarn o frethyn saithplyg o amgylch ei dafod.
He wrapped round his tongue a piece of cloth sevenfold.
A chyda'r lliain fe lyfodd y diferyn o waed.
And with the cloth he licked up the drop of blood.
Ond nid oedd cwsg ei lysfam mor ddwfn.
But his stepmother's sleep was not so deep.
Ac yn ei ymgais i'w hachub fe'i deffrodd.
And in his attempt to save her he awoke her.
Wrth agor ei llygaid gwelodd mai ei llysfab ydoedd.
When opening her eyes she saw it was her stepson.
Rhuthrodd y tywysog ifanc allan o'r ystafell.
The young prince rushed out of the room.
Roedd y frenhines yn casáu ei llysfab, y tywysog ieuengaf.
The queen, hated her stepson, the youngest prince.

Ac roedd ganddi bob bwriad i ddifetha ei enw da.
And she had every intention to ruin his reputation.
Galwodd ar ei gŵr, "Fy arglwydd, fy arglwydd"
She called out to her husband, "My lord, my lord"
"Ydych chi'n effro? ydych chi'n effro? Deffrowch"
"Are you awake? are you awake? Rouse yourself up"
"Dyma ddarn o newyddion braf i chi"
"Here is a nice piece of news for you"
Wrth ddeffro, gofynnodd y brenin beth oedd y mater.
The king on awaking inquired what the matter was.
"Beth yw'r mater, fy arglwydd, gadewch i mi ddweud
wrthych"
"What the matter is, my lord, let me tell you"
"Roedd eich mab teilwng newydd fod yma yn yr ystafell
hon"
"Your worthy son was just here in this room"
"Y tywysog ieuengaf, yr ydych chi'n canmol cymaint
amdano"
"The youngest prince, of whom you speak so highly"
"Fe'i daliais i wrth iddo gyffwrdd â'm bron"
"I caught him in the act of touching my breast"
"Dydw i ddim yn amau ei fod wedi dod gyda bwriadau
drwg"
"I don't doubt he came with wicked intents"
Cafodd y brenin ei syfrdanu gan yr hyn a glywodd.
The king was horror-struck by what he heard.
Aeth y tywysog yn ôl i'r man lle'r oedd ei frodyr yn cadw
gwyliadwriaeth.
The prince went back to where his brothers kept watch.
Ond ni ddywedodd ddim wrthyn nhw am yr hyn oedd wedi
digwydd.
But he told them nothing of what had happened.

Yn gynnar yn y bore galwodd y brenin ar ei fab hynaf.
Early in the morning the king called his eldest son.
"Rwy'n ymddiried fy mywyd a'm hanrhydedd i ddynion"
"I entrust my life and my honor to men"

"Ond beth os bydd un o'r dynion hyn yn profi'n
anffyddlon?
"But what if one of these men prove faithless?
"Sut y dylid cosbi dyn o'r fath?"
"How should such a man be punished?"
Atebodd y tywysog hynaf ei dad, y brenin.
The eldest prince replied to his father, the king.
"Yn ddiamau y dylid torri pen dyn o'r fath i ffwrdd"
"Doubtless such a man's head should be cut off"
"Ond yn gyntaf dylech chi sefydlu'r ffeithiau"
"But first you should establish the facts"
"Rhaid i chi weld a yw'r dyn yn wirioneddol anffyddlon"
"You must see whether the man is really faithless"
"Beth wyt ti'n ei olygu?" gofynnodd y brenin.
"What do you mean?" inquired the king.
"Bydded eich mawrhydi yn falch o wrando"
"Let your majesty be pleased to listen"
Un tro ar ôl amser roedd gof aur yn byw.
Once upon on a time there lived a goldsmith.
Roedd gan y gof aur hwn fab a oedd â wraig.
This goldsmith had a son who had a wife.
Roedd gan ei wraig y ddawn brin o ddeall anifeiliaid.
His wife had the rare faculty of understanding beasts.
Ond ni ddywedodd hi byth wrth unrhyw un am ei dawn
anghyffredin.
But she never told anyone about her uncommon gift.
Doedd hyd yn oed ei gŵr ddim yn gwybod ei bod hi'n gallu
deall anifeiliaid.
Not even her husband knew she could understand animals.
Un noson roedd hi'n gorwedd yn y gwely wrth ymyl ei gŵr.
One night she was lying in bed beside her husband.
O'r afon wrth eu tŷ clywodd jacal yn udo.
From the river by their house she heard a jackal howl.
"Dyna garcas yn arnofio ar yr afon"
"There goes a carcass floating on the river"
"Mae modrwy ddiemwnt ar fys y dyn marw"
"There's a diamond ring on the dead man's finger"

"A fydd unrhyw un yn cymryd y fodrwy ac yn rhoi'r corff i mi?"
"Will anyone take the ring and give me the corpse?"
Roedd y ddynes yn deall iaith y jacal.
The woman understood the jackal's language.
Cododd o'r gwely ac aeth i lan yr afon.
She got up from bed and went to the river-side.
Nid oedd y gŵr wedi bod mewn cwsg dwfn.
The husband had not been in deep sleep.
Felly gyda symudiadau ei wraig deffrodd yntau hefyd.
So with his wife's movements he woke up too.
Ac fe ddilynodd ei wraig i weld i ble yr aeth hi.
And he followed his wife to see where she went.
Ond cadwodd bellter, er mwyn iddo allu ei harsylwi.
But he kept his distance, so that he could observe her.
Aeth y ddynes i'r dŵr wrth ymyl eu tŷ.
The woman went into the water next to their house.
Tynnodd y corff oedd yn arnofio tuag at y lan.
She tugged the floating corpse towards the shore.
A gwelodd hi'r fodrwy ddiemwnt ar y bys.
And she saw the diamond ring on the finger.
Nid oedd hi'n gallu llacio'r fodrwy â'i llaw.
She was unable to loosen the ring with her hand.
Oherwydd bod bysedd y corff marw wedi chwyddo.
Because the fingers of the dead body had swelled.
Felly brathodd hi'r bys i ffwrdd â'i dannedd.
So she bit off the finger with her teeth.
A gosododd hi'r corff marw ar dir, i'r siacal.
And she put the dead body upon land, for the jackal.
Yna dychwelodd i'r gwely, lle'r oedd ei gŵr eisoes.
Then she returned to bed, where her husband already was.
Gorweddodd y gof aur ifanc bron wedi'i ddychryn gan ofn.
The young goldsmith lay almost petrified with fear.
Roedd yn argyhoeddedig ei fod yn gorwedd wrth ymyl Rakshasi.
He was convinced he was lying next to a Rakshasi.
Treuliodd weddill y nos yn crwydro yn ei wely.

He spent the rest of the night tossing in his bed.
Ac yn gynnar yn y bore siaradodd â'i dad.
And early in the morning spoke to his father.
"Nid yw'r ddynes a roddaist i mi yn ddynes go iawn"
"The woman thou hast given me is not a real woman"
"Y ddynes a roddaist i mi yn wraig yw Rakshasi"
"The woman thou hast given me to wife is a Rakshasi"
"Neithiwr roeddwn i'n gorwedd yn y gwely gyda hi"
"Last night I was lying in bed with her"
"Wrth yr afon clywais udo siacal"
"By the river I heard the howl of a jackal"
"Clywodd fy ngwraig hefyd udo'r siacal"
"My wife too, heard the howl of the jackal"
"Gan feddwl fy mod i'n cysgu; aeth hi tuag at yr udo"
"Thinking I was asleep; she went towards the howl"
"Roeddwn i'n synnu ei gweld hi'n mynd allan o'r gwely ar ei phen ei hun"
"I was surprised to see her go out of bed alone"
"Gan amau rhyw fath o ddrwg, dilynais hi allan"
"Suspecting some sort of evil, I followed her outside"
"Ond doedd hi ddim yn gallu gweld fy mod i wedi ei dilyn hi"
"But she could not see that I had followed her"
"Beth wnaeth hi, tybed? O arswyd o arswydau!"
"What did she do, do you think? O horror of horrors!"
"O'r nant llusgodd gorff marw allan"
"From the stream she dragged a dead body out"
"A beth wyt ti'n meddwl ei bod hi wedi'i wneud â'r corff marw?"
"And what do you think she did with the dead body?"
"Doedd hi ddim yn gwastraffu amser yn llyncu'r dyn marw!"
"She wasted no time devouring the dead man!"
"Cefais yr anffawd o weld hyn i gyd â'm llygaid fy hun"
"All this I had the misfortune to see with my own eyes"
"Tra roedd hi'n gwledda ar y carcas, es i'n ôl i'r gwely"
"While she feasted on the carcass I went back to bed"

"Ymhen ychydig funudau dychwelodd i'r gwely hefyd"

"In a few minutes she also returned to bed"

"Caeodd y drws ar gau, a gorweddodd wrth fy ymyl"

"She bolted the door shut, and lay beside me"

"O fy nhad, sut alla i fyw gyda Rakshasi?"

"Oh my father, how can I live with a Rakshasi?"

"Bydd hi'n sicr o fy lladd a'm bwyta i un noson"

"She will certainly kill me and eat me up one night"

Gallwch chi ddychmygu sioc yr hen aurydd.

You can imagine the shock of the old goldsmith.

Cytunodd y tad a'r mab ynglŷn â'r hyn y dylid ei wneud.

Both father and son agreed about what should be done.

Dylid mynd â'r fenyw yn ddwfn i'r goedwig.

The woman should be taken deep into the forest.

A dylid ei gadael i anifeiliaid gwyllt ei difa.

And she should be left for wild beasts to devoured.

Yn unol â hynny, siaradodd yr aurgof ifanc â'i wraig.

Accordingly, the young goldsmith spoke to his wife.

"Fy annwyl gariad," meddai wrth ei wraig.

"My dear love," he said to his wife.

"Gwell i ti beidio â choginio llawer y bore yma"

"You had better not cook much this morning"

"Berwch ychydig o reis a llosgwch brinjal"

"Boil a little rice and burn a brinjal"

"Oherwydd heddiw rydyn ni'n mynd i weld dy rieni"

"Because today we are going to see your parents"

"Mae dy fam a dy dad yn marw i dy weld di"

"Your mother and father are dying to see you"

Roedd y ddynes yn llawn llawenydd wrth glywed y newyddion annisgwyl.

The woman was full of joy at the unexpected news.

Roedd hi wrth ei bodd yn dychwelyd i dŷ ei thad.

She loved returning to her father's house.

Ac fe orffennodd y coginio mewn dim o dro.

And she finished the cooking in no time.

Cipiodd y gŵr a'r wraig frecwast brysiog.

The husband and wife snatched a hasty breakfast.

Ac yn fuan ar ôl brecwast fe gychwynnon nhw ar eu taith.
And soon after breakfast they started their journey.
Roedd y ffordd i dŷ ei thad drwy jyngl trwchus.
The way to her father's house was through dense jungle.
Roedd yn lle perffaith i adael ei wraig.
It was the perfect place to abandon his wife.
Roedd hi'n siŵr o gael ei bwyta gan anifeiliaid gwyllt yno.
She was bound to be eaten up by wild beasts there.
Ond tra roedden nhw'n cerdded clywodd y ddynes sŵn neidr.
But while they were walking the woman heard a snake.
"O gerddwr, yn y twll yna mae broga"
"Oh passer-by, in yonder hole there is a frog"
"Mor ddiolchgar fyddwn i petaech chi'n dal y broga"
"How thankful I would be if you caught the frog"
"Ac mae'r twll yn llawn aur a cherrig gwerthfawr"
"And the hole is full of gold and precious stones"
"Rhowch y broga i mi, a chymerwch y trysor i chi'ch hun"
"Give me the frog, and take the treasure for yourself"
Aeth y ddynes ar unwaith i dwll y broga.
The woman forthwith went to the frog's hole.
A dechreuodd hi gloddio'r twll gyda ffon.
And she began digging the hole with a stick.
Roedd yr aurgof ifanc bellach yn crynu gan ofn.
The young goldsmith was now quaking with fear.
Roedd yn meddwl bod ei wraig Rakshasi ar fin ei ladd.
He thought his Rakshasi-wife was about to kill him.
Ac yna galwodd ei wraig arno i'w helpu.
And then his wife called for him to help her.
"Cymerwch yr holl aur a'r cerrig gwerthfawr hyn"
"Take all this gold and these precious stones"
Ni ddeallodd yr aurydd ei chais.
The goldsmith did not understand her request.
Yn swil aeth i'r lle roedd hi wedi cloddio'r twll.
Timidly he went to where she had dug the hole.
Ond cafodd syndod anfeidrol gan yr hyn a welodd.
But he was infinitely surprised by what he saw.

Roedd y twll yn llawn aur a cherrig gwerthfawr.
The hole was full of gold and precious stones.
"Sut oeddech chi'n gwybod bod trysor yma?"
"How did you know there was a treasure here?"
Ac yn olaf, dywedodd ei wraig wrtho am ei rhodd.
And finally his wife told him of her gift.
"Gallaf ddeall yr holl anifeiliaid yn y goedwig"
"I can understand all the beasts in the forest"
"Ychydig draw fan'na, mae neidr wedi'i choilio i fyny"
"Just over there, there is a snake coiled up"
"Roedd hi wedi dweud wrtha i fod trysor yma"
"She had told me there was a treasure here"
Teimlai'r gŵr bellach yn ffodus iawn gyda'i wraig.
The husband now felt very blessed with his wife.
"Fy nghariad, mae hi wedi mynd yn hwyr iawn heddiw"
"My love, it has gotten very late today"
"Dydw i ddim yn meddwl y byddwn ni'n cyrraedd tŷ dy dad"
"I don't think we will reach your father's house"
"Bydd y nos yn ein dal ni cyn i ni gyrraedd yno"
"Nightfall will catch us before we get there"
"Os arhoswn ni, efallai y cawn ein difa gan anifeiliaid gwyllt"
"If we stay we might be devoured by wild beasts"
"Rwy'n cynnig felly ein bod ni'n dau'n dychwelyd adref"
"I propose therefore that we both return home"
Gallwch ddychmygu siom y wraig.
You can imagine the wife's disappointment.
Ond cytunodd ag asesiad ei gŵr.
But she agreed with her husband's assessment.
Cymerodd amser hir iddyn nhw gyrraedd adref.
It took them a long time to reach home.
Roedden nhw wedi'u llwytho â llawer iawn o aur.
They were laden with a large quantity of gold.
Ac roedden nhw'n cario llawer o gerrig gwerthfawr.
And they were carrying many precious stones.
Ond yn y pen draw fe ddaethon nhw'n agos at eu cartref.

But eventually the got close to their home.
"Fy anwylyd, dos drwy'r drws cefn," meddai'r aurof.
"My dear, go by the back door," said the goldsmith.
"Af drwy'r drws ffrynt a gweld fy nhad"
"I will go by the front door and see my father"
"A byddaf yn dangos yr holl drysor hwn iddo"
"And I will show him all this treasure"
Felly aeth hi i mewn i'r tŷ trwy'r drws cefn.
So she entered the house by the back door.
Ond roedd gan yr hen aurof reswm i fod yno hefyd.
But the old goldsmith had reason to be there too.
Roedd wedi mynd yno i nôl morthwyl.
He had gone there to collect a hammer.
Gwelodd yr hen aurof ei ferch-yng-nghyfraith Rakshasi.
The old goldsmith saw his Rakshasi daughter-in-law.
Daeth i'r casgliad ei bod hi wedi llyncu ei fab.
He concluded she had swallowed up his son.
Ac felly fe'i trawodd hi â'r morthwyl.
And he therefore struck her with the hammer.
Lladdodd yr ergyd ei ferch-yng-nghyfraith ar unwaith.
The blow immediately killed his daughter-in-law.
Ar y foment honno daeth y mab i mewn i'r tŷ.
At that moment the son came into the house.
Ond roedd hi'n rhy hwyr iddo egluro.
But it was too late for him to explain.
Ac felly daeth stori'r tywysog hynaf i ben.
And so the eldest prince's story concluded.
"Efallai y bydd yn rhaid i chi dorri pen dyn i ffwrdd"
"You might have to cut a man's head off"
"Ond yn gyntaf dylech chi sefydlu'r ffeithiau"
"But first you should establish the facts"
"Rhaid i chi weld a yw'r dyn yn wirioneddol anffyddlon"
"You must see whether the man is really faithless"

Yna galwodd y brenin ei ail fab ato.
The king then called his second son to him.
"Rwy'n ymddiried fy mywyd a'm hanrhydedd i ddynion "

"I entrust my life and my honor to men"
"Ond beth os bydd un o'r dynion hyn yn profi'n anffyddlon?
"But what if one of these men prove faithless?
"Sut y dylid cosbi dyn o'r fath?"
"How should such a man be punished?"
Atebodd yr ail dywysog ei dad, y brenin.
The second prince replied to his father, the king.
"Yn ddiamau y dylid torri pen dyn o'r fath i ffwrdd"
"Doubtless such a man's head should be cut off"
"Ond yn gyntaf dylech chi sefydlu'r ffeithiau"
"But first you should establish the facts"
"Beth wyt ti'n ei olygu?" gofynnodd y brenin.
"What do you mean?" inquired the king.
"Bydded eich mawrhydi yn falch o wrando"
"Let your majesty be pleased to listen"
Un tro roedd brenin yn teyrnasu.
Once upon a time there reigned a king.
Roedd y brenin hwn yn hoff iawn o fynd allan i hela.
This king was very fond of going out hunting.
Un diwrnod aeth ei geffyl ag ef i goedwig drwchus.
One day his horse took him into a dense forest.
Aeth ymhell oddi wrth ei ddilynwyr, yn ddwfn i'r coed.
He went far from his followers, deep into the woods.
Marchogodd ymlaen ac ymlaen trwy'r goedwig ddiddiwedd, dawel.
He rode on and on through the endless, quiet forest.
Ni welodd na phentrefi na threfi, dim ond coed.
He saw neither villages nor towns, only trees.
Ar y daith hir, unig daeth yn sychedig iawn.
On the long, lonely journey he became very thirsty.
Ni welodd na phwll, na llyn, na nant.
He could see no pond, nor lake, nor stream.
Ond yna gwelodd rywbeth yn diferu o goeden.
But then he saw something dripping from a tree.
Daeth i'r casgliad mai dŵr glaw yn gorffwys mewn ceudod ydoedd.

He concluded it was rainwater resting in a cavity.
Safodd ar gefn ceffyl o dan y goeden, cwpan yn ei law.
He stood on horseback beneath the tree, cup in hand.
Daliodd y diferion yn diferu'n araf i'r cwpan bach.
He caught the drops slowly dripping into the small cup.
Nid glaw o'r awyr oedd y dŵr, fodd bynnag.
The water, however, was not rain from the sky.
Eisteddodd cobra enfawr ar ben y goeden dal.
A huge cobra sat on top of the tall tree.
Roedd y neidr wedi taro'r goeden mewn cynddaredd â'i dannedd miniog.
The snake had struck the tree in rage with its sharp fangs.
Daeth gwenwyn y neidr allan a syrthio i lawr mewn diferion trwm.
The snake's poison came out and fell downward in heavy drops.
Roedd y brenin yn meddwl mai dŵr glaw syml oedd yr hylif sy'n cwympo.
The king thought the falling liquid was simple rainwater.
Synhwyrodd y ceffyl y perygl a cheisiodd ei rybuddio.
The horse sensed the danger and tried to warn him.
Roedd y cwpan bron wedi'i lenwi â'r gwenwyn neidr marwol.
The cup was nearly filled with the deadly snake-poison.
Cododd y brenin y cwpan a pharatoi i yfed.
The king raised the cup and prepared to drink.
Ond symudodd y ceffyl yn wyllt, gyda'r brenin ar ei gefn.
But the horse moved wildly, with the king on its back.
Syrthiodd y cwpan o'i law, a thywalltwyd y gwenwyn.
The cup fell from his hand, and the poison spilled.
Daeth y brenin yn flin a tharo gwddf y ceffyl.
The king became angry and struck the horse's neck.
Lladdodd yr ergyd o'r cleddyf ei geffyl ar unwaith.
The blow from the sword immediately killed his horse.
Ac felly daeth stori'r ail dywysog i ben.
And so the second prince's story concluded.
"Efallai y bydd yn rhaid i chi dorri pen dyn i ffwrdd"

"You might have to cut a man's head off"
"Ond yn gyntaf dylech chi sefydlu'r ffeithiau"
"But first you should establish the facts"
"Rhaid i chi weld a yw'r dyn yn wirioneddol anffyddlon"
"You must see whether the man is really faithless"

Yna galwodd y brenin ei drydydd mab ieuengaf ato.
The king then called to him his third youngest son.
"Rwy'n ymddiried fy mywyd a'm hanrhydedd i ddynion"
"I entrust my life and my honor to men"
"Ond beth os bydd un o'r dynion hyn yn profi'n anffyddlon?
"But what if one of these men prove faithless?
"Sut y dylid cosbi dyn o'r fath?"
"How should such a man be punished?"
"Yn ddiamau y dylid torri pen dyn o'r fath i ffwrdd"
"Doubtless such a man's head should be cut off"
"Ond yn gyntaf dylech chi sefydlu'r ffeithiau"
"But first you should establish the facts"
"Beth wyt ti'n ei olygu?" gofynnodd y brenin.
"What do you mean?" inquired the king.
"Bydded eich mawrhydi yn falch o wrando"
"Let your majesty be pleased to listen"
Unwaith amser maith yn ôl roedd brenin doeth a bonheddig yn teyrnasu.
Once long ago there reigned a wise and noble king.
Yn ei balas roedd yn cadw aderyn o rywogaeth Suka.
In his palace he kept a bird of Suka species.
Un diwrnod aeth yr aderyn allan yn hedfan i'r caeau.
One day the bird went out flying into the fields.
Yno gwelodd ei dad a'i fam yn galw o'r uchod.
There he saw his father and mother calling from above.
Gofynasant iddo ddod i ymweld â nhw yn eu nyth.
They asked him to come visit them in their nest.
Roedd y nyth ymhell i ffwrdd mewn tir cudd pell.
The nest was far away in a distant hidden land.
y Suka , "Byddaf yn dod os caf ganiatâd y brenin"

The Suka said, "I'll come if I get king's leave"
"Byddaf yn siarad â'r brenin heddiw ac yn dychwelyd yfory"
"I'll speak to the king today and return tomorrow"
"Arhoswch yn yr un fan yma yn y bore os gwelwch yn dda"
"Please wait at this same spot in the morning"
Y diwrnod hwnnw iawn, siaradodd Suka â'r brenin tyner, caredig.
That very day, Suka spoke with the gentle, kind king.
Rhoddodd y brenin ganiatâd i'r aderyn adael.
The king gave permission for the bird to leave.
Er ei fod yn drist i wahanu â'i aderyn.
Although he was sad to part with his bird.
Y bore wedyn, cyfarfu Suka â'i rieni eto.
The next morning, Suka met his parents again.
Hedfanodd gyda nhw i'w nyth ar goeden dal.
He flew with them to their nest on a tall tree.
Roedd y tri aderyn yn byw gyda'i gilydd yn hapus mewn llawenydd heddychlon.
The three birds lived together happily in peaceful joy.
Arhoson nhw fel hyn am bythefnos o ddiwrnodau hyfryd.
They stayed like this for a fortnight of lovely days.
Ond roedd rhaid i hyd yn oed i'r dyddiau tawel a dymunol hynny ddod i ben.
But even those quiet and pleasant days had to end.
Dywedodd Suka, "Rhieni annwyl, rhoddodd y brenin bythefnos i mi"
Suka said, "Beloved parents, the king gave me two weeks"
"Mae'r amser hwnnw drosodd nawr, felly rhaid i mi ddychwelyd yfory"
"That time is now over, so I must return tomorrow"
Cytunodd ei dad a'i fam a bendithio ei benderfyniad.
His father and mother agreed and blessed his decision.
Dywedon nhw wrtho am gario anrheg i'r brenin.
They told him to carry a gift for the king.
Ar ôl rhywfaint o sgwrs, fe wnaethon nhw ddewis rhywfaint o ffrwythau fel anrheg.

After some talk, they chose some fruit as a gift.
Roedd y ffrwyth wedi tyfu o'r Goeden Anfarwoldeb.
The fruit had grown from the Immortality Tree.
Yn gynnar y bore canlynol, aeth Suka at y goeden.
Early the next morning, Suka went to the tree.
Ac fe dynnodd ffrwyth hudolus, disglair.
And he plucked a magical glowing fruit.
Daliodd y ffrwyth yn ysgafn yn ei big, yn llawn gofal.
He held the fruit gently in his beak, full of care.
Roedd y ffrwyth yn drwm ac yn arafu ei gyflymder hedfan cyflym.
The fruit was heavy and slowed his swift flying pace.
Ni allai gyrraedd y ddinas cyn i'r nos gyrraedd.
He could not reach the city before night arrived.
Arhosodd Suka i orffwys mewn coeden ar hyd y ffordd.
Suka stopped to rest in a tree along the way.
Roedd yn ofni y gallai'r ffrwyth ddisgyn tra byddai'n cysgu.
He feared the fruit might drop while he slept.
Pe bai'n cadw'r ffrwyth yn ei big, gallai syrthio.
If he kept the fruit in his beak, it could fall.
Ond gwelodd dwll ym mroncyff y goeden.
But he saw a hole in the trunk of the tree.
Gosododd y ffrwyth yn ddiogel y tu mewn i'r goeden dywyll.
He placed the fruit safely inside the dark tree.
Ond y tu mewn i'r twll, roedd neidr ddu wenwynig yn byw.
But inside the hole, there lived a poisonous black snake.
Yn y nos, brathodd y neidr y ffrwyth â gwenwyn.
In the night, the snake bit the fruit with venom.
A chafodd y ffrwyth ei orchuddio â gwenwyn marwol.
And the fruit became smeared with deadly poison.
Ar wawr y wawr cymerodd Suka y ffrwyth yn ôl yn ei big.
At dawn Suka took the fruit back in his beak.
Hedfanodd eto ar ei daith i balas y brenin.
He flew again on his journey to the king's palace.
Wrth iddo gyrraedd y palas roedd y brenin yn eistedd gyda gweinidogion.

As he reached the palace the king was sitting with ministers.
Roedd y brenin wrth ei fodd yn gweld Suka yn dychwelyd unwaith eto.
The king was overjoyed to see Suka return once more.
Edmygodd yn fawr y rhodd ffrwythau hardd, ddisglair.
He greatly admired the beautiful, shining fruit gift.
Roedd y ffrwyth yn hyfryd i edrych arno a'i edmygu.
The fruit was lovely to look at and admire.
Hwn oedd y ffrwyth gorau a geir ar draws y ddaear.
It was the finest fruit found across the earth.
A rhoddwyd anfarwoldeb i unrhyw un a fwytaodd y ffrwyth.
And anyone who ate the fruit was granted immortality.
Roedd y brenin ar fin bwyta'r ffrwyth hardd.
The king was about to eat the beautiful fruit.
Ond rhybuddiodd ei weinidogion ef y gallai'r ffrwyth fod wedi'i wenwyno"
But his ministers warned him the fruit might be poisoned"
"Byddai'n well profi'r ffrwyth cyn ei fwyta"
"It would be better to test the fruit before you eat it"
Taflodd y ffrwyth at frân oedd yn eistedd ar y wal.
He threw the fruit to a crow sitting on the wall.
Bwytaodd y frân o'r ffrwyth, a syrthiodd yn farw ar unwaith.
The crow ate from the fruit, and dropped dead instantly.
Gan feddwl bod Suka wedi ceisio ei ladd, daeth y brenin yn gandryll.
The king, thinking Suka tried to kill him, grew furious.
Cipiodd yr aderyn a'i ladd â'i ddwylo noeth.
He seized the bird and killed him with his bare hands.
Gorchmynnodd hau'r had y tu allan i'r ddinas.
He ordered the seed to be planted outside the city.
Daeth yr had yn goeden gyda'r un ffrwyth disglair.
The seed became a tree with the same glowing fruit.
Roedd y brenin yn ofni y byddai'r ffrwyth yn dod â mwy o farwolaeth.
The king feared the fruit would bring more death.
Felly roedd wedi ffensio a gwarchod y goeden.

So he had the tree fenced off and guarded.

Roedd hen ddyn Brahman tlawd yn byw yn y ddinas honno.
There lived in that city an old, poor Brahman man.
Dim ond ar elusen y dref y goroesodd ef a'i wraig.
He and his wife survived only on the town's charity.
Un diwrnod galarodd y Brahman am ei fywyd hir, truenus.
One day the Brahman mourned his long, miserable, life.
Dywedodd, "Yn lle cardota, byddaf yn bwyta ffrwythau gwenwynig."
He said, "Instead of begging, I will eat poison fruit."
"Byddaf yn gorffen fy mywyd o dan y goeden farwol honno mewn distawrwydd."
"I'll end my life beneath that deadly tree in silence."
Y noson honno iawn, cododd yn dawel a gadawodd ei gartref.
That very night, he rose quietly and left his home.
Roedd ei wraig yn amau ac yn dilyn ar ei ôl mewn distawrwydd.
His wife suspected and followed behind in silence.
Roedd hi wedi penderfynu marw hefyd, ochr yn ochr â'i gŵr trist.
She had decided to die too, alongside her sad husband.
Roedd hi'n ei garu'n fawr ac nid oedd hi eisiau aros ar ôl.
She loved him deeply and didn't wish to stay behind.
Roedd gwarchodlu'r palas yn cysgu'r noson honno, heb fod yn ymwybodol o ymwelwyr.
The palace guard was asleep that night, unaware of visitors.
Cyrhaeddodd y Brahman yr ardd a phlycio ffrwyth crog.
The Brahman reached the garden and plucked a hanging fruit.
Edrychodd arno unwaith a bwytaodd y ffrwyth cyfan.
He looked at it once and ate the entire fruit.
Gwaeddodd ei wraig, "Os wyt ti'n marw, does dim byd i'm bywyd i"
His wife cried, "If you die, my life becomes nothing"
"Byddaf finnau hefyd yn bwyta ac yn marw yma gyda thi nawr"

"I will also eat and die here with you now"
Gan ddweud hynny, pluciodd ffrwyth a'i fwyta.
So saying she plucked a fruit and ate it.
**Roedden nhw'n meddwl y byddai'r gwenwyn yn
gweithredu'n araf drwy gydol y nos.**
They thought the poison would act slowly through the night.
**Felly aeth y ddau adref a gorwedd i lawr yn dawel yn y
gwely.**
So they both went home and quietly lay down in bed.
**Roedden nhw'n credu na fydden nhw byth yn codi o gwsg
eto.**
They believed they would never again rise from sleep.
**Er mawr syndod iddyn nhw, fe ddeffron nhw'n teimlo'n
llawn bywyd.**
To their surprise, they woke up feeling full of life.
Nid yn unig yr oeddent yn fyw, ond roeddent yn ifanc eto.
Not only were they alive, but they were young again.
Ac roedden nhw'n gryf ac roedd ganddyn nhw egni newydd.
And they were strong and had new found energy.
**Prin oedd y cymdogion yn eu hadnabod, felly roedden
nhw'n edrych yn wahanol.**
Neighbors hardly recognized them, so changed they looked.
**Roedd yr hen Brahman bellach yn olygus ac yn llawn
ieuenctid.**
The old Brahman was now handsome and full of youth.
Diflannodd ei wallt llwyd, ac roedd ganddo liw eto.
His grey hair vanished, and had colour again.
Trodd ei fochau crychlyd yn llyfn, a disgleiriodd ei groen.
His wrinkled cheeks turned smooth, and his skin shone.
Ac o ran ei wraig, daeth hi'n hynod o brydferth.
And as for his wife, she became extremely beautiful.
Roedd hi mor brydferth ag unrhyw wraig yn y deyrnas.
She looked as beautiful as any lady of the kingdom.
Clywodd y brenin am eu trawsnewidiad gwyrthiol.
The king heard of their miraculous transformation.
Gofynnodd i'w warchodwyr anfon y Brahman ato.
He asked his guards to send the Brahman to him.

A gofynnodd i'r Brahman ffynhonnell ei ieuenctid.
And he asked the Brahman the source of his youth.
Dywedodd y Brahman bob manylyn o'r stori wrth y brenin.
The Brahman told the king every detail of the story.
Yna wylodd y brenin am ei aderyn anwes tlawd, ffyddlon.
The king then wept for his poor, loyal pet bird.
Roedd yn difaru'n fawr am ladd ei aderyn ffyddlon.
He deeply regretted killing his faithful bird.
Ac roedd yn dymuno ei fod wedi gwybod teyrngarwch yr aderyn.
And he wished he had known the bird's loyalty.
Ac felly daeth stori'r ail dywysog i ben.
And so the second prince's story concluded.
"Efallai y bydd yn rhaid i chi dorri pen dyn i ffwrdd"
"You might have to cut a man's head off"
"Ond yn gyntaf dylech chi sefydlu'r ffeithiau"
"But first you should establish the facts"
"Rhaid i chi weld a yw'r dyn yn wirioneddol anffyddlon"
"You must see whether the man is really faithless"
"Rwy'n gwybod bod Eich Mawrhydi yn fy amau o ddrwg neithiwr"
"I know Your Majesty suspects me of evil last night"
"Gadewch i mi egluro fy hun cyn fy nghosbi"
"Please allow me to explain myself before punishing me"
"Wrth fynd o gwmpas gwelais fenyw yn gadael y palas"
"While making rounds I saw a woman leave the palace"
"Fe wnes i ei stopio hi, a dywedodd ei henw oedd Rajlakshmi"
"I stopped her, and she said her name was Rajlakshmi"
"Honnodd hi mai hi oedd duw gwarcheidiol y palas"
"She claimed to be the guardian deity of the palace"
"Dywedodd ei bod hi'n gadael oherwydd bod marwolaeth yn agos"
"She said she was leaving because death was near"
"Byddai'r brenin," meddai, "yn cael ei ladd yn ddiweddarach y noson honno"
"The king," she said, "would be killed later that night"

"Fe wnes i erfyn arni i fynd yn ôl i'r palas"
"I begged her to go back into the palace"
"Ac addewais wneud fy ngorau i'ch amddiffyn chi."
"And I promised to do my best to protect you."
"Rhedais yn gyflym i mewn i ystafell Eich Mawrhydi heb oedi."
"I ran quickly into Your Majesty's chamber without delay."
"Yno gwelais gobra yn cylchu eich gwely aur."
"There I saw a cobra circling your golden bedstead."
"Ymladdais yn erbyn y neidr a'i lladd â'm llafn."
"I fought the snake and killed it with my blade."
"Torrais y corff yn gant o ddarnau yn union."
"I chopped the body into many exactly one hundred pieces."
"Gosodais y darnau hynny y tu mewn i'r badell fel prawf."
"I placed those pieces inside the pan for proof."
" Ond digwyddodd rhywbeth wrth i mi dorri'r neidr i fyny."
"But something occurred as I was cutting up the snake."
"Syrthiodd diferyn o waed ar fron eich gwraig."
"A drop of blood fell onto the breast of your wife."
"Roeddwn i'n ofni fy mod i wedi achub fy nhad, ond lladdais fy llysfam."
"I feared I had saved my father, but killed my stepmother."
"Lapiais fy nhafod yn dynn â lliain saith gwaith."
"I wrapped my tongue tightly with cloth seven times."
"Yna llyfiais y diferyn o waed gwenwynig."
"Then I licked up the drop of venomous blood."
"Tra roeddwn i'n llyfu'r gwaed, deffrodd fy llysfam."
"While I was licking the blood, my stepmother awoke."
"Gwelodd fi ac agorodd ei llygaid gyda dryswch."
"She saw me and opened her eyes with confusion."
"Dyma wirionedd yr hyn a wnes i neithiwr."
"This is the truth of what I did last night."
"Os yw Eich Mawrhydi yn gorchymyn, yna torrwch fy mhen i ffwrdd nawr."
"If Your Majesty commands, then cut off my head now."
Cofleidiodd y brenin ei fab, yn llawn cariad a llawenydd.
The king, full of love and joy, embraced his son.

O'r foment honno, roedd yn ei garu yn fwy nag erioed o'r blaen.
From that moment, he loved him more than ever before.

www.ingramcontent.com/pod-product-compliance
Lightning Source LLC
Chambersburg PA
CBHW010428170726
48283CB00011B/3106